暨南大学产业经济研究院“产业转型升级”丛书

丛书主编 胡军

国家自然科学基金重点项目：推动经济发达地区产业转型升级的机制与政策研究（批准号：71333007）
国家自然科学基金面上项目：知识溢出影响创新地理的理论机制和实证研究（批准号：71673114） 资助
广东省高水平大学建设之“应用经济与产业转型升级”重点建设学科经费

陶 锋 编著

# 全球化背景下中国制造业空间演进与转型发展研究

中国财经出版传媒集团

经济科学出版社
Economic Science Press

**图书在版编目（CIP）数据**

全球化背景下中国制造业空间演进与转型发展研究/陶锋编著.—北京：经济科学出版社，2017.4
（暨南大学产业经济研究院“产业转型升级”丛书）
ISBN 978-7-5141-8008-4

Ⅰ.①全…　Ⅱ.①陶…　Ⅲ.①制造工业-研究-中国
Ⅳ.①F426.4

中国版本图书馆CIP数据核字（2017）第081477号

责任编辑：杜　鹏　刘战兵
责任校对：隗立娜
责任印制：邱　天

**全球化背景下中国制造业空间演进与转型发展研究**
陶　锋　编著
经济科学出版社出版、发行　新华书店经销
社址：北京市海淀区阜成路甲28号　邮编：100142
总编部电话：010-88191217　发行部电话：010-88191522
网址：www.esp.com.cn
电子邮件：esp_bj@163.com
天猫网店：经济科学出版社旗舰店
网址：http：//jjkxcbs.tmall.com
北京季蜂印刷有限公司印装
710×1000　16开　18.5印张　320000字
2017年4月第1版　2017年4月第1次印刷
ISBN 978-7-5141-8008-4　定价：58.00元
**（图书出现印装问题，本社负责调换。电话：010-88191510）**

# 总　序

在经济全球化的进程中，发达国家的跨国公司凭借雄厚的资本实力、领先的技术和品牌控制着价值链的关键环节，同时还利用海外直接投资、离岸外包、战略联盟和研发合作等组织架构，在全球范围内扩展和延伸其战略资源的边界，保持着全球价值链治理者和利益分配者的地位。然而，发展中国家或地区如我国东南沿海地区的企业往往处于弱势地位，收益被压榨，特别是在发展中国家进行到高端工业化的进程中，广泛地出现了被“俘获”和被“锁定”的现象。

当前世界经济复苏乏力，全球贸易持续低迷，以保护主义、孤立主义为代表的“逆全球化”思潮抬头，进一步挤压了发展中国家制造业的国际市场空间。同时，以互联网、人工智能和新材料、新能源为先锋的新一轮科技革命，使得生产、生活方式发生深刻变化，产业链全球化延伸和再配置过程加速。为抢占新一轮经济科技竞争制高点，各先行国家纷纷推出以重构国家价值链为主要内容的产业振兴计划，试图进一步增强其国家竞争优势和调整国际分工格局。在此背景下，发展中国家参与全球竞争、向技术链和产业链高端环节攀升的难度加大，推进产业转型升级的空间被进一步挤压。

改革开放以来，我国东南沿海地区，特别是长三角、珠三角和环渤海三个经济圈，通过大规模承接国际产业转移，使得“中国制造”在全球价值链的参与度不断加深。目前，东南沿海地区已集中了全国80%左右的加工制造业。然而，近年来这一地区发展面临土地空间限制、能源资源短缺、人口膨胀压力、环境承载力“四个难以为继”的制约，经济发展的“瓶颈”问题日益凸显，并引起国家决策层的高度重视。我国东南沿海地区作为全球第三次产业转移的主要承接地，既是当前产业转型升级形势最为严峻的区域，也是发达国家跨国公司进行产业中高端领域投资的重要区域，在产业链全球布局调整中仍将担当重要的角色，也是我国未来推进经济结构调整的主战场。在新一轮产业革命促使全球产业链再配置加速的背景下，我国经济发达地区产业发展进入重要转型期，其能否及时而顺利地克服结构性风险加大、产业发展后劲不足、自主创新能力亟待增强、能源和环境压力加大等一系列难题，关系到我国推进经济结构战略性调整的大局能否顺利实现。

我们应该清楚地认识到，我国经济发展已经进入新常态，向形态更高级、分工更复杂、结构更合理阶段演化。为此，我们迫切需要从理论和实践上进行深入的研究和探索。近年来，我们的团队以国家自然科学基金重点项目“推动经济发达地区产业转型升级的机制与政策研究”为依托，本着“有限目标、重点突破”和“从局部到整体”的原则，立足于我国转型经济的制度背景，深入研究我国经济发达地区推进产业转型升级的内在机理、战略、模式、路径和政策。我们的团队运用多学科交叉的理论与方法，综合“阶段—要素—制度—功能”多维分析视角和“环境—战略—政策—行为—过程—结果”的一体化逻辑，重点研究“产业转型升级的相关概念与分析模型”、“产业转型升级的影响因素及运行机制”、“典型国家产业转型升级的演进模式与机制”、“中国经济发达地区产业转型升级的演进模式、水平及其影响的分析和评价”、“推动中国经济发达地区产业转型升级的战略分析与政策研究”等重要专题和方向。

产业经济学科在暨南大学有着悠久的发展历史和厚实的学术根基。该学科源于1963年我国著名工业经济学家黄德鸿教授领衔建立的工业经济专业，1981年获硕士学位授予权，1986年获博士学位授予权，是华南地区最早的经济类博士点，1996年被评为广东省A类重点学科，是原国家计委批复立项的暨南大学“211工程”重点建设项目之一。2002年本学科被批准为国家重点学科并延续至今。为了进一步加强产业经济学国家重点学科的建设，暨南大学于2006年成立了产业经济研究院（以下简称产研院）。2014年以产研院为牵头组建的“广东产业转型升级协同创新中心”入选广东省首批国家级“2011计划”协同创新中心。2015年该学科入选广东省高水平建设大学重点建设项目。

产研院秉承“顶天立地”的学术传统，坚持“学科交叉研究、复合型人才培养、服务地方产业转型升级”三位一体，致力于成为全国产业经济学领域顶尖学术单位和卓越智库。本学科长期聚集于中国经济的转型升级，主要研究方向包括产业结构与经济增长、产业组织与企业理论、产业布局与区域创新体系、产业政策与政府规制等。建院近10年来，产业经济学科团队先后承担了国家自然科学基金重点项目、教育部重大攻关课题、国家社会科学基金重点项目等国家级重大重点项目，以及国家级一般项目和其他省部级以上纵向项目60多项。相关科研成果主要发表在《经济研究》、《管理世界》等国内权威期刊以及SSCI等收录的知名国际期刊。此外，深度服务地方产业转型升级也是产研院的重要使命，近年来，在产业竞争力、产业发展规划、产业政策与企业发展战略等领域承担各类横向课题150多项，相关研究成果成为地方政府决策的重要依据。

暨南大学产业经济学科长期致力于进一步推进和丰富符合我国国情的产业经济理论体系。我国是一个发展中的大国，我国东南沿海地区的产业发展既有与其他国家先行地区的相似之处，又在发展任务、发展机制、发展路径和模式等方面具有鲜明的“中国特色”。以我国经济发达地区产业转型升级的机制与政策为研究对象，直面资源约束趋紧、环境污染严重、生态系统退化的严峻形势，在“产业发展”与“资源集约利用”、“环境保护”、“体制机制创新”等有效融合的基础上，构建区域产业和产业链演化的宏、微观机制模型和转型绩效评估模型等理论模型，对于在产业技术理论、产业结构理论、产业组织理论和产业区域布局理论、产业发展与生态环境互动理论等方面融入“中国元素”，丰富中国特色的产业经济理论，具有重要的理论创新价值。为了更好地展示这些研究成果，贡献于国家和广东的产业转型升级的理论创新和实践探索，我们决定筛选部分成果以“产业转型升级丛书”的形式出版。

胡军

2016 年 12 月 18 日于暨南园

# 前　言

经济活动在空间范围的优化配置是产业转型升级的重要体现。产业区位理论认为，这种优化配置在空间区位的不同层次展开，包括全球、国家、区域、城市和集群。一方面，这种优化配置有助于开发不同空间区位的比较优势或资源禀赋；另一方面，更重要的是，它有助于规模报酬递增效应在空间层面得到充分的发挥。经济活动的空间配置具体体现在特定产业的空间布局上，并落实到微观企业的区位选择行为上。从区位理论研究的相关文献来看，经济活动的区位演变及其对国家和地区产业转型升级的影响已成为当前学术研究的热点。

价值链全球化和地方集聚是当前国际分工的基本事实。全球化对我国经济的空间格局和转型升级产生了重大而深远的影响。特别是当前我国制造业的转型升级高度依赖于全球价值链分工体系在空间层面的动态演进。从空间视角来看，我国制造业在两个相互关联并依次递进的过程中实现起飞成长和转型升级：一是全球价值链在我国的延伸拓展和升级发展；二是我国制造业国家价值链的构建和空间蔓延。改革开放以来，我国东部沿海地区通过嵌入全球价值链大规模发展代工制造业，实现了工业化的快速推进，并一举奠定了我国成为全球制造业核心基地的基础。在持续承接国际产业转移的同时，21世纪初以来，我国东部沿海地区的许多制造行业开始出现价值链空间蔓延的趋势，即许多企业开始在中西部欠发达地区设立工厂或分公司，或者将总部搬迁到服务业发达的大城市（如上海），进而实现在更大的地理范围甚至全国范围内配置价值链。在此过程中，从宏观层面来看，东部地区通过“腾笼换鸟”式的产业转移推动转型升级，而中西部地区通过承接东部地区的传统制造业或组装制造环节推动了经济起飞和工业化进程。总体而言，这一过程有助于我国的经济资源在空间层面的优化配置，有助于推动国家经济的转型升级。

然而，在此过程中，我国制造业在空间层面仍然存在许多深刻的结构性矛盾，例如欧美发达国家制造业回流与我国大力吸引外资的矛盾；东部地区落后产能转移进程加快与先进产能落户不足的矛盾；产业承接地积极吸引外来投资与当地产业配套不足的矛盾；产业集聚发展趋势强化与地区差距持续扩大的矛盾；等等。这些空间层面的结构性矛盾严重制约了我国制造业的转型升级。在经济新常态的背景下，如何推动我国制造业的空间结构优化是摆在理论界和决策者面前的难题。这个问题极端重要，且有待进一步研究。

针对我国制造业的空间演进问题，现有文献进行了大量的探讨，取得了许多富有价值的研究成果。然而，现有研究主要偏向于宏观区域层面和制造业整体层面的讨论，缺乏具体行业案例和企业案例的研究。制造业在宏观层面的空间演进及其对国家产业转型升级的影响最终要体现在特定产业空间布局上，并落实在微观企业的区位选择行为上。基于此，本书首先基于产业区位理论的新进展，利用相关定量指标测量和评价了我国制造业的空间演进动态，分析了制造业集聚和扩散的具体历程和基本趋势。在此基础上，筛选出我国制造业的六大重点行业，包括电子信息、纺织服装、化工、家电、汽车和生物医药，重点分析了这些行业空间演进动态，特别是生产区位和市场区位的变化。同时，在每个行业，还讨论了代表性企业的价值链选址策略和行为，并分析了这些企业的海外扩张过程。

本书具有以下三个特点：其一，着眼于全球价值链分工演进趋势，首次引入了价值链区位分析法，分析了特定行业生产环节和市场环节在全球范围内的空间格局，讨论了特定企业的价值链区位战略和扩张过程。其二，既有制造业整体层面空间集聚与扩散的定量评估，又有特定行业区位发展动态的案例讨论，整体分析与案例讨论相互印证。其三，在行业研究中，重点讨论代表性企业的区位战略，注重从微观企业选址策略和行为来推演其所属行业的区位发展动态，进而有助于观察者更好地理解制造业空间演进的微观基础。

但愿此书的出版有助于读者更好地理解价值链全球化背景下我国制造业的区位发展动态。因能力所限，本书存在许多不足之处，恳请广大读者批评指正。

陶锋

2016 年 12 月 2 日于暨南大学惠全楼

# 目　录

# 第一章　产业区位理论[①]

经济活动的区位涉及经济资源在空间层面的配置，对资源配置效率和社会福利具有突出的影响。产业区位理论跨越产业经济学和区域经济学，旨在解释经济活动的空间分布规律。产业区位理论由来已久，最早起源于德国学者杜能（Thunen）在1826年提出的农业区位理论。在杜能之后，产业区位理论几经突破，在这一过程中，诸多学者做出了重要贡献。按照理论演进历程，本书将产业区位理论大致划分为古典区位理论、近代区位理论、现代区位理论。本书将简要回顾这一理论的演进历程，并介绍重要学者的主要观点，以此作为理解中国制造业区位动态的理论基础。

## 第一节　古典区位理论

### 一、农业区位论

区位理论具有明显的德国传统，许多德国学者对区位理论做出了重大贡献。区位理论最早起源于德国学者杜能（1783～1850年）1826年的著作《孤立国同农业和国民经济的关系》。19世纪初，德国农业制度改革推动了农业市场化进程，一方面土地实现了自由买卖关系，另一方面出现了大量的自由农民。为了寻找农业生产方式的地理配置原则，杜能购买了特洛农场并于1810年开始记录农业经营数据。基于10多年的经营数据，杜能在其著作中提出了农业区位论。该理论将经济地理设立为一个“孤立国”，并提出如下假定：在

① 本章由暨南大学产业经济研究院陶锋、张会勤、李洪春执笔。

肥沃的平原中心只有一个城市；马车是唯一的运输工具；土质条件相同，任何地点均可耕种；距离城市 50 英里外是荒野；城市的食品供给来自周边地区。在这些假定的基础上，按照土地收益最大化的原则，讨论距离城市的远近对土地经营方式的影响。

杜能分析发现，在“孤立国”中，农业生产呈现出明显的圈层特征，即“杜能圈”，见图 1－1。第一圈层为蔬菜、鲜奶等自由农业；第二圈层为薪材、建筑用材等林业；第三圈层为谷物、饲料等轮作式农业；第四圈层为七区轮作的谷草式农业；第五圈层为三区轮作、远离农家的畜牧等三圃式农业；50 英里之外的第六圈层为畜牧业。

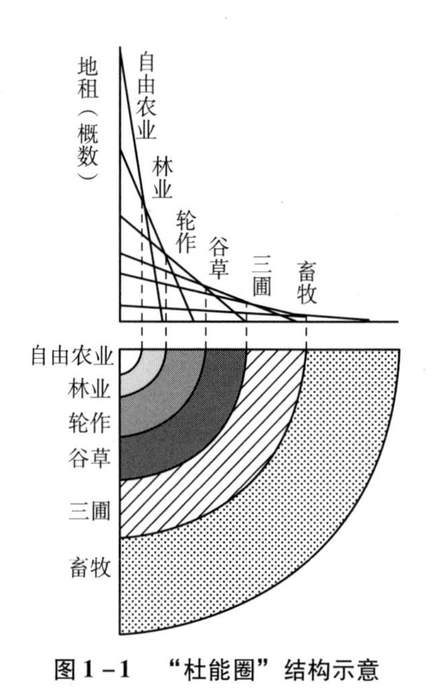


**图 1－1 “杜能圈”结构示意**

资料来源：根据杜能《孤立国同农业和国民经济的关系》（中译本，1986）整理。

尽管杜能的农业区位存在许多严格的假定，但仍然可以在一般意义上解释农业空间配置的机理。他不仅阐明了各区位地租差异导致的农业分层现象，也强调了农产品从产地到市场的距离对土地经营方式的影响（Thunen，1826），即地租和运输成本是影响土地利用方式的两个基本原因。事实上，“杜能圈”的贡献在于第一次从理论上系统地说明了空间距离对经济活动的影响。

由于严格的假定，“杜能圈”存在许多局限，与现实经济的运行也存在较大差距。杜能本人和后来的学者对“杜能圈”进行了许多修正，如增加河流等其他运输条件、改变地质条件和市场价格等。辛克莱尔（Sinclair）在1967年通过对美国中西部大城市周围的土地利用研究，提出了与“杜能圈”完全相反的“逆杜能圈”来解释城市周围土地利用方式。他发现，由于投资者和农民预期城市近郊的土地价格会上升，因而会减少对土地的劳动和资本投入，进而采取临时性耕作或放弃耕种，以致近郊土地往往变成荒地。

尽管交通运输条件的改进推动了农业生产方式的调整，但杜能农业区位论对我国农业发展仍然具有指导性作用（叶长卫、李雪松，2002）。董晓霞等（2006）研究发现，北京周边地区交通基础设施建设、地理区位对农业种植方式具有重要影响，其结论与杜能农业区位理论相一致。我国人均可供耕地面积相对稀缺，地区之间发展不均衡，因此，农业经营方式一定要与生产力条件相适应（高悦、李孔明，2008）。同时，在推进城市发展规划时，要特别注意兼顾靠近城市的村镇之间的农业生产规划（刘良灿，2003）。

## 二、工业区位论

工业区位的研究兴起于工业革命之后。由于近代工业的快速发展，资本、人口等各种经济资源向城市特别是大城市大规模集中。如何解释工业革命之后人口和经济活动向大城市的集聚呢？我们首先要解释工厂的选址问题。

德国经济学家韦伯（Weber，1868～1958年）是工业区位论的创立者。他于1909年出版了著作《工业区位论：区位的纯理论》。韦伯首次提出了区位因子（locational factors）的概念，即影响工业活动区位的因素。工业区位因子包括：与所有工业均有关的一般性区位因子，如地价、工资、运费、固定资产费用、原料费用等；与特定工业有关的特殊区位因子。应该先指出的是，韦伯的区位论基于成本最小化的原则。按照此原则，韦伯的工业区位重点考虑运费因子、劳动费用因子以及集聚与分散因子。

通过他的分析，工业相应地被划分为以下三类：一是运费指向型工业。这包括倾向于布局在原料产地的工业，如钢铁、水泥、造纸等，类似德国鲁尔工业区；倾向于选址在消费市场的工业，如啤酒、清凉饮料等。二是劳动费用指向型的劳动密集型工业，如纺织服装等。三是集聚指向型工业，如美国底特律汽车工业城、日本“三湾一海”重化工业集聚带。

韦伯首次将抽象和演绎方法运用到工业区位研究，说明了空间距离对人类活动的影响，系统地建立了工业区位的理论体系。韦伯的工业区位论对其他产业布局具有重要的指导意义，是经济区位布局的一般性理论（徐康宁，2001），可以很好地解释人口和产业向大城市集聚的原因。韦伯工业区位论的最大贡献在于最小费用原理，但仍然存在明显的局限，如不完全的市场结构问题、利润最大化原则、技术进步和政府政策等方面的因素没有得到考虑。

继韦伯的古典区位理论之后，许多学者对工业区位理论进行了修正和深化。俄林（Ohlin，1933）将贸易理论和价格理论相结合建立了“一般区位理论”，解决了在要素自由流动、不能自由流动的条件下工业区位决定的问题。洛施（Losch，1940）否定了韦伯的最小费用原理，发展形成了最大需求论或最大利润区位论，认为总需求的差异将带来收入的不同，最终导致工业最佳区位的变化。而艾萨德（Isard，1960）结合韦伯和洛施的思想，运用替代原理分析区位均衡，从而解决了多点之间区位均衡点的选择问题。美国学者普瑞德（Pred，1967）对行为区位论做出了重要贡献，他提出了著名的行为矩阵，着重考察了决策者的信息利用能力如何影响区位决策。

值得一提的是，弗能（Vernon，1966）提出了著名的产品生命周期理论，指出不同的产品生命周期阶段具有不同的区位特征。该理论揭示了产品生命周期变化对企业区位选择的影响。根据产业技术的成长、生产条件和市场需求的变化，产品生命周期被划分为新产品引入期、成长期、成熟期和衰退期四个阶段。相应地，产品的生产区位将从新产品的创新国转移到较发达国家，再由较发达国家转移至发展中国家，最后再由发展中国家出口到创新国家和发达国家。以此为基础，梁琦和刘厚俊（2003）认为，随着产品生产类型从知识密集型到技能与资本密集型再到劳动密集型，产业区位生命周期则可以划分为集中—分散—再集中。起先，创新国发明和垄断了新技术，生产都集中在创新国。随着技术的扩散，产品可以在创新国和模仿创新国同时生产，生产区位趋向多元化，本地需求由本地供给满足，即分散生产。随着技术的成熟和进一步扩散，产品进入标准化生产阶段，因此，那些要素成本低廉同时产业配套较好的发展中国家和地区成为跨国公司投资的首选地。于是，产业区位的生命周期进入第三阶段，即再集中。

与国外学者对工业区位理论的修正和补充研究不同，国内学者偏重于对工业区位理论在中国的应用研究方面。例如，应用工业区位论解释我国产业集群形成机理及其竞争力（徐康宁，2001；王缉慈，2002；魏守华等，2002；符正平，2002）；工业区位论应用于国家不同区域的工业化研究（任保平，2004；杨洋，2004）；跨国公司在华投资区位（余珮、孙永平，2011）。

# 第二节　近代区位理论

中心地理论产生于资本主义高速发展的时期。商业和服务业的快速发展使得城市开始在整个社会经济中居于主导地位。那么，城市的形态、规模等级和空间分布是如何决定的呢？1933 年，德国地理学家克里斯泰勒（Christaller）在其《德国南部的中心地》一书中提出了“中心地理论”，试图解释城市形成和发展的原因和机制（见图 1 –2）。他提出中心商品是指在少数地点生产和供给，而在多个地区消费的商品。中心地就是提供中心商品的区位。该理论建立在“理想地表”的假设之上，即假定某个区域的人口是均匀分布的，那么为满足中心性需要，中心地区会形成一个层级，例如，有很多集镇都围绕在一个较大的行政中心周围（该中心本身也是一个集镇）。我国的中心地区如南海的桂城、东莞中心城区、珠三角三大都市圈等。在理想的条件下，中心地区层级在空间上形成一个嵌套的六边形。克里斯泰勒提出了市场原则、交通原则和行政原则下的三类中心地系统。

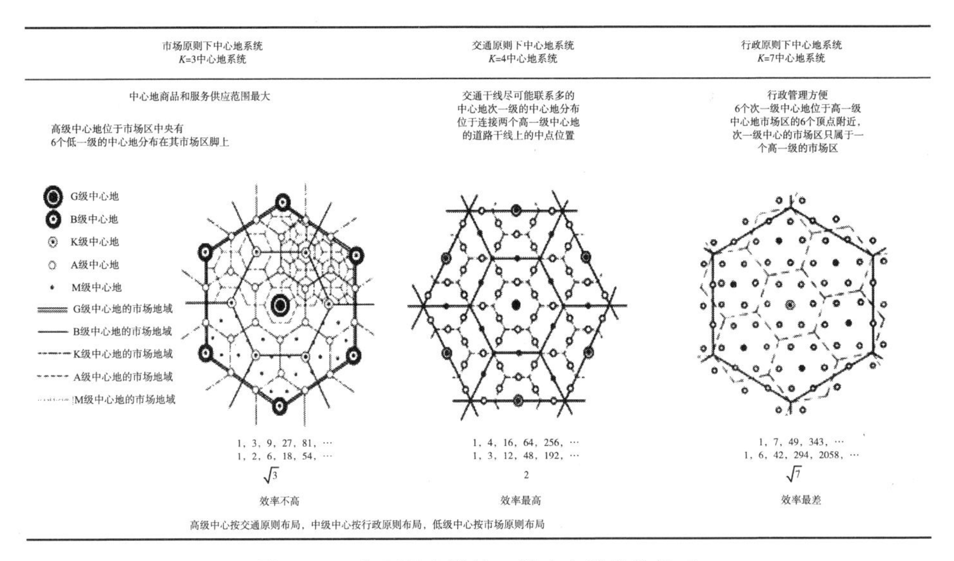


**图 1 –2　克里斯泰勒的三类中心地结构体系**

资料来源：张贞冰等．基于中心地理论的中国城市群空间自组织演化解析．经济地理，2014，34（7）.

该理论系统阐明了中心地的数量、规模和分布模式，使零散的中心地研究得以系统化和理论化，因此被认为是现代地理学发展的理论基础。但是克里斯泰勒的中心地理论是建立在诸多假设条件之下的，过于理想化的假设很难与现实相符，因此，该模型在实际运用中具有一定的局限性。

在克里斯泰勒的市场空间结构思想的基础上，德国经济学家洛施（Losch，1944）把市场需求作为空间变量来研究区位理论，同时考虑了供给和生产，比克里斯泰勒的模型更接近现实。之后，大量的学者对克里斯泰勒和洛施的中心地理论做出了补充和修正。一方面，中心地理论的严格假设被放松，从而得到更切合实际的模型。如 Berry 和 Garrison（1958）放松了人口和需求均等或有规律分布的假设；Beckmann 和 Pherson（1970）克服了蜂巢系数为常数的限制；Bunge（1966）放松了克里斯泰勒关于补充区是均质区的假设。另一方面，一些新思想被引入到中心地理论模型。如 Stine（1962）和 Skinner（1964）提出了周期性中心地的新思想。美国地理学家 Vance（1966，1970）研究了大西洋沿岸城市的商业历史，发现这些城市的补充区在大洋对岸，这与克里斯泰勒的结论相矛盾。Fujita 等（1977）将空间竞争模型引入中心地理论。Parr（1987）分析了城市等级空间组织的动态演变，从而完善了中心地理论。

与国外学者对中心地理论的大量修正和补充研究不同，国内学者更侧重中心地理论的验证和应用方面。杨吾扬（1989）发现北京主要商业中心呈六边形分布，符合中心地理论。牛亚菲（1989）利用中心地理论对苏北沿海平原进行了实证研究。曾刚等（1998）将中心地理论应用于苏州工业园区的中心村建设，提出了“七度中心地模式”。樊杰等（2005）运用中心地理论对银川市服务功能进行了解析。刘龙胜等（2014）将中心地理论运用到客运体系，提出了客运中心地理论。张青青（2014）将中心地理论及其三大原则应用于城市电影院的分布研究。在验证中心地理论的同时，一些学者还考虑了城镇空间布局与等级体系的自然背景。如王心源等（2001）将卫星遥感技术运用于中心地理论，讨论不同地貌、水文等要素对城镇结构的影响，发现受河流影响下的中心地体系由六边形向五边形或四边形演化。

## 第三节 现代区位理论

### 一、中心—外围模型及其应用

传统上，区位理论假设市场完全竞争、规模报酬不变和同质需求。事实上，在传统上，主流经济学并不讨论空间问题，而是把空间抽象为一个点，也就是说不讨论经济资源在空间层面的配置问题。然而，经济活动的区位涉及企业和家庭在哪里进行生产和消费的决策，区位对资源配置效率会产生实质性的影响。经济资源在空间区位的不均匀配置出现了空间层面的不完全竞争的市场结构。在20世纪70年代以前，经济学的主流模型均不能解决不完全竞争市场结构的建模问题。可见，主流经济学不讨论空间区位问题的原因在于空间层面的收益递增导致不完全竞争的市场结构。

Dixit和Stiglitz（1977）在垄断竞争的框架下研究报酬递增，论证了封闭经济中资源的有限性使得规模经济和多样化消费之间形成两难冲突。Dixit－Stiglitz模型解决了规模报酬递增导致的不完全竞争市场结构的建模问题，对产业组织理论、国际贸易理论和区位理论产生了革命性的影响。Krugman（1979）将Dixit－Stiglitz模型扩展为贸易模型。Fujita（1988）和Krugman（1991）在贸易模型中加入冰山成本（Thunen，1826；Samuelson，1954），形成了中心—外围模型，进而推动了现代产业区位理论的形成。

中心—外围模型假定世界上存在两个地区，这两个地区的生产技术条件相同，初始产业结构相同，即存在两个部门：农业部门和制造业部门。农业部门规模报酬不变，属于完全竞争部门；制造业部门规模报酬递增，属于不完全竞争部门。假定仅使用一种生产要素即劳动力，其中，农民不可在地区之间自由流动，但工人可以自由流动。制造品的运输成本采用冰山形式，农产品的运输成本为零。在初始阶段，农业和制造业在两个地区均是对称分布。Krugman研究发现，在运输成本较低的情况下，工人个体在地区之间的迁移会演变成为集体行动，进而最终导致世界上的制造业全部集中到一个地区，而另一个地区则完全没有制造业。最终形成了制造业的中心和外围（见图1－3）。

继Krugman后，产业区位理论取得了许多新的进展。Venables（1996）在跨区域贸易的假设下研究认为制造业上下游产业间的投入产出联系会使得企业的选址趋向于集中，进而促进了产业集群的形成。Fujita和Mori（1988）分析了运费与规模经济差异对企业区位选择的影响，发现区域经济会自发形成一个中心地体系。Martine（1999）研究了聚集经济条件下的区位竞争，认为在最初的区位竞争中被选中的地区对随后选址的企业具有更大的吸引力，因为追随选址的企业可以获得产业聚集产生的外部性优势。Mccann和Shefer（2004）讨论了纯集聚模型、产业联合体模型与社会网络模型这三类模型下企业区位选择和产业集聚的机制。随着以Melitz（2003）为代表的异质性企业贸易理论的

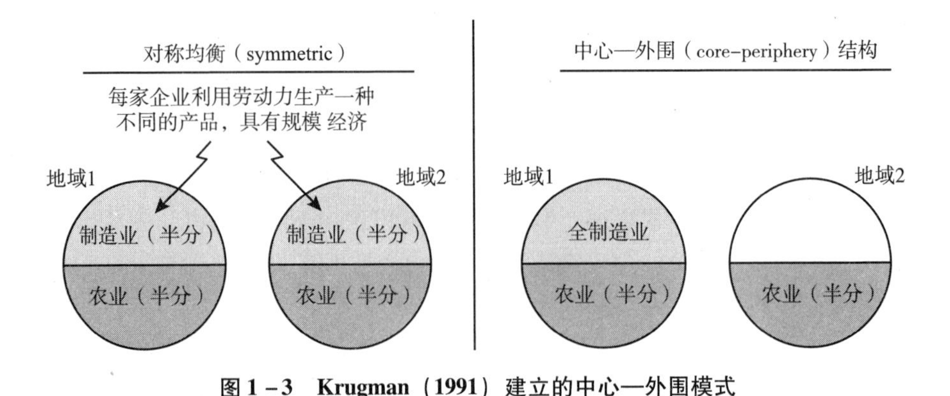


**图 1－3 Krugman（1991）建立的中心—外围模式**

资料来源：根据 Krugman（1991）整理得到。

兴起，异质性企业被引入区位理论的模型，发现异质性企业选址行为的变化将对经济空间分布产生重要影响（Baldwin & Okubo，2006；Okubo，2010）。企业异质性在影响或决定企业空间选择的同时，亦影响或决定经济在空间分布上是集聚还是分散（李晓萍和江飞涛，2011）。

同时，现代产业区位理论在我国也得到了快速应用。金煜等（2006）分析了经济地理和经济政策等因素对我国工业区位和集聚的影响。陈建军等（2009）将现代区位理论与新古典经济学和城市经济学理论结合，构建了生产性服务业集聚的理论框架，研究了中国生产性服务业集聚的成因与发展趋势。余珮等（2012）在现代区位理论框架下，运用嵌套 Logit 模型研究了美国企业在华区位选择的影响因素。罗勇等（2013）将人力资本的异质性引入现代区位理论的自由企业家模型，研究了我国各地异质型人力资本、地区专业化与收入差距之间的关系。梁琦等（2013）研究了异质性企业的空间选择与产业集聚效应对地区（企业）生产率差距的影响。李晓萍等（2015）分析了经济集聚对于企业生产率及异质性企业空间选择行为的影响，发现不同规模的城市对于不同生产率企业的空间选择行为具有显著影响，低效率企业倾向选择中小城市以回避市场竞争。

## 二、产业集聚的动力机制

经济活动在空间上的集聚是现代区位理论研究的重点（吴建峰、符育明，2012；李晓萍等，2015）。集聚经济被 Kaldor（1970）定义为经济活动集中带来的规模报酬递增现象。Marshall（1890）最早对经济活动的空间集聚进行了系统的理论研究，认为性质相似的厂商在一定区域的集聚会带来外部性优势，具体体现在以下三个方面：专业化的劳动力市场、中间投入品的共享、知识溢出。上述效应也被称为“Marshall 外部性”。与 Marshall（1890）同质性集聚效应不同，Jacobs（1969）提出不同行业的厂商集聚会导致多样性的外部性优势，特别是多样化带来的知识溢出效应极为明显。这也被称为“Jacobs 外部性”。20 世纪 90 年代以来，以 Krugman 为代表的现代区位理论的学者基于规模收益递增和运输成本，讨论了空间层面不完全竞争的市场结构中集聚经济的形成机制（Krugman，1991）。

为了进一步打开集聚经济的黑箱，有必要立足于经济集聚的微观基础，讨论集聚经济形成的动态作用机制。我们以 Puga（2010）归纳出的共享（sharing）、匹配（matching）和学习（learning）三大微观基础来讨论企业区位选择的动力机制。

1. 共享基础设施。基础设施共享的受益者包括但不限于政府、企业和劳动者。由于基础设施的不可分割性，一旦与基础设施相关的固定成本已发生，设施共享就可以降低每一用户的成本，所以，在达到设施共享的上限之前，用户数量会持续增加（刘修岩、张学良，2010）。Burchfield（2006）使用遥感数据研究了经济活动在城市的空间分布，发现在集中供水的区域，企业由于共享供水设施而分布更密集；而在可使用地下蓄水层的区域，经济活动则更为分散。因此，发达的基础设施条件被认为是吸引企业入驻的重要原因。

2. 共享中间投入品。靠近专业化的中间产品供应商，可以降低中间投入的运输成本。特别是选址在专业化供应商扎堆的地区，还有助于企业节约中间投入品的搜寻成本，并且供应商之间的竞争给下游企业带来了低价红利（路江涌、陶志刚，2007）。Abdel - Rahman 和 Fujita（1990）的模型指出了专业化供应商集中分布对产出增长的促进作用。在 Abdel - Rahman 和 Fujita 模型的基础上，Holmes（1999）利用美国企业的就业数据和中间投入数据进行实证研究，发现产业集聚水平越高，集群内企业购买中间产品的强度就越大。Amiti 和 Cameron（2007）针对印度尼西亚的经验研究发现，距离供应商的远近将会影响企业的收益水平。另外，市场需求的快速变化要求企业提供个性化的产品以满足消费者的个性化需求，在这种背景下，小规模个性化定制将成为未来生产方式变革的主要趋势之一。个性化定制要求制造商具备一个更为灵活多样的供应商体系。因此，中间品供应商的集中分布有助于下游制造商实现生产过程的灵活性和定制化。可见，产业集群的中间产品共享优势有助于吸引企业入驻。

3. 共享专业化劳动力。产业集群的重要优势在于能够提供关于相关技能劳动者的稳定市场（Marshall，1890）。Smith（1776）制针厂的经典案例充分说明了专业化劳动力共享的重要价值。大城市更为细化的劳动分工可以降低单位产业环节的生产成本，提升整个产业链的生产效率。产业集群不仅为企业提供稳定的劳动力供应，也为劳动者提供更为多元的就业岗位，进而降低劳动力市场异质性冲击的影响，形成劳动力市场的蓄水池效应（Krugman，1991）。事实上，劳动力和企业之间还会存在协同定位（coloaction）的现象，进而形成共同集聚（coagglomeration）的趋势（Ellison et al.，2010）。针对中国的一些实证研究也证实了劳动力共享的重要性。如范建勇（2006）研究发现，集聚经济可以提高劳动生产率。刘修岩（2009）基于中国211个城市面板数据的实证分析发现，劳动力就业密度每提高10%，该城市的劳动生产率就会提高1.7%。

4. 更好的匹配。产业集群的另一个重要的外部性优势在于提供了更好的匹配，这种匹配不仅包括基于产业关联的企业之间的匹配，还包括基于劳动力供求关系的企业和劳动者之间的匹配。同行业或不同行业的企业的扎堆分布创造了更为复杂和密集的产业关联，包括前向关联、后向关联和横向关联。Helsley和Strange（1990）认为，更高程度的产业集聚提供了更多样的技能的劳动力供给，进而可以减少企业的搜寻成本。Coles（1994）、Coles和Smith（1998）建立了基于异质性的企业和劳动力的劳动力市场模型，发现集聚可提高失业工人与空缺职位之间匹配的概率。针对中国的一些实证研究也得到类似的结论，如范建勇（2006）研究发现，失业率与集聚程度呈负相关，集聚经济可以缩短失业时间。

5. 学习效应。学习效应的重要性是现代区位理论的基本共识。知识溢出和学习效应可以减少企业和工人的成长成本。空间集聚提高了经济主体之间交换思想的可能性。除了有意识地传播知识和技能之外，无意识和目的的知识溢出更是产业集聚突出优势（Glaeser，1999）。特别是，产业集群还降低了科学发现和技术商业化的成本，进而促进产业集群创新活动的增长（Audretsch & Feldman，1996；Feldman，1999）。知识溢出和产业集聚并非简单的单一路径，而是互相强化的动态过程，表现为累积循环的因果关系（赵勇、白永秀，2009）。事实上，尽管通信技术的飞速进步提高了知识传播的效率，但是地理临近对知识溢出依旧非常重要（Breschi & Lissoni，2001）。原因在于，知识常常带有部分的隐性特征（Polanyi，1958），隐性知识不适合编码化，难以实现远距离传输，而高度依赖于面对面的交流（Malmberg & Maskell，2006）。

## 参考文献

[1] 杜能．孤立国同农业和国民经济的关系［M］．商务印书馆，1986.

[2] 叶长卫，李雪松．浅谈杜能农业区位论对我国农业发展的作用与启示［J］．华中农业大学学报（社会科学版），2002（4）：1－4.

[3] 董晓霞，黄季焜，Scott 等．地理区位、交通基础设施与种植业结构调整研究［J］．管理世界，2006（9）：89－94.

[4] 高悦，李孔明．“变形的杜能环”及其现实意义［J］．安徽文学（评论研究），2008（6）：365－365.

[5] 刘良灿．试析杜能的区位理论在我国农村城镇化建设中的应用［J］．云南行政学院学报，2003（1）：120－122.

[6] 张贞冰，陈银蓉，赵亮等．基于中心地理论的中国城市群空间自组织演化解析［J］．经济地理，2014，34（7）.

[7] 徐康宁．开放经济中的产业集群与竞争力［J］．中国工业经济，2001（11）：22－27.

[8] 梁琦，刘厚俊．产业区位生命周期理论研究［J］．南京大学学报（哲学·人文科学·社会科学版），2003，40（5）：139－146.

[9] 梁琦，李晓萍，简泽．异质性企业的空间选择与地区生产率差距研究［J］．统计研究，2013，30（6）：51－57.

[10] 魏守华，王缉慈，赵雅沁．产业集群：新型区域经济发展理论［J］．经济经纬，2002（2）：18－21.

[11] 符正平．论企业集群的产生条件与形成机制［J］．中国工业经济，2002（10）：20－26.

[12] 任保平．新型工业化：中国经济发展战略的创新［J］．经济学家，2003，3（3）：4－11.

[13] 余珮，孙永平．集聚效应对跨国公司在华区位选择的影响［J］．经济研究，2011（1）：71－82.

[14] 杨吾扬．北京市零售商业与服务业中心和网点的过去、现在和未来［J］．地理学报，1994（1）：9－17.

[15] 牛亚菲．中心地模式的实验研究——江苏省赣榆县和灌云县城镇网的优化设计［J］．地理学报，1989，29（2）：167－173.

[16] 曾刚，丁金宏．苏州工业园区中心村建设问题之管见［J］．经济地理，1998（3）：63－67.

[17] 樊杰，许豫东，W. Taubmann. 基于中心地理论对银川市服务功能的解析 [J]. 地理学报，2005，60 (2)：248－256.

[18] 刘龙胜，马亮，邓肯. 客运中心地理论及其应用研究 [J]. 城市规划，2014，38 (7)：48－56.

[19] 王心源，范湘涛，邵芸等. 基于雷达卫星图像的黄淮海平原城镇体系空间结构研究 [J]. 地理科学，2001，21 (1)：57－63.

[20] 李晓萍，江飞涛. 企业异质性与经济地理研究新进展 [J]. 经济学动态，2011 (10)：114－119.

[21] 金煜，陈钊，陆铭. 中国的地区工业集聚：经济地理、新经济地理与经济政策 [J]. 经济研究，2006 (4)：79－89.

[22] 陈建军，陈国亮. 集聚视角下的服务业发展与区位选择：一个最新研究综述 [J]. 浙江大学学报（人文社会科学版），2009，39 (5)：129－137.

[23] 余珮，陈继勇. 新经济地理学框架下跨国公司在中国分层区位选择研究 [J]. 世界经济，2012 (11)：31－58.

[24] 赵勇，白永秀. 知识溢出：一个文献综述 [J]. 经济研究，2009 (1)：144－156.

[25] 吴建峰，符育明. 经济集聚中马歇尔外部性的识别——基于中国制造业数据的研究 [J]. 经济学（季刊），2012，11 (2)：675－690.

[26] 刘修岩. 集聚经济与劳动生产率：基于中国城市面板数据的实证研究 [J]. 数量经济技术经济研究，2009 (7)：109－119.

[27] 刘修岩，张学良. 集聚经济与企业区位选择——基于中国地级区域企业数据的实证研究 [J]. 财经研究，2010，36 (11)：83－92.

[28] Abdel－Rahman H., Fujita M. Product Variety, Marshallian Externalities, and City Sizes [J]. Journal of Regional Science, 1990, 30 (2): 165－183.

[29] Amiti M., Cameron L. Economic Geography and Wages [J]. The Review of Economics and Statistics, 2007, 89 (1): 15－29.

[30] Audretsch D. B., Feldman M. P. Innovative clusters and the industry life cycle [J]. Review of Industrial Organization, 1996, 11 (2): 253－273.

[31] Berry B. J. L., Garrison W. L. The Functional Bases of the Central Place Hierarchy [J]. Economic Geography, 1958, 34 (2): 145－154.

[32] Beckmann M. J., Mcpherson J. C. City Size Distribution in a Central Place Hierarchy: an Alternative Approach [J]. Journal of Regional Science, 1970, 10 (1): 25－33.

[33] Bunge W. Gerrymandering, Geography, and Grouping [J]. Geographical Review, 1966, 56 (2): 256－263.

[34] Burchfield M., Overman H. G. Causes of Sprawl: A Portrait from Space [J]. The

Quarterly Journal of Economics, 2006, 121 (2): 587 - 633.

[35] Baldwin R. E., Okubo T. Heterogeneous Firms, Agglomeration and Economic Geography: Spatial Selection and Sorting [J]. Journal of Economic Geography, 2006, 6 (3): 323 - 346.

[36] Coles M. G. Understanding the Matching Function: The Role of Newspapers and Job Agencies [J]. Cepr Discussion Papers, 1994.

[37] Coles M. G., Smith E. Marketplaces and Matching [J]. International Economic Review, 1994, 39 (39): 239 - 254.

[38] Dixit A. K., Stiglitz J. E. Monopolistic Competition and Optimum Product Diversity. [J]. American Economic Review, 1977, 67 (3): 297 - 308.

[39] Ellison G., Glaeser E. L., Kerr W. R. What Causes Industry Agglomeration? Evidence from Coagglomeration Patterns [J]. The American Economic Review, 2010, 100 (3): 1195 - 1213.

[40] Feldman M. P. The New Economics of Innovation, Spillover and Agglomeration: A Review of Empirical Studies [J]. Economics of Innovation & New Technology, 1999, 8 (1): 5 - 25.

[41] Fujita M. A. Monopolistic Competition Model of Spatial Agglomeration: Differentiated Product Approach [J]. Regional Science & Urban Economics, 1988, 18 (1): 87 - 124.

[42] Fujita M., Ogawa H. Multiple Equilibria and Structural Transition of Non-monocentric Urban Configurations [J]. Regional Science & Urban Economics, 1982, 12 (2): 161 - 196.

[43] Fujita M., Mori T. Structural Stability and Evolution of Urban Systems [J]. Regional Science & Urban Economics, 1997, 27 (4 - 5): 399 - 442.

[44] Glaeser E. L. Learning in Cities [J]. Journal of Urban Economics, 1997, 46 (46): 254 - 277.

[45] Helsley R. W., Strange W. C. Matching and Agglomeration Economies in a System of Cities [J]. Regional Science & Urban Economics, 1990, 20 (2): 189 - 212.

[46] Isard W. Location and Space Economy: A General Theory Relating to Industrial Location, Market Areas, Land Use, Trade and Urban Structure [M]. New York: The MIT Press, 1956.

[47] Jacobs J. 1969. The Economy of Cities. New York: Random House.

[48] Krugman P. R. Increasing Returns, Monopolistic Competition, and International Trade [J]. Journal of International Economics, 1979, 9 (4): 469 - 479.

[49] Krugman P. R. Target Zones and Exchange Rate Dynamics [J]. The Quarterly Journal of Economics, 1991, 106 (3): 669 - 682.

[50] Losch A. The Economics of Location [M]. Yale University Press, New Haven, CT,

1939.

[51] Marshall A. Principles of Economics [M]. London: Macmillan, 1890.

[52] Malmberg A., Maskell P. Localized Learning Revisited [J]. Growth and Change, 2006, 37 (1): 1-18.

[53] Mccann P., Shefer D. Location, Agglomeration and Infrastructure [J]. Papers in Regional Science, 2003, 83 (1): 177-196.

[54] M. C. Central Places in Southern Germany by W. Christaller [J]. Physical Review E Statistical Nonlinear & Soft Matter Physics, 1966, 67 (2): 118-126.

[55] Melitz M. J. The Impact of Trade on Intra-Industry Reallocations and Aggregate Industry Productivity [J]. Econometrica, 2003, 71 (6): 1695-1725.

[56] Okubo T., Picard P. M., Thisse J. F. The Spatial Selection of Heterogeneous Firms [J]. Journal of International Economics, 2010, 82 (2): 230-237.

[57] Ohlin B. Interregional and International Trade [M]. Cambridge: Harvard University Press, 1957.

[58] Polanyi M. Personal Knowledge [M]. University of Chicago Pr. 1958.

[59] Pred A. Behaviour and Location: Foundations for a Geographic and Dynamic Location Theory: Part1 [M]. University of Lund, Lund Studies in Geography B, 1967 (28).

[60] Puga D. The Magnitude and Causes of Agglomeration Economies [J]. Journal of Regional Science, 2010, 50 (1): 203-219.

[61] Samuelson P. A. The Transfer Problem and Transport Costs, II: Analysis of Trade Impediments [J]. Economic Journal, 1954, 64 (254): 264-289.

[62] Stefano Breschi, Francesco Lissoni. Localised Knowledge Spillovers vs. Innovative Milieux: Knowledge "Tacitness" Reconsidered [J]. Papers in Regional Science, 2001, 80 (3): 255-273.

[63] Smith A. An Inquiry into the Nature and Causes of the Wealth of Nations. London: Printed for W. Strahan, and T. Cadell, 1776.

[64] Venables A. J. Equilibrium Locations of Vertically Linked Industries [J]. International Economic Review, 1996, 37 (2): 341-59.

[65] Weber A. Theory of the Location of Industries [M]. Trans C J. Friedrich. Chicago: University of Chicago Press, 1929.

# 第二章　中国制造业的空间演进动态[①]

## 第一节　中国制造业区位发展现状评价

### 一、行业与区域的选取

#### （一）制造业行业选取

按照我国《国民经济行业分类》（GB/T 4754－2011）将产业分为 A～T 的 20 个门类产业，称为一位数产业，如表 2－1 所示。每个一类行业又分为若干个小行业，称为两位数行业，也即大类行业，共 98 个，然后又有中类行业 980 个，小类 9800 个。而本书所研究的行业即是 C 门类制造业的两位数行业。C 门类制造业是工业部门扣除了采掘业和电力、燃气及水的生产和供应之后的产业部门，共有 30 个两位数行业，但是限于数据的连续性与统计口径的一致性，本章共选取 21 个两位数行业，如表 2－2 所示，搜集了各行业 2000～2011 年的数据进行分析。

**表 2－1　　　　　　　　A～T 门类产业**

| | | | |
|---|---|---|---|
| A | 农、林、牧、渔业 | D | 电力、燃气及水的生产和供应 |
| B | 采矿业 | E | 建筑业 |
| C | 制造业 | F | 批发和零售 |

① 本章由暨南大学产业经济研究院张会勤、李洪春、陶锋执笔。

续表

| | | | |
|---|---|---|---|
| G | 交通运输、仓储和邮政 | N | 水利、环境和公共设施管理 |
| H | 住宿和餐饮业 | O | 居民服务和其他服务 |
| I | 信息传输、计算机服务和软件业 | P | 教育 |
| J | 金融业 | Q | 卫生和社会工作 |
| K | 房地产业 | R | 文化、体育和娱乐业 |
| L | 租赁和商务服务 | S | 公共管理和社会组织 |
| M | 科学研究、技术服务和地质勘查 | T | 国际组织 |

资料来源：《国民经济行业分类》（GB/T 4754－2011）。

**表2－2　C门类的21个两位数行业**

| | | | |
|---|---|---|---|
| C13 | 农副食品加工业 | C31 | 非金属矿物制品业 |
| C14 | 食品制造业 | C32 | 黑色金属冶炼及压延加工业 |
| C15 | 饮料制造业 | C33 | 有色金属冶炼及压延加工业 |
| C16 | 烟草制品业 | C34 | 金属制品业 |
| C17 | 纺织业 | C35 | 通用设备制造业 |
| C18 | 纺织服装、鞋、帽制造业 | C36 | 专用设备制造业 |
| C22 | 造纸及纸制品业 | C37 | 交通运输设备制造业 |
| C25 | 石油加工、炼焦加工业 | C39 | 电气机械及器材制造业 |
| C26 | 化学原料及化学制品制造业 | C40 | 通信设备、计算机及其他电子设备制造业 |
| C27 | 医药制造业 | C41 | 仪器仪表及文化、办公用机械制造业 |
| C28 | 化学纤维制造业 | | |

资料来源：《国民经济行业分类》（GB/T 4754－2011）。

### （二）区域的选取与划分

由于西藏地区数据缺失较多，本部分选取了全国30个省份（自治区、直辖市），并且按照1986年由全国人大六届四次会议通过的“七五”计划，将全国30个省份（自治区、直辖市）划分为东、中、西三个区域。如表2－3所示。

**表2－3　东、中、西区域的划分**

| 区域 | 省份（自治区、直辖市） |
|---|---|
| 东部区域 | 北京、天津、河北、山东、上海、江苏、浙江、福建、广东、海南、辽宁 |
| 中部区域 | 山西、安徽、河南、湖北、湖南、江西、吉林、黑龙江 |
| 西部区域 | 陕西、内蒙古、广西、重庆、四川、贵州、云南、甘肃、青海、宁夏、新疆 |

资料来源：中华人民共和国政府网站。

## 二、制造业空间发展历程

自 1978 年改革开放以来，我国制造业发展迅速，已成为国民经济增长的主要源泉。2000 ~ 2011 年，我国制造业产值占工业产值的比重一直保持在 80% 以上，2011 年制造业增加值为 150597 亿元，相比 2000 年的 19396. 51 亿元，年均增长率为 20. 48% ，可见制造业一直是我国工业行业的主力军，也是我国国民经济增长的主要动力。2000 年，我国制造业总产值为 73923. 82 亿元，而 2010 年制造业总产值为 609558. 50 亿元，按可比口径计算，年均增长率约为 23. 49% ，占全球制造业份额的近 20% ，规模位居世界第一，220 余种工业产品产量位居世界前列，我国已经成为名副其实的全球制造业大国。从本书研究的 21 个制造业行业发展情况来看，全国规模以上工业企业总产值从 2000 年的 67604. 65 亿元，增加到 2011 年的 671167. 04 亿元，年均增长速度为 23. 20% 。从从业人员来看，2000 年全部从业人员年平均人数为 4461. 6 万人，2011 年增加到 6890. 17 万人，年均增长率为 4. 03% 。下面来具体分析各行业的发展状况。

首先，2000 ~2011 年 21 个制造业工业总产值如图 2 －1 所示，从图 2 －1 中可看出制造业工业总产值在此期间内呈上升趋势。

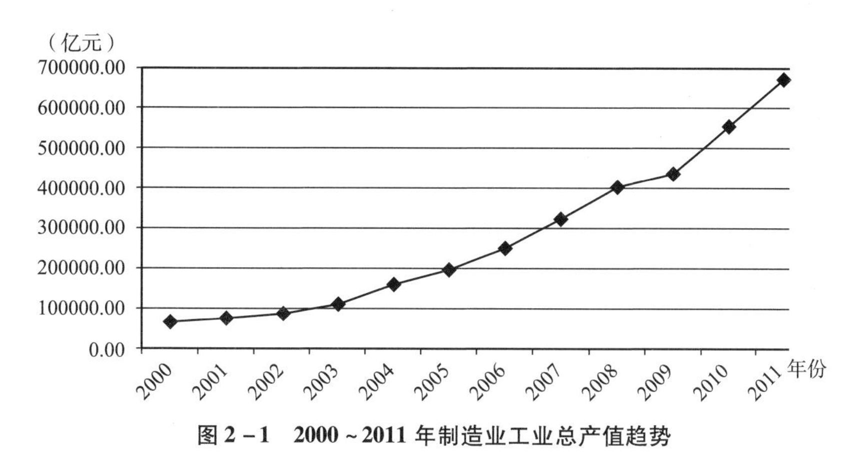


**图 2 －1　2000 ~2011 年制造业工业总产值趋势**

资料来源：根据国研网工业统计数据库和历年《中国工业统计年鉴》数据整理得到。

中国各区域经济条件、自然环境、交通环境等有着较大区别，因此这些也必然反映在各个产业的地理分布中，我们以 2011 年的数据为例，通过表 2 －4 可以观察到各个产业在东、中、西部的市场份额数据。

表 2-4　　2011 年东、中、西地区各制造业行业市场份额　　单位：%

| 行业代码及名称 | 各区域市场份额 | | |
|---|---|---|---|
| | 东 | 中 | 西 |
| C13 农副食品加工业 | 50.02 | 33.89 | 16.09 |
| C14 食品制造业 | 53.67 | 29.92 | 16.40 |
| C15 饮料制造业 | 41.80 | 29.07 | 29.02 |
| C16 烟草制品业 | 37.22 | 29.75 | 33.03 |
| C17 纺织业 | 77.50 | 16.21 | 6.29 |
| C18 纺织服装、鞋、帽制造业 | 81.01 | 16.10 | 2.90 |
| C22 造纸及纸制品业 | 68.15 | 21.84 | 10.00 |
| C25 石油加工、炼焦加工业 | 63.25 | 18.43 | 18.32 |
| C26 化学原料及化学制品制造业 | 66.96 | 20.55 | 12.49 |
| C27 医药制造业 | 54.73 | 28.96 | 16.27 |
| C28 化学纤维制造业 | 88.34 | 7.21 | 4.45 |
| C31 非金属矿物制品业 | 52.72 | 32.07 | 15.17 |
| C32 黑色金属冶炼及压延加工业 | 63.33 | 21.40 | 15.28 |
| C33 有色金属冶炼及压延加工业 | 41.68 | 35.66 | 22.66 |
| C34 金属制品业 | 78.01 | 14.75 | 7.24 |
| C35 通用设备制造业 | 73.74 | 17.47 | 8.80 |
| C36 专用设备制造业 | 62.02 | 28.07 | 9.91 |
| C37 交通运输设备制造业 | 61.24 | 25.28 | 13.48 |
| C39 电气机械及器材制造业 | 77.10 | 16.14 | 6.76 |
| C40 通信设备、计算机及其他电子设备制造业 | 88.16 | 6.11 | 5.74 |
| C41 仪器仪表及文化、办公用机械制造业 | 83.92 | 11.25 | 4.83 |

资料来源：根据国研网工业统计数据库和历年《中国工业统计年鉴》数据整理得到。

从表 2-4 中可以看出，我国制造业地理分布很不均匀，大部分制造业行业都集聚在东部地区，除了 C15、C16、C33 产业外，其余 18 个产业在东部的产值份额都超过了 50%，尤其是 C18、C28、C40、C41 产业的产值份额超过了 80%。这说明东部地区在我国制造业各行业上都占有绝对优势，是我国制造业的集聚地。

表 2-5 反映了 21 行业工业总产值平均年增长率及其分东、中、西部地区的年平均增长率情况。首先从全国来看，2000~2011 年，中国各制造业产业工业产值大部分呈上升趋势，如 C26、C31、C32、C35、C37、C39、C40 等资

本密集型产业增速较快，且这一期间工业生产总值排名比较靠前。C33、C36、C34、C41 等资本密集型产业虽然产值排名稍微靠后，但是增长势头也较为可观，尤其是 C33 产业，这一时期年平均增速达到 29.01%。而 C14、C15、C16、C17、C18、C22、C25、C27、C28 等劳动密集型产业产值排名比较靠后，增速缓慢，只有 C13 农副食品加工业还保持高速增长，这说明劳动密集型产业已经不符合现代社会发展的要求，其发展势必是有限的，而制造业的转型升级是指日可待的。

**表 2-5　　2000~2011 年制造业各行业工业总产值平均年增长率**　　单位：%

| 行业代码及名称 | 平均年增长率 | 东部平均年增长率 | 中部平均年增长率 | 西部平均年增长率 |
|---|---|---|---|---|
| C13 农副食品加工业 | 25.20 | 23.20 | 29.02 | 27.14 |
| C14 食品制造业 | 22.99 | 20.65 | 27.16 | 29.12 |
| C15 饮料制造业 | 18.96 | 15.58 | 21.98 | 23.65 |
| C16 烟草制品业 | 15.08 | 18.40 | 15.55 | 12.36 |
| C17 纺织业 | 18.28 | 18.34 | 19.43 | 18.04 |
| C18 纺织服装、鞋、帽制造业 | 17.53 | 16.24 | 39.43 | 40.20 |
| C22 造纸及纸制品业 | 20.24 | 19.76 | 22.81 | 21.06 |
| C25 石油加工、炼焦加工业 | 21.25 | 20.81 | 18.15 | 29.69 |
| C26 化学原料及化学制品制造业 | 23.92 | 24.04 | 24.25 | 24.01 |
| C27 医药制造业 | 21.33 | 21.18 | 23.64 | 21.00 |
| C28 化学纤维制造业 | 16.51 | 17.96 | 10.29 | 18.39 |
| C31 非金属矿物制品业 | 24.23 | 22.88 | 27.92 | 26.52 |
| C32 黑色金属冶炼及压延加工业 | 26.73 | 26.44 | 27.21 | 26.73 |
| C33 有色金属冶炼及压延加工业 | 29.01 | 27.81 | 32.23 | 26.91 |
| C34 金属制品业 | 22.35 | 21.79 | 27.63 | 27.63 |
| C35 通用设备制造业 | 26.65 | 26.03 | 29.98 | 27.40 |
| C36 专用设备制造业 | 25.27 | 22.90 | 29.72 | 29.04 |
| C37 交通运输设备制造业 | 25.14 | 25.87 | 23.69 | 25.32 |
| C39 电气机械及器材制造业 | 23.98 | 23.65 | 29.06 | 26.97 |
| C40 通信设备、计算机及其他电子设备制造业 | 21.41 | 20.72 | 25.21 | 21.66 |
| C41 仪器仪表及文化、办公用机械制造业 | 21.85 | 24.24 | 26.97 | 19.76 |

资料来源：根据国研网工业统计数据库和历年《中国工业统计年鉴》数据整理得到。

但分东、中、西部地区来看，2000~2011 年，在几乎所有产业的增长率上，东部地区并不占优势，相反中西部地区大部分产业的增长速度均高于全国平均增长速度，且快于东部地区。另外分时间段来看，表 2-6 的数据表明，

2000～2005年，东部地区C16、C17、C22、C26、C27、C28、C31、C32、C33、C34、C35、C37、C39、C40的14个产业较中西部地区增长更快，而其余7个产业增长速度较中西部地区稍慢。而在2006～2011年，东部地区所有的产业都较中西部地区增长稍慢。纵向来看，东部地区除C13、C14、C15、C27、C36产业之外，其他所有产业2006～2011年的年平均增长速度均低于2000～2005年的年平均增长速度，而中部地区除C25、C32、C33、C41之外，其他所有产业2006～2011年的年平均增长速度均高于2000～2005年的年平均增长速度，西部地区除C14、C25、C32、C33、C36的5个产业之外，其他所有产业2006～2011年的年平均增长速度也均高于2000～2005年的年平均增长速度。这说明东部地区在获得高速发展之后，各种矛盾也日益出现，长三角、珠三角等沿海地区资本相对饱和，土地、劳动等要素成本不断上升，用工荒问题不断加剧。特别是受2008年金融危机的影响，东部地区遭受严重的出口打击，国外市场需求疲软。蔡昉（2009）认为，在金融危机之前，中国外向型制造业已经受到劳动力短缺和工资成本快速上升的影响，中国实体经济在这次危机中遭受冲击最严重的是沿海生产劳动密集型产品的外向型企业。在此情势下，近年来沿海地区制造业产业集聚的趋势发生了逆转，范剑勇、姚静（2011）的研究表明，从2004年开始沿海地区制造业产业集聚出现了从集聚向扩散的转变，东部产业有向中西部地区扩散的趋势。如2006年英特尔的生产基地从上海迁至成都；2007年惠普在重庆设立笔记本电脑出口制造基地；2010年富士康从深圳向郑州迁移、2011年在衡阳建立生产研发基地。而从国家政策来看，2010年9月6日国务院发布了《国务院关于中西部地区承接产业转移的指导意见》，2010年10月，“十二五”规划出台，提出了加快经济发展方式转变的方针政策，这说明东部地区顺应资源成本上升转型升级，而中西部地区承接产业转移是未来产业发展的大势所趋。

**表2－6 东、中、西部地区制造业各行业工业总产值分时间段年平均增长率** 单位：%

| 行业代码及名称 | 东部年平均增长率 | | 中部年平均增长率 | | 西部年平均增长率 | |
|---|---|---|---|---|---|---|
| | 2000～2005年 | 2006～2011年 | 2000～2005年 | 2006～2011年 | 2000～2005 | 2006～2011年 |
| C13 农副食品加工业 | 24.39 | 22.42 | 21.52 | 37.51 | 24.63 | 30.44 |
| C14 食品制造业 | 20.17 | 20.94 | 22.84 | 29.91 | 31.93 | 27.33 |
| C15 饮料制造业 | 11.50 | 19.01 | 10.92 | 30.77 | 15.46 | 30.16 |
| C16 烟草制品业 | 20.05 | 17.07 | 14.44 | 17.22 | 10.19 | 15.00 |

续表

| 行业代码及名称 | 东部年平均增长率 | | 中部年平均增长率 | | 西部年平均增长率 | |
|---|---|---|---|---|---|---|
| | 2000～2005年 | 2006～2011年 | 2000～2005年 | 2006～2011年 | 2000～2005年 | 2006～2011年 |
| C17 纺织业 | 22.53 | 13.85 | 9.89 | 28.58 | 12.60 | 22.01 |
| C18 纺织服装、鞋、帽制造业 | 24.77 | 13.01 | 35.28 | 41.53 | 23.68 | 44.49 |
| C22 造纸及纸制品业 | 23.35 | 16.11 | 18.63 | 26.57 | 13.90 | 29.81 |
| C25 石油加工、炼焦加工业 | 21.89 | 19.09 | 19.43 | 16.79 | 33.67 | 23.95 |
| C26 化学原料及化学制品制造业 | 24.78 | 22.69 | 18.49 | 30.60 | 21.76 | 27.43 |
| C27 医药制造业 | 21.80 | 21.95 | 17.15 | 29.98 | 18.02 | 25.37 |
| C28 化学纤维制造业 | 18.91 | 16.08 | 8.43 | 12.32 | 11.41 | 26.54 |
| C31 非金属矿物制品业 | 22.67 | 22.65 | 17.88 | 37.76 | 16.87 | 37.07 |
| C32 黑色金属冶炼及压延加工业 | 36.71 | 18.41 | 33.58 | 23.67 | 30.93 | 24.16 |
| C33 有色金属冶炼及压延加工业 | 30.78 | 19.56 | 30.07 | 28.51 | 25.70 | 21.22 |
| C34 金属制品业 | 22.26 | 20.11 | 18.00 | 36.18 | 14.37 | 40.83 |
| C35 通用设备制造业 | 29.26 | 22.11 | 26.86 | 34.62 | 22.18 | 30.91 |
| C36 专用设备制造业 | 20.60 | 23.98 | 21.12 | 36.99 | 30.85 | 27.48 |
| C37 交通运输设备制造业 | 25.44 | 25.28 | 19.93 | 27.29 | 23.87 | 25.94 |
| C39 电气机械及器材制造业 | 23.42 | 22.39 | 19.85 | 38.07 | 21.16 | 31.37 |
| C40 通信设备、计算机及其他电子设备制造业 | 29.50 | 12.07 | 12.50 | 37.99 | 8.01 | 37.10 |
| C41 仪器仪表及文化、办公用机械制造业 | 19.93 | 18.81 | 90.25 | 30.54 | 18.22 | 19.19 |

资料来源：根据国研网工业统计数据库和历年《中国工业统计年鉴》数据整理得到。

## 第二节　中国制造业集聚与扩散趋势分析

### 一、测量方法介绍

经济活动集聚程度的测量是理论和实践关注的重点。从20世纪20年代

Alfred Marshall 提出集聚概念来描述相同或相关联产业在地理空间上的集聚现象后，产业集聚的测度方法得到了经济学家的广泛关注，并在20世纪90年代以来取得了快速的发展。当前国外产业集聚的测量方法主要包括区位熵（或专业化指数）、熵指数、赫芬达尔指数、空间基尼系数、产业集群指数（EG指数、$\gamma$指数）、产业区域集聚程度$\theta$指数、绝对份额指数。本书使用制造业各行业的产值数据，结合赫芬达尔指数、绝对份额指数、区位熵三指标来分析我国2000~2011年制造业各行业在省际区域的集聚与分散情况。

### （一）区位熵（专业化指数）

熵即是比率的比率，它由哈盖特（P. Haggett）首先提出并用于区位分析中。在产业结构研究中，区位熵通常用于分析某个区域产业的专业化水平。区位熵的计算公式为：

$$L_{ij}=\frac{q_{ij}/q_i}{q_j/q_c}$$

其中，$q_{ij}$表示地区$j$产业$i$的产值，可用产值、产量、生产能力、就业人数等指标来代表；$q_i$表示产业$i$的全国工业总产值；$q_j$表示地区$j$的工业产值；$q_c$表示全国工业总产值。区位熵指数越高，表示地区$j$在产业$i$上的专业化优势越明显，产业的集聚程度越高。

区位熵的优点在于计算较为简单，能够较形象地反映某个地区的优势产业和产业集聚水平；缺点在于不能反映区域经济发展水平的差异性，区位熵最大的地区不一定是某产业集聚水平最高的地区。

目前有很多著作使用区位熵理论，如 Savona、Maria 等（2004）根据区位熵原理构建了国际产业转移指数（international relocation of production index），分析了国际产业转移与意大利产业发展的相关关系；陈皓、朱洪兴、王培振（2012）通过构建区位熵指标来反映上海地区制造业各产业的专业化程度。

### （二）赫芬达尔指数

赫芬达尔指数是衡量产业集聚程度的重要指标，该指数的理论基础来源于贝恩（Bain）的“结构—行为—绩效”（SCP）理论，由 A. Hirschman 提出，后经哥伦比亚大学 O. Hirschman 加以改进。计算公式为：

$$H=\sum_{i=1}^{n}(x_i/X)^2$$

其中，其中 $X$ 代表该产业的全国总产值，$x_i$ 表示 $i$ 地区该产业的产值，$n$ 表示所选取地区的个数。该指标能够度量该产业是平均地分布于各地区还是集中于少数几个地区。如果在一定时期内该指数呈现上升趋势，则说明该产业为集聚趋势，反之则为扩散趋势。

### （三）绝对份额指数

绝对份额指数的计算公式如下：

$$P_{ij}=\frac{r_{ij}}{q_i}$$

其中，$r_{ij}$表示区域 $j$ 产业 $i$ 的产值；$q_i$ 表示产业 $i$ 的全国产值。通过该指标可以看出我国制造业各产业在东、中、西部城市的分布情况。

## 二、测量结果分析

首先，本书计算出 2000～2011 年各制造业行业的 $H$ 值，如表 2－7 所示。另从图 2－2 中可以看出，C25 石油加工、炼焦加工业，C26 化学原料及化学制品制造业，C27 医药制造业，C28 化学纤维制造业，C32 黑色金属冶炼及压延加工业，C33 有色金属冶炼及压延加工业，C37 交通运输设备制造业的 $H$ 值 2000～2011 年呈现上升趋势，其他行业总体上在 2000～2005 年间呈现上升趋势，2005～2011 年表现为下降趋势，这说明除了这三个行业在 2000～2011 年表现为集聚趋势之外，其他制造业行业总体上在 2000～2005 年表现为集聚趋势，而在 2005 年之后表现为扩散趋势。这说明我国制造业中劳动密集型产业大部分已经出现扩散趋势，而一部分资本密集型及技术密集型产业也出现了扩散趋势，另外一些产业仍在东部地区集聚。

表 2－7　　2000～2011 年中国各制造业行业的 $H$ 值

| 行业代码 | 2000 年 | 2001 年 | 2002 年 | 2003 年 | 2004 年 | 2005 年 | 2006 年 | 2007 年 | 2008 年 | 2009 年 | 2010 年 | 2011 年 |
|---|---|---|---|---|---|---|---|---|---|---|---|---|
| C13 | 0.086 | 0.093 | 0.098 | 0.1 | 0.106 | 0.11 | 0.108 | 0.104 | 0.095 | 0.092 | 0.082 | 0.076 |
| C14 | 0.071 | 0.072 | 0.07 | 0.07 | 0.069 | 0.076 | 0.077 | 0.079 | 0.078 | 0.077 | 0.07 | 0.065 |
| C15 | 0.063 | 0.064 | 0.064 | 0.065 | 0.063 | 0.066 | 0.064 | 0.063 | 0.06 | 0.062 | 0.063 | 0.065 |
| C16 | 0.102 | 0.096 | 0.091 | 0.087 | 0.084 | 0.082 | 0.08 | 0.079 | 0.076 | 0.074 | 0.074 | 0.073 |
| C17 | 0.123 | 0.131 | 0.14 | 0.142 | 0.156 | 0.155 | 0.156 | 0.154 | 0.152 | 0.146 | 0.139 | 0.128 |
| C18 | 0 | 0 | 0 | 0 | 0.147 | 0.144 | 0.145 | 0.141 | 0.136 | 0.13 | 0.124 | 0.116 |

续表

| 行业代码 | 2000年 | 2001年 | 2002年 | 2003年 | 2004年 | 2005年 | 2006年 | 2007年 | 2008年 | 2009年 | 2010年 | 2011年 |
|---|---|---|---|---|---|---|---|---|---|---|---|---|
| C22 | 0.092 | 0.093 | 0.099 | 0.107 | 0.114 | 0.114 | 0.114 | 0.112 | 0.107 | 0.102 | 0.096 | 0.090 |
| C25 | 0.073 | 0.073 | 0.072 | 0.071 | 0.069 | 0.067 | 0.068 | 0.066 | 0.066 | 0.066 | 0.064 | 0.064 |
| C26 | 0.074 | 0.078 | 0.082 | 0.083 | 0.086 | 0.092 | 0.095 | 0.094 | 0.094 | 0.099 | 0.093 | 0.091 |
| C27 | 0.055 | 0.055 | 0.055 | 0.057 | 0.058 | 0.061 | 0.061 | 0.062 | 0.064 | 0.065 | 0.064 | 0.064 |
| C28 | 0.131 | 0.146 | 0.158 | 0.198 | 0.223 | 0.238 | 0.256 | 0.246 | 0.261 | 0.262 | 0.265 | 0.274 |
| C31 | 0.071 | 0.072 | 0.072 | 0.076 | 0.079 | 0.084 | 0.084 | 0.084 | 0.081 | 0.077 | 0.071 | 0.069 |
| C32 | 0.067 | 0.066 | 0.066 | 0.071 | 0.074 | 0.077 | 0.078 | 0.077 | 0.079 | 0.08 | 0.077 | 0.077 |
| C33 | 0.051 | 0.052 | 0.052 | 0.054 | 0.058 | 0.059 | 0.06 | 0.061 | 0.064 | 0.066 | 0.063 | 0.063 |
| C34 | 0.118 | 0.119 | 0.123 | 0.129 | 0.127 | 0.123 | 0.124 | 0.123 | 0.113 | 0.109 | 0.106 | 0.097 |
| C35 | 0.107 | 0.109 | 0.11 | 0.112 | 0.109 | 0.106 | 0.106 | 0.104 | 0.102 | 0.101 | 0.097 | 0.091 |
| C36 | 0.098 | 0.097 | 0.095 | 0.086 | 0.085 | 0.084 | 0.083 | 0.081 | 0.079 | 0.079 | 0.079 | 0.078 |
| C37 | 0.071 | 0.071 | 0.071 | 0.071 | 0.066 | 0.064 | 0.065 | 0.066 | 0.066 | 0.066 | 0.066 | 0.065 |
| C39 | 0.125 | 0.128 | 0.131 | 0.138 | 0.138 | 0.139 | 0.137 | 0.133 | 0.126 | 0.12 | 0.119 | 0.119 |
| C40 | 0.156 | 0.17 | 0.183 | 0.198 | 0.2 | 0.201 | 0.196 | 0.19 | 0.188 | 0.185 | 0.179 | 0.187 |
| C41 | 0.178 | 0.174 | 0.174 | 0.184 | 0.178 | 0.17 | 0.16 | 0.161 | 0.151 | 0.144 | 0.146 | 0.165 |

资料来源：根据国研网工业统计数据库和历年《中国工业统计年鉴》数据整理得到。

为进一步测量这些行业扩散的方向，本书计算出了东、中、西部地区2000~2011年各行业的市场份额数据，如表2-8所示。从表2-8中可观察到除C16烟草制品业、C33有色金属冶炼及压延加工业东部地区所占份额相对较少之外，其他制造业行业所占份额都达到50%以上。这说明我国大部分制造业分布在东部，而中部、西部成为外围地区。另外发现，与各制造业行业的$H$值相照应，各制造业行业东部地区市场份额除C26化学原料及化学制品制造业、C27医药制造业、C28化学纤维制造业、C32黑色金属冶炼及压延加工业、C33有色金属冶炼及压延加工业、C37交通运输设备制造业在2000~2010年呈现上升趋势之外，其他行业在2000~2004年左右呈现上升趋势，而从2005年左右开始出现下降趋势，相应地，中部、西部地区在同样的年份分别出现下降、上升趋势。这与范剑勇（2004）的结论基本上是一致的，他使用了产业份额指标、地区专业化水平指标和产业集中度指标，测度了长三角地区内部产业转移趋势，得出我国制造业在2004年前呈现向沿海一带集聚的趋势，但在2004年后变为扩散与集聚并存。

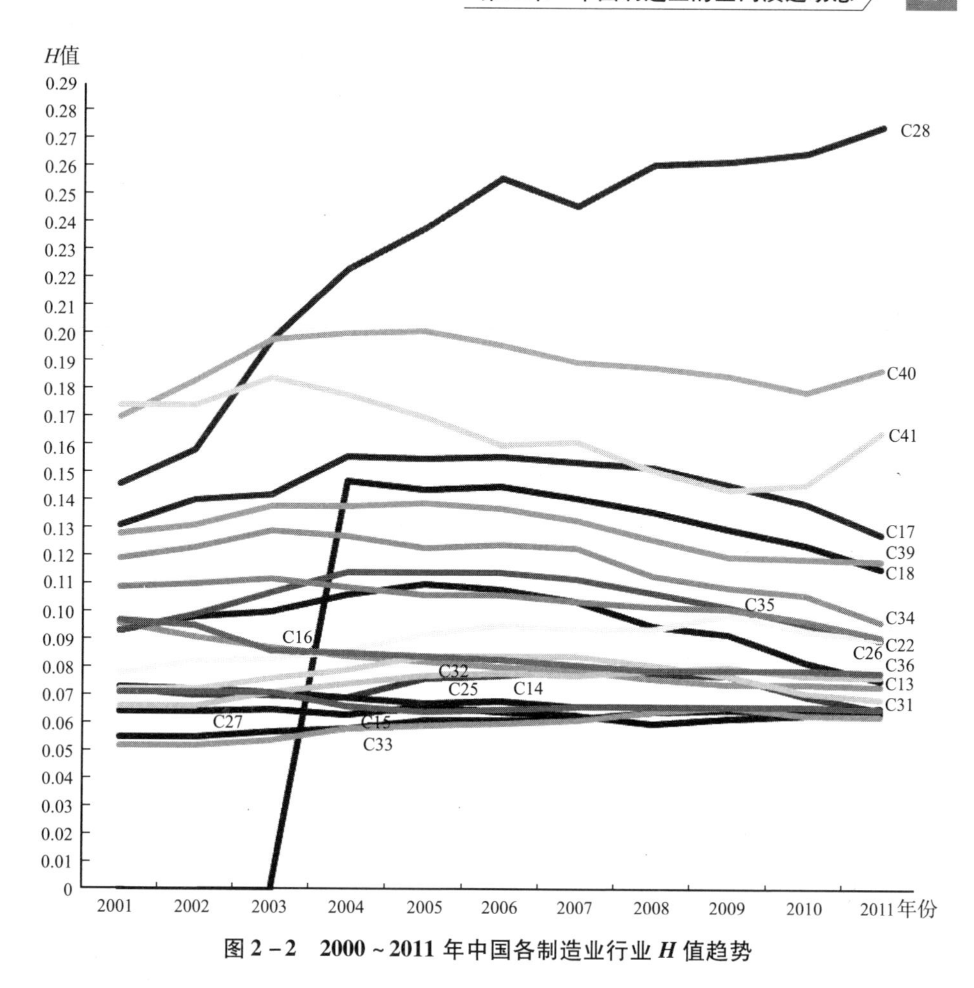


**图 2-2　2000~2011 年中国各制造业行业 *H* 值趋势**

为进一步说明这两个指数的分析方法，本书以 C13 农副食品加工业，C40 通信设备、计算机及其他电子设备制造业为例进行具体分析。C13 农副食品加工业的 *H* 值在 2000~2005 年呈现上升趋势，而从 2006 年开始出现下降趋势。东部市场份额在 2000~2004 年呈现上升趋势，而从 2005 年开始出现下降趋势，中西部市场份额在 2000~2004 年呈现下降趋势，而从 2005 年开始表现为上升趋势，这说明 C13 产业在 2000~2005 年表现为向东部地区集聚的趋势，而从 2006 年开始有从东部地区向中西部地区扩散的趋势；C40 通信设备、计算机及其他电子设备制造业 *H* 值 2000~2005 年表现为上升趋势，从 2006 年开始表现为下降趋势，东部地区市场份额在 2000~2005 年呈上升趋势，2006 年开始出现下降趋势，而中西部市场份额 2000~2005 年呈下降趋势，从 2006 年开始出现上升趋势，这说明 C40 行业 2000～2005 年表现为在东部地区集聚的趋势，而从 2006 年开始从东部地区向中西部地区扩散。本书关于 C40 产业分析的结论与张公嵬、梁琦（2010）的分析是一致的，该论文利用省际数据进行分析，认为电子通信设备制造业在 1995～2006 年表现为集聚趋势，而从 2006 开始表现为扩散趋势。徐勇（2009）根据省际面板数据，运用修正的 EG 指数，分析得出我国电子与通信设备制造业在 2000～2006 年表现为集聚趋势，杨洪焦（2009）运用基尼系数、Hoover 系数以及 EG 系数也得到了相同的结论。

**表 2-8　　2000～2011 年东、中、西部地区各制造业行业市场份额**

| 行业代码 | 区域 | 2000 年 | 2001 年 | 2002 年 | 2003 年 | 2004 年 | 2005 年 | 2006 年 | 2007 年 | 2008 年 | 2009 年 | 2010 年 | 2011 年 |
|---|---|---|---|---|---|---|---|---|---|---|---|---|---|
| C13 | 东 | 0.621 | 0.635 | 0.638 | 0.636 | 0.652 | 0.630 | 0.621 | 0.601 | 0.581 | 0.562 | 0.536 | 0.500 |
| | 中 | 0.244 | 0.231 | 0.224 | 0.223 | 0.207 | 0.226 | 0.234 | 0.251 | 0.268 | 0.281 | 0.306 | 0.339 |
| | 西 | 0.136 | 0.134 | 0.139 | 0.141 | 0.141 | 0.143 | 0.145 | 0.148 | 0.151 | 0.157 | 0.158 | 0.161 |
| C14 | 东 | 0.697 | 0.691 | 0.666 | 0.651 | 0.640 | 0.632 | 0.613 | 0.598 | 0.574 | 0.571 | 0.553 | 0.537 |
| | 中 | 0.207 | 0.210 | 0.222 | 0.217 | 0.215 | 0.221 | 0.241 | 0.254 | 0.269 | 0.270 | 0.282 | 0.299 |
| | 西 | 0.096 | 0.099 | 0.113 | 0.132 | 0.145 | 0.147 | 0.146 | 0.149 | 0.157 | 0.158 | 0.165 | 0.164 |
| C15 | 东 | 0.589 | 0.590 | 0.589 | 0.595 | 0.593 | 0.568 | 0.533 | 0.509 | 0.483 | 0.469 | 0.442 | 0.418 |
| | 中 | 0.221 | 0.207 | 0.201 | 0.198 | 0.201 | 0.210 | 0.231 | 0.245 | 0.264 | 0.264 | 0.279 | 0.291 |
| | 西 | 0.190 | 0.202 | 0.209 | 0.206 | 0.205 | 0.221 | 0.236 | 0.245 | 0.252 | 0.266 | 0.278 | 0.290 |
| C16 | 东 | 0.285 | 0.311 | 0.348 | 0.361 | 0.376 | 0.358 | 0.368 | 0.371 | 0.374 | 0.357 | 0.385 | 0.372 |
| | 中 | 0.284 | 0.282 | 0.264 | 0.258 | 0.268 | 0.285 | 0.285 | 0.292 | 0.285 | 0.292 | 0.288 | 0.297 |
| | 西 | 0.430 | 0.406 | 0.388 | 0.382 | 0.356 | 0.357 | 0.348 | 0.338 | 0.341 | 0.351 | 0.327 | 0.330 |
| C17 | 东 | 0.790 | 0.813 | 0.828 | 0.841 | 0.860 | 0.858 | 0.852 | 0.838 | 0.829 | 0.816 | 0.804 | 0.775 |
| | 中 | 0.146 | 0.130 | 0.117 | 0.107 | 0.094 | 0.095 | 0.098 | 0.109 | 0.118 | 0.126 | 0.135 | 0.162 |
| | 西 | 0.064 | 0.058 | 0.054 | 0.052 | 0.046 | 0.047 | 0.050 | 0.054 | 0.053 | 0.058 | 0.061 | 0.063 |
| C18 | 东 | 0.000 | 0.000 | 0.000 | 0.000 | 0.938 | 0.933 | 0.928 | 0.916 | 0.901 | 0.884 | 0.855 | 0.810 |
| | 中 | 0.000 | 0.000 | 0.000 | 0.000 | 0.053 | 0.058 | 0.062 | 0.071 | 0.084 | 0.097 | 0.123 | 0.161 |
| | 西 | 0.000 | 0.000 | 0.000 | 0.000 | 0.009 | 0.009 | 0.010 | 0.013 | 0.015 | 0.019 | 0.022 | 0.029 |
| C22 | 东 | 0.734 | 0.741 | 0.755 | 0.769 | 0.783 | 0.777 | 0.774 | 0.761 | 0.745 | 0.723 | 0.710 | 0.682 |
| | 中 | 0.173 | 0.173 | 0.166 | 0.157 | 0.146 | 0.155 | 0.161 | 0.173 | 0.182 | 0.190 | 0.195 | 0.218 |
| | 西 | 0.093 | 0.086 | 0.080 | 0.074 | 0.071 | 0.068 | 0.065 | 0.066 | 0.072 | 0.087 | 0.095 | 0.100 |

续表

| 行业代码 | 区域 | 2000年 | 2001年 | 2002年 | 2003年 | 2004年 | 2005年 | 2006年 | 2007年 | 2008年 | 2009年 | 2010年 | 2011年 |
|---|---|---|---|---|---|---|---|---|---|---|---|---|---|
| C25 | 东 | 0.667 | 0.645 | 0.660 | 0.646 | 0.635 | 0.643 | 0.641 | 0.638 | 0.623 | 0.628 | 0.636 | 0.632 |
| | 中 | 0.245 | 0.234 | 0.228 | 0.237 | 0.233 | 0.220 | 0.207 | 0.206 | 0.213 | 0.203 | 0.192 | 0.184 |
| | 西 | 0.087 | 0.121 | 0.111 | 0.117 | 0.132 | 0.138 | 0.153 | 0.157 | 0.164 | 0.170 | 0.172 | 0.183 |
| C26 | 东 | 0.678 | 0.709 | 0.713 | 0.725 | 0.732 | 0.720 | 0.729 | 0.719 | 0.701 | 0.700 | 0.691 | 0.670 |
| | 中 | 0.200 | 0.179 | 0.173 | 0.166 | 0.159 | 0.164 | 0.161 | 0.168 | 0.179 | 0.181 | 0.192 | 0.205 |
| | 西 | 0.124 | 0.112 | 0.114 | 0.109 | 0.109 | 0.117 | 0.111 | 0.112 | 0.120 | 0.119 | 0.117 | 0.125 |
| C27 | 东 | 0.596 | 0.601 | 0.603 | 0.613 | 0.622 | 0.621 | 0.610 | 0.599 | 0.587 | 0.586 | 0.575 | 0.547 |
| | 中 | 0.235 | 0.228 | 0.228 | 0.227 | 0.213 | 0.218 | 0.232 | 0.242 | 0.255 | 0.255 | 0.271 | 0.290 |
| | 西 | 0.168 | 0.170 | 0.168 | 0.159 | 0.163 | 0.161 | 0.156 | 0.157 | 0.157 | 0.158 | 0.153 | 0.163 |
| C28 | 东 | 0.831 | 0.817 | 0.823 | 0.851 | 0.865 | 0.875 | 0.888 | 0.878 | 0.885 | 0.890 | 0.881 | 0.883 |
| | 中 | 0.132 | 0.147 | 0.140 | 0.126 | 0.109 | 0.094 | 0.084 | 0.092 | 0.080 | 0.063 | 0.073 | 0.072 |
| | 西 | 0.037 | 0.037 | 0.036 | 0.022 | 0.026 | 0.031 | 0.029 | 0.030 | 0.035 | 0.047 | 0.046 | 0.044 |
| C31 | 东 | 0.642 | 0.655 | 0.654 | 0.663 | 0.686 | 0.678 | 0.670 | 0.646 | 0.622 | 0.589 | 0.562 | 0.527 |
| | 中 | 0.232 | 0.222 | 0.218 | 0.214 | 0.203 | 0.213 | 0.222 | 0.244 | 0.260 | 0.274 | 0.291 | 0.321 |
| | 西 | 0.124 | 0.122 | 0.127 | 0.121 | 0.110 | 0.109 | 0.108 | 0.110 | 0.117 | 0.136 | 0.146 | 0.152 |
| C32 | 东 | 0.642 | 0.650 | 0.651 | 0.664 | 0.676 | 0.678 | 0.683 | 0.668 | 0.657 | 0.661 | 0.650 | 0.633 |
| | 中 | 0.205 | 0.207 | 0.210 | 0.205 | 0.195 | 0.192 | 0.187 | 0.202 | 0.207 | 0.192 | 0.206 | 0.214 |
| | 西 | 0.153 | 0.143 | 0.140 | 0.131 | 0.130 | 0.129 | 0.131 | 0.131 | 0.136 | 0.147 | 0.144 | 0.153 |
| C33 | 东 | 0.457 | 0.459 | 0.474 | 0.482 | 0.500 | 0.488 | 0.477 | 0.454 | 0.453 | 0.470 | 0.448 | 0.417 |
| | 中 | 0.272 | 0.276 | 0.264 | 0.265 | 0.271 | 0.278 | 0.282 | 0.301 | 0.328 | 0.311 | 0.330 | 0.357 |
| | 西 | 0.271 | 0.265 | 0.262 | 0.254 | 0.230 | 0.234 | 0.240 | 0.245 | 0.220 | 0.219 | 0.222 | 0.227 |
| C34 | 东 | 0.862 | 0.863 | 0.874 | 0.889 | 0.887 | 0.883 | 0.878 | 0.871 | 0.850 | 0.821 | 0.806 | 0.780 |
| | 中 | 0.093 | 0.090 | 0.081 | 0.075 | 0.076 | 0.082 | 0.086 | 0.089 | 0.100 | 0.114 | 0.130 | 0.148 |
| | 西 | 0.045 | 0.047 | 0.045 | 0.036 | 0.037 | 0.034 | 0.036 | 0.040 | 0.051 | 0.065 | 0.064 | 0.072 |
| C35 | 东 | 0.786 | 0.802 | 0.799 | 0.820 | 0.819 | 0.812 | 0.814 | 0.806 | 0.795 | 0.781 | 0.765 | 0.737 |
| | 中 | 0.131 | 0.121 | 0.116 | 0.117 | 0.117 | 0.124 | 0.118 | 0.124 | 0.134 | 0.138 | 0.153 | 0.175 |
| | 西 | 0.082 | 0.077 | 0.085 | 0.063 | 0.064 | 0.064 | 0.068 | 0.070 | 0.071 | 0.080 | 0.082 | 0.088 |
| C36 | 东 | 0.737 | 0.740 | 0.737 | 0.701 | 0.736 | 0.721 | 0.712 | 0.700 | 0.685 | 0.665 | 0.656 | 0.620 |
| | 中 | 0.191 | 0.183 | 0.188 | 0.186 | 0.169 | 0.180 | 0.191 | 0.199 | 0.209 | 0.229 | 0.243 | 0.281 |
| | 西 | 0.072 | 0.076 | 0.076 | 0.112 | 0.096 | 0.099 | 0.097 | 0.101 | 0.106 | 0.107 | 0.101 | 0.099 |

续表

| 行业代码 | 区域 | 2000年 | 2001年 | 2002年 | 2003年 | 2004年 | 2005年 | 2006年 | 2007年 | 2008年 | 2009年 | 2010年 | 2011年 |
|---|---|---|---|---|---|---|---|---|---|---|---|---|---|
| C37 | 东 | 0.580 | 0.567 | 0.571 | 0.604 | 0.609 | 0.624 | 0.633 | 0.630 | 0.631 | 0.629 | 0.623 | 0.612 |
| | 中 | 0.288 | 0.301 | 0.306 | 0.272 | 0.260 | 0.244 | 0.235 | 0.235 | 0.235 | 0.232 | 0.244 | 0.253 |
| | 西 | 0.133 | 0.132 | 0.123 | 0.125 | 0.131 | 0.132 | 0.132 | 0.135 | 0.134 | 0.138 | 0.133 | 0.135 |
| C39 | 东 | 0.844 | 0.851 | 0.856 | 0.862 | 0.873 | 0.864 | 0.860 | 0.844 | 0.828 | 0.808 | 0.794 | 0.771 |
| | 中 | 0.104 | 0.101 | 0.096 | 0.091 | 0.083 | 0.089 | 0.091 | 0.104 | 0.118 | 0.129 | 0.140 | 0.161 |
| | 西 | 0.052 | 0.048 | 0.047 | 0.047 | 0.044 | 0.047 | 0.049 | 0.052 | 0.054 | 0.063 | 0.066 | 0.068 |
| C40 | 东 | 0.900 | 0.912 | 0.921 | 0.940 | 0.955 | 0.955 | 0.954 | 0.949 | 0.942 | 0.930 | 0.922 | 0.882 |
| | 中 | 0.043 | 0.040 | 0.034 | 0.027 | 0.021 | 0.022 | 0.024 | 0.024 | 0.029 | 0.036 | 0.040 | 0.061 |
| | 西 | 0.056 | 0.048 | 0.045 | 0.033 | 0.024 | 0.023 | 0.023 | 0.027 | 0.029 | 0.035 | 0.038 | 0.057 |
| C41 | 东 | 0.870 | 0.866 | 0.866 | 0.898 | 0.899 | 0.401 | 0.893 | 0.885 | 0.862 | 0.847 | 0.846 | 0.839 |
| | 中 | 0.072 | 0.071 | 0.070 | 0.048 | 0.053 | 0.556 | 0.064 | 0.071 | 0.088 | 0.098 | 0.103 | 0.112 |
| | 西 | 0.059 | 0.063 | 0.064 | 0.054 | 0.047 | 0.042 | 0.043 | 0.044 | 0.050 | 0.054 | 0.051 | 0.048 |

另外，为分析制造业各行业的转出地和转入地，本书测算出了各行业在30个省份（直辖市、自治区）的专业化指数，通过专业化指数的变化，可以反映出各行业的专业化优势在各省份（直辖市、自治区）的变化趋势，从而分辨出转出方与转入方。基于篇幅的限制，本书以C40通信设备、计算机及其他电子设备制造业为例，计算出了该行业在30个省份（直辖市、自治区）的专业化指数及东、中、西部地区的平均专业化指数，如表2-9所示。从表2-9中可以观察到，东部地区的专业化指数平均值大于1，尤其是北京、天津、上海、江苏、福建、广东等省市专业化指数介于1~2之间，中部、西部平均专业化指数小于0.5，大部分省份的专业化指数小于0.5，这进一步说明了C40产业在东部地区尤其是在北京、天津、上海、江苏、福建、广东等省市集聚。进一步观察发现，北京、天津、上海、江苏、福建、广东、辽宁等省市专业化指数从2006年左右开始出现下降趋势，说明这些省市C40产业的绝对优势在下降，而山西、安徽、河南、湖北、湖南、江西、吉林、广西、重庆、四川、新疆等省份（直辖市、自治区）2006年专业化指数出现上升趋势，绝对优势在上升。

表2-9　　2000～2011年各省份（直辖市、自治区）电子与通信设备制造业专业化指数

| 省份（直辖市、自治区） | 2000年 | 2001年 | 2002年 | 2003年 | 2004年 | 2005年 | 2006年 | 2007年 | 2008年 | 2009年 | 2010年 | 2011年 |
|---|---|---|---|---|---|---|---|---|---|---|---|---|
| 北京 | 3.727 | 3.461 | 2.762 | 2.222 | 2.294 | 2.383 | 2.605 | 2.851 | 2.647 | 2.336 | 2.068 | 1.848 |
| 天津 | 2.579 | 2.409 | 2.449 | 1.965 | 2.307 | 2.225 | 2.296 | 2.031 | 1.556 | 1.397 | 1.306 | 1.297 |
| 河北 | 0.126 | 0.118 | 0.110 | 0.080 | 0.065 | 0.048 | 0.052 | 0.057 | 0.076 | 0.094 | 0.113 | 0.103 |
| 山东 | 0.330 | 0.376 | 0.379 | 0.358 | 0.338 | 0.335 | 0.369 | 0.404 | 0.461 | 0.480 | 0.469 | 0.480 |
| 上海 | 1.428 | 1.491 | 1.462 | 1.680 | 2.002 | 2.030 | 2.000 | 1.914 | 1.822 | 1.800 | 1.786 | 2.482 |
| 江苏 | 1.027 | 0.968 | 1.004 | 1.293 | 1.598 | 1.504 | 1.477 | 1.488 | 1.472 | 1.458 | 1.385 | 1.827 |
| 浙江 | 0.490 | 0.443 | 0.445 | 0.439 | 0.480 | 0.421 | 0.520 | 0.520 | 0.483 | 0.449 | 0.486 | 0.512 |
| 福建 | 1.772 | 1.659 | 1.844 | 1.634 | 1.577 | 1.478 | 1.408 | 1.304 | 1.305 | 1.258 | 1.241 | 1.294 |
| 广东 | 2.199 | 2.352 | 2.495 | 2.498 | 2.754 | 2.550 | 2.548 | 2.501 | 2.475 | 2.433 | 2.347 | 2.999 |
| 海南 | 0.064 | 0.041 | 0.060 | 0.043 | 0.120 | 0.074 | 0.090 | 0.073 | 0.075 | 0.069 | 0.179 | 0.109 |
| 辽宁 | 0.650 | 0.597 | 0.617 | 0.514 | 0.446 | 0.303 | 0.293 | 0.326 | 0.288 | 0.279 | 0.306 | 0.295 |
| 东部平均值 | 1.308 | 1.265 | 1.239 | 1.157 | 1.271 | 1.214 | 1.242 | 1.224 | 1.151 | 1.096 | 1.062 | 1.204 |
| 山西 | 0.042 | 0.063 | 0.065 | 0.035 | 0.027 | 0.029 | 0.070 | 0.097 | 0.117 | 0.134 | 0.127 | 0.149 |
| 安徽 | 0.327 | 0.295 | 0.271 | 0.219 | 0.197 | 0.173 | 0.183 | 0.171 | 0.168 | 0.180 | 0.202 | 0.300 |
| 河南 | 0.190 | 0.139 | 0.139 | 0.118 | 0.105 | 0.076 | 0.061 | 0.054 | 0.062 | 0.060 | 0.073 | 0.198 |
| 湖北 | 0.337 | 0.434 | 0.346 | 0.308 | 0.284 | 0.352 | 0.426 | 0.409 | 0.422 | 0.492 | 0.457 | 0.488 |
| 湖南 | 0.349 | 0.312 | 0.306 | 0.255 | 0.217 | 0.167 | 0.138 | 0.129 | 0.149 | 0.182 | 0.212 | 0.361 |
| 江西 | 0.241 | 0.235 | 0.174 | 0.195 | 0.149 | 0.181 | 0.176 | 0.189 | 0.230 | 0.328 | 0.348 | 0.424 |
| 吉林 | 0.186 | 0.148 | 0.101 | 0.057 | 0.063 | 0.046 | 0.040 | 0.051 | 0.071 | 0.072 | 0.072 | 0.062 |
| 黑龙江 | 0.135 | 0.077 | 0.066 | 0.061 | 0.043 | 0.030 | 0.028 | 0.023 | 0.027 | 0.035 | 0.024 | 0.021 |
| 中部平均值 | 0.226 | 0.213 | 0.184 | 0.156 | 0.136 | 0.132 | 0.140 | 0.140 | 0.156 | 0.185 | 0.189 | 0.250 |
| 陕西 | 1.158 | 0.925 | 0.851 | 0.631 | 0.537 | 0.347 | 0.308 | 0.302 | 0.299 | 0.248 | 0.255 | 0.279 |
| 内蒙古 | 0.155 | 0.202 | 0.335 | 0.277 | 0.242 | 0.205 | 0.185 | 0.169 | 0.123 | 0.116 | 0.050 | 0.039 |
| 广西 | 0.162 | 0.149 | 0.098 | 0.088 | 0.111 | 0.121 | 0.143 | 0.146 | 0.224 | 0.209 | 0.298 | 0.360 |
| 重庆 | 0.195 | 0.161 | 0.100 | 0.112 | 0.159 | 0.107 | 0.110 | 0.128 | 0.157 | 0.193 | 0.313 | 0.910 |
| 四川 | 1.211 | 1.076 | 1.001 | 0.715 | 0.529 | 0.475 | 0.469 | 0.558 | 0.566 | 0.661 | 0.704 | 0.881 |
| 贵州 | 0.208 | 0.183 | 0.240 | 0.251 | 0.291 | 0.153 | 0.114 | 0.106 | 0.112 | 0.138 | 0.130 | 0.114 |
| 云南 | 0.044 | 0.067 | 0.052 | 0.027 | 0.051 | 0.030 | 0.029 | 0.028 | 0.033 | 0.030 | 0.025 | 0.027 |
| 甘肃 | 0.318 | 0.184 | 0.147 | 0.132 | 0.060 | 0.043 | 0.049 | 0.046 | 0.041 | 0.050 | 0.057 | 0.054 |
| 青海 | 0.008 | 0.002 | 0.001 | 0.003 | 0.000 | 0.000 | 0.000 | 0.000 | 0.006 | 0.013 | 0.011 | 0.007 |
| 宁夏 | 0.000 | 0.019 | 0.022 | 0.017 | 0.018 | 0.013 | 0.004 | 0.000 | 0.000 | 0.013 | 0.000 | 0.018 |
| 新疆 | 0.004 | 0.002 | 0.001 | 0.000 | 0.059 | 0.028 | 0.030 | 0.039 | 0.033 | 0.039 | 0.037 | 0.038 |
| 西部平均值 | 0.315 | 0.270 | 0.259 | 0.205 | 0.187 | 0.138 | 0.131 | 0.138 | 0.145 | 0.155 | 0.171 | 0.248 |
| 平均值 | 0.655 | 0.620 | 0.598 | 0.541 | 0.571 | 0.531 | 0.541 | 0.537 | 0.517 | 0.508 | 0.503 | 0.599 |

通过上述分析，我们知道 C40 产业 2000～2005 年表现为在东部地区集聚，从 2006 年开始从东部地区向中西部地区扩散。综上判断，得出 C40 产业从 2005 年开始出现从北京、天津、上海、江苏、福建、广东、辽宁等省市向山西、安徽、河南、湖北、湖南、江西、吉林、广西、重庆、四川、新疆等省份（直辖市、自治区）扩散的趋势。本书对 21 个制造业行业分别测算出了专业化指数，按照上述分析方法，得到表 2－10。从表 2－10 中可以看出，C13、C14、C17、C18、C22、C31、C34、C35、C36、C39、C40、C41 等行业从 2004 年左右均出现从东部地区向中西部地区扩散的趋势，相反，2000～2004 年则表现为集聚趋势。另外可知，劳动密集型产业出现扩散的趋势要早于资本密集型产业及技术密集型产业，且出现扩散趋势的行业个数要多于资本密集型产业及技术密集型产业。另外，比较特殊的行业是 C16 烟草制品业，通过观察专业化指数可知，安徽、河南、湖北、湖南、陕西、广西、重庆专业化指数介于 1～2 之间，而贵州省指数达到 5.0 以上，云南省达到 18.0 以上，居全国首位。结合 $H$ 值与区域市场份额分析得出，该产业在 2000～2004 年期间，主要聚集在中部、西部地区，而从 2005 年开始从中西部向东部扩散趋势，主要是从安徽、河南、湖北、湖南、江西、陕西、广西、重庆、四川、贵州、云南等地向北京、天津、河北、山东、上海、江苏、浙江、广东等东部地区扩散。而 C26、C27、C28、C32、C33、C37 等行业在 2005～2011 年没有表现出扩散趋势，仍以在东部集聚的形式存在。

**表 2－10　有扩散趋势的制造业行业转出省（市、区）与转入省（市、区）分析汇总表**

| 有扩散趋势的产业 | 扩散开始时间 | 转出省（市、区） | 转入省（市、区） |
| --- | --- | --- | --- |
| C13 农副食品加工业 | 2004 年 | 北京、天津、河北、山东、上海、江苏、浙江、广东、海南 | 山西、安徽、湖北、湖南、江西、吉林、黑龙江、重庆、四川、甘肃、宁夏、新疆 |
| C14 食品制造业 | 2004 年 | 北京、天津、河北、上海、江苏、浙江、广东、海南 | 河南、湖南、湖北、江西、吉林、黑龙江、陕西、广西、重庆、四川、贵州、云南、青海 |
| C15 饮料制造业 | 2004 年 | 北京、天津、河北、山东、上海、江苏、浙江、广东、海南 | 河南、湖北、湖南、吉林、黑龙江、陕西、广西、贵州、云南、甘肃、青海 |

续表

| 有扩散趋势的产业 | 扩散开始时间 | 转出省（市、区） | 转入省（市、区） |
|---|---|---|---|
| C16 烟草制品业 | 2004 年 | 安徽、河南、湖北、湖南、江西、陕西、广西、重庆、四川、贵州、云南 | 北京、天津、河北、山东、上海、江苏、浙江、广东 |
| C17 纺织业 | 2004 年 | 北京、天津、河北、上海、江苏、海南、辽宁 | 河南、江西、广西、重庆、青海、四川、宁夏 |
| C18 纺织服装、鞋、帽制造业 | 2005 年 | 北京、河北、上海、江苏、浙江 | 山西、安徽、河南、湖北、湖南、吉林、黑龙江、陕西、广西、重庆、四川、云南、青海 |
| C22 造纸及纸制品业 | 2004 年 | 北京、天津、河北、山东、江苏 | 安徽、湖南、河南、江西、吉林、重庆、四川、贵州 |
| C31 非金属矿物制品业 | 2005 年 | 北京、天津、河北、山东、上海、江苏、浙江 | 河南、湖北、江西、吉林、黑龙江、陕西、广西、四川、贵州、新疆 |
| C34 金属制品业 | 2005 年 | 北京、天津、上海、江苏、浙江、海南 | 安徽、河南、湖北、湖南、江西、吉林、黑龙江、陕西、内蒙古、广西、重庆、四川、云南、甘肃、青海、新疆 |
| C35 通用设备制造业 | 2005 年 | 北京、天津、上海、江苏、浙江、广东 | 安徽、河南、湖南、吉林、内蒙古、重庆、四川、云南 |
| C36 专用设备制造业 | 2004 年 | 北京、河北、山东、江苏、浙江、福建、广东 | 山西、湖南、吉林、黑龙江 |
| C39 电气机械及器材制造业 | 2004 年 | 天津、山东、上海、浙江、福建、广东、海南 | 山西、安徽、江西、吉林、黑龙江、内蒙古、广西、重庆、四川、云南、青海、宁夏、新疆 |
| C40 通信设备、计算机及其他电子设备制造业 | 2006 年 | 北京、天津、上海、江苏、福建、广东、辽宁 | 山西、安徽、河南、湖北、湖南、江西、吉林、广西、重庆、四川、新疆 |
| C41 仪器仪表及文化、办公用机械制造业 | 2005 年 | 北京、上海、福建、广东、 | 山西、安徽、河南、湖南、吉林、黑龙江、陕西、贵州、新疆 |

## 参考文献


［1］杜能．孤立国同农业和国民经济的关系（中译本）．商务印书馆，1986.

［2］阿尔弗雷德·韦伯．工业区位论（中译本）．商务印书馆，1997.

［3］埃德加·M. 胡佛，弗兰克·杰莱塔尼．区域经济学导论（中译本）．上海远东出

版社，1992.

[4] B. 俄林．地区间贸易和国际贸易（中译本）．商务印书馆，1986.

[5] 奥古斯特·勒施．经济空间秩序（中译本）．商务印书馆，1995.

[6] 埃德加·M. 胡佛，弗兰克·杰莱塔尼．区域经济学导论（中译本）．上海远东出版社，1992.

[7] Krugman, P. Increasing Returns and Economic Geography [J]. Journal of Political Economy, 1991, 99 (3): 483-499.

[8] 克鲁格曼．地理学和贸易（中译本）．北京大学出版社，中国人民大学出版社，2000a.

[9] 克鲁格曼．发展、地理学与经济理论（中译本）．北京大学出版社、中国人民大学出版社，2000b.

[10] 蔡昉，王德文，曲玥．中国产业升级的大国雁阵模型分析 [J]．经济研究，2009 (9): 4-14.

[11] 范剑勇，姚静．中国制造业区域集聚水平的判断——兼论地区间产业是否存在同构化倾向 [J]．江海学刊，2011 (5): 89-94.

[12] Savona, Maria; Schiattarella, Roberto. International Relocation of Production and the Growth of Services: The Case of the "Made in Italy" Industries [J]. Transnational Corporations, 2004, 13 (2): 57-76.

[13] 陈皓，朱洪兴，王培振．上海制造业产业转移实证研究 [J]．资源开发与市场，2011 (28): 34-44

[14] 范剑勇．长三角一体化、地区专业化与制造业空间转移 [J]．管理世界，2004 (11): 77-96.

[15] 张公嵬，梁琦．产业转移与资源的空间配置效应研究 [J]．产业经济评论，2010 (9): 1-21.

[16] 徐勇．我国高新技术产业区域聚集度的测量与评价——以电子及通讯设备制造业为例 [J]．科技进步与对策，2009 (18): 101-103.

[17] 杨洪焦．我国高新技术产业聚集度的变动趋势及区位因素分析——以电子及通讯设备制造业为例 [J]．科学学研究，2009 (9): 1335-1343.

# 第三章　电子信息产业区位发展研究①

## 第一节　行 业 界 定

根据国家统计局的产业分类标准，电子信息产业的定义为：使用信息技术和电子技术，对与电子信息相关的产品进行制作、传播、处理、加工和接收，将硬件制造、设备生产、软件开发、系统集成和应用服务的过程进行集成化的产业。依据《国民经济行业分类》（GB/T 4754 －2011），电子信息产业包括雷达、通信设备、广播电视设备、电子计算机、软件、家用视听设备、电子测量仪器、电子工业专用设备、电子元件、电子器件、电子信息机电产品、电子信息产品专用材料产业 12 个细分产业，共 46 个门类。由于数据收集等方面的原因，我们将重点针对电子信息制造业来进行研究（详见表 3 －1）。

表 3 －1　　电子信息行业分类

| 代码 | 行业名称 | 代码 | 行业名称 |
|---|---|---|---|
| 381 | 电机制造 | 3822 | 电容器及其配套设备制造 |
| 3811 | 发电机及发电机组制造 | 3823 | 配电开关控制设备制造 |
| 3812 | 电动机制造 | 3824 | 电力电子元器件制造 |
| 3819 | 微电机及其他电机制造 | 3825 | 光伏设备及元器件制造 |
| 382 | 输配电及控制设备制造 | 3829 | 其他输配电及控制设备制造 |
| 3821 | 变压器、整流器和电感器制造 | 383 | 电线、电缆、光缆及电工器材制造 |

① 本章由暨南大学产业经济研究院徐敏、李璇、朱盼、刘莹执笔。

续表

| 代码 | 行业名称 | 代码 | 行业名称 |
|---|---|---|---|
| 3831 | 电线、电缆制造 | 3962 | 半导体分立器件制造 |
| 3832 | 光纤、光缆制造 | 3963 | 集成电路制造 |
| 3833 | 绝缘制品制造 | 3969 | 光电子器件及其他电子器件制造 |
| 3839 | 其他电工器材制造 | 631 | 电信 |
| 384 | 电池制造 | 6311 | 固定电信服务 |
| 3841 | 锂离子电池制造 | 6312 | 移动电信服务 |
| 3842 | 镍氢电池制造 | 6319 | 其他电信服务 |
| 3849 | 其他电池制造 | 632 | 广播电视传输服务 |
| 391 | 计算机制造 | 6321 | 有线广播电视传输服务 |
| 3911 | 计算机整机制造 | 6322 | 无线广播电视传输服务 |
| 3912 | 计算机零部件制造 | 633 | 卫星传输服务 |
| 3913 | 计算机外围设备制造 | 6330 | 卫星传输服务 |
| 3919 | 其他计算机制造 | 641 | 互联网接入及相关服务 |
| 392 | 通信设备制造 | 6410 | 互联网接入及相关服务 |
| 3921 | 通信系统设备制造 | 642 | 互联网信息服务 |
| 3922 | 通信终端设备制造 | 6420 | 互联网信息服务 |
| 393 | 广播电视设备制造 | 649 | 其他互联网服务 |
| 3931 | 广播电视节目制作及发射设备制造 | 6490 | 其他互联网服务 |
| 3932 | 广播电视接收设备及器材制造 | 651 | 软件开发 |
| 3939 | 应用电视设备及其他广播电视设备制造 | 6510 | 软件开发 |
| 394 | 雷达及配套设备制造 | 652 | 信息集成服务 |
| 3940 | 雷达及配套设备制造 | 6520 | 信息集成服务 |
| 395 | 视听设备制造 | 653 | 信息技术咨询服务 |
| 3951 | 电视机制造 | 6530 | 信息技术咨询服务 |
| 3952 | 音响设备制造 | 654 | 数据处理和存储服务 |
| 3953 | 影视录放设备制造 | 6540 | 数据处理和存储服务 |
| 397 | 电子元件制造 | 655 | 集成电路设计 |
| 3971 | 电子元件及组件制造 | 6550 | 集成电路设计 |
| 3972 | 印制电路板制造 | 659 | 其他信息技术服务业 |
| 399 | 其他电子设备制造 | 6591 | 数字内容服务 |
| 3990 | 其他电子设备制造 | 6592 | 呼叫中心 |
| 396 | 电子器件制造 | 6599 | 其他未列明信息技术服务业 |
| 3961 | 电子真空器件制造 | | |

资料来源：《国民经济行业分类》（GB/T 4754－2011）。

# 第二节 全球电子信息产业区位分析

经过10多年的发展，电子信息产业逐渐进入成熟期，技术和创新不再是竞争的主要方面，取而代之的是产品的成本和新型市场的开拓，两者成为经营成败的重点。因此，本书主要从电子信息产业的生产和市场两方面来分析该产业的区位格局。

## 一、全球电子信息产业生产区位分析

### （一）全球电子信息产业总产值及增长率

图3-1呈现的是2011~2015年全球电子产品总产值和增长率。电子信息产品制造业作为电子信息产业发展中最基础、最重要的部分也可以准确地反映出电子信息产业整体发展态势。2011~2012年，全球电子信息产业产值整体上呈现下降趋势，特别是2012年，甚至出现了负增长；2013年则呈现小幅度回升态势；2014年全球电子信息产品产值为18206亿美元，同比增长3.67%；2015年产值实现小幅增长。自2014年以来，全球电子信息产品制造

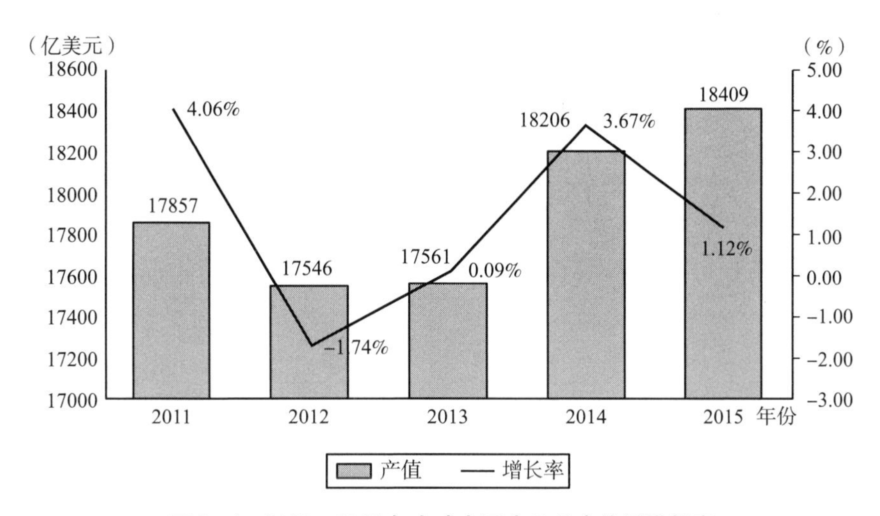


图3-1 2011~2015年全球电子产品总产值及增长率

资料来源：The Yearbook of World Electronic Data 2015.

业延续了2013年的增长态势，产值迅速回升，这也是因为全球经济复苏态势明显，以美国为代表的发达国家经济增长势头强劲，世界宏观经济环境的改善为电子信息产业复苏带来了积极的影响。

## （二）全球分地区电子信息产业总产值和增长率

根据《世界电子数据年鉴2014》的数据，2014年世界大多数国家和地区电子产品的总产值都呈现出增长的态势，除新加坡外，美国、日本、欧洲等发达国家和地区的电子信息产业发展势头强劲，对世界电子信息产业起到了显著的带动作用。这也意味着，在世界电子信息产业中，美国、日本及欧洲各国处于领先水平，其电子信息产业的发展状况对全球电子信息产业发展趋势有着非常重要的影响。此外，新兴国家的电子信息产业产值也持续增长，成为推动经济复苏的强劲力量，特别是“金砖四国”电子信息产业的迅速发展，引起了全球各地区或者国家对电子信息领域的关注。

从表3-2中可知，2011~2014年，中国的电子产品产值一直位列全球电子信息产业的榜首，4年中保持了5%以上的高增长速度，并且在2014达到6474.49亿美元，同比增长5.50%。除中国以外，巴西成为排名前十国家和地区中产值增长率最高的国家，其电子产品产值增长率达到6.08%，韩国紧随其后，达到6.06%。美国、日本、墨西哥则结束了之前的负增长，在2014年产值增长率分别达到1.13%、3.78%和4.21%。但新加坡依然没有实现复苏，已经连续三年负增长。

**表3-2 2011~2014年全球电子产品产值排名前十国家和地区及增长率**

单位：百万美元

| 国家/地区 | 2011年 | 2012年 | | 2013年 | | 2014年 | |
|---|---|---|---|---|---|---|---|
| | 产值 | 产值 | 增长率（%） | 产值 | 增长率（%） | 产值 | 增长率（%） |
| 中国 | 552140 | 584485 | 5.86 | 613700 | 5 | 647449 | 5.50 |
| 美国 | 245651 | 237512 | -3.31 | 232956 | -1.92 | 235591 | 1.13 |
| 日本 | 189138 | 170276 | -9.97 | 134358 | -21.09 | 139443 | 3.78 |
| 韩国 | 105761 | 102134 | -3.43 | 111214 | 8.89 | 117952 | 6.06 |
| 中国台湾 | 67030 | 64756 | -3.39 | 68732 | 6.14 | 72149 | 4.97 |
| 德国 | 71299 | 62496 | -12.35 | 63019 | 0.84 | 63981 | 1.53 |
| 马来西亚 | 61717 | 59004 | -4.4 | 59357 | 0.6 | 61402 | 3.45 |

续表

| 国家/地区 | 2011 年 | 2012 年 | | 2013 年 | | 2014 年 | |
|---|---|---|---|---|---|---|---|
| | 产值 | 产值 | 增长率（%） | 产值 | 增长率（%） | 产值 | 增长率（%） |
| 新加坡 | 60769 | 58173 | -4.27 | 56775 | -2.4 | 56769 | -0.01 |
| 墨西哥 | 51710 | 51976 | 0.51 | 51153 | -1.58 | 53306 | 4.21 |
| 巴西 | 42328 | 37624 | -11.11 | 37499 | -0.33 | 39778 | 6.08 |

资料来源：The Yearbook of World Electronic Data 2014.

在产业价值链国际化分工趋势下，全球电子信息产业的生产制造环节不断向具有劳动力成本优势及后发优势的发展中国家和地区转移，借助电子信息产业的国际化转移提升本国或本地区电子信息产业的竞争力，以发挥其对经济发展的推动作用。尽管对很多承接电子信息产业国际转移的发展中国家和地区来说，电子信息产业产值在不断增长，在产值上占据优势，出口大于进口，但总体来说，发展中国家或地区仍未掌握发展的主动权，一些因素仍然制约着其发展步伐，削弱了总体发展趋势。一方面，发展中国家企业占据的只是相对低端的市场，很难向其他地区及高端市场发展；另一方面，美国、日韩和欧洲各国仍是电子信息产品的主要生产国和高附加值环节的掌控者，在全球市场占据主导地位，并且发展中国家产值的增长是跨国企业全球化战略的结果。

## 二、全球电子信息产业市场区位分析

### （一）全球电子信息产业销售额及增长率

全球电子信息产业在 2012 年遭遇行业寒冬后，逐步复苏。2013 年后，由于受全球经济复苏和新兴市场快速增长等积极因素的影响，2015 年全球电子信息产业市场销售额延续了 2013 年以来的上升态势，增长强劲，达到 18669 亿美元，增长率达到 1.10%（见图 3-2）。

### （二）全球分地区电子信息产业销售额及增长率

如表 3-3 所示，2014 年全球电子产品市场普遍回升。美国仍然是全球最大的电子产品市场，2014 年其电子产品市场规模达到 4180.16 亿美元，增长 2.02%，增速较 2013 年有大幅度的提高。日本、德国、巴西、英国、印度则

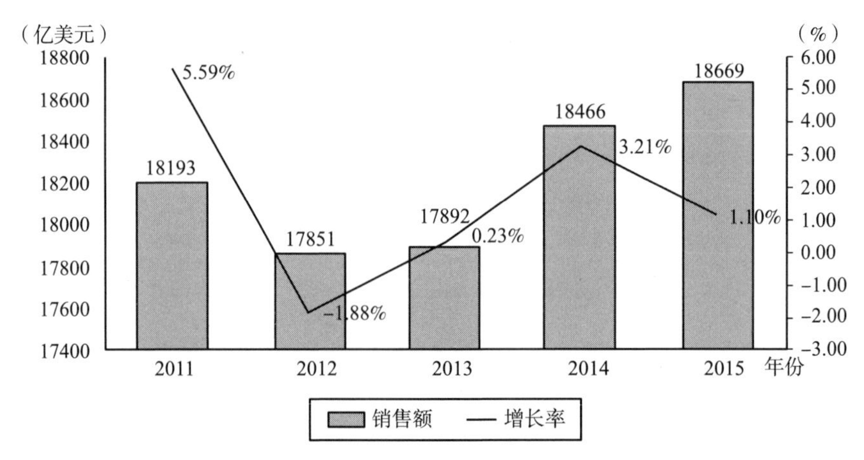


**图 3-2　2011~2015 年全球电子产品总销售额及增长率**

资料来源：The Yearbook of World Electronic Data 2014.

终于结束了连续两年的负增长，实现了电子信息产业市场的复苏。对于新兴国家，中国连续三年都保持了增速第一，2014 年的增长率达到 6.55%，市场规模为 4166.11 亿美元，名列第二位。紧随其后的是印度和巴西，增长率分别为 5.79% 和 5.78%。由此可以看出，总体上新兴国家电子信息产品市场不断开拓，电子产品市场增长最快，这除了对本国或本地区经济具有带动效应外，还成为引导世界电子信息产业复苏的主导力量和全球电子信息产业发展的新引擎。

**表 3-3　　2011~2014 年全球电子产品市场规模排名前十的国家及增长率**

单位：百万美元

| 国家 | 2011 年 | 2012 年 | | 2013 年 | | 2014 年 | |
|---|---|---|---|---|---|---|---|
| | 市场规模 | 市场规模 | 增长率（%） | 市场规模 | 增长率（%） | 市场规模 | 增长率（%） |
| 美国 | 407098 | 407501 | 0.10 | 409721 | 0.54 | 418016 | 2.02 |
| 中国 | 35003 | 369697 | 5.63 | 391007 | 5.76 | 416611 | 6.55 |
| 日本 | 177200 | 170690 | -3.67 | 148094 | -13.24 | 150522 | 1.64 |
| 德国 | 89550 | 75859 | -15.29 | 75402 | -0.60 | 76758 | 1.80 |
| 巴西 | 58803 | 54226 | -7.78 | 54104 | -0.22 | 54420 | 0.58 |
| 韩国 | 51643 | 50590 | -2.02 | 52346 | 3.47 | 54286 | 3.71 |
| 英国 | 46695 | 43813 | -6.17 | 42941 | -1.99 | 43545 | 1.41 |
| 墨西哥 | 39966 | 40627 | 1.65 | 42540 | 4.71 | 44997 | 5.78 |
| 印度 | 38284 | 37339 | -2.47 | 36891 | -1.20 | 39028 | 5.79 |
| 法国 | 45169 | 38208 | -15.41 | 38544 | 0.88 | 38882 | 0.88 |

资料来源：The Yearbook of World Electronic Data 2014.

电子信息产品市场的开拓属于产品的更新换代，这主要依赖于产品性能方面的突破，发达国家的电子信息产品普及率已经达到了极限，即市场已达到一定的饱和度，而新兴市场电子产品的普及率较发达市场要低很多，巨大的人口数量和电子信息产品已消费量说明市场存在很多待开发的空白空间，市场开拓的难度要小很多，可以预见，在不久的将来，以庞大人口基数作为基础的新兴市场必定会成为全球电子信息产品的主要消费地，也将成为全球各大电子信息企业争夺的焦点，新兴市场的潜力必然比发达国家要大。

## 三、全球电子信息产业重点企业概况

随着世界经济的逐步复苏，消费市场逐渐回暖，世界电子信息产业主要企业的营业收入和年利润也稳中有升，年利润额有所提高。

本章将对 2015 年全球最大的 10 家电子信息类企业的运作表现进行分析（见表 3 - 4），以体现当今全球电子信息产业的格局。总体而言，前 10 大电子信息企业主要集中在美国、欧洲和日韩，其中日本占据 4 席，位列第一，美国和韩国各有 2 家，德国和中国各有 1 家企业在列。

**表 3 - 4　　2015 全球前 10 大电子信息企业经营概况**

| 企业 | 国家 | 总部所在地 | 营业收入（百万美元） | 增长率（%） | 年利润（百万美元） |
|---|---|---|---|---|---|
| 苹果 | 美国 | 库佩蒂诺 | 182795.0 | 7.0 | 39510.0 |
| 三星 | 韩国 | 首尔 | 195845.3 | -6.3 | 21922.7 |
| 惠普 | 美国 | 帕洛阿尔托 | 111454.0 | -0.8 | 5013.0 |
| 佳能 | 日本 | 东京 | 35215.0 | -7.9 | 2407.3 |
| 索尼 | 日本 | 东京 | 74724.9 | -3.6 | -1145.8 |
| LG | 韩国 | 首尔 | 57038.6 | 7.4 | 379.3 |
| 联想 | 中国 | 北京 | 46295.6 | 19.6 | 828.7 |
| 西门子 | 德国 | 慕尼黑 | 101560.3 | -4.3 | 7288.3 |
| 松下 | 日本 | 大阪 | 70169.6 | -9.1 | 1632.4 |
| 东芝 | 日本 | 东京 | 63175.8 | -2.7 | 0.0 |

资料来源：根据各企业 2015 年年报整理得到。

全球电子信息产业的强国以及跨国公司在短时间内不会发生很大的变动，多数时候是排名上的更替。当然，随着新兴国家占据越来越大的市场份额，发达国家电子信息产业的地位将会受到挑战。同时，面对高速发展、不断创新的科学技术，电子信息产业的投资空间还很大，在国民经济中所占的比重也会越来越高。

## 第三节 中国电子信息产业区位分析

20世纪80年代以来，电子信息产业凭借“三高一低”的特点（高增长速度、高技术含量、高附加值、低污染）被许多国家或地区列为支柱产业，重点发展。中国同样将电子信息产业作为国民经济的支柱产业，经历了初期转型探索、规模化发展后，现阶段成为国家着力重点发展的战略性新兴行业。电子信息产业涉及居民生活、国家安全、经济发展等方方面面的内容，计算机、广播电视、电话、手机、软件、网络等电子信息产品是生活中经常接触的消费品，电子信息产业的普及化发展使私人消费者、机构、国家对电子信息产品提供的便捷性产生依赖，由此可见电子信息产业在国民经济中的基础地位。更深层次地，随着大数据、信息技术的创新发展和“工业4.0”战略概念的提出，电子信息产业成为推进国家现代化、信息化的重要依靠力量，电子信息产业能否稳定发展、转型升级成败关系到国民经济增长方式转变的效益。

### 一、中国电子信息产业区位格局

#### （一）中国电子信息产业生产区位分析

1. 中国电子信息产业工业增加值区位分析。2010～2015年，我国电子信息产业运行平稳，增加值增速有所下降，但是由于我国拥有庞大的消费市场，因此增速一直保持在10%之上，高于全国工业增速（见图3－3）。其原因主要体现在以下两个方面：一方面，我国电子信息产业规模不断扩大，产业增长呈现平稳低速的特点；另一方面，原材料成本上升、劳动力成本上升和环境问题凸显，我国电子信息产业的成本优势逐渐消失，产业进入新的转型期。

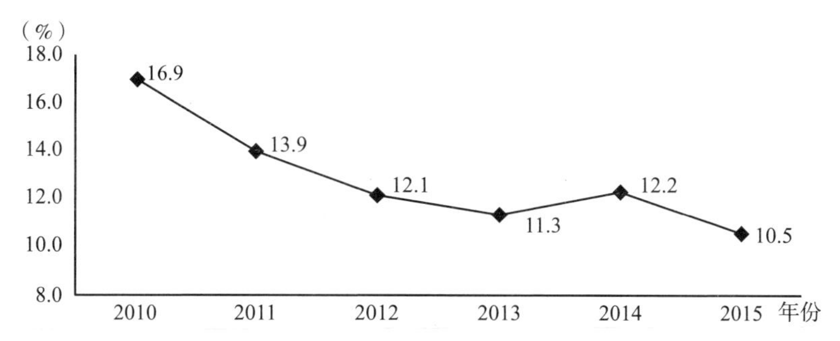


**图 3－3　2010～2015 年电子信息产业制造业完成工业增加值增长情况**

资料来源：根据工信部相关数据整理得到。

2. 中国电子信息产业分地区工业增加值和增长率。从表 3－5 中可以看到，东部地区电子信息产业产值普遍下降，同比增速也不断降低，有些省份还出现了负增长的情况，例如河北电子信息产业产值在 2012 年同比下降了 31.33%，主要与东部电子信息企业成本不断上升、政策红利减少、产业面临转型升级、向中西部地区转移有关。中部地区工业产值不断增加，其增速虽然有所下降，但仍保持在较高水平，一方面受益于东部地区倾向于选择与其相邻省份进行产业转移，另一方面得益于中部地区自身创造的条件，中部地区与产业转移相配套的各种设施齐全，政府出台了承接电子信息产业转移的相关支持政策。随着西部大开发战略的推进，西部地区电子信息产业也在不断发展，但相对于中部地区而言，配套设施不完善，显得有些后劲不足，增速维持在较高水平，存量未能有大的飞跃。东北地区作为我国老工业基地，有着良好的基础，其工业产值维持在一个较高的水平，抓住了当前中国转型升级的机遇，其增速也十分可观，取得了一定的发展。

**表 3－5　　2010～2012 年我国各地区电子信息产业工业产值及增速**

| 地区 | | 2010 年 | 2011 年 | | 2012 年 | |
|---|---|---|---|---|---|---|
| | | 工业产值（万元） | 工业产值（万元） | 同比增长（%） | 工业产值（万元） | 同比增长（%） |
| 东部地区 | 北京 | 34047538 | 19469321 | (42.82) | 19951772 | 2.48 |
| | 天津 | 18590697 | 22983171 | 23.63 | 28770900 | 25.18 |
| | 河北 | 8172846 | 17176150 | 110.16 | 11794433 | (31.33) |
| | 上海 | 70612575 | 70619571 | 0.01 | 67911405 | (3.83) |
| | 江苏 | 191079853 | 235620630 | 23.31 | 263246232 | 11.72 |

续表

| 地区 | | 2010年 | 2011年 | | 2012年 | |
|---|---|---|---|---|---|---|
| | | 工业产值（万元） | 工业产值（万元） | 同比增长（%） | 工业产值（万元） | 同比增长（%） |
| 东部地区 | 浙江 | 50487481 | 54202263 | 7.36 | 57879468 | 6.78 |
| | 福建 | 28650000 | 34320000 | 19.79 | 39021300 | 13.70 |
| | 山东 | 48568433 | 63487790 | 30.72 | 59307813 | (6.58) |
| | 广东 | 202095000 | 227580000 | 12.61 | 235000000 | 3.26 |
| | 海南 | 100810 | 112360 | 11.46 | 130959 | 16.55 |
| 中部地区 | 安徽 | 7238339 | 10019129 | 38.41 | 14147568 | 41.21 |
| | 山西 | 1234249 | 2049125 | 77.35 | — | — |
| | 江西 | 8619683 | 9650856 | 11.96 | 12233223 | 26.76 |
| | 河南 | 5234995 | 11317206 | 116.18 | 20506339 | 81.20 |
| | 湖北 | 15565127 | 18097526 | 16.27 | 21616368 | 19.44 |
| | 湖南 | 5789034 | 10610057 | 83.28 | 12953022 | 22.08 |
| 西部地区 | 广西 | 1960160 | 3939240 | 100.97 | 7317922 | 85.77 |
| | 内蒙古 | 696418 | 1002341 | 43.93 | 895337 | 11.95 |
| | 重庆 | 6933533 | 15112836 | 117.97 | 21937413 | 45.16 |
| | 四川 | 12639626 | 23637687 | 87.01 | 29413303 | 24.43 |
| | 贵州 | 9220000 | 1218000 | 32.10 | 1460000 | 19.87 |
| | 云南 | 485560 | 547536 | 12.76 | 279437 | (48.96) |
| | 陕西 | 4185111 | 4230208 | 1.08 | 4781500 | 13.03 |
| | 甘肃 | 271853 | 286380 | 5.34 | 359508 | 25.54 |
| | 宁夏 | 220778 | 313990 | 42.22 | 379000 | 20.70 |
| | 新疆 | 408788 | 551121 | 34.82 | 675445 | 22.56 |
| | 青海 | — | — | — | — | — |
| | 西藏 | — | — | — | — | — |
| 东北地区 | 辽宁 | 13575452 | 15931718 | 17.36 | 18380474 | 15.37 |
| | 吉林 | 2483735 | 3573210 | 43.84 | 3901664 | 9.19 |
| | 黑龙江 | 969620 | 1131979 | 16.74 | 1297252 | 14.60 |

注：由于数据的可得性，各省（市、自治区）的工业产值仅更新至2012年。
资料来源：《2013中国信息产业年鉴》。

2013~2015年，东部地区产业规模大，电子信息产业产值在全国范围内占有很大比重，总产值高达12万亿元，其总量远大于中部、西部、东北三地总和（详见图3-4）。中西部地区在国家电子信息产业向中西部转移的政策影响下，充分利用了自身成本及市场方面的优势，2015年中部地区电子信息产业产值增速达到25.4%，西部地区增速达到25.1%，东北地区则相对比较稳定，2015年增速为13.3%。

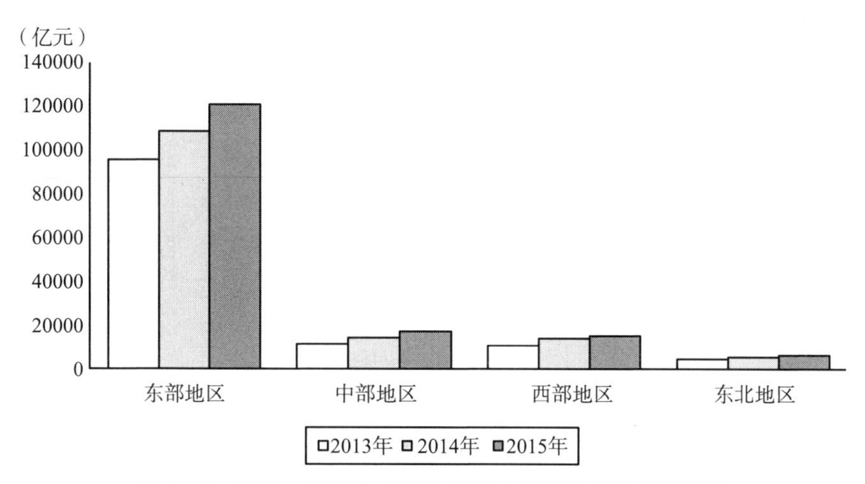


**图3－4 2013～2015年我国各地区电子信息产业发展态势**

资料来源：根据工信部数据整理得到。

3. 中国电子信息产业固定资产投资区位分析。2010～2015年，我国电子信息产业500万元以上项目完成固定资产投资额不断上升，2010年投资额为5993亿元，2015年投资额已经增加到13775.3亿元，翻了一番，电子信息产业作为高新技术产业，在我国经济转型升级中占有重要地位，固定资产投资额不断增加、配置更高级的设备，对我国电子信息产业的国际化战略有着积极的影响。另外，电子信息产业固定资产投资额的增速在不断放缓，从2010年44.50%到2014年的11.42%，这与世界经济环境不佳、产能过剩、缺乏创新投资点有关，2015年国际经济形势转好，加之我国经济结构面临转型，电子信息产业作为我国战略性产业，增速又有所回升，达到14.18%（详见图3－5）。

分地区看，各地区差异较为明显。东部地区吸引的电子信息产业投资额较高，2014年占比为46.5%，到2015年上升到49.0%，占全国总投资的近一半，其增速也达到了20.3%，这主要归因于东部地区电子信息产业发展比较早，人才资源、技术、地理位置等方面具有很多优势；中部地区在国家政策支持下，大力吸收外资，2014年固定资产投资额占比为32.8%，2015年固定资产投资额占比为31.1%，增速为8.1%，发展较快；西部地区虽然固定资产投资额占比不高，但其增速达到11.8%（详见图3－6）。

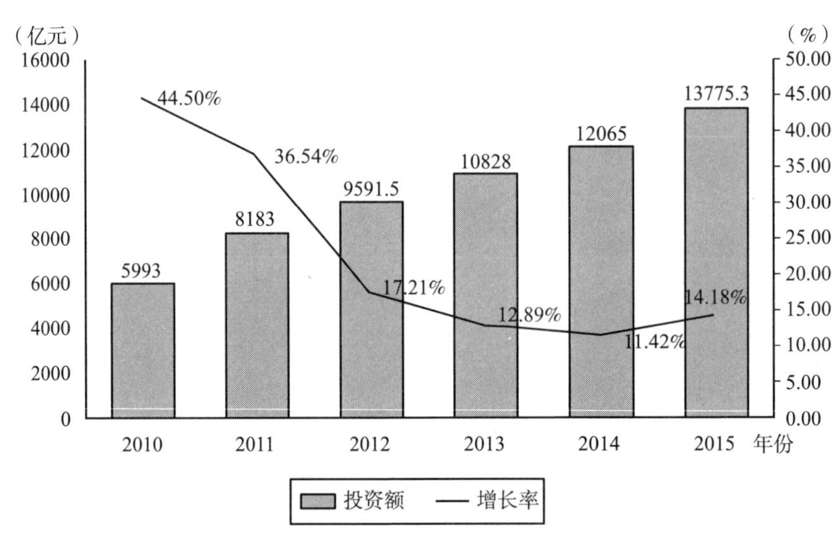


**图 3-5　2010~2015 年电子信息产业 500 万元以上项目完成固定资产投资额**

资料来源：工信部。

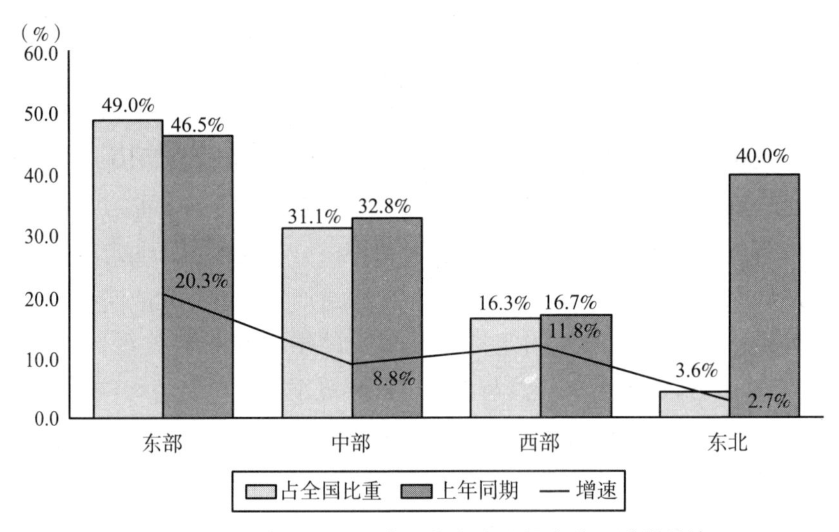


**图 3-6　2015 年 1~12 月电子信息产业投资分区域增长情况**

资料来源：工信部。

固定资产投资前十位省市中，东部地区有江苏、广东、山东、浙江四个省，总投资额达到 5283.3 亿元；中部地区有安徽、江西、湖北、湖南、河南五个省，总投资额达到 4158.4 亿元；西部地区有重庆，投资额为 619.6 亿元。各个省市增速也有所差异，江苏省 2015 年投资额最大，其增速却维持在 10% 以下，安徽省 2014

年增速接近于0，2015年有所上升，重庆是西部地区电子信息产业最有代表性的直辖市，2014年增速将近80%，2015年增速也在30%以上，东北地区吸收外来投资比较平稳，固定资产投资前十位省市中没有包含东北地区城市（详见图3-7）。

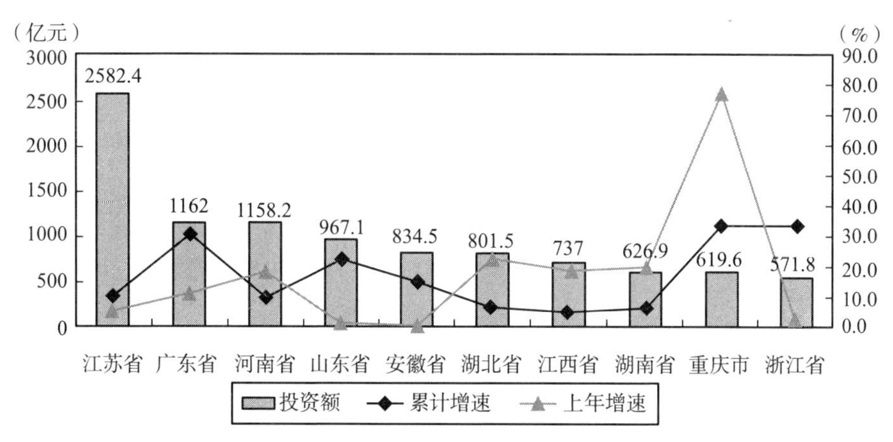


**图3-7　2015年1~12月固定资产投资前十位省市情况**

资料来源：工信部。

4. 中国电子信息产业从业人员区位分析。电子信息产业是我国的支柱产业，近年来由于规模化发展、结构调整、进出口贸易的带动等因素，从业人员人数不断增加，从2008年的759万人到2013年的1530万人，人数已经翻了一番（详见图3-8），中西部以及东北地区不断加快资源配套、优化产业环境，承接东部沿海地区产业转移，全国电子信息产业发展加快，从业人员相应地将大幅度增加。

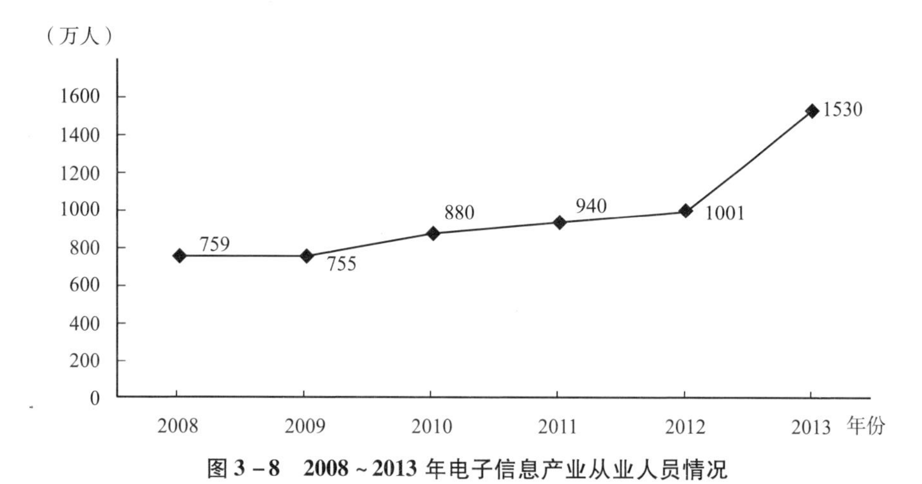


**图3-8　2008~2013年电子信息产业从业人员情况**

资料来源：《中国信息产业年鉴》。

在电子信息百强企业中，东部地区有81个，这主要是因为东部地区地理位置优越，在发展过程中得到了国家政策的支持和外商投资的青睐，科研资源丰富；而中部、西部、东北地区在我国经济结构调整和产业转型升级中，承接了东部电子信息产业的转移，在原有薄弱的基础上取得了一定发展，具有很大的发展潜力（详见图3-9）。

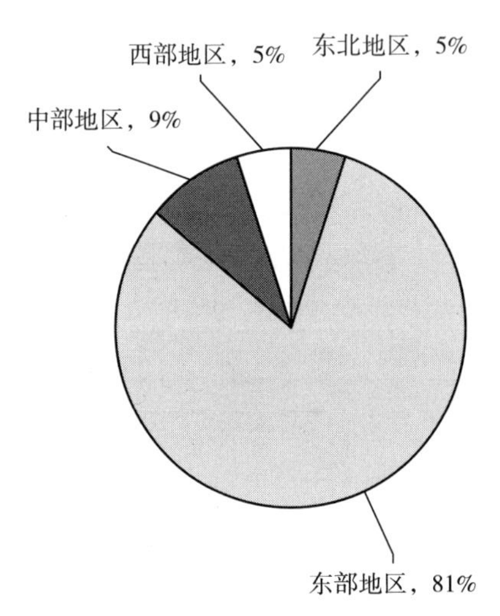


**图3-9　电子信息百强企业地区分布情况**

资料来源：《2014中国电子信息产业统计年鉴》。

## （二）中国电子信息产业市场区位分析

1. 中国电子信息产业销售收入区位分析。2010~2014年，电子信息产业收入与软件业收入都不断增加，2015年1~11月电子信息行业主营业务收入99684亿元，同比增长8%，产业规模不断扩大（详见图3-10）。但产业增速却呈下降趋势，企业盈利能力不足，手机、彩电等产品产能过剩是值得注意的问题，目前我国电子信息产业应抓住改革的机遇，加快转型升级。

东部地区销售收入同比增长速度比较平稳，一直保持在7%左右，该地区电子信息产业发展时间较长，一般是企业总部所在地。从2013年到2015年，中部、西部以及东北地区销售产值同比增速都在下降，特别是东北地区，2015年增速为-13%，这与其产业规模小、缺少龙头企业、研发能力不足有关（详见图3-11）。

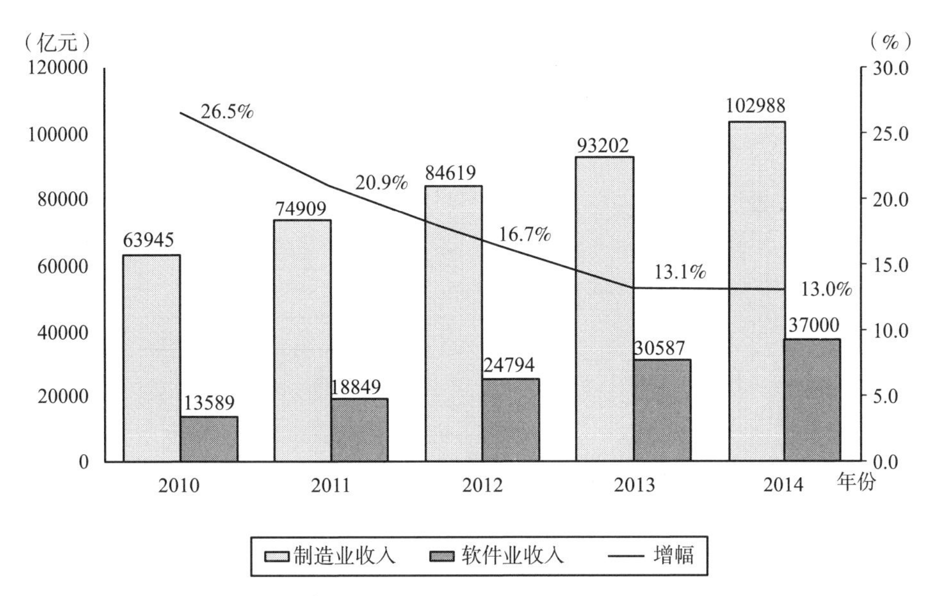


**图 3-10　2010~2014 年我国电子信息产业销售收入**

资料来源：工信部。

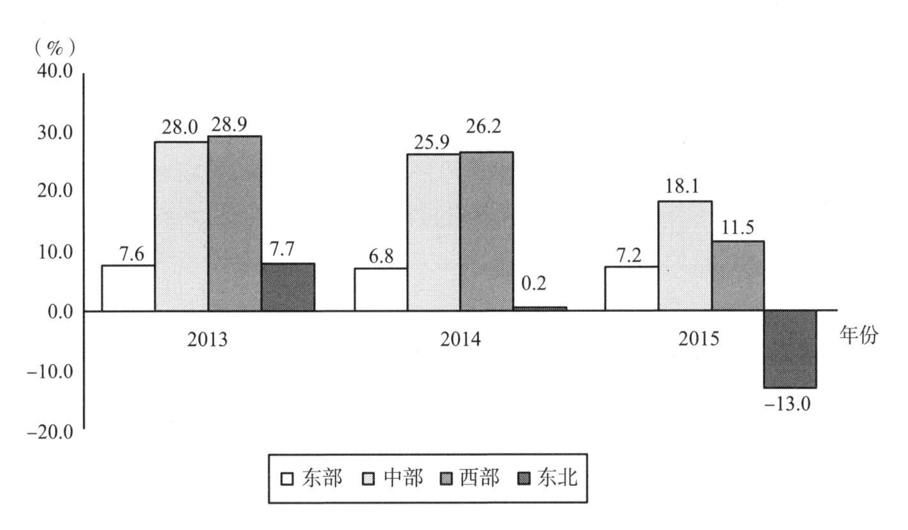


**图 3-11　2013~2015 年我国各地区销售收入增长率**

资料来源：工信部。

2. 中国电子信息产业进出口区位分析。对外出口依存度高是中国电子信息产业的特征之一。2005~2014 年进出口总额和出口额总体趋势是不断增长，进出口总额从 2005 年 4887.3 亿美元增加到 2014 年 13237 亿美元，但增速一直不高，2013~2014 年进出口总额和出口额都略有减少（详见图 3-12），2015 年出口交货值同比下降0.1%，这一方面是由于受到低迷的国际市场影响，另一方面是内在原因，我国电子信息产业创新不足，难以形成新的增长点。

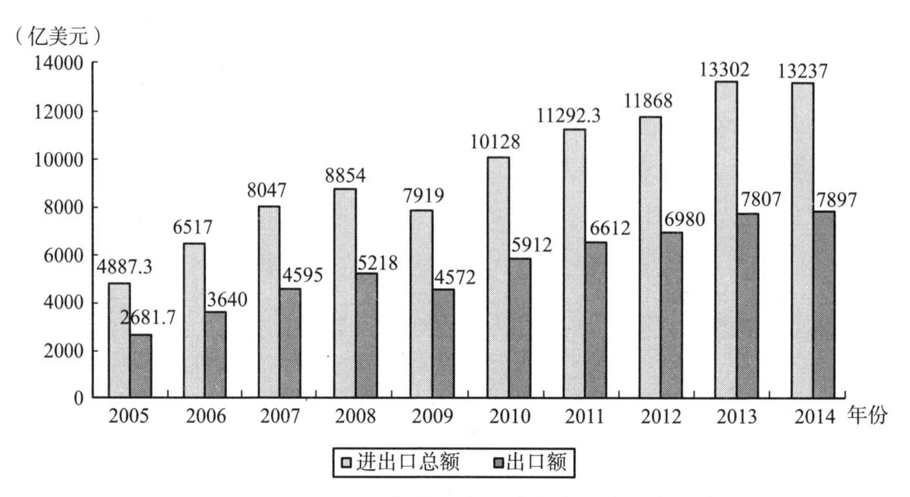


**图3-12　2005~2014年我国电子信息产业的进出口情况**

资料来源：工信部。

2014年1~12月我国电子信息产品出口额前五位省市中，广东、江苏、上海、浙江都属于东部地区，重庆属于西部地区，其中广东省出口额达到3232亿美元，占全国总出口额40.95%；重庆市出口额为310亿美元，其增速为24.1%，这主要是因为在重庆承接电子信息产业转移过程中，政府起到了积极作用，制定了加快产业转型升级的战略，并实施招商引资的优惠政策（详见图3-13）。

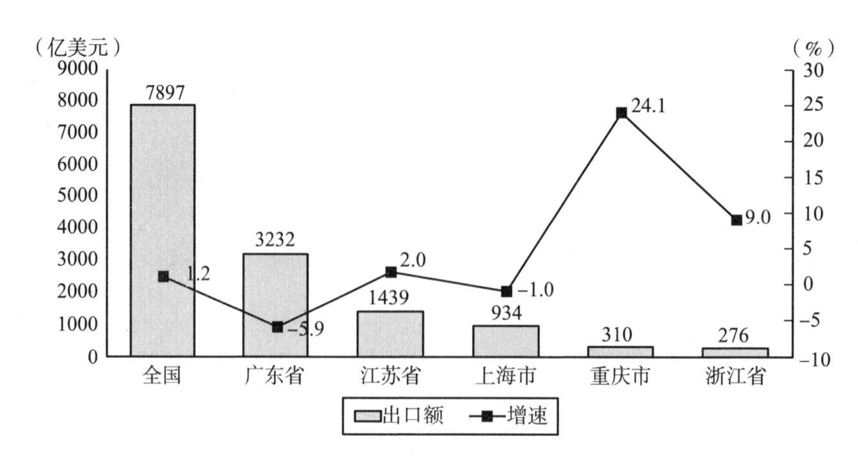


**图3-13　2014年1~12月我国电子信息产品出口额前五位省市**

资料来源：《中国电子信息产业统计年鉴（综合版）2014》。

## 二、中国电子信息产业集聚分析

### （一）区位熵理论

区位熵也称为区域规模优势指数，在产业经济学中被广泛应用于产业聚集程度、专业化程度的衡量，反映的是某一工业行业的比较优势和竞争力，对评价区域经济要素的空间分布以及确定特定区域在高层区域中的地位和作用方面具有重要意义。依据区位熵测算结果，可对产业结构、产业布局以及区域经济发展做出评价、提出政策建议。

区位熵通常用以下公式计算：

$$LQ_{ij}=\frac{q_{ij}/q_j}{q_i/q}$$

其中，$i$ 表示第 $i$ 个产业；$j$ 表示第 $j$ 地区。$LQ_{ij}$ 就是 $j$ 地区 $i$ 产业在全国的区位熵。$q_{ij}$ 表示 $j$ 地区 $i$ 产业的相关指标，$q_j$ 表示 $j$ 地区所有产业的相关指标，$q$ 表示全国某产业的相关指标。$q_{ij}/q_j$ 表示 $j$ 地区 $i$ 产业相关指标占 $j$ 地区所有产业相关指标的比率。$q_i/q$ 表示全国 $i$ 产业相关指标占全国相关指标的比率。区位熵指数越大，表示地区产业集聚水平越高。一般来说，当 $LQ>1$ 时，可以认为 $j$ 地区的区域经济在全国来说具有集聚优势；当 $LQ<1$ 时，可以认为 $j$ 地区的区域经济在全国来说具有劣势（冯立欣、胡平东，2009）。

### （二）中国电子信息产业的区位熵

东部地区电子信息产业发展水平高于全国平均水平（区位熵数值大于1），而中部和西部电子信息产业发展水平距全国平均水平仍有一定的差距，并且西部的发展水平较中部略高（见图3－14）。同时东、中、西部的电子信息产业区位熵都有微弱的上升趋势，这说明我国的电子信息产业整体的专业化水平是在上升的。

东部地区的产业集聚程度非常明显，自2005年之后，区位熵一直保持在1.3以上，远远高于中部地区和西部地区，在全国电子信息产业分布格局中处于主导地位。东部电子信息产业集聚地区主要包括广东、上海、北京、浙江、

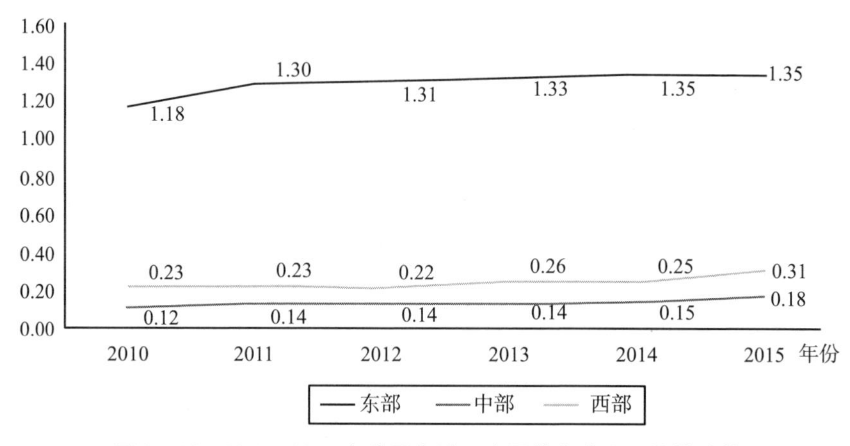

**图 3-14 2010~2015 年我国各地区电子信息产业区位熵趋势**

资料来源：中国统计信息网。

山东、江苏等，分析这些省市的区位、经济发展水平、电子信息产业发展现状，可以发现，东部地区电子信息产业基地分布于珠江三角洲、长江三角洲、环渤海地区三大经济圈，并且是这三大经济圈中的前沿城市，拥有全国性的生产基地和研发基地。东部地区前期高力度的引资政策吸引了大量电子信息企业集聚于此，后期城市群的崛起为电子信息产业发展创造了战略高地。从东部地区电子信息产业内部分工结构来看，各个龙头省份侧重发展的细分产业有所不同：广东是全国电子信息产业规模最大的省份，深圳、东莞积极发展电子信息产业链的高附加值环节，拥有腾讯、华为等一批国内外知名企业；浙江以软件产业、移动通信及其配套产业等产业集群为主，拥有中讯、普天东方、海康威视等全国电子信息百强企业；山东则重点发展高端电子信息产品、新型电子材料等领域，拥有海尔、海信等大集团；而江苏在计算机相关产业具有较强的优势，台湾宏碁等品牌电脑均将生产基地落户江苏。

电子信息产业在中西部地区的产业集聚程度不高，优势不明显。从中西部地区电子信息产业发展具体指标与东部地区对比结果中可以发现：中西部地区电子信息产业初具规模，但是与东部地区相比差距还是比较大，产业规模小，企业数量少，东部地区电子信息产业产值、销售额、利润约占全国的 80%，而中西部地区约为 20%；在技术层面，东部地区对外开放程度高，与国际上技术实力强的电子信息企业交流合作机会多，而中西部地区由于地处内陆，学习和吸收先进信息技术、进行电子信息产品研发、技术创新能力较弱；在产业基础层面，东部地区产业结构完整，基础产业发展完善，中西部地区电子信息产业配套发展不成熟，受限于地区经济发展水平，基础产业发展水平也还需要提升。

综合而言，虽然一直落后于东部地区，但是中西部地区电子信息产业也呈现出了缓慢增长的态势，投资增加，配套产业不断完善，这种现象也是国家大力支持西部发展，实施“西部大开发”、“中部崛起”等一系列战略的效果。未来，中西部地区要在日趋激烈的电子信息产业竞争中取得成效，需要努力开拓承接产业转移的资源，提升技术创新水平、改善产业发展环境、提高生产水平、扩大市场影响力。

广东、上海、江苏、天津等都是电子信息产业发达的地区，2009～2015年其区位熵指数均大于1，表明这些地方相对于全国在电子信息产业具有聚集优势。2009～2014年北京地区区位熵指数均大于1，但呈不断下降的态势，2015年北京地区区位熵指数小于1，这是因为各个地区电子信息产业不断发展，北京的聚集优势不断减弱。天津虽然区位熵指数仍然大于1，但其聚集优势也在不断减弱。东部地区的山东和浙江、中西部地区的四川和重庆区位熵指数呈现缓步上升的趋势，这与电子信息产业由东部发达城市向周边城市及东西部城市转移有关（详见图3－15）。

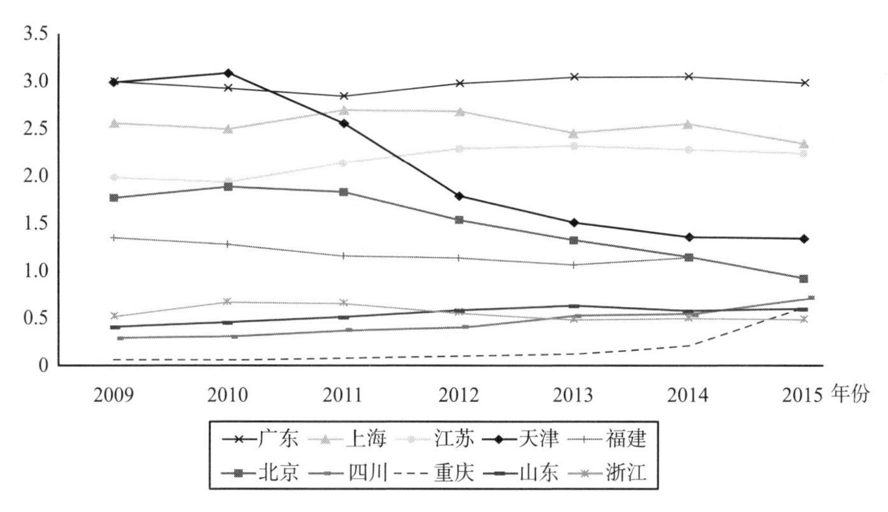


**图3－15　2009～2015年我国主要省份电子信息产业区位熵指数**

资料来源：《中国电子信息产业统计年北京鉴》《中国工业经济统计年鉴》。

## （三）中国电子信息产业的区域竞争力

产业集聚有助于提升区域产业竞争力。张鸿等（2014）以2009～2012年全国电子信息产业和经济统计数据为依据，构建了区域电子信息产业竞争力评价模型，运用熵值法计算了29个省市区的电子信息产业综合竞争力[1]，结果表明各区域电子信息产业发展具有异质性。依据其测算得出的电子信息产业综合竞争力指数，可将29个省市区划分为竞争实力水平不同的四个梯度地区。表3-6同时也证明了我国电子信息产业区域发展的不均衡性，处于第一梯度的省市区大多数位于东部地区，同时拥有较强的产业竞争力，中部地区次之，而西部地区最差，产业集聚度不高，并且竞争力薄弱。

**表3-6　竞争实力强弱不均的四类地区**

| 分类 | 数量 | 地区 | 竞争力 |
|---|---|---|---|
| 第一梯度地区 | 6 | 广东、江苏、北京、上海、山东、浙江 | 强 |
| 第二梯度地区 | 6 | 福建、辽宁、天津、四川、湖北、重庆 | 较强 |
| 第三梯度地区 | 5 | 陕西、湖南、河南、安徽、河北 | 一般 |
| 第四梯度地区 | 12 | 吉林、黑龙江、江西、贵州、云南、新疆、宁夏、甘肃、海南、广西、内蒙古、山西 | 较弱 |

资料来源：张鸿等．区域电子信息产业竞争力评价研究．2014。

## 三、中国电子信息产业集群分布

经过一段时期的发展，我国电子信息产业结构向纵深发展，已转变为由众多细分产业组成的多元化结构，形成了上下游各环节完整的产业链。但从区域层面来看，由于各地区资源禀赋和在电子信息产业链中的分工不同，我国电子信息产业发展水平存在较明显的区域不平衡性，这与我国电子信息产业的区域集聚现象是密不可分的。东部地区的长江三角洲、珠江三角洲和环渤海地区电子信息产业由于集群形成的时间早，各方面要素条件排列较靠前，现阶段发展较为成熟，逐渐向产业链的高附加值环节发展，产业发展优势明显，在全国甚至全球电子信息产业中的竞争力和影响力不断增强；中西部地区的电子信息产业集群形成的契机是东部地区产业转移，目前正在不断优化产业承接环境与资源，电子信息产业中的劳动密集型环节已逐步向中西部转移，因此，其产业集群效应还未凸显。

① 电子信息产业竞争力综合反映在创新能力、技术水平、生产能力、产品、环境等多个方面，对产业竞争力的衡量通常采用定性与定量相结合的方法。

从微观角度来看，目前我国已形成的大大小小的信息产业基地，信息产业园数量多，其中国家级的分别有 9 个和 40 个，省级、市级或者区级的产业集群数不胜数，例如中关村电子信息产业集群、深圳电子信息产业集群、光电子产业集群等，覆盖了地区层次和电子信息产业细分行业。

本书着重分析我国电子信息产业的四大重点产业集聚地，由于数据有限，选择 2011 年这四大集聚地的利润总额、主营业务收入及其在全国的占比（图 3－16）作为分析依据。由图中可知，长三角地区电子信息产业的主营业务收入位列第一，在全国的占比达到 36.7%，珠三角、环渤海、中西部地区占比依次降低。这也和我国东、中、西、东北部的划分相一致。东部地区包括长三角和珠三角两大产业集群，因此其区位熵最高，且拥有最强的电子信息产业竞争力。环渤海地区拥有天津滨海新区、北京中关村科技园等多个产业集聚地，产业基础雄厚，近年来其电子信息产业主营业务收入和利润额均同步增长。

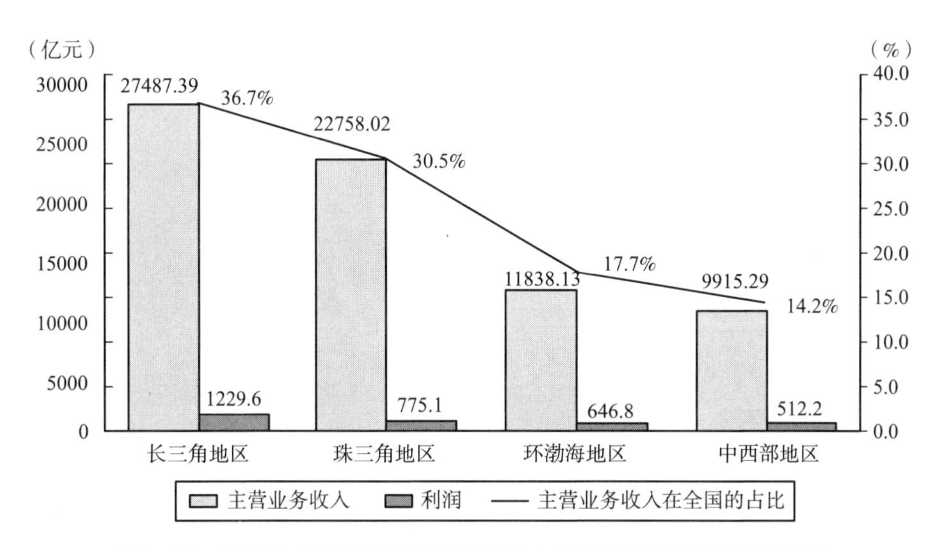


**图 3－16　2011 年中国四大重点产业集群电子信息产业营收和利润情况**

资料来源：工业和信息化部运行监测协调局。

中西部地区电子信息产业的基础较弱，规模、企业数量在全国占比较小，基础设施、产业配套、可持续性方面均有不足。但近年来，中西部地区的发展环境不断改善、后发优势显现，受到承接产业转移及政策带动产业布局优化调整的双重影响，东部地区电子信息产业的投资方向也逐步向中西部地区转移，以重庆、成都、武汉、西安为代表的重点城市的电子信息产业正在高速发展（冯明，2014）。

## 四、中国电子信息重点企业发展概况

历年电子信息百强企业入围底线（根据当年电子信息企业的整体情况划定）不断变化，从1987年的116亿元，提高到2016年的2.96万亿元，逐年上升，且上升幅度巨大。即使受2008年金融危机以及其后欧债危机的影响，中国电子信息企业产值仍有不同程度的增长。结合近年来中国电子信息企业技术创新成果的增长，可以看出，中国电子信息企业实力增强，在全球电子信息产业中的层次显著提升。从整体上看，2014年电子信息百强企业数据显示，中国电子信息百强企业以全行业0.5%的企业数量，创造出了全行业23.6%的产值、28.8%的利润和60.4%的税金。2011～2015年，中国电子信息百强企业创造的营业收入稳中有增，增长率在2014年也实现了向上的趋势，达到12.4%，比2013年高1.2个百分点，2015年实现主营业务收入2.3万亿元，同比增长13.7%。从占比上看，百强企业在全行业的占比一直保持比较稳定的态势，体现出其对整个行业的带动作用（详见图3－17）。

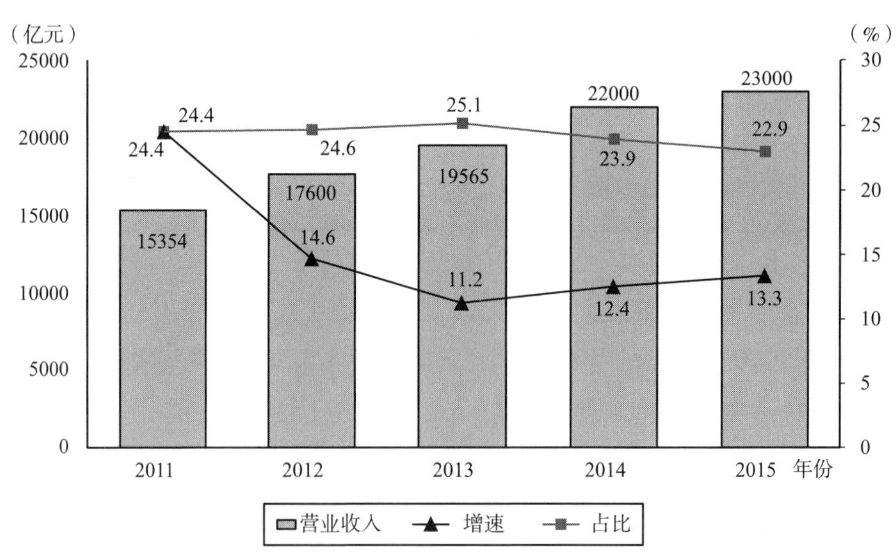


**图3－17　2011～2015年中国电子信息百强企业营收增长和占比**

资料来源：工业和信息化部。

# 第四节　联想区位战略研究

## 一、公司概况

### （一）公司简介

联想集团有限公司（Lenovo Group Ltd.）是一家总部设在中国北京市和美国北卡罗来纳州罗利市的跨国科技公司，成立于1984年，由中国科学院计算技术研究所投资20万元人民币并由11名科技人员创办，当时称为“中国科学院计算所新技术发展公司”，1989年更名为“北京联想计算机集团公司”。从1996年开始，联想电脑销量位居中国国内市场首位。2005年联想收购了IBM的个人电脑业务，2011年起成为全球第二大个人电脑生产商，2013年起成为全球第一大个人电脑生产商。根据2012年第四季度的统计，联想是世界第八大手机生产商、第五大智能手机生产商。2014年10月，联想集团宣布该公司已经完成对摩托罗拉移动业务的收购。

作为全球电脑市场的领导企业，联想从事开发、制造并销售可靠的、安全易用的技术产品及优质专业的服务，帮助全球客户和合作伙伴取得成功。联想公司主要生产台式电脑、服务器、笔记本电脑、智能电视、打印机、掌上电脑、主板、手机、一体机电脑等商品①。

柳传志不仅是联想创始人，同时也是中国第一代企业家的代表，他提出的“贸工技”路线不仅将联想从中国科学院下属的一个院办企业发展为今天横跨PC、IT服务、风险投资、房地产、并购投资五大领域、年收入超过400亿美元的投资控股集团，还成为数以万计的中国企业走向成功的大道——在一个由计划转向市场的特殊时期，这个主张先做贸易（以积累市场经验和资金）再向技术等附加值高的环节提升的思路被证明是企业生存壮大的最佳战略选择。

① 联想公司官网。

## （二）公司市场表现

1. 盈利状况。图 3－18 是联想公司 2010～2015 年的盈利状况。图 3－18 数据显示，联想在 2010～2014 年，不管是营业收入还是利润都呈上升的趋势，在 2015 年联想的年度报告中，其营业收入与利润都有所降低，跌幅分别为 2.9% 和 3.5%。下降的主要原因是受到汇率波动、个人电脑需求放缓及集团提升智能手机业务所致。若除去汇率因素影响，集团收入同比增加 3%。根据 2015 年的财政计划，联想集团将实行一系列业务整合及重组，营业收入与利润会在 2016 年得到提升。

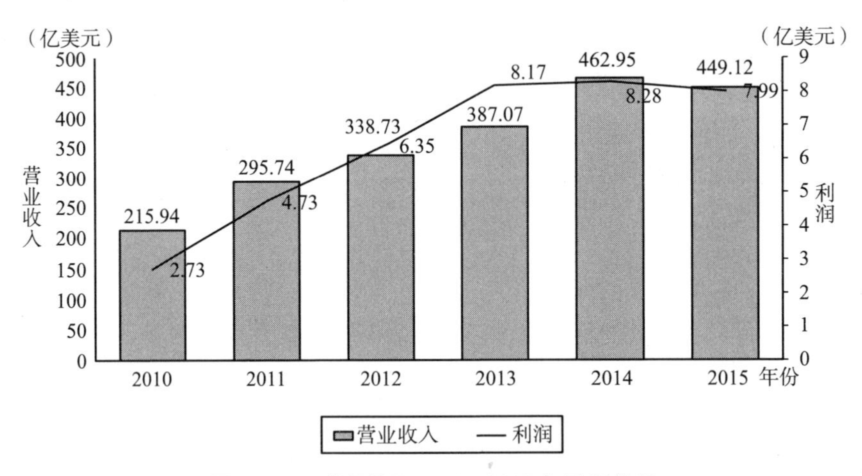


**图 3－18 联想公司 2010～2015 年盈利状况**

资料来源：联想公司 2010～2015 年年报。

2. 行业排名。在《财富》杂志公布的 2015 年全球 500 强企业中，联想的排名为第 202 名，较 2014 年的第 231 名上升了 29 位。表 3－7 是 2014 年全球电子行业排名前十的企业（财富中文网，2015）。联想作为唯一一个中国企业上榜。表中数据表明，联想距离排名前列的企业还有一定差距，但是随着联想企业的战略部署以及中国电子行业的迅速发展，这一差距正在缩小。

**表 3－7　　2014 年全球电子企业排名**

| 企业名称 | 国家 | 总部所在地 | 营业收入（亿美元） | 年增长率（%） | 年利润（亿美元） |
|---|---|---|---|---|---|
| 苹果 | 美国 | 库佩蒂诺 | 1827.95 | 7.0 | 395.10 |
| 三星 | 韩国 | 首尔 | 1958.45 | －6.3 | 219.22 |

续表

| 企业名称 | 国家 | 总部所在地 | 营业收入（亿美元） | 年增长率（%） | 年利润（亿美元） |
|---|---|---|---|---|---|
| 惠普 | 美国 | 帕洛阿尔托 | 1114.54 | -0.8 | 50.13 |
| 佳能 | 日本 | 东京 | 352.15 | -7.9 | 24.07 |
| 索尼 | 日本 | 东京 | 747.24 | -3.6 | -11.45 |
| LG | 韩国 | 首尔 | 570.38 | 7.4 | 3.79 |
| 联想 | 中国 | 北京 | 462.95 | 19.6 | 8.28 |
| 西门子 | 德国 | 慕尼黑 | 1015.60 | -4.3 | 72.88 |
| 松下 | 日本 | 大阪 | 701.69 | -9.1 | 16.32 |
| 东芝 | 日本 | 东京 | 631.75 | -2.7 | 10.1 |

资料来源：财富中文网。

3. 主营业务情况。图 3-19 是联想 2014 年与 2015 年主营业务产品市场销售表现。与 2014 年收入结构相比，2015 年联想拥有更平衡的产品组合，并且于各种产品领域均实现了较强劲的销量增长。

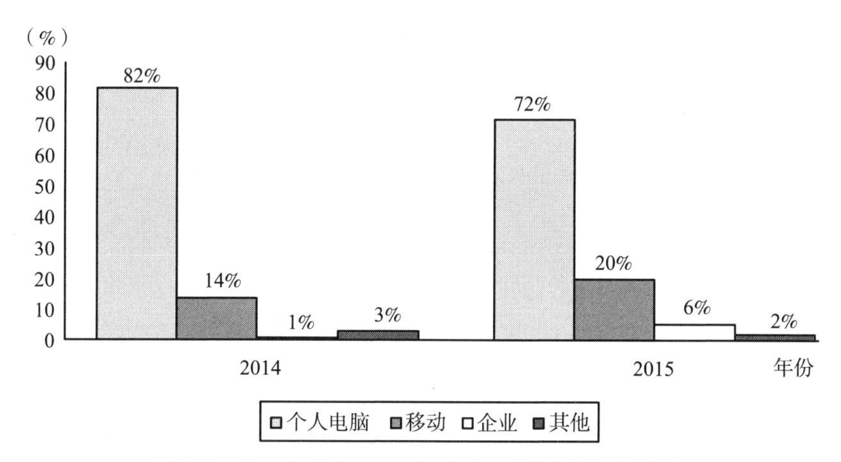


**图 3-19　2014~2015 年联想公司各类业务利润变化**

资料来源：联想公司 2015 年年报。

受宏观经济情况低迷以及各类新款式装置的兴起等因素影响，全球个人电脑市场销售下跌，联想 2015 年个人电脑业务销售收入为 333.46 亿美元，占企业整体收入的 72%。联想 2015 年移动业务持续强劲增长，主要是受其积极扩充中国以外的市场业务所致，移动业务收入为 91.42 亿美元，占总收入的 20%。联想的企业级业务包括 System X，据估计，该系统将成为全球第三大厂商。包括 System X 的企业级收入为 26.28 亿美元，占总收入的 6%。除以上产品以外，联想还致力于建立生态系统业务基础，包括生态系统、云服务等。这一收入相较于2014年下跌3%，至11.8亿美元。

## 二、联想区位扩张的历程和特征

### （一）联想区位扩张的历程

联想集团在1984年由中科院出资20万元以及11名技术人员创办，发展至今已经成为拥有员工55000余名、年销售额达到2000多亿美元的国际级跨国企业[①]，并成为中国电子信息产业中的领导者。联想集团走过了30多年的风雨，1994年在香港地区上市，到1999年已经实现亚太市场PC销量第一。这一期间联想主要集中于扩张国内及亚洲市场，由于其进入中国市场较早，品牌的影响力根深蒂固，消费者的偏好不易改变，使得联想多年来一直在中国市场上处于领先地位，国内市场是其进攻其他地区的大本营和坚强后盾。

联想集团于2005年收购了IBM的PC事业部，开始真正进入成熟市场，2011年又与NEC公司成立合资公司，并收购了德国的Medion公司，2014年联想完成对摩托罗拉移动业务的收购，成为全球第三大智能手机生产厂商。联想集团的区位扩张历程如图3－20所示。

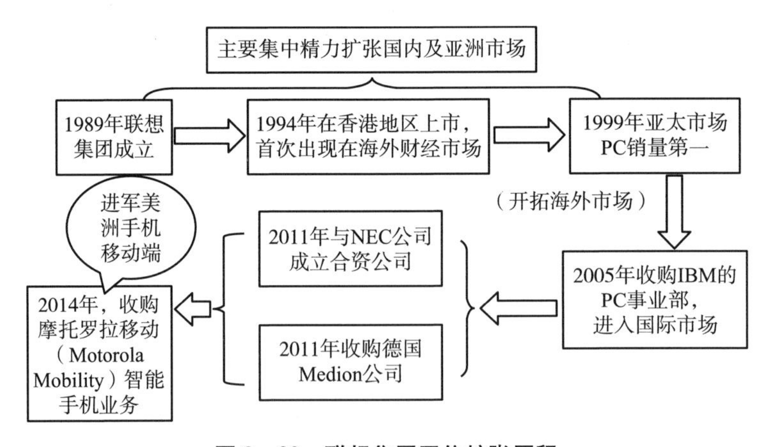


**图3－20　联想集团区位扩张历程**

资料来源：《经济观察报》。

① 联想集团2016年9月可持续发展报告。

### （二）联想区位扩张的主要特征

联想公司的区位扩张特征可以归纳为“以北京联想为中心向外部扩张”。其扩张可分为初创期、成长期、成熟期以及蜕变期四个阶段。每一阶段的特征如下：

1. 初创期。在这一阶段，联想志在获得品牌资源、获得核心技术和人才以及信息资源。同时确立了北京联想作为企业中心的地位。

2. 成长期。这一阶段联想开始进行海外扩张，其影响力为企业赢得了良好的合作伙伴，并保证了发展资金的来源，同时也不断开拓、占领市场。另外，在内地，由于联想内部中心固定于北京，而如研发、销售等部分只能向外扩张或者迁移，这一举措也造成了中国大陆范围内联想集团遍地开花的局面。

3. 成熟期。在这一阶段，联想进一步开拓国际市场，同时为公司市场多元化发展提供了支持。联想收购 IBM 的 PC 业务部门，拉开了联想开拓全球市场的帷幕，并成为国际奥委会的合作伙伴。

4. 蜕变期。这一阶段联想分拆业务，发展乡镇市场，收购 IBM ThinkPad 等知名品牌，提升 IT 服务品牌，并将总部迁移至美国北卡罗来纳州罗利市。

## 三、联想区位扩张的主要模式及因素

### （一）联想区位扩张的主要模式

1. 新建全资子公司。新建全资子公司是跨国企业进行扩张的最主要的手段，2005 年，联想在匈牙利设立子公司，年生产 100 万台台式电脑。在匈牙利销售近 3 万台，占匈牙利电脑市场销售量的 10%。对于联想集团而言，匈牙利处于十分重要的战略位置：它位于欧洲的地理中心，通达欧洲各地，物流便捷，并且匈牙利政局基本稳定，经济结构合理。

2. 合资。合资是企业进入相对陌生的新市场、回避风险的有效手段，在联想发展历程中起着十分明显的作用。1988 年 4 月，联想与香港导远电脑有限公司以及中国技术转让公司合资成立了“香港联想科技有限公司”，主要目的是为电脑开发、生产积累资金，并摸索打入国际市场；2011 年 1 月，联想集团宣布与 NEC 公司成立合资公司，目的是占领日本电子信息市场上的最大个人电脑市场。这次合资为联想集团提供了一个独特的机会，开始在号称“全球第三大个人电脑市场”的日本发展商用及消费电脑业务；2013 年 9 月底，联想营收近百亿美元，其中最大的亮点在于移动终端业务。联想利用摩托罗拉的专利技术以及国外运营商资源，进一步打入海外市场。

3. 收购。收购当地现存企业是企业在进入市场初期最为快速有效的方法，联想 2005 年收购了 IBM 全球个人电脑事业部，这是其进入国际市场的开始。2011 年 6 月联想集团收购了德国电子厂商 Medion，这次收购使得联想在欧洲最大的个人电脑市场——德国的市场份额扩大了一倍，大大增强了联想的国际竞争力，同时联想将以德国为跳板，辐射欧洲其他国家。此外，2014 年 10 月 30 日，联想公布宣布完成对摩托罗拉公司的收购。自此，联想公司将成为全球第三大智能手机生产厂商，仅次于三星和苹果公司。

4. 战略合作。联想曾与 NBA 宣布结成长期的全球性市场合作伙伴关系；2004 年，联想集团作为第一家与国际奥委会签署合作协议的中国企业，成为国际奥委会的全球合作伙伴；2006 年，联想全面支持都灵冬奥会，得到了国际奥委会的高度评价；2007 年 2 月，联想签约成为 AT&T 威廉姆斯车队的顶级赞助商，联想的标识出现在威廉姆斯赛车以及全球各站赛场的显著位置；联想集团同样是 2008 年北京奥运会火炬接力全球合作伙伴；2009 赛季携手 F1 迈凯伦车队开展战略合作；2011 年联想作为中国载人航天工程在信息技术产品领域唯一的战略合作伙伴，在管理、技术、文化以及教育等方面开展全方位合作；2013 年，联想公司成为中国首家微软云计算操作系统（Cloud OS）战略合作伙伴。联想的这些战略合作，有利于其塑造品牌的形象、提升品牌的知名度，有利于联想区位扩张的顺利进行。

### （二）联想区位扩张的因素

1. 市场因素。在电子信息市场中的市场占有率、利润额依然是各大厂商追求的最终目标，进入新市场，扩大市场规模，不断获取更多消费者，是厂商进行区位扩张时必须考虑的因素，通过分析不同地区消费者与产品的关系，进而可以确定企业扩张过程中所考虑的区位问题。尤其是当现有的市场扩张遇到瓶颈时，进行跨国并购是企业进入新市场、扩大市场占有率的最快速有效的方法之一。如联想选择收购 IBM 的 PC 事业部、并购德国 Medion 公司、与 NEC 公司成立合资公司以及收购美国摩托罗拉移动业务等，都使得联想能够获得其在特定区位市场份额的快速提升和品牌知名度的迅速提高。

2. 成本因素。尽可能降低企业的成本这一趋势已经逐渐成为电子信息类企业选择与扩张区位考虑的重要因素之一。这一因素主要包括该地区的基础设施（交通、通信等）、相关产业发展状况、劳动力价格、政府优惠政策（税收、金融、地租和销售政策）等。进行跨国投资，在全球范围内整合生产线，可以有效降低生产成本，在竞争中获得相对优势。如联想在新兴市场建立生产中心，一方面是为了靠近消费市场，节约运输成本；另一方面也是为了充分利用廉价劳动力以及一些地区相关产业的支持，如印度等在软件生产方面的优势。

3. 竞争因素。电子信息产业已经进入其生命周期的成熟阶段，电子信息市场逐渐展现出寡头市场的特征，更大企业之间的相互影响在不断增强。各企业之间的竞争已经不限于在某一个或一片市场中，而是已经扩展到全球市场。所以当企业的竞争对手或行业的领导者在某一地区进行投资扩张时，为了保持竞争地位、维持市场份额等目的，企业也会不断调整竞争战略。如惠普、戴尔等在中国及亚洲其他市场与联想的竞争中处于劣势，便开始在国际市场上找突破口，转而在其他市场上排挤联想，联想为了提升国际市场的份额，应对竞争者的挑战，也不断地开拓市场，积极参与国际市场的竞争。例如，联想收购摩托罗拉移动业务是为了应对在北美、欧洲地区与三星、苹果等对手在智能手机领域上的竞争。

4. 集聚因素。世界电子信息产业之都——硅谷的成功为全世界树立了一个发展电子信息产业的模板，中国则出现了中关村等模仿工业园。电子信息企业在区位上集聚可以充分利用聚集地良好的微观环境、基础设施及条件，不同企业的管理、生产、创新组织，尤其是高技术人才与高质量的劳动力等，进而获得外部经济效益，扩大规模实现规模经济。对于联想而言，通过在战略部署的重要市场地设立自己的子公司或研发中心，可以更好地利用产业集聚的效应来提升竞争力。例如，联想设立多个研发中心也在相当程度上更好地适应了本地区位因素，从而实现了因地制宜、加速发展。

## 四、联想价值链区位扩张分析

本部分将分析联想集团年报中所列举的附属公司。这些附属公司是对联想集团当年度业绩有重大贡献或组成本集团资产净值的重要部分，按照各附属公司的职能，基本可以分为营运中心、研发中心、生产中心和销售中心（详见表3－8）。

**表3-8　联想全球公司情况一览**

<table>
<tr><th>区域</th><th>所在地</th><th>职能</th><th>备注</th></tr>
<tr><td rowspan="9">中国大陆</td><td>惠州</td><td>制造</td><td></td></tr>
<tr><td>深圳（3）</td><td>制造、分销、投资管理</td><td></td></tr>
<tr><td>厦门</td><td>制造、分销、提供科技服务</td><td></td></tr>
<tr><td>北京（3）</td><td>制造、分销、科技服务、提供电脑软硬件及系统维修服务</td><td>起源地/全球总部</td></tr>
<tr><td>上海</td><td>分销、科技服务</td><td>负责华东地区的市场开拓、销售与客户服务</td></tr>
<tr><td>合肥</td><td>制造、分销</td><td>与仁宝公司合建</td></tr>
<tr><td>成都</td><td>分销、科技服务</td><td></td></tr>
<tr><td>武汉（3）</td><td>研发、制造移动软件、分销、提供科技服务</td><td></td></tr>
<tr><td>西安</td><td>分销、提供科技服务</td><td></td></tr>
<tr><td>港澳台地区</td><td>香港地区（4）</td><td>管理、金融、行政服务、分销、采购代理、知识产权</td><td></td></tr>
<tr><td rowspan="2">南美</td><td>巴西（4）</td><td>制造、分销</td><td></td></tr>
<tr><td>墨西哥</td><td>分销</td><td></td></tr>
<tr><td rowspan="2">北美</td><td>加拿大</td><td>分销</td><td></td></tr>
<tr><td>美国</td><td>分销</td><td></td></tr>
<tr><td rowspan="7">欧洲</td><td>比利时</td><td>分销、投资</td><td></td></tr>
<tr><td>丹麦</td><td>分销</td><td></td></tr>
<tr><td>德国（2）</td><td>分销</td><td></td></tr>
<tr><td>法国</td><td>分销</td><td></td></tr>
<tr><td>意大利</td><td>分销</td><td></td></tr>
<tr><td>瑞士</td><td>分销</td><td></td></tr>
<tr><td>西班牙、瑞典、荷兰、英国</td><td>分销</td><td></td></tr>
<tr><td>澳洲</td><td>澳大利亚</td><td>分销</td><td></td></tr>
<tr><td rowspan="4">东南亚</td><td>新加坡（2）</td><td>制造电脑及周边设备、分销</td><td></td></tr>
<tr><td>印度</td><td>制造、分销</td><td></td></tr>
<tr><td>马来西亚</td><td>分销</td><td></td></tr>
<tr><td>泰国</td><td>分销</td><td></td></tr>
<tr><td rowspan="2">东亚</td><td>日本（2）</td><td>分销</td><td></td></tr>
<tr><td>韩国</td><td>分销</td><td></td></tr>
<tr><td>中东</td><td>以色列</td><td>分销</td><td></td></tr>
<tr><td>俄罗斯</td><td>俄罗斯</td><td>分销</td><td></td></tr>
</table>

资料来源：联想公司官网。

## （一）生产研发

营运中心有联想（北京）有限公司与美国的北卡罗来纳州罗利市，北京子公司负责制造和行政，而美国的北卡罗来纳州罗利市主要负责研发、组装和行政。全球资产中心设在新加坡。

联想集团的研发中心设在中国北京、上海、深圳、成都，以及美国的罗利和日本大和等地区。这些研发中心主要集中在电子信息产业发达的地区，是各大电子信息企业的研发中心集中地。我们可以看出这些地区存在一些共同的特点：电子信息产业技术水平高、经济发展水平高、风险投资富足、电子信息类企业集中等。这些特点吸引了各大企业在此设立研发基地，以期利用研发集聚所带来的好处，增强各企业之间的合作，同时享受知识溢出的效用。

联想的生产中心主要位于中国上海、北京、惠阳、深圳等地，在印度、墨西哥和匈牙利等国家也设有生产基地，其中墨西哥和匈牙利的生产基地建立时间不长，因此对公司的业绩贡献不太大，但是还是可以看出这些生产基地主要集中在发展中国家和地区，这样做有以下几个优势：首先，可以保证劳动力和原材料等成本较低，生产的产品成本低使得联想可以以较低的价格更好地开拓市场和吸引消费者，提高市场占有率和扩大盈利空间；其次，在这些国家和地区设立生产基地可以解决当地的部分就业问题，拉动当地经济的增长，因此可以获得政府的相关政策支持；此外，这也符合联想的最新发展战略，联想战略的一部分就是进攻新兴市场，以新兴市场作为其进一步发展的根基，在这些地区设立生产基地可以拉近生产地与消费市场的距离，相对降低运输的成本，同时可以更好地观察市场发展动态，更快地占领市场。

## （二）市场销售

根据以上数据及各市场的不同地位，这里将联想的目标市场划分为三大部分：一是中国，中国是联想集团最主要的市场，也是其大本营，占据联想市场份额的最大部分，稳定这一市场能够巩固联想的市场份额；二是新兴市场，包括非洲、亚太区、中欧/东欧、香港地区、印度、韩国、拉丁美洲、中东、巴基斯坦、俄罗斯、台湾地区、土耳其等国家和地区，这一领域是联想最新开发的市场，也是联想集团的潜在发展市场；三是成熟市场，包括澳大利亚/新西兰、以色列、日本、北美洲、西欧及全球客户，联想通过并购等方式不断向这一领域发起进攻，这些地区也是近些年来联想应对主要竞争对手如惠普和戴尔的重点市场（李玲玲、吴晓宇，2009）。

联想集团生产的产品主要是面向全球160多个国家和地区，因此其销售中心也遍布全球，就所列举的附属公司来看，中国大陆有8个，新兴市场有13个，覆盖俄罗斯、南美洲（巴西、委内瑞拉）、东南亚（泰国、印度、马来西亚）、香港地区、韩国等；成熟市场有16个，包括美国、欧洲（意大利、瑞典、英国、法国、德国、荷兰等）、日本。通过分析上述数据及结合各附属公司的具体情况我们可以看出，联想集团的销售网络主要还是集中在中国和新兴市场，这些地区的销售中心和相关服务建设比较完善，而在成熟市场上销售中心设立时间比较短，投资规模相对较小，功能还比较单一，但是分布比较广泛，数量初成规模，很好地体现了联想集团的下一步发展策略——竭尽全力巩固和发展中国和新兴市场，大力拓展成熟市场。

联想集团将市场划分为中国市场、亚太市场、欧洲/中东/非洲市场以及美洲市场。由图3－21可以很直观地看出：联想在中国的销售额占比一直是最高的，但由于近年来竞争加剧，也呈现出一定的下降趋势；次高的是欧洲/中东/非洲市场，其中欧洲是成熟市场，有一定的上升趋势；其后是美洲市场，同样也是成熟市场覆盖，呈现出缓慢上升的态势；新兴市场覆盖的亚太市场则位列第四，但是新兴市场的潜力巨大。

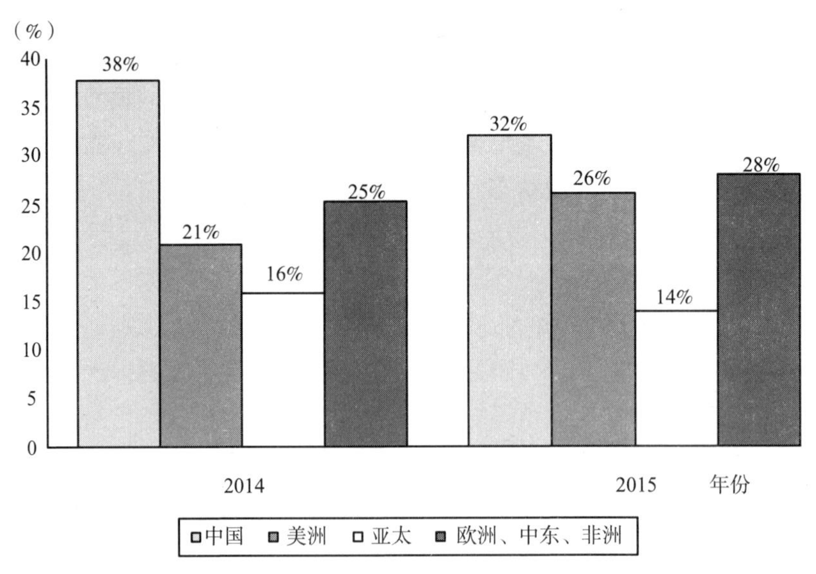


**图3－21　2014～2015年联想全球各地区销售变化**

资料来源：联想公司2015年年报。

## 五、联想在海外

联想的发展历史可以分为三步：第一步，在海外建立一个贸易公司，进入国际流通领域，作为寻求开发外向型产品的突破口。第二步，建立一个有研究开发中心、有生产基地、有国际营销网点的跨国集团公司。第三步，形成规模经济，开始跻身于发达计算机产业之列。同时，联想采取了三个发展战略，分别是：第一，优势互补，如香港联想公司就是由三家各有优势的公司合资而成。第二，摸准市场需求，选准突破口，集中优势技术。第三，采用优质低价战术，由于公司技术和人才实力强，国内劳动力价格低廉，生产成本低，使得联想的性价比在计算机产业十分突出（吴勇志，张玲，2013）。

除中国本土之外，联想在海外也设立了中心和子公司。除此之外，联想变化最大的是公司总部的区位选择。联想公司的总部是整个公司的中心，负责制定影响公司发展方向的战略决策。在联想的发展初期，总部建立于中国首都北京。北京作为中国政治、经济、文化的中心，交通运输便利、信息获取及时，关键人员可随时接触，这些因素加速了联想的发展。在联想确立国际发展方向之后，总部设在了美国纽约。纽约是美国乃至世界的金融中心，同时也是美国面积最大、港口最多和人口最多的城市，纽约的一举一动无时无刻不在影响着世界，甚至左右着全球的媒体、政治、教育、娱乐与时尚界。因此，将公司总部设立于此，更加符合联想国际化发展的方向。联想全球各中心分布情况如表3－9所示。

表3－9　　联想业务分中心全球分布一览

| 名称 | 所在地 |
|---|---|
| 控制中心 | 莫里斯维尔，美国 |
| | 新加坡 |
| 研发中心 | 莫里斯维尔，美国 |
| | 日本 |
| 销售中心 | 巴黎，法国 |
| | 莫里斯维尔，美国 |
| | 新加坡 |

续表

| 名称 | 所在地 |
| --- | --- |
| 制造中心 | 惠特塞特，美国 |
| | 蒙特雷，墨西哥 |
| | 本地治里（Pondicherry），印度 |
| 投资中心 | 香港，中国 |

资料来源：联想公司官网。

从表3－9可以看出，联想在海外的区位选择有三个明显特征，分别是趋于经济中心区、邻国边界区、文化社会关系密切地区。各地区的优势如下：

经济中心区的优势是：这些地区多为信息通畅、各类经济活动聚集区。由于对投资国的各地情况不了解，公司在投资初期需要寻求当地原材料和服务供应商。由于确定市场机遇、管理分散设施、招募高水平劳动力等均具有较高的摸索成本，投资者为了降低投资风险，会效仿投资国已有的投资模式。如香港地区、日本等地经济发达，已经拥有了较为成熟的投资模式，可以为联想提供较为成熟的经验。

边界地区的优势是：历史上相邻两国交往较多，彼此了解较深，投资者所掌握的相关信息较多。如日本、新加坡等国，随着中国沿海城市的发展，吸引外商投资加快，因此邻国成了最大的投资外贸商。

社会联系密切地区的优势是：密切的社会和亲属联系及相似的文化背景便于沟通，会大大缩短投资者与投资国之间的磨合期，避免劳资双方出现矛盾，加快对利益的获取速度。如新加坡的华人众多，有利于加大投资份额。

联想作为极富创新性的国际化的科技公司，已是中国最为著名的科技企业之一。它从汉卡产品起步，后来转向家用电脑业务。联想的发展可以作为其他中国企业参考以及借鉴的模板，而联想国际化发展的主要原因可以归结为中国市场有限，而且不断有外资企业进入，所以想要找到新的增长点，就要扩大销售范围，对外宣传联想品牌。联想最近十多年来最主要的竞争对手戴尔等公司也早就进入了中国市场，联想如果回避国际化选择，就无法从中获得各种机会和资源注入，也无法通过“闭关自守”来守住一亩三分地。因此，联想重启多元化战略，为推出移动互联战略做好了准备。

PC行业的竞争向来十分激烈。就在短短的十几年里，消费者们见证了苹果、三星的东山再起，也看到了惠普、微软的颓势，更看到了摩托罗拉、诺基亚的没落。移动互联网领域风起云涌，传统的 PC 行业面临重新定义。因此，对于联想来说，这既是机遇也是挑战。

## 六、总结与启示

### （一）结论观点

根据前文对联想区位扩张战略的细致分析和简要概括，我们得到以下几点结论：

1. 联想的区位扩张由国内的区位扩张以及海外扩张两个部分组成。在国内的扩张以北京为中心向沿海地区扩张，并通过这种方式成为国内电子信息行业的巨头。同时，在海外扩张从经济发达的国家开始，并在成熟之后建立了北京、纽约两个公司中心。

2. 扩张模式多样化。新建合资企业是联想进入新市场的第一步，以这种方式进入新市场风险相对较小。同时联想采取了兼并收购的扩张模式，不仅仅加大了联想的市场份额，同时大大增强了公司实力。战略合作是提高品牌知名度的重要举措。

3. 生产研发区位优势明显。联想的研发基地多选在科技教育资源丰富的地区，这些地区为联想提供了研发创新的动力。而生产基地则多选在人口红利优势明显、土地资源丰富的地区，大大降低了联想的成本。

4. 销售市场集中在中国，同时在欧美发达国家的市场份额增长明显，并且近年来开始逐渐注重在新兴市场的份额。联想是中国本土企业，而中国消费者更愿意购买本土品牌产品。随着联想的技术不断成熟以及价格方面的优势日益明显，在欧美等市场也逐渐站稳了脚跟。新兴市场发展潜力巨大，联想也在不断扩大在该市场的份额。

### （二）借鉴与启示

联想作为国内电子信息行业的领头羊，其区位扩张的经验对我国企业尤其是电子信息企业制定区位策略具有重要的借鉴意义，主要体现在以下几点：

联想发展成为全球知名的电子行业企业，其经验可以归纳为“双拳战略”，即一手打保卫战，一手打进攻战。一些欧美跨国企业的全球化扩张路径是从已成熟市场蔓延至新兴市场，而联想出身于世界上最大的新兴市场——中国，采取的战略是首先向其他新兴市场推广，再向成熟市场推广。因此，在联想今后的全球化发展战略模式中，一方面要首先巩固其中国业务以及全球企业客户业务，并保持已有核心业务的市场份额，在此过程中提升利润率；另一方面也要在经济高速增长的新兴市场进行新的战略部署，着力提升市场份额，同时在俄罗斯、印度、土耳其、乌克兰、波兰等关键国家的市场份额要达到两位数。

联想也从全球视角对公司内部的组织结构进行了部分调整，前端由新兴市场以及成熟市场部门组成，后端则组成了 Idea 和 Think 两大产品集团。以中国、印度、俄罗斯和巴西为代表的新兴市场虽然比成熟市场的底子薄一些，但经济发展速度较快，呈现一种欣欣向荣的态势；而成熟市场虽然发展速度已经放慢，但依然是企业的战略重点市场。两种市场各自的特点不同，因此企业所采取的战略措施也不一样。

创新是企业发展的内在动力。联想保持了 Think 产品的高品质和卓越性，同时也推出了独具创意和时尚的 Idea 产品。它将产品、供应链、业务模式和营销等不同范围内的创新有机融合在一起，利用中国的产品和交易平台，把优秀的中国成本架构扩展到新兴市场和成熟市场，并获得了成功。

联想从一家中国本土公司发展成为全球知名企业，走过了一段艰难的道路。在未来，要成为全球行业的龙头，联想公司依然任重而道远。

## 参考文献

[1] 卢明华，李国平，杨小兵．从产业链角度论中国电子信息产业发展［J］．中国科技论坛，2004（4）．

[2] 冯立欣，胡平东．产业同构的测度方法［J］．中国集体经济，2009（3）．

[3] 张鸿，代玉虎，张权．区域电子信息产业竞争力评价研究［J］．统计与信息论坛，2014（3）．

[4] 冯明．我国电子信息产业国际化问题研究［D］．首都经济贸易大学，2014．

[5] 工业和信息化部电子科学技术情报研究所．中国 IT 产业发展报告（2013～2014）［M］．北京：社会科学文献出版社，2014．

[6] 中国电子信息产业发展研究院．2013～2014 年中国电子信息产业发展蓝皮书［M］．北京：人民出版社，2014．

[7] 中国电子信息行业联合会．2015 年中国电子信息产业发展蓝皮书［M］．北京：电子工业出版社，2015．

[8] 2010～2013 中国信息产业年鉴［M］．北京：电子工业出版社．

[9] 工业和信息化部运行监测协调局．中国电子信息产业统计年鉴（综合篇）[M]．北京：电子工业出版社．

[10] 2011～2015年电子信息产业统计公报．工信部运行监测协调局，2016

[11]．联想中国公司．2010～2015年年度报告[R]．北京：联想中国公司，2011～2015.

[12]．联想公司官网．http：//www. lenovo. com. cn/.

[13]．财富中文网．2015年财富世界500强排行榜[EB/OL]．http：//www. fortunechina. com/fortune500/c/2015－07/22/content_244435. htm，2015－07－20.

[14] 李玲玲，吴晓宇．联想：从“新”起步[J]．IT时代周刊．2009（24）.

[15] 吴勇志，张玲．新国际分工、全球价值链整合与中国企业国际化经营模式——以联想集团为例[J]．现代经济探讨，2013（12）：25－28.

[16] 陈华文．创新永远在路上——评《联想涅槃：中国企业全球化教科书》[J]．产权导刊，2015（7）.

[17] 贾震奇．联想海外直接投资战略分析[J]．改革与理论，2003（1）.

[18] 张秀玉．联想集团战略发展案例[J]．经济管理，1999（10）.

# 第四章　纺织服装产业区位发展研究[①]

## 第一节　行业界定

我国行业分类标准于2012年进行了更新。旧的行业分类标准将制造业中的第18大类定为纺织服装、鞋、帽制造业，同时下分为三个子行业，分别为纺织服装制造、纺织面料鞋的制造、制帽。而最新的国家统计局行业分类标准，将制造业的第18大类修改为纺织服装、服饰业，并下分了三个子行业，分别为机织服装制造、针织或钩针编织服装制造、服饰制造（详见表4－1）。其中，机织服装制造指以机织面料为主要原料，缝制各种男、女服装，以及儿童成衣的活动，包括非自产原料制作的服装，以及固定生产地点的服装制作活动；针织或钩针编织服装制造是指以针织、钩针编织面料为主要原料，经裁剪后缝制各种男、女服装，以及儿童成衣的活动；服饰制造是指帽子、手套、围巾、领带、领结、手绢以及袜子等服装饰品的加工制造。

在实际生产中，企业往往不可能同时生产所有种类的服装。不同的企业由于其原料的来源、企业生产技术与管理方式、市场定位、业务渠道与营销策略等的不同，在选择经营模式时，需充分考虑其产品的相关特点。

一是成衣。按照国家规定的号型规格系列标准，以工业化批量生产方式制作的服装称为成衣。成衣化率是一个国家或地区服装工业化生产水平和服装消费结构的标志之一。

---

① 本章由暨南大学产业经济研究院田甜、许舟、陶锋执笔。

表 4-1 服装行业分类表

| 代码 | 行业名称 | 代码 | 行业名称 |
|---|---|---|---|
| 181 1810 | 机织服装制造 | 193 | 毛皮鞣制及制品加工 |
| 182 1820 | 针织或钩针编织服装制造 | 1931 | 毛皮鞣制加工 |
| 183 1830 | 服饰制造 | 1932 | 毛皮服装加工 |
| 191 1910 | 皮革鞣制加工 | 1939 | 其他毛皮制品加工 |
| 192 | 皮革制品制造 | 194 | 羽毛（绒）加工及制品制造 |
| 1921 | 皮革服装制造 | 1941 | 羽毛（绒）加工 |
| 1922 | 皮箱、包（袋）制造 | 1942 | 羽毛（绒）制品加工 |
| 1923 | 皮手套及皮装饰制品制造 | | |
| 1929 | 其他皮革制品制造 | | |

资料来源：《国民经济行业分类》（GB/T 4754－2011）。

二是时装。在一定时间、一定地域内为大部分人所接受的服装被称为流行时装。如果只为一小部分人最先穿着，称为新潮时装。

三是定制服装。根据穿着者个人具体的情况，量体裁衣，单件制作的服装。大多数服装制衣店即为这种经营方式。

四是职业服。职业服是社团或行业成员在社会环境中从业工作时，为展示整体形象需要，满足工作者的动作要求，从而为达到社团目的所穿着的服装。

## 第二节 全球纺织服装产业区位分析

从世界范围看，当前纺织服装贸易已形成三大制造中心、三大消费市场和三大贸易圈的格局。三大制造中心有中国、印度、巴基斯坦、东盟等亚洲国家，墨西哥和加勒比盆地国家以及土耳其、中东欧和北非诸国。三大消费市场有以美国、加拿大为中心的北美，以欧盟为中心的欧洲以及以日本为主的东亚。三大贸易圈有欧盟及其周边国家组成的泛欧洲贸易圈，美国、加拿大、墨西哥及加勒比盆地国家组成的美洲贸易圈以及中国、印度、巴基斯坦及东盟国家与日本、欧盟、美国、加拿大组成的亚洲—欧盟—北美贸易圈。

纺织和服装产业通常是发展中国家的支柱产业之一。由于制造服装需要大量劳动力资源，而且服装业进入门槛低、资金投入少，因此发展这一产业成为这些国家的首选。再加上通信技术和交通工具越来越发达，使得全球贸易较之以前变得更加便利。本章主要从纺织服装、服饰业的生产（供给）和市场（需求）这两个维度来分析该产业的区位格局。

## 一、全球纺织服装业生产区位分析

由纺织服装行业产业链可知，纺织行业为其上游行业。在服装行业产量数据不可得的情况下，本章选用原材料的产量和分布情况来进行替代分析。其中纺织纤维可以分为化学纤维和合成纤维两大类。

图4－1是2005～2013年全球纺织纤维产量和棉花产量的趋势图，其中棉花产量2013年数据缺失。从图4－1中可以看出，纺织纤维的产量除了在2008年的金融危机中有所下降以外，一直有较稳定的增长，从2005年6961.5万吨增长为2013年9090.4万吨。相较而言，棉花产量波动大一些，其增长率在2008年、2009年、2012年都出现负值，产量下降。

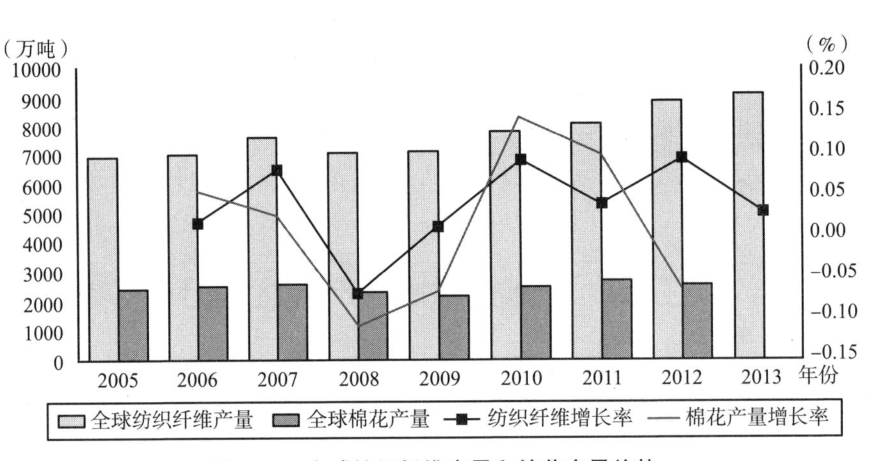


**图4－1 全球纺织纤维产量和棉花产量趋势**

资料来源：中国纺织工业发展报告。

图4－2是2005～2012年全球棉花产地的地域分布图，从图中可以看出，棉花产地主要聚集在亚洲、澳洲，占比和自2006年以后均超过了60%。北美洲也是棉花的主要产地，产量占全球的比值一直维持在15%左右。总体来看，亚洲、澳洲和北美洲产量之和占全球总产量的比值稳定地维持在80%左右。具体来说，全球主要棉花产地有中国、美国、印度、巴基斯坦和土耳其。这5个国家的产量之和占全球总产量的比重从2000年的72%增长为2012年的

80%。其中，中国历年的棉花产量都是最高的，2012年产量为685.9万吨，占总产量的比重为27%，详见表4-2。

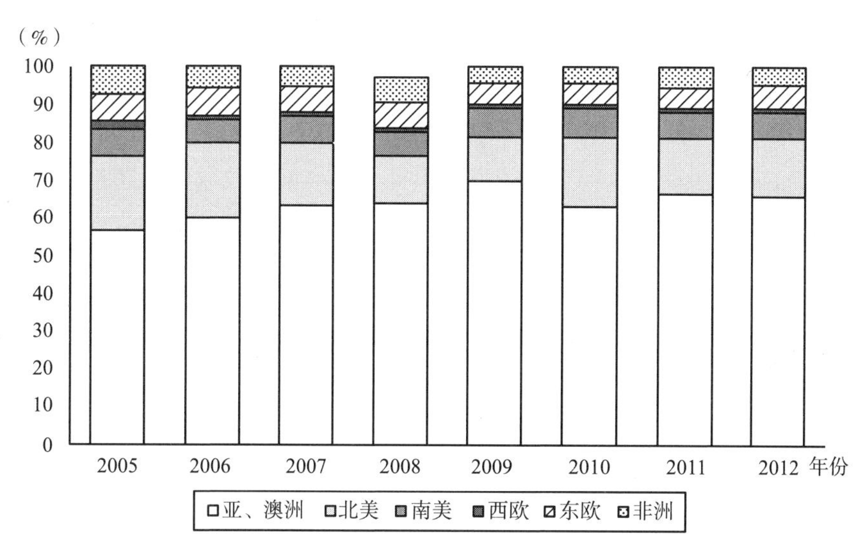


**图4-2　全球棉花产量地域分布**

资料来源：中国纺织工业发展报告。

**表4-2　世界主要国家棉花产量**　单位：万吨

| 年份 | 全球 | 中国 | 美国 | 印度 | 巴基斯坦 | 巴西 | 土耳其 | 五国产量占比（%） | 中国占比（%） |
|---|---|---|---|---|---|---|---|---|---|
| 2000 | 1917.0 | 432.0 | 379.0 | 235.0 | 170.0 | 85.8 | 88.0 | 72 | 23 |
| 2005 | 2439.4 | 581.8 | 478.9 | 380.4 | 230.7 | 127.3 | 90.0 | 77 | 24 |
| 2006 | 2565.8 | 706.4 | 469.9 | 458.9 | 209.1 | 145.7 | 80.5 | 81 | 28 |
| 2007 | 2627.7 | 807.7 | 418.2 | 535.4 | 184.5 | 160.3 | 85.0 | 83 | 31 |
| 2008 | 2339.6 | 672.8 | 278.9 | 458.9 | 209.1 | 119.3 | 67.5 | 77 | 29 |
| 2009 | 2177.5 | 684.9 | 265.4 | 504.9 | 201.9 | 119.4 | 44.0 | 84 | 31 |
| 2010 | 2487.5 | 639.9 | 394.1 | 552.5 | 190.7 | 196.0 | 45.0 | 81 | 26 |
| 2011 | 2727.7 | 739.9 | 339.1 | 560.0 | 229.4 | 188.4 | 75.0 | 78 | 27 |
| 2012 | 2548.2 | 685.9 | 372.5 | 544.6 | 214.6 | 149.0 | 63.0 | 80 | 27 |

资料来源：中国纺织工业发展报告。

图4-3为全球化学纤维产量地域分布情况，其中亚洲是最主要的化纤产

地，其占比一直高于80%，并且逐年增长，到2013年占比接近90%，产量为5269.8万吨。从图中可以看出，全球的化纤生产都在向亚洲聚集。世界主要产化纤的国家（地区）有中国、美国、西欧地区、中国台湾、韩国、日本和印度，见表4-3。七个主要化纤生产国的产量之和占全球化纤总产量的比重一直都超过80%，其中中国为最主要的化纤生产国，其产量逐年增加，到2013年产量为4092.9万吨，占比为64.2%。除了中国以外，产量逐年增加的还有印度。化纤的生产是一个既消耗资源又污染严重的行业，这正是发达国家将化纤的生产向发展中国家转移的原因。

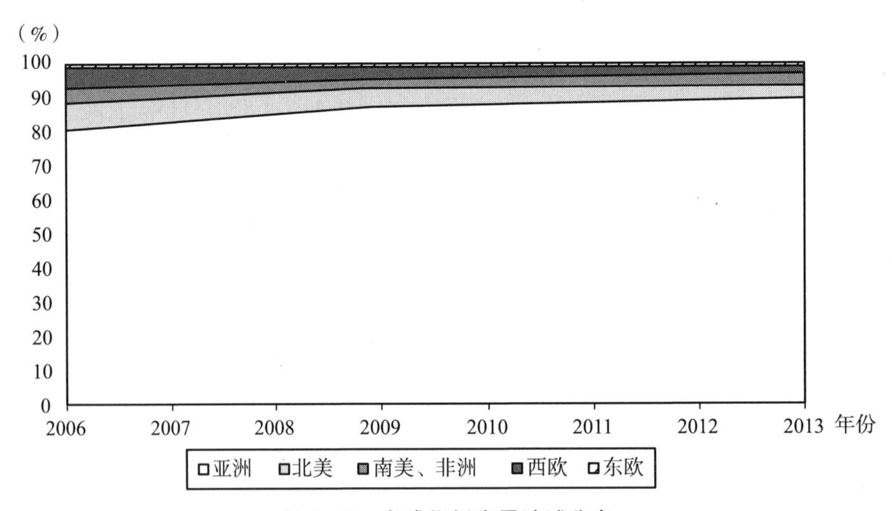


**图4-3 全球化纤产量地域分布**

资料来源：中国纺织工业发展报告。

**表4-3 世界主要国家和地区化纤产量** 单位：万吨

| 年份 | 全球 | 中国 | 美国 | 西欧 | 韩国 | 日本 | 印度 | 七国占比之和(%) | 中国占比(%) |
|---|---|---|---|---|---|---|---|---|---|
| 2000 | 3389.4 | 694.2 | 475.1 | 430.9 | 278.1 | 161.2 | 180.0 | 75.50 | 20.50 |
| 2005 | 4246.0 | 1817.7 | 410.0 | 461.9 | 182.9 | 120.2 | 225.2 | 82.60 | 42.80 |
| 2006 | 4389.2 | 2024.4 | 379.2 | 452.8 | 162.6 | 117.5 | 257.9 | 83.50 | 46.10 |
| 2007 | 4788.5 | 2397.2 | 365.9 | 445.3 | 162.6 | 116.6 | 291.7 | 84.50 | 50.10 |
| 2008 | 4556.2 | 2430.5 | 309.9 | 322.5 | 148.4 | 101.6 | 308.2 | 84.30 | 53.30 |
| 2009 | 4792.2 | 2733.5 | 267.6 | 289.1 | 152.9 | 81.2 | 343.4 | 85.60 | 57.00 |

续表

| 年份 | 全球 | 中国 | 美国 | 西欧 | 韩国 | 日本 | 印度 | 七国占比之和（%） | 中国占比（%） |
|---|---|---|---|---|---|---|---|---|---|
| 2010 | 5166.8 | 2983.3 | 248.6 | 224.2 | 168.6 | 87.0 | 378.3 | 84.00 | 57.70 |
| 2011 | 5570.2 | 3361.0 | 240.9 | 215.2 | 174.7 | 88.0 | 399.5 | 84.60 | 60.30 |
| 2012 | 6027.4 | 3796.8 | 247.5 | 211.1 | 174.8 | 84.7 | 413.2 | 82.60 | 63.00 |
| 2013 | 6377.2 | 4092.9 | 255.9 | 203.0 | 169.3 | 84.8 | 432.0 | 85.70 | 64.20 |

资料来源：中国纺织工业发展报告。

从生产角度来看，全球纺织服装业呈现出以下格局：全球基础服装商品的生产由发达国家向发展中国家转移，由工业化国家和地区向工业化初期的国家和地区转移。发展中国家与地区加工的基本服装产品源源不断地输向发达国家乃至全球。

## 二、全球纺织服装业贸易区位分析

表4-4是2010~2013年全球纺织品和成衣进出口的情况。从表4-4中可以看出，纺织品和成衣的进出口总量是逐年增加的。纺织品的出口额从2000年的1547.8亿元增长到2013年的3059亿元，年均增长率为5.4%。成衣则以6.7%的年均增长率从1976.4亿元增长为4602.7亿元。到2013年，纺织品和成衣的总出口额为7661.7亿元，较2012年增长了8.4%。进口方面与出口情况类似，到2013年纺织品进口额为3236.6亿元，较上一年增长了7.6%；成衣进口额为4811.3亿元，较上一年增长了8.9%。

表4-4　全球纺织品、成衣进出口总量　单位：亿元

| 年份 | 出口额 | | | 进口额 | | |
|---|---|---|---|---|---|---|
| | 纺织品 | 成衣 | 合计 | 纺织品 | 成衣 | 合计 |
| 2000 | 1547.8 | 1976.4 | 3524.2 | 1637.7 | 2031 | 3668.7 |
| 2010 | 2524.6 | 3534.1 | 6058.7 | 2671.2 | 3694.2 | 6365.4 |
| 2011 | 2941.9 | 4177.2 | 7119.1 | 3112.8 | 4366.4 | 7479.2 |

续表

| 年份 | 出口额 | | | 进口额 | | |
|---|---|---|---|---|---|---|
| | 纺织品 | 成衣 | 合计 | 纺织品 | 成衣 | 合计 |
| 2012 | 2841.6 | 4225.7 | 7067.3 | 3006.6 | 4417.1 | 7423.7 |
| 2013 | 3059 | 4602.7 | 7661.7 | 3236.6 | 4811.3 | 8047.9 |
| 2013/2012（%） | 7.7 | 8.9 | 8.4 | 7.6 | 8.9 | 8.4 |
| 2013/2000 年均增长率（%） | 5.4 | 6.7 | 6.2 | 5.4 | 6.9 | 6.2 |

资料来源：中国纺织工业发展报告。

2013 年全球成衣出口前 15 强国家（地区）如表 4 - 5 所示。从表中可以看出，在前 15 个出口国家（地区）中，中国成衣出口金额最高，为 1174.3 亿元，占全球出口金额的 38.6%；其次是欧盟（27 国），占比为 25.6%。从出口区域来看，前 15 个国家（地区）中，有 8 个国家（地区）来自亚洲，占比达 62.5%。

**表 4 - 5　2013 年全球成衣出口国（地区）前 15 强**

| 国家（地区） | 金额（亿元） | 占全球的比例（%） |
|---|---|---|
| 全球 | 4602.7 | 100 |
| 中国 | 1774.3 | 38.6 |
| 欧盟（27 国） | 1179.6 | 25.6 |
| 向欧盟（27 国）外 | 306.3 | 6.7 |
| 孟加拉 | 235.0 | 5.1 |
| 中国香港 | 219.4 | 4.8 |
| 越南 | 172.3 | 3.7 |
| 印度 | 168.4 | 3.7 |
| 土耳其 | 154.1 | 3.3 |
| 印度尼西亚 | 76.9 | 1.7 |
| 美国 | 58.6 | 1.1 |
| 柬埔寨 | 51.0 | 1.0 |
| 马来西亚 | 45.9 | 1.0 |
| 巴基斯坦 | 45.5 | 1.0 |
| 墨西哥 | 45.3 | 1.0 |
| 斯里兰卡 | 45.1 | 1.0 |
| 泰国 | 41.0 | 0.9 |

资料来源：中国纺织工业发展报告。

由表4－5可以看出，成衣出口主要集中在亚洲地区，下面我们具体分析亚洲地区成衣出口分布情况。表4－6为2012～2013年亚洲主要国家（地区）成衣出口贸易情况。从表中可以看出，亚洲地区成衣出口主要集中在中国，中国内地加上香港地区的成衣出口量为1993.7亿元，远远高于其他国家的出口金额。与2012年相比，2013年香港地区的出口额下降了2.8%，而内地增长了11.2%。成衣出口增长速度最快的前4个国家分别是印度、越南、柬埔寨和孟加拉，增速都大于18%。

**表4－6　2012～2013年亚洲主要国家（地区）成衣出口情况**

| 排序 | 国家（地区） | 成衣出口（亿元） | | |
|---|---|---|---|---|
| | | 2013年 | 2012年 | 增长率（%） |
| 1 | 中国 | 1774.3 | 1596.1 | 11.2 |
| 2 | 孟加拉 | 235.0 | 197.9 | 18.7 |
| 3 | 中国香港 | 219.4 | 225.7 | －2.8 |
| 4 | 越南 | 172.3 | 144.4 | 19.3 |
| 5 | 印度 | 168.4 | 138.3 | 21.8 |
| 6 | 印度尼西亚 | 76.9 | 75.2 | 2.3 |
| 7 | 柬埔寨 | 51.0 | 42.9 | 18.9 |
| 8 | 马来西亚 | 45.9 | 45.6 | 0.7 |
| 9 | 巴基斯坦 | 45.5 | 42.1 | 8.1 |
| 10 | 斯里兰卡 | 45.1 | 40.1 | 12.5 |
| 11 | 泰国 | 41 | 42.7 | －4.0 |
| 12 | 韩国 | 21 | 19.1 | 9.9 |
| 13 | 菲律宾 | 15.6 | 16.1 | －3.1 |
| 14 | 新加坡 | 12.7 | 13.3 | －4.5 |
| 15 | 中国台湾 | 8.9 | 9.7 | －8.2 |
| 16 | 日本 | 4.9 | 5.6 | －12.5 |
| 合计 | | 2937.9 | 2654.8 | 10.7 |

资料来源：中国纺织工业发展报告。

中国作为纺织服装业最大出口国，其具体进出口情况见表4－7。中国在服装对外贸易存在顺差，其中2013年成衣出口额为1774.3亿元，进口额为53.4亿元，较2012年上涨了11.2%和18.1%。图4－4是中国成衣出口占全球成衣出口总额的比重，可以看到，自中国加入WTO以来，其成衣的出口占全球的比重逐年上升，到2013年达到38.5%，世界1/3以上出口的成衣都是由中国制造的，服装行业的“中国制造”当之无愧。

表 4－7　　中国成衣进出口情况　　单位：亿元

| 年份 | 出口额 | 进口额 | 贸易顺差 |
|---|---|---|---|
| 2013 | 1774.3 | 53.4 | 2571.1 |
| 2012 | 1596.1 | 45.2 | 2307.3 |
| 2011 | 1537.7 | 40.1 | 2252.7 |
| 2010 | 1298.2 | 25.2 | 1864.9 |
| 2000 | 360.7 | 11.9 | 381.8 |
| 2013/2012（%） | 11.2 | 18.1 | 11.4 |
| 2013/2000 年均增长（%） | 13.0 | 12.2 | 15.8 |

资料来源：中国纺织工业发展报告。

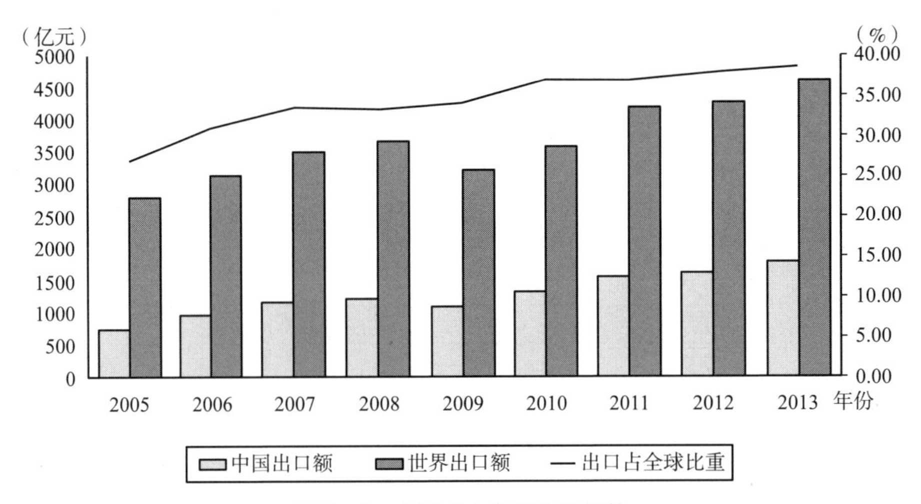


图 4－4　中国成衣出口变化趋势

资料来源：中国纺织工业发展报告。

## 三、全球纺织服装业消费区位分析

2013 年全球成衣进口前 15 强国家（地区）见表 4－8。其中前三名为欧洲地区（包括欧盟和非欧盟成员国）、美国和日本，进口金额分别为 2771.4 亿元、910.3 亿元和 336.3 亿元，占比分别为 57.6%、18.9% 和 7%。另外，还可以看到，前 15 个国家（地区）中，以发达国家（地区）为主，发展中国家只有中国、沙特阿拉伯、墨西哥和土耳其，四国的占比仅为全球进口总额的 3.3%。

表4－8　　2013年全球成衣出口国（地区）前15强

| 国家（地区） | 金额（亿元） | 占全球的比例（%） |
| --- | --- | --- |
| 全球 | 4811.3 | 100 |
| 欧盟（27国） | 1822.3 | 37.9 |
| 自欧盟（27国）外 | 949.1 | 19.7 |
| 美国 | 910.3 | 18.9 |
| 日本 | 336.3 | 7.0 |
| 中国香港 | 164.6 | 3.4 |
| 加拿大 | 99.5 | 2.1 |
| 俄罗斯 | 90.1 | 1.9 |
| 韩国 | 75.4 | 1.6 |
| 澳大利亚 | 62.6 | 1.3 |
| 瑞士 | 59.0 | 1.2 |
| 中国 | 53.4 | 1.1 |
| 阿联酋 | 39.2 | 0.8 |
| 沙特阿拉伯 | 34.5 | 0.7 |
| 墨西哥 | 32.3 | 0.7 |
| 土耳其 | 31.4 | 0.7 |
| 新加坡 | 29.2 | 0.6 |

资料来源：中国纺织工业发展报告。

表4－9是美国、欧盟（27国）和日本2012年进口成衣前5名供应国（地区）。从中可以看到，前五大供应国（地区）占3个国家（地区）进口金额的比重分别为63.7%、75.2%和91.6%。数据显示各国对中国制造的成衣依赖最大，进口金额分别为346.8亿元、376.1亿元和262.1亿元，占比分别为39.4%、41.9%和77.2%。

表4－9　　2012年美国、欧盟和日本进口成衣前5名供应国（地区）　　单位：亿元

| 排序 | 美国成衣进口 | | | 欧盟（27国）成衣进口 | | | 日本成衣进口 | | |
| --- | --- | --- | --- | --- | --- | --- | --- | --- | --- |
| | 国家（地区） | 金额 | 占比（%） | 国家（地区） | 金额 | 占比（%） | 国家（地区） | 金额 | 占比（%） |
| | 总额 | 879.6 | 100 | 总额 | 897 | 100 | 总额 | 339.4 | 100 |
| 1 | 中国 | 346.8 | 39.4 | 中国 | 376.1 | 41.9 | 中国 | 262.1 | 77.2 |
| 2 | 越南 | 74.5 | 8.5 | 土耳其 | 107.5 | 12.0 | 越南 | 21.6 | 6.4 |
| 3 | 印度尼西亚 | 52.8 | 6.0 | 孟加拉 | 106.1 | 11.8 | 欧盟（27国） | 15.4 | 4.5 |

续表

| 排序 | 美国成衣进口 | | | 欧盟（27国）成衣进口 | | | 日本成衣进口 | | |
|---|---|---|---|---|---|---|---|---|---|
| | 国家（地区） | 金额 | 占比（%） | 国家（地区） | 金额 | 占比（%） | 国家（地区） | 金额 | 占比（%） |
| 4 | 孟加拉 | 46.4 | 5.3 | 印度 | 57.4 | 6.4 | 印度尼西亚 | 6.6 | 1.9 |
| 5 | 墨西哥 | 39.7 | 4.5 | 突尼斯 | 27.4 | 3.1 | 泰国 | 5.3 | 1.6 |
| | 以上5国（地区）合计 | 560.2 | 63.7 | 以上5国（地区）合计 | 674.5 | 75.2 | 以上5国（地区）合计 | 311.0 | 91.6 |

资料来源：中国纺织工业发展报告。

## 四、全球服装细分行业区位分析

2010年，针织或钩编的套头衫、开襟衫、外穿背心及类似品进口金额前十位的国家（地区）分别是美国、德国、日本、中国香港、法国、英国、意大利、西班牙、加拿大、荷兰，进口金额分别占全球进口总额的28.94%、8.87%、8.51%、7.59%、6.10%、6.08%、4.34%、3.34%、2.28%、2.13%，其中，美国进口金额超过全球进口总额的1/4，远远高于其他国家。需要注意的是，意大利进口金额同比涨幅超过10%，需求逐渐恢复，德国、法国和西班牙需求不增反跌，其他七个国家基本维持在2009年的需求水平（详见图4-5）。

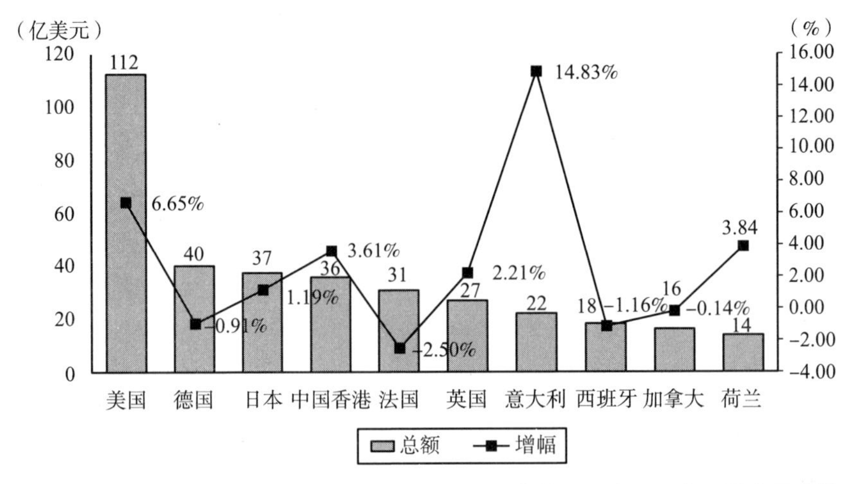


**图4-5 2010年针织或钩编的套头衫、开襟衫、外穿背心及类似品主要需求国家情况**

资料来源：中国制造业网。

2010年男式西服套装、便服套装进口金额前十位的国家（地区）分别是美国、德国、日本、英国、法国、意大利、西班牙、中国香港、荷兰、比利时，进口金额分别占全球进口总额的22.14%、11.45%、6.33%、5.75%、5.75%、5.09%、3.83%、3.39%、2.89%、2.31%。其中，美国进口金额位居第一，超过全球进口总额的1/5，其次是德国。进口金额比2009年增长较大的国家（地区）分别是美国、西班牙、意大利，同比增长幅度都在10%左右。同比下跌幅度较大的国家是荷兰，比2009年进口金额下跌了14.93%（详见图4-6）。

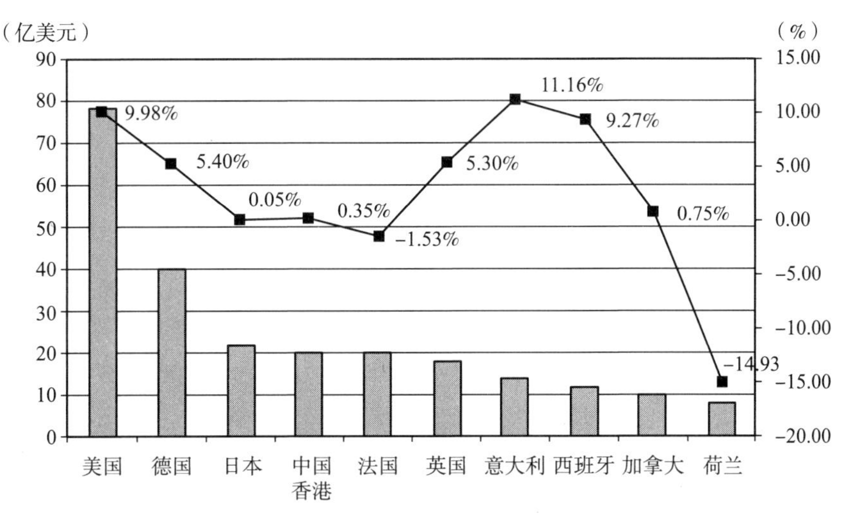


**图4-6　2010年男士西服套装、便服套装主要需求国家（地区）情况**

资料来源：中国制造业网。

2010年女式西服套装、便服套装进口金额前十位的国家（地区）分别是美国、德国、英国、日本、法国、中国香港、西班牙、意大利、荷兰、加拿大，进口金额分别占全球进口总额的22.89%、8.26%、7.4%、7.24%、6.37%、5.39%、4.89%、3.55%、2.49%、2.18%。其中，美国位列第一，进口额显著高于其他国家。除了意大利和美国进口金额比2009年上涨了14.83%和6.65%以外，其他国家均变化不大（详见图4-7）。

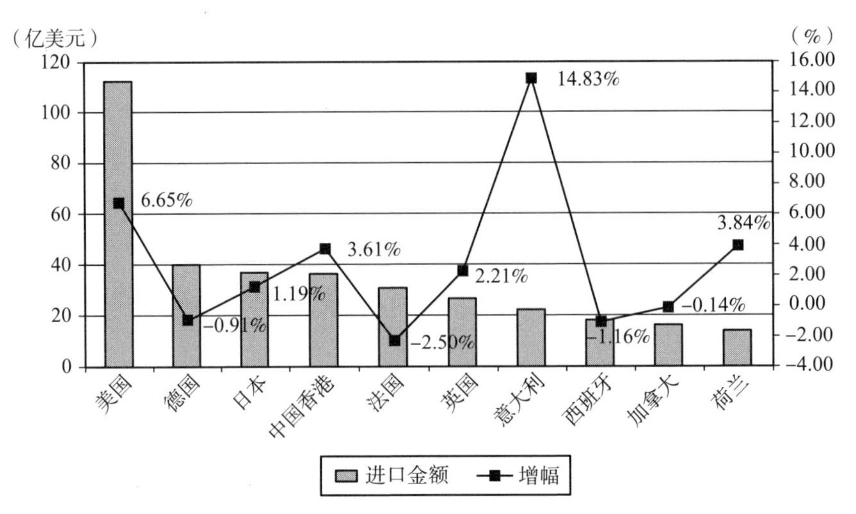


**图4－7　2010年女士西服套装、便服套装主要需求国家（地区）情况**

资料来源：中国制造业网。

综上所述，2010年以上三类产品合计进口金额前五位的国家是美国、德国、日本、法国、英国，五个国家进口总额合计约占全球进口总额的55.8%，其中，美国占25.6%。2010年，五个国家中，除了德国的针织或钩编的套头衫、开襟衫、外穿背心及类似品进口金额和日本对女式西服套装、便服套装的进口金额略高于2008年以外，各国对其他的产品需求均未恢复到2008年的水平。

## 第三节　中国纺织服装产业区位分析

中国是服装大国，既是快速增长的服装消费市场，也是世界最大的服装生产国和出口国。我国服装业对国民经济发展有着重大贡献，对世界服装贸易有着举足轻重的影响。我国加入WTO后，服装业面临着更广阔的国际市场，同时随着国际服装品牌的大量涌入，国内企业也面临着更激烈的竞争。

### 一、我国纺织服装业的生产区位分析

#### （一）产量、工业销售产值和固定资产投资

由图4－8看出，我国纺织服装行业生产量大致可分为三个阶段：第一阶

段是2000~2004年，这期间，由于我国加入WTO，服装行业总产量逐年增加，2004年达到产量峰值375亿件。第二阶段是2005~2008年，其中2005年的总产量由峰值骤降为148亿件，此后三年产量又开始大幅提升。原因在于自2005年1月1日起世界纺织品配额取消。由于加入世贸组织时签订了《中华人民共和国加入议定书》和《中国加入工作组报告书》等相关条款，使中国纺织服装的后配额时代向后推迟；此外，由于入世以来中国纺织行业出口持续高速增长，美国和欧盟从2004年开始纷纷对中国纺织品采取特保措施和反倾销措施。第三阶段是2009年以后，由于美国次贷金融危机引发全球经济动荡，2009年我国服装产量较2008年下降了34.6%，此后一直较平稳发展。

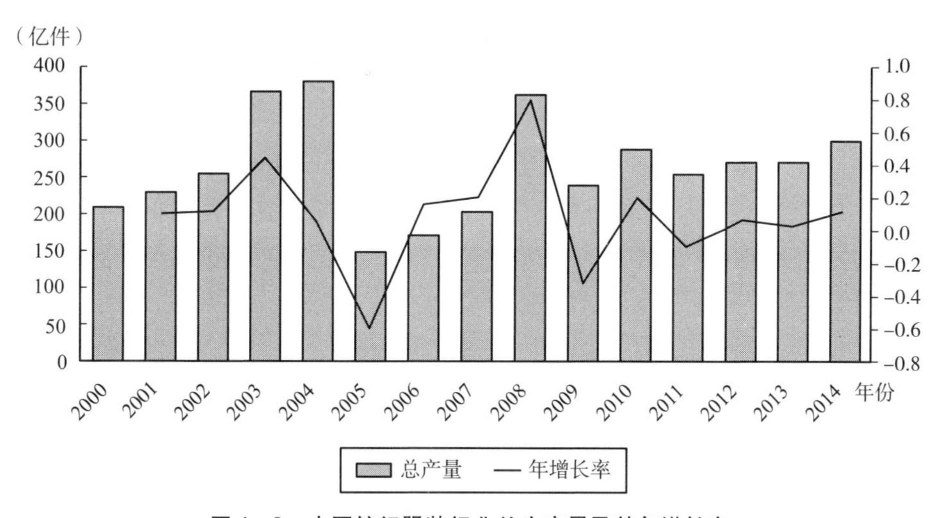


**图4-8 中国纺织服装行业总生产量及其年增长率**

资料来源：中国经济社会发展统计数据库，《中国工业统计年鉴》。

服装行业固定资产投资规模情况见图4-9，自2008年开始，纺织行业投资规模的增长率出现大幅度下降，但是增长率仍为正，说明投资规模每年都在增长，只是增长得越来越缓慢。2011年，投资规模的增长率首次出现负值，第二年增长率超过40%，此后每年都保持了10%以上的增速增长。

## （二）企业数量及就业人数

表4-10显示了我国纺织服装行业2005~2014年的服装企业数量和行业平均从业人员数量。我国服装企业数量和从业人员数量都呈现出先增加后下降

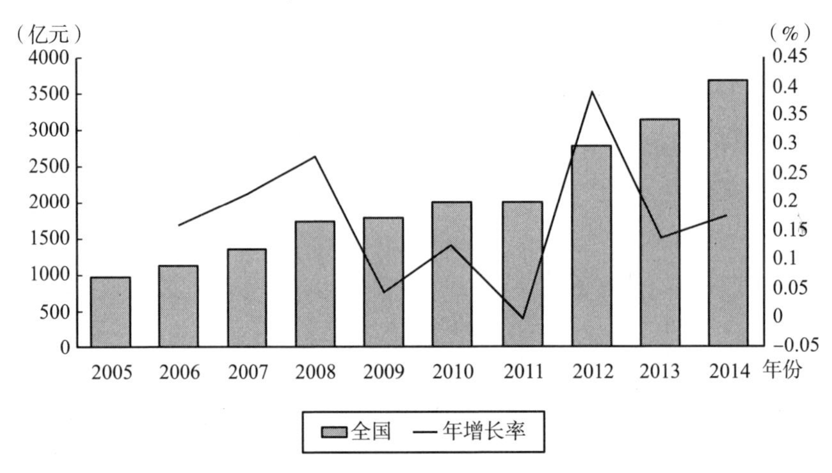


**图4-9　中国纺织服装行业固定资产投资及其年增长率**

资料来源：中国经济社会发展统计数据库，《中国工业统计年鉴》。

的趋势，由2005年的11865家企业和346.06万名员工增长为2008年的18237家企业和458.70万人，分别增长了53.7%和32.5%。此后，企业数量和从业人员数量均逐年减少。结合2013年和2014年两年的生产量和从业人员数量数据可以看出服装行业是稳步增长的。

**表4-10　　中国纺织服装行业企业数和从业人员数**　　单位：家，百人

| 年份 | 2005 | 2006 | 2007 | 2008 | 2009 | 2010 | 2011 | 2013 | 2014 |
|---|---|---|---|---|---|---|---|---|---|
| 企业数 | 11865 | 13072 | 14770 | 18237 | 18265 | 18547 | 11750 | 10562 | 10236 |
| 从业人员数 | 34606 | 37757 | 41419 | 45870 | 44931 | 44700 | 38241 | 44514 | 46219 |

资料来源：《中国工业统计年鉴》。

## （三）分地区产量和工业销售产值

我国按行政区域划分为六个区域，分别是华北地区、东北地区、华东地区、中南地区、西南地区和西北地区。图4-10是我国服装行业在这六个区域的工业销售产值情况。从图中可以看出，2005~2014年，我国服装的生产主要集中在华东地区和中南地区，其中以华东地区为主，但华东地区占全国工业销售产值的比例是逐年下降的，由2005年的68.9%下降为2014年的61.2%，详见表4-11。而中南地区的服装工业销售产值占全国的比重却是逐渐上升的，由2005年的22.4%增长为2011年的28.4%。并且这两个地区服装工业

销售产值之和占我国服装行业工业销售产值的比重也是逐步下降的，从 2006 年最高点的 91.5% 降为 2013 年的 88.18%，其后开始上升。

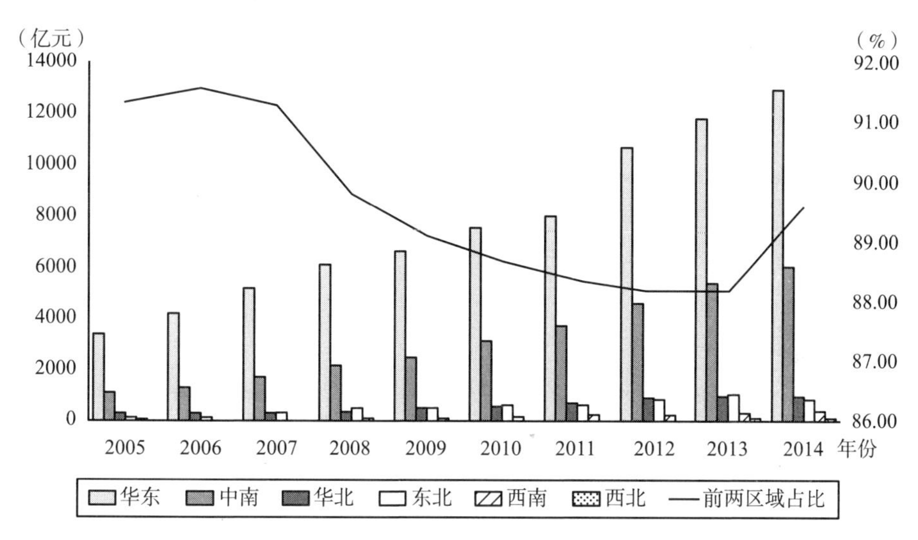


**图 4－10　我国服装行业六大区域工业销售产值**

资料来源：《中国工业统计年鉴》。

**表 4－11　华东和中南地区工业销售产值占比情况**　单位：%

| 年份 | 2005 | 2006 | 2007 | 2008 | 2009 | 2010 | 2011 | 2012 | 2013 | 2014 |
|---|---|---|---|---|---|---|---|---|---|---|
| 华东 | 68.9 | 69.8 | 69.0 | 66.3 | 64.8 | 62.6 | 60.3 | 61.9 | 60.7 | 61.2 |
| 中南 | 22.4 | 21.7 | 22.2 | 23.5 | 24.2 | 26.0 | 28.0 | 26.3 | 27.4 | 28.4 |

资料来源：《中国工业统计年鉴》。

华东地区和中南地区各省、市服装行业的分布情况如图 4－11、图 4－12 所示。此处用各省市工业销售产值占其对应区域生产总值的比例分布来反映我国服装行业在各省市的区位分布。从整体来看，华东地区服装行业分布主要集中在江苏省、浙江省、山东省、福建省和上海市。不可忽略的一点是，虽然江西省和安徽省各年的占比均不高，但其占比是逐年增加的，而上海市却在逐年下降。截至 2014 年，上海市、安徽省和江西省的占比分别为 2.99%、6.89% 和 9.67%。而在十年前，三个地方的占比分别为 10.4%、0.95% 和 2.3%。因为服装生产制造为劳动密集型产业，且从其产业链上游方面来看，它们为高耗能、高污染行业。上海市不但人力资本较其他省份更高，且其对企业的排放限制的要求也更高，这些均导致服装生产企业在上海的生产成本被抬高，从而使得企业向生产成本更低的区域迁移。

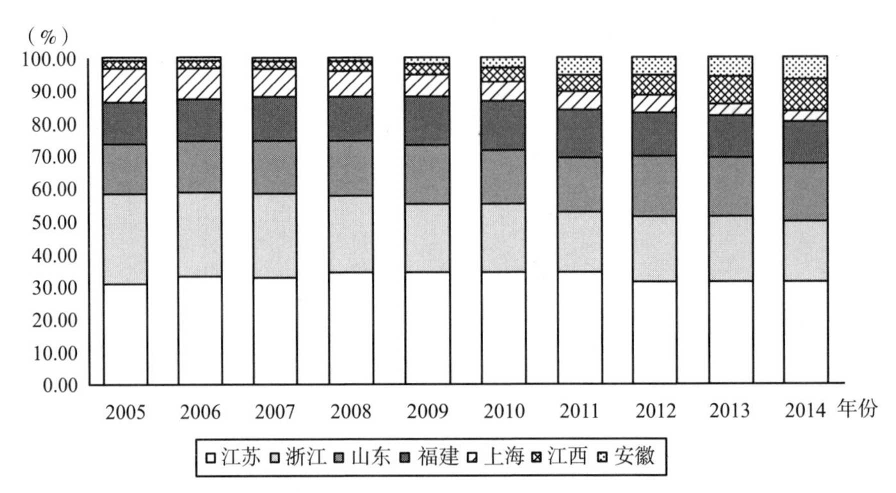


**图 4-11 我国服装行业在华东地区工业销售产值分布情况**

资料来源：《中国工业统计年鉴》。

从图 4-12 可知，中南地区的服装行业主要集中在广东地区，所占比例由 2005 年的 85.9% 降低为 2014 年的 61.8%，而湖北和河南两地所占的比例分别由 8.43% 和 3.5% 增长为 14.8% 和 16.8%。这说明中南地区的服装企业由成本不断上升的广东省向成本相对较低的湖北省和河南省迁移。

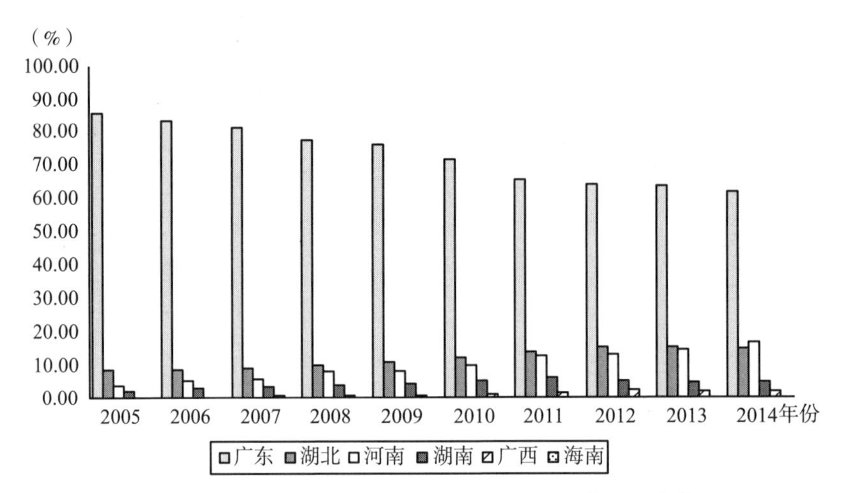


**图 4-12 我国服装行业在中南地区工业销售产值分布情况**

资料来源：《中国工业统计年鉴》。

服装业在华东地区和中南地区具体的投资分布情况如图4－13和图4－14所示。2005年，华东地区的投资主要集中在浙江、江苏和山东，其中浙江最高为207.68亿元。从2008年开始，江苏省超过浙江省，成为华东地区纺织业固定资产投资第一大省。截至2014年华东地区固定资产总投资额为2199.2亿元，其中江苏省为686.2亿元。可以看出，华东地区的投资由浙江向江苏、山东、福建和江西转移。这可能是由于服装行业一直以来在浙江省的集群现象最为明显，但经过多年发展，浙江地区各种成本升高使得企业开始向其他区域投资。

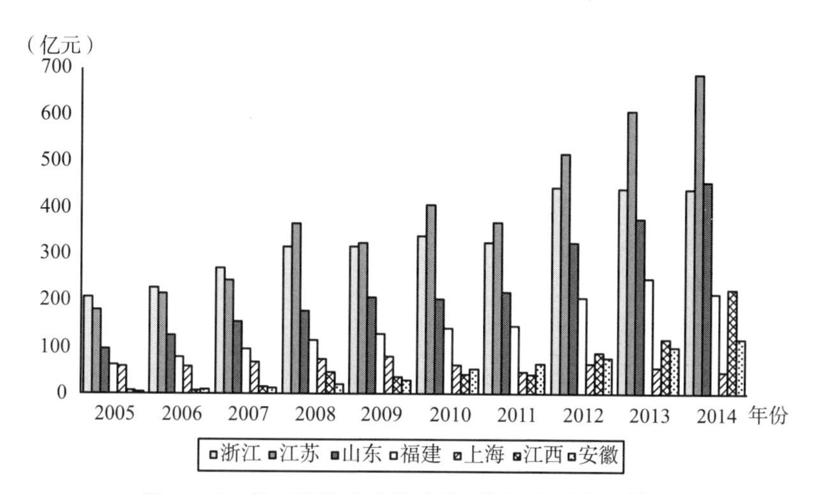


**图4－13 纺织服装业在华东地区固定资产投资情况**

资料来源：《中国工业统计年鉴》。

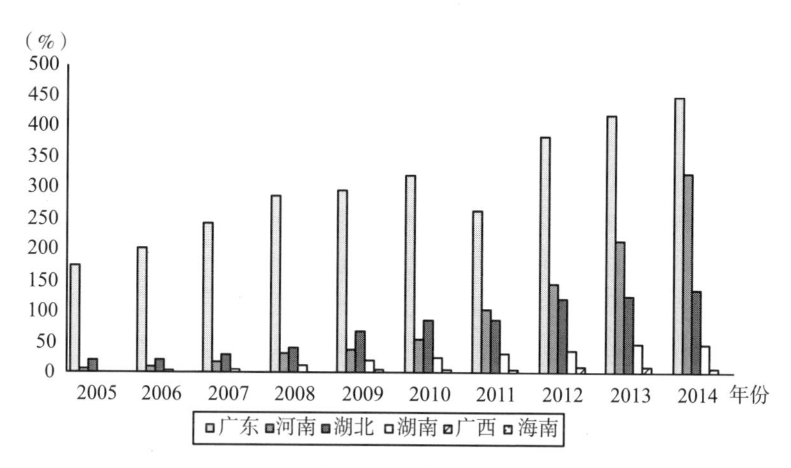


**图4－14 纺织服装业在中南地区固定资产投资情况**

资料来源：《中国工业统计年鉴》。

中南地区的服装业投资一直集中在广东省，但是从 2010 年开始，中南地区服装业的固定资产投资由广东省向河南省和湖北省转移，且河南省投资额自 2011 年开始超过湖北省，成为中部地区纺织服装投资第一大省。到 2014 年，中南地区固定资产总额为 972.1 亿元，其中广东省为 449.5 亿元，所占比例为 46.2%；河南省为 326.3 亿元，占比 33.6%。

图 4－15 是 2005 年和 2014 年我国服装行业工业销售产值占全国工业销售产值比重排名前十的省、市的分布情况。2005 年，前十大地区为江苏、广东、浙江、山东、福建、上海、辽宁、湖北、河北和天津，这十个地区的生产总值之和占全国的 93.6%，到 2014 年，前十大地区变为江苏、广东、浙江、山东、福建、江西、河南、安徽、湖北和辽宁，所占比例降为 88.9%。浙江的占比降低了 8 个百分点，上海退出了前十。显而易见的是，江苏、广东、浙江、山东和福建一直都是中国服装重要的生产地和聚集地，并且这十年间，服装产业表现出由沿海发达地区向中部转移的趋势。

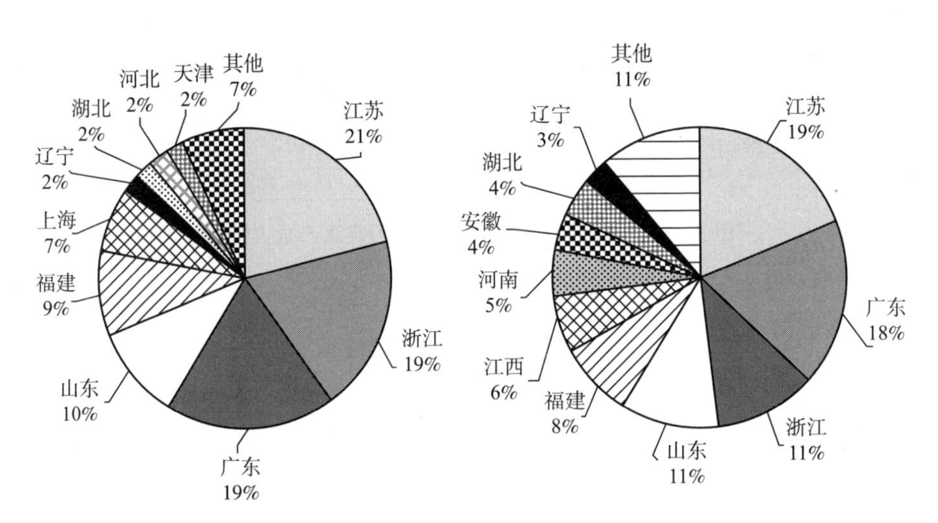


**图 4－15 2005 年（左图）和 2014 年（右图）全国服装业销售产值排名前十省份占比情况**

资料来源：由《中国工业统计年鉴》整理计算得到。

### （四）我国纺织服装业生产格局成因分析

形成以上生产格局的原因主要可以从两大方面（国内和国外）来分析，总共有三点。

首先，国内产业政策方面。我国继续推进产业区域布局调整，推动中西部产业共同升级，提升产业规模，形成优势集群，不断加强品牌建设和提升供应链速度。

其次，产业集聚效应方面。我国纺织服装产业集群，主要集中在东部沿海经济发达地区，以长三角、珠三角、海西地区和环渤海三角洲为主，特别是江苏、浙江、福建、山东和广东五省。值得注意的是，近年来随着中西部经济的发展，纺织服装产业开始有计划地逐渐向中西部地区梯度转移，并开始在中西部形成一些产业相对聚集的地方。

最后，国际产业转移方面。中国是服装生产和出口大国，这个庞大的市场吸引了相当一部分的国外资金投向中国的纺织服装业。同时发达国家向发展中国家转移服装生产，世界纺织服装产业在向以中国为首的新兴发展中国家转移。另外，得益于全球经济一体化，开放的经济体制加强了国际交流和学习，方便了技术和经验的学习，从而有利于我国服装业技术的改进和设计创新能力的提高。

## 二、我国纺织服装业的市场区位分析

### （一）我国纺织服装业销量区位分析

因为服装行业的销量数据不易获取，故本章选取替代变量——主营业务收入进行分析。主营业务收入是当年销售出去的产品的销售总额，即销量×销售单价。从主营业务收入的公式中可以看出，其大小不仅受每年销量的影响，还受产品价格的影响。为了剔除价格对结果的影响，本章主要用比值的方法来分析。

表4-12是用各区域服装业的主营业务收入之和占全国服装业主营业务收入总值的比重，并按从大到小的顺序依次排列。可以看出，我国服装行业的销量主要集中在华东地区和中南地区。其中华东地区的比重一直高于60%，但是却在逐年下降；相反，中南地区的比重不仅一直高于20%，且呈逐年增长的趋势；东北地区则呈现出较明显的先增后降之势，其在2009年达到最高值5.02%；华北地区一直平稳发展；西南、西北地区总计也不超过3%，且增长缓慢。

表 4-12 我国服装业各地区主营业务收入占总值的比例 单位：%

| 地区 | 2005 年 | 2006 年 | 2007 年 | 2008 年 | 2009 年 | 2010 年 | 2011 年 | 2012 年 | 2013 年 | 2014 年 |
|---|---|---|---|---|---|---|---|---|---|---|
| 华东 | 68.99 | 70.04 | 69.23 | 66.52 | 64.86 | 62.79 | 60.50 | 62.13 | 61.17 | 61.65 |
| 中南 | 22.36 | 21.78 | 22.11 | 23.33 | 24.03 | 25.92 | 27.82 | 26.04 | 27.07 | 27.99 |
| 华北 | 5.65 | 4.45 | 4.17 | 4.03 | 4.60 | 4.72 | 5.17 | 5.33 | 4.92 | 4.63 |
| 东北 | 2.32 | 3.00 | 3.49 | 4.99 | 5.02 | 4.95 | 4.46 | 4.72 | 4.91 | 3.65 |
| 西南 | 0.47 | 0.51 | 0.75 | 0.91 | 1.20 | 1.32 | 1.75 | 1.43 | 1.51 | 1.64 |
| 西北 | 0.20 | 0.22 | 0.27 | 0.23 | 0.28 | 0.30 | 0.29 | 0.34 | 0.41 | 0.43 |

资料来源：由《中国工业统计年鉴》整理计算得到。

图 4-16 是各区域主营业务收入的增速情况。从整体趋势来看，各区域主营业务收入的增速从 2007 年开始逐年下降。华东和中南地区直到 2014 年增速仍然为正值，这两个地区的主营业务收入基本上都在增长，只是增幅越来越小。东北地区在 2009 年以前增速较高，之后大幅下降，分别在 2011 年和 2014 年出现了负值，说明该区域服装市场出现明显的萎缩。西南和西北地区的增速很不稳定，2005 年后有大幅增长，但由于其本身的销售基数小（总占比不超过 3%），其对服装市场的影响也很小。

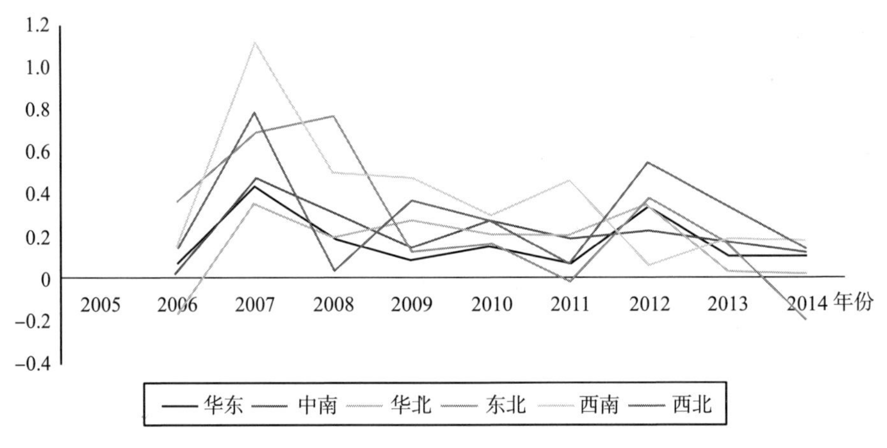


**图 4-16 我国服装业各区域主营业务收入增速情况**

资料来源：由《中国工业统计年鉴》计算整理得到。

## （二）我国纺织服装业出口区位分析

1. 我国纺织服装业出口额和增长率。从 2005 年起，配额制度逐步取消。

配额的逐步取消以及后配额时代的到来给我国服装出口带来了空前的发展机遇。然而，2008 年美国爆发次贷危机，进而引发全球金融危机和经济危机，导致欧美等发达国家经济受损，消费需求下降。受此影响，全球服装出口国之间的竞争加剧，我国服装出口也受到波及。对于纺织服装行业来说，国内环境也日渐恶劣：近年来我国土地、原材料、劳动力等成本逐渐攀升，人民币持续升值，国内低成本优势逐渐丧失。成本优势的减弱，导致尚处于服装价值链低端的服装加工业形势更为严峻。我国服装出口交货值呈现下滑趋势。虽然近两年出口情况有所好转，但增速较往年大幅下滑，发展态势不容乐观，我国纺织服装业出口交货值及其增长率的变化趋势如图 4－17 所示。2005～2007 年出口增速一直在上升，2007 年之后增速大幅下滑，甚至在 2009 年和 2011 年两度出现增速降为负值。2012 年的增速出现大幅回升，达到 37.4%。此后又降低到 7% 以下。

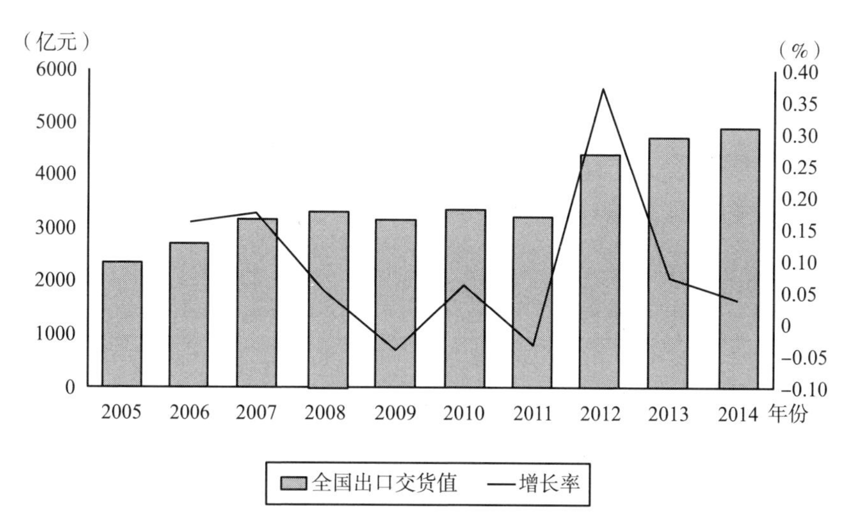


**图 4－17　我国纺织服装业出口交货值及其增长率**

资料来源：由《中国工业统计年鉴》计算整理得到。

2. 我国纺织服装业分地区出口情况分析。我国服装行业在六个区域的出口情况见图 4－18。从图中可以看出，2005～2014 年，我国服装的出口主要集中在华东地区和中南地区，其中以华东地区为主。华东地区的出口交货值占全国出口总值的比重一直很稳定，维持在 67%～70%，详见表 4－13。而中南地区的出口交货值占全国出口总值的比重却表现出明显的先下降再上升的趋势，从而导致这两个地区出口交货值之和占我国服装行业出口总值的比重也是先下降再上升，由 2006 年的 91.96% 下降为 2011 年的 89.89%，而后又上升为 2014 年的 92.31%。

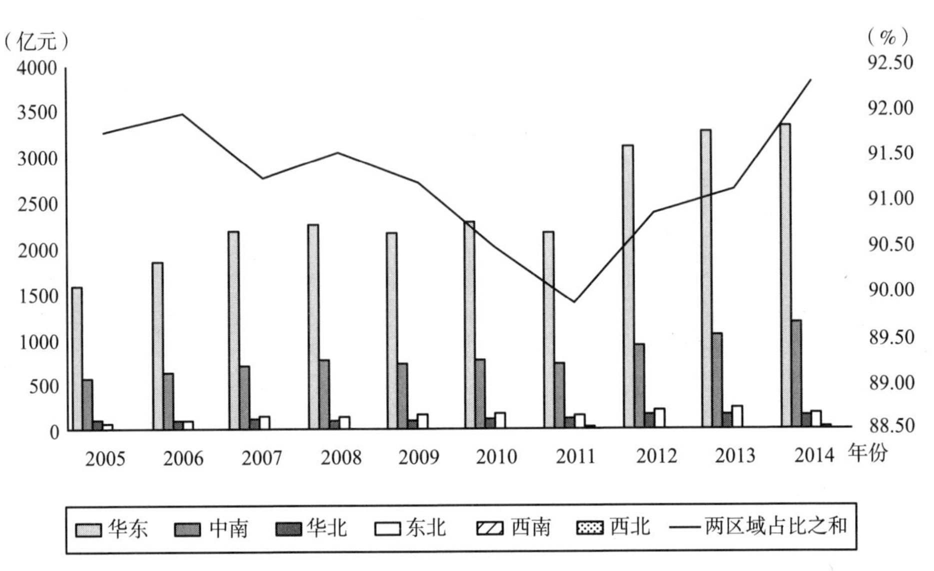


**图 4-18 我国纺织服装业出口交货值各地区分布情况**

资料来源：由《中国工业统计年鉴》计算整理得到。

**表 4-13 我国纺织服装业华东和中南地区出口交货值占全国的比重** 单位：%

| 地区 | 2005 年 | 2006 年 | 2007 年 | 2008 年 | 2009 年 |
|---|---|---|---|---|---|
| 华东 | 67.50 | 68.53 | 68.77 | 68.20 | 68.37 |
| 中南 | 24.27 | 23.42 | 22.49 | 23.34 | 22.84 |
| 地区 | 2010 年 | 2011 年 | 2012 年 | 2013 年 | 2014 年 |
| 华东 | 67.41 | 67.27 | 70.13 | 69.22 | 68.33 |
| 中南 | 23.08 | 22.62 | 20.74 | 21.91 | 23.98 |

资料来源：由《中国工业统计年鉴》计算整理得到。

聚集区域华东地区和中南地区中各省、市服装行业出口的分布情况如图 4-19、图 4-20 所示。此处仍用各省市出口交货值占其对应区域出口交货值的比重分布来反映我国服装行业在各省市的区位分布。

从整体来看，华东地区服装行业出口分布主要集中在浙江省、江苏省、山东省和福建省。上海市在 2005 年的出口占比达到 11.2%，但其后表现出逐年下降的趋势。江西省和安徽省各年占比均不高，但其占比是逐年增加的，并最终超过了上海市。截至 2014 年，江西省、安徽省和上海市的占比分别为 6.49%、4.33%和 3.63%。从图 4－20 可知，中南地区服装行业的出口主要集中在广东省，其占比先下降至 2011 年最低点 84.5%，而后缓慢增长。

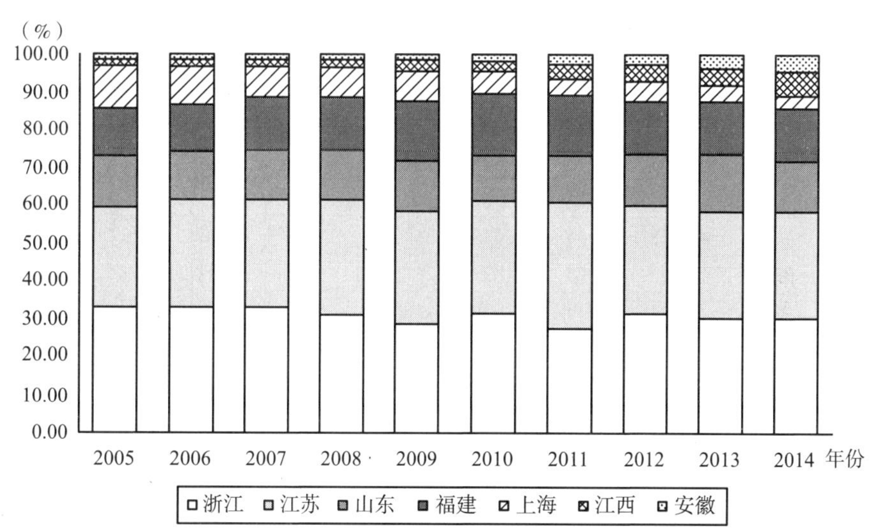


**图 4－19　我国纺织服装业出口交货值在华东地区的分布情况**

资料来源：由《中国工业统计年鉴》计算整理得到。

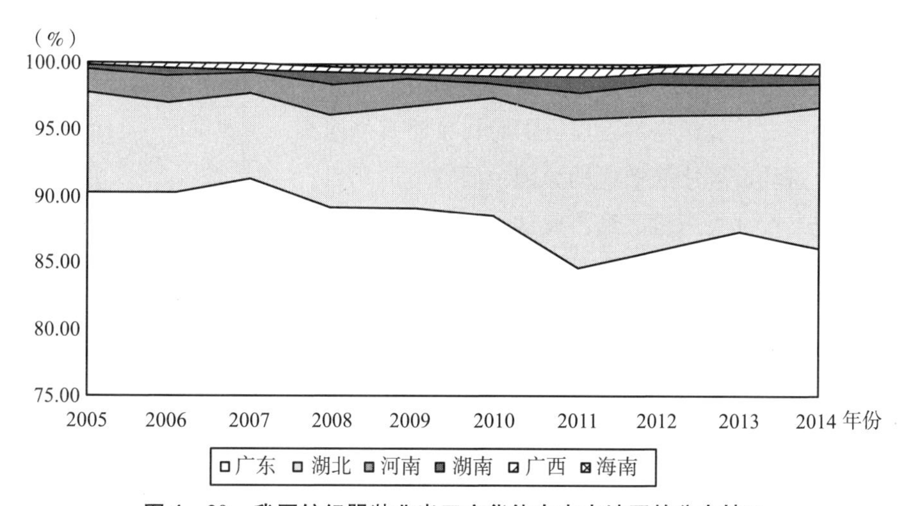


**图 4－20　我国纺织服装业出口交货值在中南地区的分布情况**

资料来源：由《中国工业统计年鉴》计算整理得到。

表 4－14 是我国服装业出口前十的省份，可以看到，服装行业的出口主要

集中在东部沿海地区，尤其是浙江、广东、江苏、福建和山东五个省就占了全国80%以上的出口份额。

表4-14 我国纺织服装业出口交货值排名前十的地区

| 排名 | 2014年 | | | 2009年 | | | 2005年 | | |
|---|---|---|---|---|---|---|---|---|---|
| | 地区 | 出口（亿元） | 份额（%） | 地区 | 出口（亿元） | 份额（%） | 地区 | 出口（亿元） | 份额（%） |
| 1 | 浙江 | 1034.54 | 21.13 | 江苏 | 640.75 | 20.37 | 浙江 | 524.45 | 22.57 |
| 2 | 广东 | 1011.04 | 20.65 | 广东 | 640.42 | 20.36 | 广东 | 509.85 | 21.94 |
| 3 | 江苏 | 946.75 | 19.34 | 浙江 | 620.77 | 19.73 | 江苏 | 414.5 | 17.84 |
| 4 | 福建 | 458.38 | 9.36 | 福建 | 345.64 | 10.99 | 山东 | 209.44 | 9.01 |
| 5 | 山东 | 422.33 | 8.63 | 山东 | 283.62 | 9.02 | 福建 | 193.52 | 8.33 |
| 6 | 江西 | 217.24 | 4.44 | 上海 | 157.87 | 5.02 | 上海 | 175.5 | 7.55 |
| 7 | 安徽 | 144.88 | 2.96 | 辽宁 | 146.8 | 4.67 | 辽宁 | 65.17 | 2.80 |
| 8 | 辽宁 | 132.17 | 2.70 | 江西 | 60.92 | 1.94 | 湖北 | 41.98 | 1.81 |
| 9 | 湖北 | 123.86 | 2.53 | 天津 | 56.81 | 1.81 | 天津 | 39.61 | 1.70 |
| 10 | 上海 | 121.34 | 2.48 | 湖北 | 5.23 | 1.72 | 北京 | 38.81 | 1.67 |

资料来源：由《中国工业统计年鉴》计算整理得到。

3. 我国纺织服装业市场格局成因分析。我国服装业不论是销量还是出口均在东部沿海地区有明显的聚集效应。中部地区服装业的销量规模在逐步增加，该地区已成为服装市场的一个重要组成部分。同时，虽然服装行业的规模在西部地区有比较缓慢的发展，但总体来看其规模小，对我国服装行业影响不大。以上这种市场格局形成的原因主要有以下几点：

首先，东部沿海地区经济发达，消费水平高，拥有庞大的市场；此外，改革开放后服装业在沿海地区形成了产业群，加上其交通便利，这种优势不是中、西部短期内可超越的。

其次，东部沿海地区工资水平较高，使得一部分工厂向劳动力成本相对低廉的中部转移。同时，近几年中部地区经济快速发展，使得人们对服装的需要提高，再加上中部庞大的人口规模，故而中部的市场逐渐扩大。

最后，西部地区经济欠发达，人口规模相对较小，地广人稀且交通不便，这些因素都不利于服装行业的发展。

4. 我国纺织服装业现状分析。我国自加入WTO以来，纺织服装业得到了快速发展，主要有以下几个原因：我国拥有充足、廉价的劳动力资源，服装行业作为典型的劳动密集型产业，低廉的劳动力成本使得我国服装行业具有很强的竞争力，进而保证了我国出口产业的竞争优势。我国是服装生产大国和出口大国，也是美、德、日等服装产品主要进口国的第一大进口来源国，竞争优势明显。

2008 年国际金融危机爆发，服装行业面临着前所未有的困难局面。生产、出口、销售等主要经济指标快速全面下滑，效益急剧恶化，就业发生萎缩。国际、国内条件的同时恶化共同导致 2008 年后服装产业发展的倒退，增速下降甚至出现负增长。在如此艰难的情况下，我国服装产业开始进行产业升级。产业升级是产业由低技术水平、低附加值状态向高技术水平、高附加值状态演变的过程。

从国内自身发展来看，由于经济高速发展所带来的人民币升值、劳动力成本上升、资源能源短缺等因素的影响，我国建立在传统资源禀赋上的竞争优势正逐步削弱。近年来我国经济发展很快，在快速发展支柱产业、新兴产业的同时也应该及时回补基础产业，防止产业结构出现“断层”。在发展高新技术的同时，也要推动传统产业的技术升级，全面提高劳动者素质，使产业升级建立在坚实的基础上。

我国在纺织服装产业价值链中的地位亟待提升。服装价值链包括原料处理、产品设计、纺织品生产、成衣制造和销售等过程。据测算，服装价值链上的利润分配为：生产占 10%，设计占 40%，营销占 50%。很明显，在全球服装价值链中，设计和营销处于价值链的高端，而生产加工处于价值链的低端。从发达国家的案例来看，在服装加工失去比较优势后，它们无一例外地转向了服装价值链高端，从而实现了服装产业的升级。目前，纺织产业价值链可分为五个层次，各层次的全球分布情况及特征如表 4－15 所示，中国处于第三层次，并正在逐渐向第二层次过渡，已开始向产业链前端的技术开发和产业链后端的市场营销拓展。

**表 4－15　　纺织产业价值链的分布情况及区位分析**

| 价值链层次 | 国家（地区） | 区位分析 |
|---|---|---|
| 第一层次 | 美国、日本和西欧 | 处于产业价值链最高端，出口高科技含量、高附加值的产品，掌控着市场渠道和最尖端的技术，占据着产业链的两端 |
| 第二层次 | 韩国、中国台湾和中国香港 | 新兴的工业化国家和地区，掌握了服务机制，产业结构也得以调整，而且注重原材料的研发，掌握了产业链的前端 |

续表

| 价值链层次 | 国家（地区） | 区位分析 |
|---|---|---|
| 第三层次 | 中国 | 具有庞大的产业基础，在加工制造领域有突出优势，纺织产业基础较好，目前致力于大力扩展纺织业的规模 |
| 第四层次 | 印度、巴基斯坦、印度尼西亚 | 以中国的产业现状为目标，劳动力成本有优势，纺织产业基础较好，目前致力于大力扩展纺织业的规模 |
| 第五层次 | 老挝、越南 | 劳动力成本低，具有接受纺织产业转移的部分条件 |

资料来源：根据网络公开资料整理得到。

## 三、我国纺织服装业集聚情况分析

波特教授将产业集群定义为：在某一特定区域下的一个特别领域，存在着一群相互关联的公司、供应商、关联产业和专门化的制度和协会。一个典型的产业集群通常包括成品商、供应商、客商、中介服务和规则管理五大相互作用的基本机构。

衡量产业聚集度的常用指标有如下几个：集中度、区位熵、空间基尼系数等。本章选用区位熵来反映某一工业行业的比较优势和竞争力。区位熵也称为区域规模优势指数，在经济学研究中应用广泛。它通常被用来衡量产业的聚集程度、专业化程度，从而对产业结构、产业布局以及区域经济发展做出评价，并提出政策建议。在评价区域经济要素的空间分布、反映单一工业产业部门的优劣势，以及确定特定区域在高层区域中的地位和作用方面，区位熵理论具独特的价值和意义。在产业结构研究中，通常选取该区域的主导部门用区位熵指标与专业化指数来判断其专业化水平，以及在区际分工中的地位和作用。

区位熵通常用以下公式计算：

$$Q_i = \frac{I_i}{I},\ i=1,\ 2,\ 3,\ 4,\ 5,\ 6$$

其中，$I_i$ 表示地区纺织服装业工业总产值占该区域工业总产值的比例，$I$ 表示全国纺织服装业工业总产值占全国工业总产值的比例。$i$ 取 1，2，3，4，5，6 分别表示华北、东北、华东、中南、西南及西北地区。如果 $Q_i>1$ 表明地区的纺织服装业发展强度相当或高于全国平均水平；如果 $Q_i<1$ 表明地区的纺织服装业发展强度低于全国平均水平。

## （一）中国纺织服装业的区位熵指数

由图4-21可见，华东地区纺织服装业的区位熵指数值总是大于1，这表明纺织服装业在该地区的发展水平高于全国平均水平。中南地区的区位熵数值一直在增大，自2008年开始就超过了全国平均水平。而华北、东北和西部地区距全国平均水平仍有一定的差距，并且东北地区服装业的发展水平自2006年开始就高于华北地区。同时，除了中南地区服装业发展水平一直在提高以外，其他五个区域自2010年起均呈现出微弱的下降趋势。

华东地区的产业集聚程度非常明显，从2005年开始，其区位熵一直保持在1.3以上，远远高于其他地区。自2008年开始，中南地区服装业的聚集程度也越来越高。

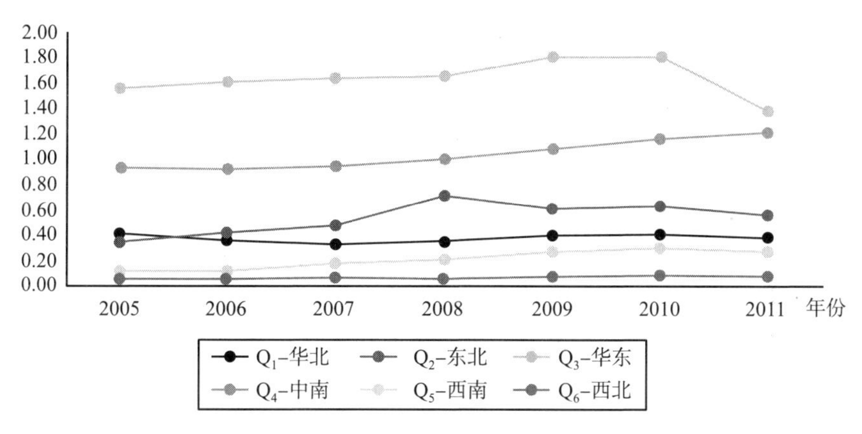


**图4-21　我国纺织服装业各地区区位熵指数**

资料来源：根据《中国工业统计年鉴》和中国经济社会发展统计数据库计算整理得到。

表4-16是我国纺织服装业重点省份的区位熵指数。其中福建、广东、浙江、江苏、江西、湖北、安徽、上海、山东等地均属于华东和中南两地区。它们在沿海各省市已形成极有活力的纺织集群经济带，并以长江三角洲、珠江三角洲、环渤海三角洲三大经济圈为辐射中心，围绕着专业市场或出口基地形成了产业集群，具有很强的综合竞争力，这些地区纺织服装业的区位优势和产业集群效应日益凸显。

仅江苏、浙江、福建、广东、山东、上海这五省一市就集中了全国规模以上纺织服装业中73.02%的服装企业、70.1%的从业人员、72.3%的工业总产值、81.58%的出口交货值、68.75%的主营业务收入。仅纺织工业协会选择的具有代表性的32个县市和36个镇进行试点的产业集群，其总生产规模就约占全国的1/4。这些纺织服装业集群与中心城市有很强的互补性，大批集群成为中心城市的制造中心。

**表4-16　　我国纺织服装业重点省市的区位熵指数**

| 省市 | 2011年 | 2010年 | 2009年 | 2008年 | 2007年 | 2006年 | 2005年 |
|---|---|---|---|---|---|---|---|
| 福建 | 2.58 | 2.75 | 2.75 | 2.70 | 2.59 | 2.40 | 2.25 |
| 广东 | 1.95 | 1.40 | 1.34 | 1.25 | 1.18 | 1.13 | 1.16 |
| 浙江 | 1.64 | 3.57 | 3.45 | 1.90 | 1.95 | 1.95 | 2.09 |
| 江苏 | 1.63 | 2.84 | 2.84 | 2.88 | 2.90 | 2.92 | 2.65 |
| 江西 | 1.44 | 2.81 | 2.70 | 2.16 | 2.11 | 1.97 | 2.09 |
| 湖北 | 1.18 | 1.02 | 0.91 | 0.87 | 0.84 | 0.77 | 0.78 |
| 安徽 | 1.06 | 0.81 | 0.61 | 0.51 | 0.45 | 0.37 | 0.36 |
| 上海 | 0.85 | 0.85 | 0.99 | 0.97 | 1.00 | 1.06 | 1.06 |
| 山东 | 0.83 | 0.83 | 0.91 | 0.87 | 0.84 | 0.78 | 0.72 |
| 辽宁 | 0.81 | 0.92 | 0.89 | 1.12 | 0.73 | 0.64 | 0.52 |

资料来源：根据《中国工业统计年鉴》和中国经济社会发展统计数据库计算整理得到。

### （二）我国纺织服装业集群形成的原因

我国纺织服装行业产业集群形成的条件和原因是多方面的，主要是市场竞争机制作用的结果。在一些地区，企业能够以低于社会必要劳动的成本进行生产，逐渐把那些缺乏竞争力的企业和地区的生产挤出市场，使这一地区的产品市场份额逐步扩大，并形成相对垄断的地位。

具体分析来看，我国纺织服装业集群形成的原因有以下五个：

1. 服装行业的产业链较长，容易分解，并且行业进入门槛低。

2. 该行业是劳动密集型产业。我国农村具有广大的劳动力，加之东部沿海地区经济开放程度较高，有着现代化的产业技术与专业服务，使得劳动力、资本、专业技术能够有效组合，从而大大降低了生产成本。

3. 东部沿海地区具有优越的区位优势，使得原材料和产成品不但能方便地运输，还能大量出口。

4. 东部沿海地区经济发展较快，中部地区人口规模大，这些地区具有巨大的市场需求和强大的竞争优势。

5. 当地政府提供了土地、工商管理、引导服务等支持政策，促进了集群地产业链的完善与升级；此外，企业家精神、资源禀赋、社会人文传统等因素都对产业集群的形成和发展具有重要影响。

## 四、我国纺织服装业上市公司区位的整体分析

服装产业上市公司的区域分布和上市公司如表4－17所示。从表中可以看出，服装行业上市公司主要聚集在东部地区，占比高达84.4%。将这些企业按照六大行政区域来划分，占比情况见图4－22，可以进一步看出服装行业中的上市企业聚集在华东地区，占比66%，其次是华北和中南地区。

表4－17　我国纺织服装业重点省份的区位熵指数

| 序号 | 省市 | 上市公司数量 | 上市公司名单 |
|---|---|---|---|
| 1 | 广东 | 4 | 富安娜、凯撒文化、搜于特、卡奴迪路 |
| 2 | 上海 | 4 | 开开实业、老凤祥、美邦服饰、嘉麟杰 |
| 3 | 北京 | 3 | 际华集团、中国服装、朗姿股份 |
| 4 | 浙江 | 7 | 雅戈尔、杉杉股份、伟星股份、宜科科技、报喜鸟、森马服饰、步森股份 |
| 5 | 江苏 | 4 | 凯诺科技、红豆股份、江苏三友、金飞达 |
| 6 | 福建 | 3 | 九牧王、七匹狼、浔兴股份 |
| 7 | 湖北 | 2 | 东方金钰、美尔雅 |
| 8 | 山东 | 1 | 希努尔 |
| 9 | 四川 | 1 | 浪莎股份 |
| 10 | 辽宁 | 1 | 大杨创世 |
| 11 | 内蒙古 | 1 | 鄂尔多斯 |
| 12 | 山西 | 1 | 百圆裤业 |

资料来源：根据Wind数据库和网络公开数据整理得到。

上市公司之间也存在着区域产业转移的趋势。首先，东南沿海向中西部转移。中西部地区市场优势日益明显。近几年我国市场结构发生了巨大变化，内需已经成为推动我国经济发展的主要因素，中西部巨大的市场需求，将吸引更多的企业到中西部投资。产业向中西部内陆地区转移可以兼顾出口和内需，今后，我国将会逐步形成沿海接单、内地加工、内外市场兼顾的新型服装产业运营模式。其次，珠三角快速向长三角转移。长三角地区已经成为我国目前服装

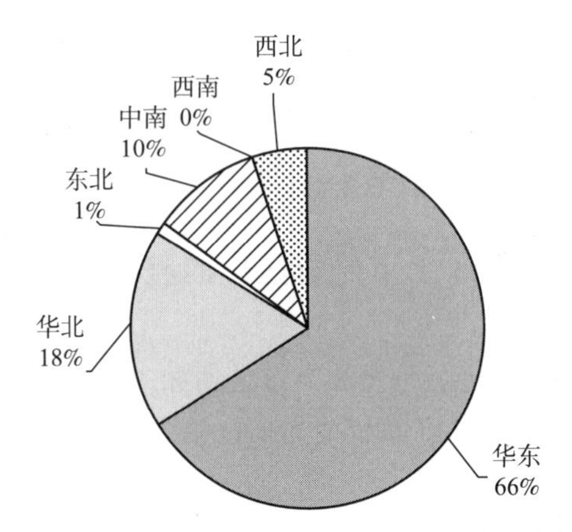


**图 4－22 我国服装业上市公司在各区域的分布情况**

资料来源：Wind 数据库。

产业的核心区域。这一作为梯度转移推行过程中的过渡形态将在未来几年中保持其发展势头，发挥优势企业进一步积蓄能量的作用。最后，向海外转移。近年来，我国一部分纺织服装企业把生产基地转到东南亚地区。目前到越南、柬埔寨等地投资建厂的中国纺织服装企业已近千家，到孟加拉国投资的也有百余家。这些企业通过加快国际化布局和跨国资源配置来规避贸易壁垒和降低生产成本。

## 五、我国服装产业价值链分析

整体来看，我国服装产业链主要由面料供应商、服装企业及销售渠道三部分组成。其中，服装企业是产业链中的关键一环。目前，中国服装企业主要分为三类：一是集“设计—生产加工—销售”于一体的综合性企业；二是采用“设计自主/外包—生产加工外包—销售”流程的虚拟经营企业；三是采用“设计外包—加工生产—非自主销售”流程的服装加工企业。具体产业链环节如图 4－23 所示。

表 4－18 展示了服装产业价值链利润走向情况，可以看到在服装产业链中，面料供应商和终端商分享了其中超过一半的利润，加上品牌商和渠道商，它们将整个服装产业链的利润瓜分了 79%，而生产商仅获得 7% 的利润。可见，品牌服装要在充分考量服装产业链中话语权分布的基础上打造自身的核心竞争力。

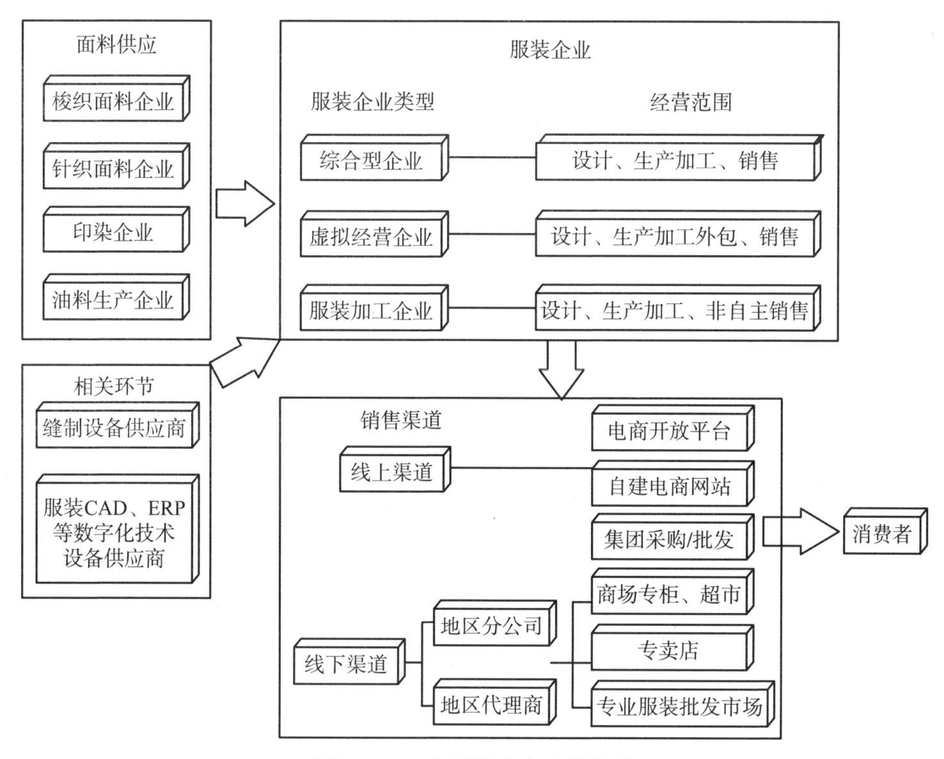


**图 4－23　我国服装产业价值链**

资料来源：清科研究中心。

**表 4－18　　服装产业价值链利润走向**　　单位：%

| 产业链 | 面料供应商 | 辅料供应商 | 设计商 | 生产商 | 品牌商 | 物流商 | 渠道商 | 终端商 |
|---|---|---|---|---|---|---|---|---|
| 利润分解 | 26 | 3 | 6 | 7 | 15 | 6 | 13 | 25 |

资料来源：清科研究中心。

我国服装产业价值链的参与者各自面临着不同的发展困境与道路。首先，目前，上海面料供应商面临进口面料的竞争压力，众多国产面料、辅料、服饰配件产品不能适应提高服装产品附加值的要求，国内服装服饰企业纷纷转向进口面料，导致国产服装面料市场竞争加剧，整体面临技术升级与换代；其次，设计生产制造环节的企业整体设计能力不强；最后，传统线下销售渠道正在被打破，各种新形式不断被尝试，尤其是电子商务渠道对于服装企业的作用越来越强大，此外，品牌营销模式也逐渐升级。

# 第四节 李宁公司区位战略研究

## 一、公司概况

### （一）公司简介

李宁体育用品有限公司创立于1990年，创始人为李宁。李宁是中国家喻户晓的“体操王子”，他创造了世界体操史上的神话，先后摘取了14项世界冠军，赢得了100多枚金牌，1988年李宁退役后，以其姓名创立了“李宁”运动品牌。在他的领导下，李宁公司经过20多年的探索，已逐步成为代表中国的、国际领先的运动品牌公司。公司总部位于北京，在中国已经建立庞大的供应链管理体系以及分销和零售网络。截至2015年末，李宁品牌店铺在中国境内总数达到6133间，并且在东南亚、中亚、欧洲等地区开拓业务。除核心品牌李宁外，公司亦生产、开发、推广、分销/销售自有、特许或与第三方设立的合资企业经营的其他品牌体育产品，包括红双喜乒乓球产品、Aigle（艾高）户外运动用品及Lotto（乐途）运动时尚产品。作为一家体育用品公司，李宁公司以体育激发人们突破的渴望和力量，致力于专业体育用品的创造，努力让运动改变生活，追求更高境界的突破。

### （二）公司市场表现

1. 品牌多元化。李宁集团旗下主要有五个品牌：李宁品牌、红双喜品牌、凯胜品牌、乐途品牌以及艾高品牌（见图4-24）。

李宁品牌是李宁集团最主要的品牌，涵盖了篮球、跑步、羽毛球、训练、运动生活五大运动品类，涉及的品类包括鞋类、服装类以及器材配件。红双喜品牌是由李宁集团持有47.5%股权的上海红双喜股份有限公司及其附属公司拥有，主要从事生产、研发、市场推广及销售乒乓器材和其他体育器材。凯胜品牌作为一个拥有20年以上历史的知名羽毛球器材品牌，是李宁集团羽毛球业务的重要组成部分。乐途品牌是意大利知名品牌，李宁集团于2008年与其签署协议，获得该品牌在中国为期20年的独家特许权，在中国重点发展的核

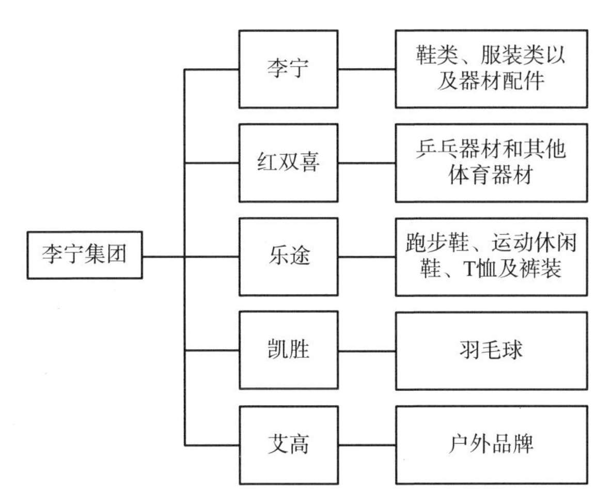


**图 4-24 李宁集团品牌介绍**

资料来源：作者根据李宁公司 2015 年年度报告整理得到。

心品类是跑步鞋、运动休闲鞋、T 恤及裤装等。艾高品牌是创立于 1853 年的法国知名户外品牌，与李宁集团的结合，使得其具有时尚设计感的功能性休闲外套和时尚胶靴进入了中国市场。

2. 产品销售额。由表 4-19 的数据为李宁集团 2011～2015 年按品牌和产品种类划分的收入明细。李宁牌相较其他品牌的销售具有绝对优势，2015 年李宁牌产品的销售额占总销售额的 98%，其中鞋类与服装更是销售的重点，分别占 48% 和 44%（见图 4-25）。

**表 4-19 李宁集团 2011～2015 年产品销售额** 单位：亿元人民币

| 品牌 | | 2015 年 | 2014 年 | 2013 年 | 2012 年 | 2011 年 |
|---|---|---|---|---|---|---|
| 李宁牌 | 鞋类 | 34.11 | 27.40 | 24.49 | 26.35 | 34.12 |
| | 服装 | 31.18 | 28.11 | 22.69 | 29.10 | 42.25 |
| | 器材/配件 | 44.21 | 3.81 | 3.65 | 3.82 | 5.28 |
| | 总计 | 69.72 | 59.32 | 50.83 | 59.26 | 81.65 |
| 其他品牌* | 总计 | 1.18 | 1.15 | 1.29 | 2.71 | 2.79 |
| 总计 | | 70.89 | 60.47 | 52.12 | 61.97 | 84.44 |

注：* 包括 Lotto（乐途）、Kason（凯胜）、Aigle（艾高），2015 年之前包括 Z-DO（新动）。
资料来源：李宁公司 2011～2015 年年度报告。

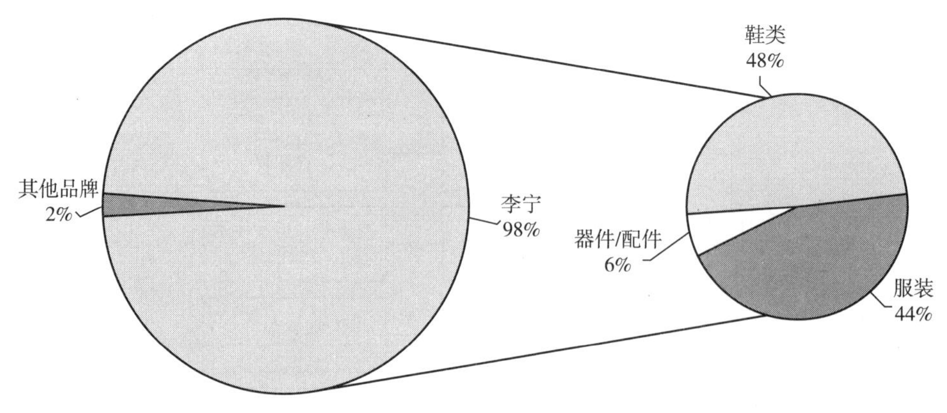


**图 4-25 李宁集团利润结构**

资料来源：李宁公司 2015 年年度报告。

3. 行业对比。2015 年国内外运动品牌的年报显示各品牌的业绩都有了显著的增长，表 4-20 列举了部分品牌在 2015 年度的营业收入以及较上年同比变动情况。

全球第一大运动装备制造商耐克公司 2015 年营业收入达 306 亿美元，依旧保持着 10% 的增长率；阿迪达斯、亚瑟士、彪马同样发展迅速，尤其是亚瑟士近几年发展强劲，收入增长 21%。

国内品牌方面，安踏 2015 年营业收入为 111.3 亿元，是国内体育用品行业首个营收破百亿的服装企业，销售更是达到 24.7% 的高水平增长；李宁在经历了几年的低迷之后，也迎头赶上，创造了 17.2% 的增长，营业收入 70.9 亿元；特步、361 度、匹克这些以拓展低价位运动休闲市场的品牌，基本保持着 10% 的增长率，稳中有升。

**表 4-20 2015 年国内外运动品牌销售额**

| 公司 | 销售额 | 销售额变动（%） |
| --- | --- | --- |
| 耐克 | 306.0 亿美元 | +10.0 |
| 阿迪达斯 | 169.2 亿欧元 | +16.4 |
| 亚瑟士 | 4285.0 亿日元 | +21.0 |
| 彪马 | 33.9 亿欧元 | +14.0 |
| 安踏 | 111.3 亿元人民币 | +24.7 |
| 李宁 | 70.9 亿元人民币 | +17.2 |

续表

| 公司 | 销售额 | 销售额变动（%） |
|---|---|---|
| 特步 | 53.0 亿元人民币 | +10.8 |
| 361 度 | 44.59 亿元人民币 | +14.1 |
| 匹克 | 31.1 亿元人民币 | +9.4 |

资料来源：耐克、阿迪达斯、亚瑟士、彪马、安踏、李宁、特步、361 度、匹克 2015 年年度报告。

4. 盈利水平。近十年，李宁公司盈利水平变动大致可以分为三个阶段：快速增长时期（2006～2010 年），此时恰逢 2008 年奥运会前后，李宁公司抓住时机迅猛发展，2010 年经营利润达到 15.47 亿元；衰落时期（2011～2012 年），随着国内外运动品牌竞争的加剧，整个体育用品行业陷入“库存困境”，加上李宁公司自身品牌定位的失误，利润水平一路跌至亏损状态，2012 年低至 -17.39 亿元；缓慢恢复时期（2014～2015 年），伴随着李宁本人回归公司，李宁集团的利润水平也不断增加，并于 2015 年由负转正，盈利 1.57 亿元（见图 4-26）。

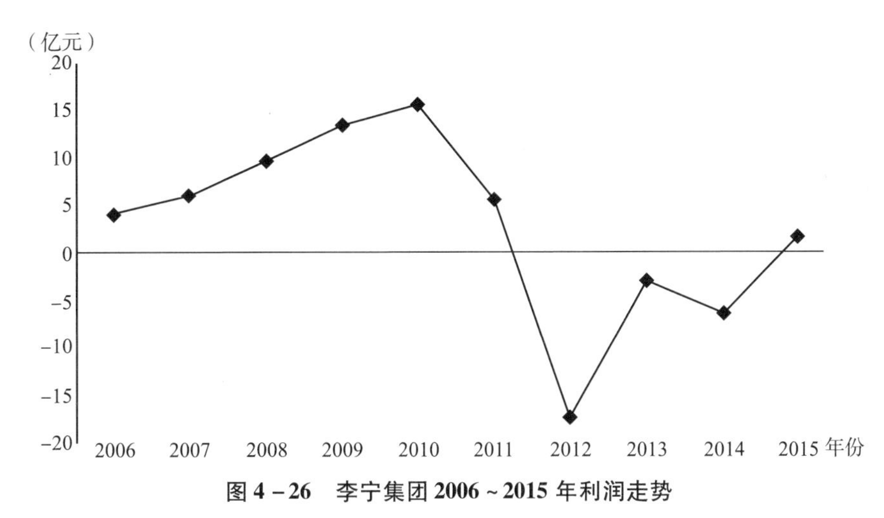


**图 4-26 李宁集团 2006～2015 年利润走势**

资料来源：李宁公司 2006～2015 年年度报告。

## 二、李宁公司区位扩张历程

从李宁品牌创立到现在已经有 20 多年的时间，其扩张过程可以简洁地用图 4-27 来表示。李宁公司的发展扩张历程大致可以分为四个阶段。

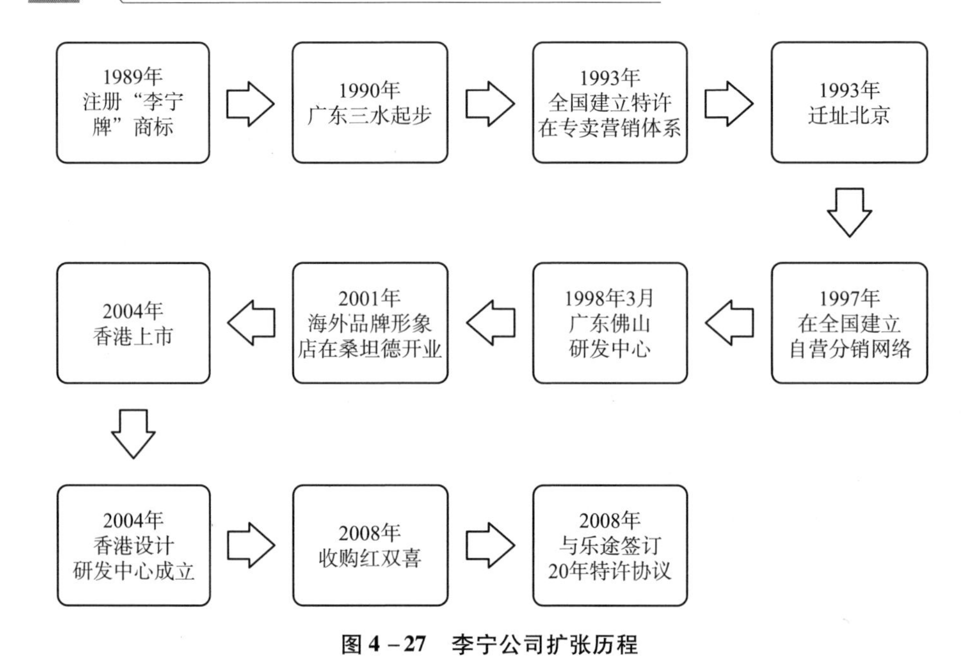


**图 4-27 李宁公司扩张历程**

资料来源：作者根据李宁公司官网绘制。

1. 奠基阶段（1989～1997 年）。在这一阶段，李宁公司成立并且开始在全国范围内建立起销售网络。1989 年，李宁先生开始筹备李宁的设计方案，同年 4 月，正式注册“李宁牌”商标，李宁品牌开始进入大众视野。1990 年 5 月李宁公司在广东三水起步，从事“李宁牌”运动服装的生产经营。1991 年，李宁公司开始全面经营李宁牌运动服装、运动鞋。1993 年，李宁公司率先在全国建立特许专卖营销体系，从此有了自己的店面。同年，李宁公司迁址北京。1997 年，李宁公司在全国建立起自营分销网络。

2. 研发设计阶段（1998～2004 年）。李宁公司开始积极与其他公司合作进行产品的设计研发，在不同地点建立研发中心，进行了国际化的初步尝试。1998 年 3 月，李宁公司率先在广东佛山建成中国第一个运动服装与鞋的设计开发中心。1999 年，李宁公司与 SAP 公司合作，引进 AFS 服装与鞋业解决方案，成为中国第一家实施 ERP 的体育用品企业。2001 年，李宁公司与意大利及法国著名设计师签约，产品走上专业化和国际化道路。2001 年 10 月，李宁公司首家海外品牌形象店于西班牙桑坦德开业，叩响了海外市场的大门。2004 年 6 月 28 日，李宁有限公司在香港联交主板成功上市，成为了第一家在香港上市的内地体育用品公司。2004 年 11 月，又一家研发中心——香港设计研发中心“李宁体育科技发展（香港）有限公司”成立，集中负责设计李宁牌服装产品。

3. 战略合作阶段（2005～2008年）。在这一阶段，李宁公司不断与国际知名品牌展开合作，并借助奥运会的契机提高自身的国际知名度。2005年1月，李宁公司与NBA签约，成为NBA官方市场合作伙伴。2005年4月，李宁公司与世界最大的切割水晶制造商施华洛世奇公司达成战略合作。2007年3月，李宁公司签约瑞典奥委会，成为第一支外国奥运代表团签约的中国品牌。2007年6月，李宁公司签约西班牙奥委会，成为西班牙奥委会官方合作伙伴。2008年，李宁收购了全球著名的乒乓球品牌“红双喜”，加强了李宁在中国快速增长的乒乓球市场中的地位，完成了提升李宁品牌专业形象的使命。同年，与乐途签订为期20年的特许协议。

4. 全面发展阶段（2009年至今）。李宁公司通过不断签约国际著名运动员、与赛事合作，以进一步稳固自身的形象、提高知名度。

## 三、李宁公司区位扩张模式及其影响因素

### （一）区位扩张模式

通过对李宁公司扩张历程的分析，我们可以把其扩张模式概括为以下三种。

1. 投资新建。一直以来投资新建都是李宁公司进行区位扩张最主要的模式。在集团成立之初，内部机制尚不健全、对市场的敏感度不高，且自身的规模不大，没有足够的财力和物力来支撑兼并与收购。由此一来，直接新建的扩张模式，充分考虑到了各地区人力成本的差异，有利于初步挖掘各地区市场的潜力，使公司规模迅速扩大，快速扩张公司版图，为之后公司的发展奠定坚实的基础。

2. 合资经营/合作经营。李宁公司在合作经营方面有诸多案例。2004年李宁集团分别与美国Exeter研发公司和R&D设计事务所合作，开展李宁运动鞋核心技术的研发和设计工作。2005年年底，李宁集团与法国户外运动用品品牌艾高建立合资公司，双方各持50%股份，合资公司拥有艾高在中国50年的专营权。2011年12月，数字李宁及其网站在美国问世。这项全新的业务由李宁与美国芝加哥数字咨询公司Acquity联合成立。Acquity与李宁公司双方在这

项合作中各持股50%，首期投资1000万美元，建立了李宁公司在美国的电子商务网站。由此可见，合作经营的方式不仅为李宁公司带来了技术支持，还扩充了自身的产品线，是公司进行区位扩张时的重要方式。

3. 兼并与收购。2007年11月1日，李宁集团斥资3.05亿元收购乒乓球器材制造商上海红双喜集团有限公司57.5%的股份（李宁集团管理层及股东已分别于2015年10月23日及2015年12月4日批准出售红双喜10%的股权）。通过这样的资本运作，李宁公司除了进一步拉开与二线品牌的距离外，也有效防止了二线品牌通过自身发展、收购等对其在乒乓球、羽毛球等领域产生冲击，巩固了其中国第一品牌的地位。2007年，李宁集团收购凯胜体育。自此，在运动器械方面，李宁集团拥有乒乓球、羽毛球、网球三个类别的产品线；在运动鞋服方面，拥有以李宁品牌为代表的专业运动鞋服、以乐图为代表的时尚运动鞋服、以艾高（合资）为代表的高端户外体育用品，成为国内集运动器械与运动鞋服为一体的“综合+专业”的体育用品厂商。专业的运动器械配合运动鞋服产品，有利于树立李宁运动产品的专业形象，提升李宁品牌的综合竞争力。由此可见，兼并与收购是通过内部或有机的资本投入实现增长的一种可供选择的方法，而且也是企业快速扩张与增长的一种十分有效的方式。

### （二）区位扩张的影响因素

根据以上分析，我们将李宁公司进行区位扩张的影响因素概括为以下几个方面。

1. 市场因素。随着2008年北京奥运会成功举办，体育事业在中国迎来了前所未有的高潮。奥运会对我国提升国民体育意识，扩大体育消费需求，引导、激发大众的体育消费行为发挥着极其重要的作用。在这前后，李宁公司加紧了对全国市场的开发，并在这一时期开拓了海外市场（孔丽，2011）。

2. 竞争因素。李宁公司拥有的竞争优势以及竞争劣势都对其区位分布的格局产生着重要的影响。首先，品牌知名度高，拥有运动员李宁独特的品牌形象。其次，与中国体育界建立了良好关系，经常出现在国内外大型比赛中，带来了良好的品牌效应。最后，集团成立了跨国研发中心，产品功能研发和设计与国际一线品牌的差距日益缩小。但是，缺乏市场知识和经验、品牌尚未成熟、进入市场时间短等原因，削弱了李宁公司在国际市场中的竞争力，限制了其在海外的进一步扩张。

3. 地理因素与要素成本。李宁公司总部位于北京通州，具有很大的便利。首先，大部分政府部门的总部机关在北京，处理公司事务相对而言比较方便。其次，从经济角度考虑，大量金融机构布局在北京，处理贷款等财务事务较方便。加之北京拥有大量优质高等教育资源，优秀的学生数量较多，易于公司招聘自己需要的人才。

李宁公司的技术研发部门主要分布在中国的北京、上海、香港地区以及韩国等地。这些地方拥有众多知名大学，人才数量较多，且临近市场，科技发达，无论是人才供给还是考察市场都相对较方便。这有助于设计出款式新颖、质量优越、为市场所接受的产品。生产子公司主要分布在北京、上海、福建、湖北等省市。服装制造产业属劳动力密集型产业，需要大量的人力以及原材料资源，上述省市交通便利，人口数量大，且临近市场，具有天然优势。李宁公司的销售环节遍布中国各个省份的省会以及重要城市，覆盖范围广，市场潜力大。

4. 制度因素。很多大型企业的扩张都跟随着产业聚集的步伐，李宁公司也不例外。从制度角度来看，地方保护主义和经济开放都对产业聚集产生了重要的影响。一方面，地区保护主义为贸易设置壁垒，产品的自由流通往往难以实现，从而阻碍了产业集聚的发生；另一方面，经济开放则促进了产品和生产要素在地区间的自由流动，促进了贸易和专业化过程，使地方更有动力从事自己具有比较优势的产业，从而推动了产业集聚的形成。

就我国国情来看，随着改革开放的日益深入，东南沿海地区的市场化程度逐年提高，地方保护主义正在慢慢被打破，经济开放度也大大高于中西部地区。这些制度因素也构成了广东、江苏和上海成为服装制造业聚集地的重要因素。李宁公司在这些片区的扩张也非常迅速。

## 四、李宁公司价值链区位扩张分析

表4－21显示了李宁集团的附属公司的各个价值链环节。公司的生产制造主要分布在华南、华中以及华东地区；销售主要分布在东海沿海以及华北地区，全国各主要省市基本均有涉及；研发中心设立在韩国、中国香港地区以及上海；物业管理配备在中国香港地区和广东；投资控股的职能在英属维尔京群岛以及中国香港地区实现；信息技术服务中心设立在中国上海。

**表4-21　　李宁集团附属公司价值链环节区位分布情况**

| 价值链环节 | 地区 | 数量 | 价值链环节 | 地区 | 数量 |
| --- | --- | --- | --- | --- | --- |
| 研发 | 上海 | 2 | 销售 | 福建 | 2 |
| | 香港地区 | 1 | | 江西 | 1 |
| | 韩国 | 1 | | 广西 | 1 |
| 制造、销售 | 湖北 | 2 | | 湖南 | 1 |
| | 广东 | 1 | | 陕西 | 1 |
| | 上海 | 1 | | 山西 | 1 |
| | 福建 | 1 | | 江苏 | 1 |
| 物业管理 | 广东 | 1 | | 云南 | 1 |
| | 香港地区 | 1 | | 甘肃 | 1 |
| 投资控股 | 英属维尔京群岛 | 1 | | 重庆 | 1 |
| | 香港地区 | 1 | | 海南 | 1 |
| 信息技术服务 | 上海 | 1 | | 河南 | 1 |
| 销售 | 上海 | 10 | | 辽宁 | 1 |
| | 北京 | 5 | | 安徽 | 1 |
| | 浙江 | 3 | | 黑龙江 | 1 |
| | 湖北 | 3 | | 新疆 | 1 |
| | 天津 | 2 | | 贵州 | 1 |
| | 广东 | 2 | | 香港地区 | 1 |

资料来源：作者根据李宁公司2015年年度报告整理得到。

## （一）生产区位

李宁公司在亚洲地区密集建立了附属公司，其中负责制造的公司区位分布见表4-22。产品的制造主要集中在上海、广东、湖北、福建等地。这些区位的选取存在一些共性：首先，这些地区都是劳动力和原材料比较充足的地区，获取劳动力和原材料等成本较低，成本优势可以帮助李宁更好地开拓市场和吸引消费者，提高市场占有率和扩大盈利空间；其次，在这些地区设立生产基地可以解决当地的部分就业问题，拉动当地经济增长，因此可以获得政府的相关政策支持；最后，因为目前李宁集团主要针对的还是国内市场，将生产基地建立在国内，可以拉近生产地与消费市场的距离，相对降低运输的成本，同时可以更好地观察市场发展动态，在与其他品牌的竞争中获得有利地位。

表 4-22　　李宁公司生产区位一览

| 名称 | 经营/注册成立的地区 | 注册成立日期 | 本公司所持实际股权（%） | 主要业务 |
|---|---|---|---|---|
| 上海红双喜股份有限公司* | 上海 | 1995年12月26日 | 57.5 | 制造及销售体育用品 |
| 广东悦奥体育发展有限公司 | 广东 | 2001年12月13日 | 100 | 生产体育用品 |
| 李宁（福建）羽毛球科技发展有限公司 | 福建 | 2008年6月30日 | 100 | 制造及销售体育用品 |
| 李宁（湖北）体育用品有限公司 | 湖北 | 2010年11月2日 | 100 | 制造及销售体育用品 |
| 湖北李宁鞋业有限公司 | 湖北 | 2013年4月18日 | 95 | 制造及销售体育用品 |

注：*为红双喜及其附属公司，李宁集团管理层及股东已分别于2015年10月23日及2015年12月4日批准出售红双喜10%的股权。

资料来源：作者根据李宁公司2015年年度报告整理得到。

## （二）研发区位

产品设计阶段要全面确定整个产品策略、外观、结构、功能，从而确定整个生产系统的布局，因而，产品设计具有“牵一发而动全身”的重要意义。李宁集团负责研发的公司区位分布如表4-23所示，其研究及开发中心设立在韩国、中国香港地区以及上海。这些地区存在一些共同的特点：科学技术水平高、经济发展水平高、创新类企业集中等。李宁公司在这些区域设立研发基地以期利用研发集聚所带来的好处，增强各企业之间的合作，同时享受知识溢出的效用。

表 4-23　　李宁公司研发区位一览

| 名称 | 经营/注册成立的地区 | 注册成立日期 | 本公司所持实际股权（%） | 主要业务 |
|---|---|---|---|---|
| 上海少昊体育用品研发有限公司 | 中国 | 2001年12月18日 | 100 | 产品设计、研究及开发 |
| 李宁体育科技发展（香港）有限公司 | 香港 | 2004年5月28日 | 100 | 研究及开发 |
| 李宁韩国有限公司 | 韩国 | 2013年8月21日 | 100 | 研究及开发 |
| 上海红双喜体育科技有限公司* | 中国 | 2014年8月5日 | 57.50 | 研究及开发 |

注：*为红双喜及其附属公司，李宁集团管理层及股东已分别于2015年10月23日及2015年12月4日批准出售红双喜10%的股权。

资料来源：作者根据李宁公司2015年年度报告整理得到。

### （三）市场区位

自20世纪90年代初期创立以来，李宁公司生产的运动鞋和运动服装凭借其低廉的价格和可靠的质量，迅速打开了国内市场，并处于销售量的领先地位。李宁集团的总经理张志勇在新闻发言中也曾经表示："中国是一个高度国际化的市场，在某种程度上，中国就是世界，本土市场永远是我们最重要的市场。"可见李宁集团一直以来十分重视国内市场的开发。

如表4-24所示，李宁公司按地区划分的收入明细数据表明，国内市场收入始终占公司收入的97%以上，2015年国内市场不同地区的销售额较2014年都有一定程度的增加。李宁公司将国内市场划分为东部、北部以及南部，在北部的销售占比一直最高，保持在45%左右；南部地区有所复苏，增幅有所提升；东部市场则继续维持较大的增长。相比较而言，2015年国际市场缩紧，收入同比下降14%。

**表4-24　2014~2015年李宁公司分地区收入一览**　单位：亿元

| 地区 | | 2015年 | | 2014年 | | 收入变动（%） |
|---|---|---|---|---|---|---|
| | | 收入 | 占比（%） | 收入 | 占比（%） | |
| 中国市场 | 东部 | 23.53 | 33.7 | 18.92 | 31.9 | 24.3 |
| | 北部 | 31.15 | 44.7 | 27.37 | 46.1 | 13.8 |
| | 南部 | 13.53 | 19.4 | 11.26 | 19.0 | 20.1 |
| 国际市场 | | 1.51 | 2.2 | 1.76 | 3.0 | -14.0 |
| 总计 | | 69.72 | 100.0 | 59.32 | 100.0 | 17.5 |

注：东部包括上海、浙江、江苏、安徽、山东、湖南及湖北；北部包括北京、天津、山西、河北、内蒙古、河南、黑龙江、吉林、辽宁、陕西、甘肃、宁夏回族自治区、新疆维吾尔自治区及青海；南部包括广东、广西、福建、海南、云南、贵州、四川、江西、重庆及西藏。

资料来源：李宁公司2015年年度报告。

李宁公司在全国的经销网络如表4-25所示。北部地区由于交通便利、历史资源积累以及距离公司本部较近等原因，店铺的分布数量最多，特许经销商及直接经营零售商共计2517家。东部沿海地区市场广阔，各类型的店铺共计2155家。南部地区作为改革开放的前沿，被耐克、阿迪达斯等国际一线品牌抢先占领，作为后来市场进入者的李宁难免身处被动局面，因此南部地区店铺分布较少，共1461家，市场还有待进一步开发。

从地理区位来看，李宁公司店铺有从东部沿海向内陆扩张的趋势。而国外市场不如国内市场集中，销售量不大，并未形成明显的分布。

**表 4－25　　李宁公司全球经销和零售销售点分布**　　单位：家

| 地区 | 特许经销商 | 直接经营零售 |
|---|---|---|
| 北部 | 1793 | 724 |
| 南部 | 1141 | 320 |
| 东部 | 1684 | 471 |

资料来源：作者根据李宁公司 2015 年年度报告绘制。

李宁公司在全国大部分省份（自治区、直辖市）的大型城市基本都建立了附属公司以实现销售职能（见表 4－26）。其中，北京、上海和广州是公司分布最为密集的地区。

**表 4－26　　李宁公司销售区位一览**

| 地区 | 名称 | 本公司所持实际股权（%） | 地区 | 名称 | 本公司所持实际股权（%） |
|---|---|---|---|---|---|
| 上海 | 上海红双喜股份有限公司* | 57. 50 | 广西 | 南宁一动体育用品有限公司 | 100 |
| | 上海红双喜体育用品销售有限公司* | 57. 50 | 湖南 | 长沙一动体育用品销售有限公司 | 100 |
| | 李宁体育（上海）有限公司 | 100 | 江西 | 潘阳一动体育用品销售有限公司 | 100 |
| | 上海红冠体育用品有限责任公司* | 57. 50 | 山东 | 济南一动体育用品销售有限公司 | 100 |
| | 上海一动体育用品销售有限公司 | 100 | 江苏 | 南京一动体育用品销售有限公司 | 100 |
| | 上海一动体育发展有限公司 | 100 | 浙江 | 宁波一动体育用品有限公司 | 100 |
| | 上海红双喜体育用品苏州有限公司* | 43. 10 | | 温州一动体育用品有限公司 | 100 |
| | 上海悦奥体育用品有限公司 | 100 | | 杭州悦奥体育用品销售有限公司 | 100 |
| | 上海李宁电子商务有限公司 | 100 | 福建 | 李宁（福建）羽毛球科技发展有限公司 | 100 |
| | 上海李宁体育用品电子商务有限公司 | 100 | | 厦门悦奥商贸有限公司 | 100 |

续表

| 地区 | 名称 | 本公司所持实际股权（%） | 地区 | 名称 | 本公司所持实际股权（%） |
|---|---|---|---|---|---|
| 北京 | 北京李宁体育用品有限公司 | 100 | 云南 | 昆明一动体育用品销售有限公司 | 100 |
| | 李宁（北京）体育用品商业有限公司 | 100 | 陕西 | 西安一动体育用品销售有限公司 | 100 |
| | 李宁（中国）体育用品有限公司 | 100 | 新疆 | 新疆一动体育用品销售有限公司 | 100 |
| | 乐途体育用品有限公司 | 100 | 甘肃 | 兰州一动体育用品销售有限公司 | 100 |
| | 北京红双喜体育用品销售有限公司* | 57.50 | 重庆 | 重庆悦奥体育用品销售有限公司 | 100 |
| 广东 | 广州一动体育用品有限公司 | 100 | 辽宁 | 大连悦奥商贸有限公司 | 100 |
| | 广州红双喜体育用品销售有限公司* | 57.50 | 安徽 | 合肥一动体育用品销售公司 | 100 |
| 天津 | 天津一动体育用品销售有限公司 | 100 | 贵州 | 贵阳悦奥体育用品有限公司 | 100 |
| | 李宁体育（天津）有限公司 | 100 | 黑龙江 | 大庆悦动体育用品销售有限公司 | 100 |
| 湖北 | 武汉一动体育用品有限公司 | 100 | 海南 | 海口一动体育用品销售有限公司 | 100 |
| | 李宁（湖北）体育用品有限公司 | 100 | 香港地区 | 李宁国际贸易（香港）有限公司 | 100 |
| | 湖北李宁鞋业有限公司 | 95 | 河南 | 郑州一动体育用品有限公司 | 100 |

注：*为红双喜及其附属公司，李宁集团管理层及股东已分别于2015年10月23日及2015年12月4日批准出售红双喜10%的股权。

资料来源：作者根据李宁公司2015年年度报告整理得到。

## 五、结论与启示

通过以上对李宁公司区位扩张的分析，可以看出公司在进行国际化探索的时候存在很多问题。

1. 区位扩张一定要遵循循序渐进的原则，不可盲目求快。北京奥运会之后，李宁公司放弃了走高性价比道路的安全策略，试图将自己重新塑造成一个高端品牌，价格直追那些国外品牌。如此一来，随着安踏、特步等“草根”

运动品牌近年来的加速发展，李宁丢掉了国内原本的市场，由于耐克、阿迪达斯等已经牢牢占据体育用品的高端市场，其海外扩张也进行得十分不顺利（鹿晓丽，2014）。中国正在从“世界工厂”向更西式的品牌和创新演变，李宁公司给我们敲响的警钟是要在稳固国内市场的前提下，凭借自身的核心竞争力不断扩展海外市场。

2. 要“以产带销”，通过海外的生产布局，可以就近开拓市场。耐克、阿迪达斯这些国际品牌在世界范围内建立生产基地，选择代工厂，从而提高了自身的知名度，获得了更加广阔的市场。这样的发展模式也可以被寻求海外发展的中国企业所借鉴。

3. 产品系列要根据区位分布的不同进行合理调整，以最大化顾客效用水平。阿迪达斯公司的市场调查结果就曾经显示，“品牌”理念在一线、二线城市的市场中是一个非常重要的因素，而在三线、四线城市中“品牌加价格”成为一个更具有影响力的因素。因此，李宁公司也可以借用这个理念，依据不同的市场需求投放不同的产品类别。

李宁品牌曾被视为中国最有可能走出国门获得成功的品牌之一，但是其海外拓展之路也是历经坎坷。李宁公司的兴衰对其他试图从廉价转向高端、从模仿转向创新的企业来说具有借鉴意义。李宁集团想成长为世界知名的运动品牌，还有很长的路要走。

## 参考文献


[1] 李宁公司 2006～2015 年年度报告.

[2] 李宁公司官方网站 http：//www. lining. com.

[3] 巨潮资讯网 http：//www. cninfo. com. cn/cninfo-new/index.

[4] 孔丽. 李宁公司竞争战略研究 [D]. 山东大学，2011.

[5] 黄璐. 中国体育用品产业发展的思维陷阱 [J]. 体育与科学，2014，35（1）：97－103.

[6] 鹿晓莉. 李宁品牌对中国体育用品品牌创建的启示 [D]. 上海外国语大学，2014.

# 第五章　化工产业区位发展研究[①]

## 第一节　行业界定

广义上，凡运用化学方法改变物质组成结构或合成新物质的，都属于化学生产技术，也即化学工艺，所得的产品被称为化学品或化工产品，化工行业是化学工业、化学工程和化学工艺的总称，主要包括化工产品的生产和开发研究过程。根据《国民经济行业分类》（GB/T 4754－2011），化工行业可以分为13大类、67小类（详见表5－1）。

**表5－1　　化工行业分类**

| 代码 | 行业名称 | 代码 | 行业名称 |
|---|---|---|---|
| 251 | 精炼石油产品制造 | 2623 | 钾肥制造 |
| 2511 | 原油加工及石油制品制造 | 2624 | 复混肥料制造 |
| 2512 | 人造原油制造 | 2625 | 有机肥料及微生物肥料制造 |
| 261 | 基础化学原料制造 | 2629 | 其他肥料制造 |
| 2611 | 无机酸制造 | 263 | 农药制造 |
| 2612 | 无机碱制造 | 2631 | 化学农药制造 |
| 2613 | 无机盐制造 | 2632 | 生物化学农药及微生物农药制造 |
| 2614 | 有机化学原料制造 | 264 | 涂料、油墨、颜料及类似产品制造 |
| 2619 | 其他基础化学原料制造 | 2641 | 涂料制造 |
| 262 | 肥料制造 | 2642 | 油墨及类似产品制造 |
| 2621 | 氮肥制造 | 2643 | 颜料制造 |
| 2622 | 磷肥制造 | 2644 | 染料制造 |

① 本章由暨南大学产业经济研究院王余妃、李洪春、赵锦瑜、陶锋执笔。

续表

| 代码 | 行业名称 | 代码 | 行业名称 |
|---|---|---|---|
| 2645 | 密封用填料及类似品制造 | 282 | 合成纤维制造 |
| 265 | 合成材料制造 | 2821 | 锦纶纤维制造 |
| 2651 | 初级形态塑料及合成树脂制造 | 2822 | 涤纶纤维制造 |
| 2652 | 合成橡胶制造 | 2823 | 腈纶纤维制造 |
| 2653 | 合成纤维单（聚合）体制造 | 2824 | 维纶纤维制造 |
| 2659 | 其他合成材料制造 | 2825 | 丙纶纤维制造 |
| 266 | 专用化学产品制造 | 2826 | 氨纶纤维制造 |
| 2661 | 化学试剂和助剂制造 | 2829 | 其他合成纤维制造 |
| 2662 | 专项化学用品制造 | 291 | 橡胶制品业 |
| 2663 | 林产化学产品制造 | 2911 | 轮胎制造 |
| 2664 | 信息化学品制造 | 2912 | 橡胶板、管、带制造 |
| 2665 | 环境污染处理专用药剂材料制造 | 2913 | 橡胶零件制造 |
| 2666 | 动物胶制造 | 2914 | 再生橡胶制造 |
| 2669 | 其他专用化学产品制造 | 2915 | 日用及医用橡胶制品制造 |
| 267 | 炸药、火工及焰火产品制造 | 2916 | 其他橡胶制品制造 |
| 2671 | 炸药及火工产品制造 | 292 | 塑料制品业 |
| 2672 | 焰火、鞭炮产品制造 | 2921 | 塑料薄膜制造 |
| 268 | 日用化学 | 2922 | 塑料板、管、型材制造 |
| 2681 | 肥皂及合成洗涤剂制造 | 2923 | 塑料丝、绳及编织品制造 |
| 2682 | 化妆品制造 | 2924 | 泡沫塑料制造 |
| 2683 | 口腔清洁用品制造 | 2925 | 塑料人造革、合成革制造 |
| 2684 | 香料、香精制造 | 2926 | 塑料包装箱及容器制造 |
| 2689 | 其他日用化学产品制造 | 2927 | 日用塑料制品制造 |
| 281 | 纤维素纤维原料及纤维制造 | 2928 | 塑料零件制造 |
| 2811 | 化纤浆粕制造 | 2929 | 其他塑料制品制造 |
| 2812 | 人造纤维（纤维素纤维）制造 | | |

资料来源：《国民经济行业分类》（GB/T 4754－2011）。

根据《化学工业生产统计指标计算方法》中的界定，化学工业的具体内涵包括：基础化学原料制造，肥料制造，农药制造，涂料、油墨、颜料及类似产品制造，合成材料制造，专用化学产品制造，炸药、火工及焰火产品制造，日用化学产品制造，以及由化学工业部管理的化学矿山、橡胶加工、化工机械等工业。化工行业可以分为燃料化工、无机化学工业、有机化工及精细化工三大块，其下又可分为细分子行业，这些子行业基本涵盖了化工行业的整个产业链（详见图5－1）。

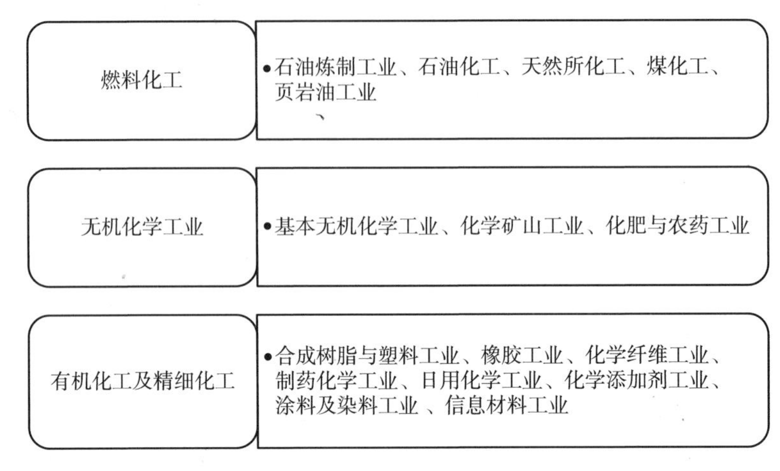


**图5－1 化工行业分类示意**

资料来源：作者根据网络资料绘制。

# 第二节 全球化工产业区位分析

## 一、全球化工产业发展概况

全球化工产业于20世纪90年代进入发展的成熟期，主要化工产品的生产能力已基本能满足当时全球的市场需求。随着全球经济的发展，人们日常生活以及工业生产的化工产品需求持续增长，对化工产业生产能力的要求也相应提高。全球化工企业为争夺新增的市场需求，市场竞争和技术竞争越来越激烈，化工产业整体上利润下降，波动发展。在竞争型的市场结构下，部分化工产业链环节利润率仍较为可观，但是，由于化工产业的能源限制，处于产业链下游的消费型化工产业利润空间较窄。

受金融危机在全球急速蔓延的影响，2008年下半年以来，经济下降趋势传导至全球化工产业，化工产品价格明显下滑，产销量增速逐渐放缓，出现了产能过剩问题。在2010年全球经济回暖后，化工产业发展态势才开始稳定。中国、印度、俄罗斯、巴西等新兴经济体的化工产业快速发展，需求增长良好，作为基础原料的化工产品仍然具有较大的增长空间，全球化学工业继续保持持续发展的态势。同时，化工行业的市场竞争愈发激烈，化工贸易摩擦也不断增加。2011～2015年，全球化工产业整体来说处于上升趋势，但各个地区存在差异性，例如2015年美国、欧洲化工行业持续增长，而加拿大等则销售额不断下降。

目前，在全球经济增长乏力、经济结构调整的背景下，化工产业同样面临着由资本、资源密集型向技术密集型的产业结构转型的要求。有利的创新环境是化工产业进入新的发展阶段的必备要素。发达国家与发展中国家的化工产业所处的阶段不同，创新能力也有所不同，不平衡性在扩大。发达国家化工产业正处于成熟期，产业创新能力、获利能力较强，正在向资源配置更合理的全球化经营目标迈进，在全球化工产业国际化分工中寻求产业链的协调发展，运用高效的节能技术和创新生产技术转向注重环保的可持续发展模式。而发展中国家的化工产业则处于发展初期，化工产业初具规模，创新能力较弱，正处于从追求规模的粗放型的发展模式向集约化经营的发展模式转变的过程中。从全球化工产业的发展趋势来看，随着发达国家化工产业的逐渐成熟和产业的技术进步，高新技术和产业转移将成为全球化工行业发展的主要方向，并且呈现出波动性、集约化、一体化、基地化、大型化、多元化等特点。

## 二、全球化工生产区位分析

工业生产指数是采用加权算术平均数编制的工业产品实物量指数，是用来反映工业发展速度和分析工业发展景气程度的指标。欧洲化学工业委员会公布了以2003年为基期（2003=100）的2003～2015年全球各区域的化工生产指数。其中以中国为代表的新兴国家的化工生产指数超越了欧盟国家、美国等发达国家，发展势头迅猛，行业前景良好，2015年，中国的化工生产指数为387.3，是2003年的3倍多。以欧盟为代表的老牌经济体的化工生产指数增长缓慢，化工行业发展缓慢。2015年，欧盟27国化工生产指数仅为103.8，行业景气度低（见图5－2）。

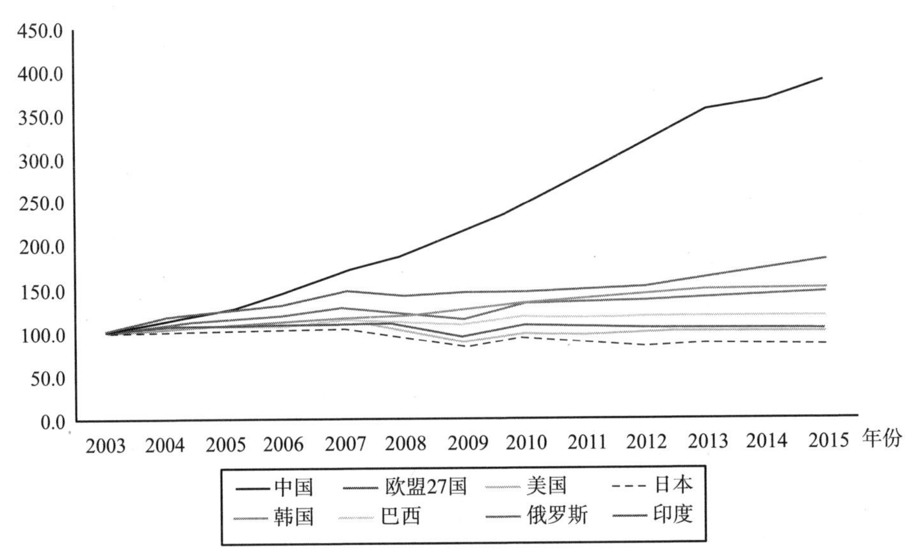


**图 5－2　2003～2015 年全球各主要地区年化工生产指数**

资料来源：欧洲化学工业委员会，2003 年＝100。

欧盟作为全球主要的化工品生产经济体，近 10 年其化工行业一直处于低迷状态，2003～2007 年欧盟国家化工行业一直保持较低的增长率，2008 年金融危机后略有上涨，2012 年和 2013 年又为负增长，总体而言，欧盟国家化工行业生产基本处于负增长状态（见图 5－3）。

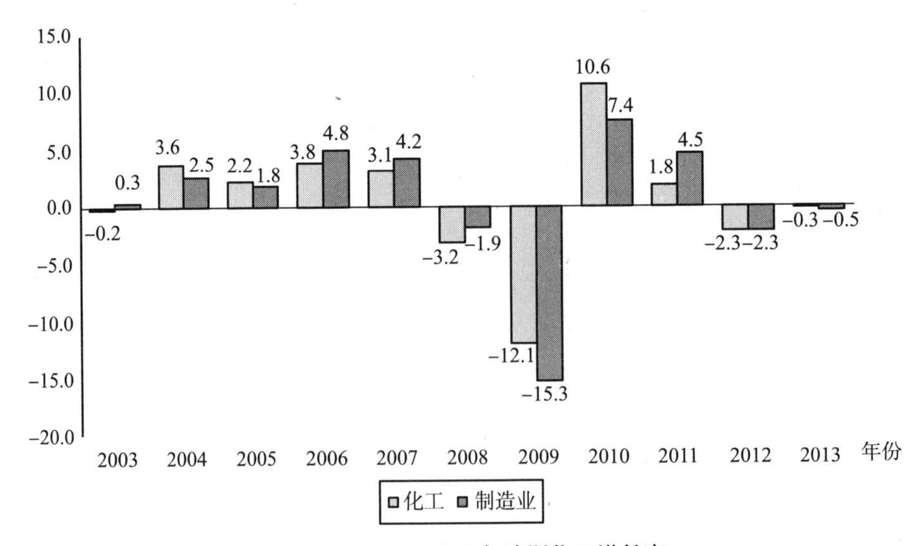


**图 5－3　2008～2013 年欧洲化工增长率**

资料来源：欧洲化学工业委员会；不包括制药，欧盟 28 国。

## 三、全球化工销售区位分析

2010 年全球化工行业的销售额为 23530 亿欧元，与 2009 年相比，增加了 26.9%。这表明全球化工行业已经从经济危机的影响中恢复过来。根据欧洲化学工业委员会公布的数据，以欧盟为主的欧洲国家和北美国家化工行业的销售额在全球化工行业中仍然占有较大的比重。亚洲是化学品的主要消费市场，2014 年，亚洲地区销售份额为 57.6%，占到了全球的一半以上，其中中国、印度等新兴国家为化工品的主要消费市场。中国化工销售额高达 11110 亿欧元，占全球化工销售份额的 34.4%，日本、韩国、印度销售份额分别为全球的 4.4%、3.8%、2.2%。北美自由贸易协议区（NAFTA）销售额为 5280 亿欧元，其中美国是该地区主要的化学品消费市场。2004～2014 年，欧盟国家的化工销售额从 451 亿欧元增加到 551 亿欧元，增长幅度为 22.2%。欧盟国家化工行业在全球的市场份额从 30.9% 下降到 17%，下降幅度为 81.8%，这表明以欧盟国家为主的欧洲化学工业在全球化工行业中的强势地位有所减弱，原因主要是由于欧洲化工产品的主要销售市场欧洲和北美地区的化工产品需求降低以及人口老龄化带来的对化工产品需求的降低。2014 年，北美地区的化工销售额为 5280 亿欧元，占全球化工行业总销售额的 16.3%。以中国、印度为代表的新兴国家的化工产品的销售额增长迅速，其中中国化工行业的销售额从 2004 年的 1350 亿欧元增加到 2014 年的 11110 亿欧元，增长了 8 倍左右，市场份额从 9.3% 增加到 34.4%，增长幅度为 269.9%，这表明中国化工行业在全球化工中占有越来越重要的地位（见表 5－2）。

**表 5－2　2004 年、2010 年和 2014 年全球化工销售额对比情况**　单位：10 亿欧元

| 国家（地区） | 2004 年 | 2010 年 | 2014 年 | 2004 年市场份额（%） | 2010 年市场份额（%） | 2014 年市场份额（%） |
|---|---|---|---|---|---|---|
| 欧盟 28 国 | 451 | 491 | 551 | 30.9 | 20.87 | 17 |
| 北美自由贸易区 | 357 | 455 | 528 | 24.5 | 19.34 | 16.3 |
| 日本 | 129 | 153 | 142 | 8.9 | 6.5 | 4.4 |
| 欧洲其他 | 53 | 87 | 98 | 3.6 | 3.70 | 3.0 |
| 拉丁美洲 | 72 | 128 | 151 | 4.9 | 5.44 | 4.7 |
| 印度 | 29 | 56 | 72 | 2.0 | 2.38 | 2.2 |
| 韩国 | 52 | — | 121 | 3.6 | — | 3.8 |

续表

| 国家（地区） | 2004 年 | 2010 年 | 2014 年 | 2004 年市场份额（%） | 2010 年市场份额（%） | 2014 年市场份额（%） |
|---|---|---|---|---|---|---|
| 亚洲其他 | 147 | 363 | 413 | 10.1 | 15.43 | 12.8 |
| 中国 | 135 | 575 | 1111 | 9.3 | 24.44 | 34.4 |
| 世界其他 | 32 | 45 | 44 | 2.2 | 1.91 | 1.4 |
| 全球 | 1458 | 2353 | 3232 | 100 | 100 | 100 |

资料来源：欧洲化学工业委员会。

2014 年，全球化工贸易主要集中分布在欧盟、亚洲和北美自由贸易区三大区域，其中欧盟地区的进出口贸易总额位居首位，且有 433 亿欧元的贸易盈余，这表明欧盟的化工行业在全球仍然具有较强的竞争力，其中除欧盟以外的欧洲其他地区和北美是欧盟化工行业主要的贸易合作伙伴。近几年，随着以中国、印度为代表的新兴国家对化工品需求的增加，亚洲地区化工行业的贸易额也有明显增加。其中中国化工行业的贸易额在亚洲地区化工行业贸易额中占有较大的比重。北美自由贸易区作为全球三大化工贸易区之一，其较高的贸易盈余表明其化工产业在全球较强的竞争力。其中美国大力发展页岩气产业，使得北美地区的生产商拥有显著的能源成本优势，这将进一步提高北美自由贸易区国家的化工产业在全球的竞争力（详见表 5 -3）。

**表 5 -3　　2014 年全球各主要区域化工贸易额**　　单位：10 亿欧元

| 国家（地区） | NAFTA | 日本 | 拉丁美洲 | 非洲 | 中国 | 欧洲其他 | 亚洲 | 世界其他 | 欧盟 |
|---|---|---|---|---|---|---|---|---|---|
| 出口额 | 30 | 4.9 | 10 | 11.1 | 11 | 37.1 | 29.4 | 4.1 | 137.6 |
| 进口额 | 22.1 | 5.5 | 2.9 | 3.8 | 10.4 | 25.7 | 21.9 | 2 | 94.3 |
| 贸易差额 | 7.8 | -0.6 | 7.1 | 7.2 | 0.7 | 11.4 | 7.5 | 2.1 | 43.3 |

资料来源：欧洲化学工业委员会。欧洲其他地区是指瑞士、挪威、土耳其、俄罗斯、乌克兰；NAFTA 即北美自由贸易区；亚洲其他地区是指除了中国、印度、日本和韩国之外的国家和地区，下同。

## 四、全球主要化工产区分析

### （一）欧盟化工产区分析

2014 年欧盟化工行业销售额为 550 亿欧元，与 2004 年的 450 亿欧元相比，增加了22%。从2004年到2014年，欧盟化工行业的销售额以每年平均2%的速度增加。2014年，欧盟内部的化工贸易额占欧盟总化工销售额的49%。欧盟化工行业是出口型行业，2014年，将近25%的产品都出口到欧盟以外的其他国家。其中除欧盟以外的欧洲国家、北美自由贸易区和亚洲是其主要的出口地区。德国和法国是欧盟的两大化工生产国家，随其后的是意大利和新西兰。2014年，这四个国家化工行业的销售额为3277亿欧元，占欧盟化工行业销售额的59.5%。欧盟也是世界上化学品进口最多的地区，2010年进口的比重占世界的37%，紧随其后的是亚洲和北美自由贸易区。

表5-4反映的是2003年、2010年与2013年全球化工市场对比情况，可以看出，2003年欧盟28国是化工产品主要的消费市场，经过十几年的变化，受金融危机、欧债危机以及中国、墨西哥、印度三大新兴经济体的影响，欧盟国家化工品失去了竞争优势，市场份额从2003年的32.1%降到2013年的16.7%，销售额平均年增长率仅为2.7%。

表5-4 **2003年、2010年与2013年全球化工市场对比情况** 单位：亿英镑

| 国家（地区） | 2003年 | 2010年 | 2013年 | 2003年市场份额（%） | 2010年市场份额（%） | 2013年市场份额（%） |
| --- | --- | --- | --- | --- | --- | --- |
| 欧盟28国 | 4130 | 4910 | 5270 | 31.2 | 20.87 | 16.7 |
| 北美自由贸易区 | 3440 | 4550 | 5280 | 25.9 | 19.34 | 16.7 |
| 日本 | 1240 | 1530 | 1520 | 9.4 | 6.5 | 4.8 |
| 欧洲其他 | 460 | 870 | 1030 | 3.5 | 3.70 | 3.3 |
| 拉丁美洲 | 580 | 1280 | 1440 | 4.4 | 5.44 | 4.6 |
| 印度 | 260 | 560 | 720 | 2.0 | 2.38 | 2.3 |
| 韩国 | 460 | — | 1320 | 3.5 | — | 4.2 |
| 亚洲其他 | 1220 | 3630 | 4080 | 9.2 | 15.43 | 12.9 |
| 中国 | 1160 | 5750 | 10470 | 8.7 | 24.44 | 33.2 |
| 世界其他 | 300 | 450 | 440 | 2.2 | 1.91 | 1.4 |
| 全球 | 13260 | 23530 | 31560 | 100 | 100 | 100 |

### （二）北美化工产区分析

北美地区化工销售份额从2003年的25.9%降到2013年的16.7%。总的来说，2003~2011年北美化工品市场处于低迷状态，2005~2010年，北美自

由贸易区化工产业平均增长率为 -1.4%，而同期世界化工产业的平均增长率为4.1%，这是因为美国2008~2009年爆发了金融危机。但从2013年开始，受美国页岩气成本降低和资源丰富的影响，美国化工产业扭转了负增长形势，实现了正增长。

### （三）亚洲化工产区分析

2014年，全球最大的30个化学品生产国家的总销售额为28150亿欧元。其中有12个国家位于亚洲，总销售额为16770亿欧元，占前30个国家化学品销售额的58.4%，占全球化学品销售额的51.9%。亚太地区化工产业的增长率高于欧盟和美国市场，2005~2010年的平均增长率为10.8%。亚太地区化工行业的快速发展在很大程度上是受中国化工产业的突出表现所影响。中国及其他亚太地区新兴国家良好的投资环境吸引了大量的投资，2010年占据了72.8%的世界化学资本支出，而2000年该比例仅为38.6%，增长幅度较大。西欧化学工业的资本支出大约占世界的10%，与2000年的22.2%相比下降幅度较大。全球化工资本密度（资本除以销售额的比例）从2000年的7.6%上升至2010年的11.3%。亚太地区的化工资本密度对世界范围内的化工资本密度起了较大的正面作用，从2000年的18.1%上升至2010年的23.4%，远高于世界其他地区。西欧和北美在过去10年里处于下降的趋势，落后于世界其他地区（见图5-4）。

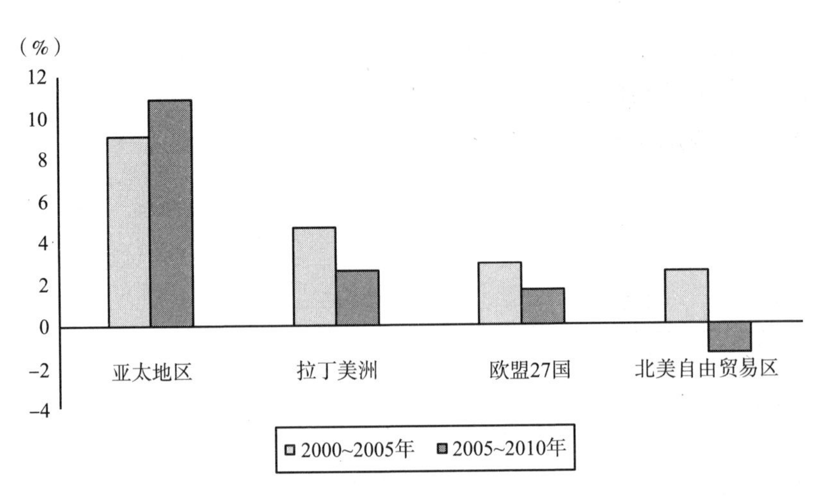


**图5-4 2000~2010年全球各区域平均化工增长率**

资料来源：欧洲化学工业委员会。

## 五、全球主要国家化工产业分析

### （一）德国化工产业

德国是欧洲最大的经济体，也是欧洲最大的化学品生产国，拥有强大的化学工业。化工产业是德国第四大工业部门。德国在全国建设了多个化工园，为世界各地前来投资建厂的化工企业提供全面服务。

2011 年德国化工行业生产总计增长 2.2%，营业总额为 1842 亿欧元，就业人数为 427000 人，占欧洲化工产品营业额的 1/4，在欧洲国家中排名第一，世界排名第四。精细化工和专门化学品、石化产品、聚合物和药品是德国化工产业的主要组成部分，表现出德国在基础化学领域的雄厚实力。2010 年化工行业总产值的子行业构成为：精细和专门化学品占 20%，聚合物占 24%，药品占 30%，石化产品占 13%，洗涤剂和个人护理占 7%，无机化学占 6%。

2011 年，德国化工行业营业额中 74% 由出口创造，化工产业就业岗位的 80% 依赖于出口，当年实现出口额为 1509 亿欧元，进口额为 1090 亿欧元，贸易顺差为 419 亿欧元。其化工出口额保持了连续五年世界第一，年增长速度 3% 以上。欧盟 27 国是德国化工产业的主要出口目的地，占德国化工产业出口额的 63%，其他自德国进口化工品较多的地区包括亚洲、北美自由贸易区国家和其他一些欧洲国家。随着全球化工产业竞争的加剧，德国化工产业面临巨大压力。通过加大研发投入、专业化、节能化等发展战略。德国强化了竞争优势，保持并拓展了其在全球化工产业的市场地位。

德国有许多全球著名的化工企业，如巴斯夫、拜耳等，其中很多企业都在世界化工行业中名列前茅。2013 ~2015 年全球化工 50 强中的德国公司有 5 家（见表 5 -5）。

**表 5 -5　2013 ~2015 年全球化工企业 50 强中的德国企业**

| 企业名称 | 2013 年排名 | 2014 年排名 | 2015 排名 |
|---|---|---|---|
| 巴斯夫 | 1 | 1 | 1 |
| 拜耳 | 11 | 12 | 10 |
| 林德 | 17 | 18 | 23 |
| 赢创工业 | 20 | 21 | 17 |
| 朗盛 | 35 | 34 | 31 |

资料来源：根据 ACC 公开资料整理得到。

### （二）美国化工产业

美国化工产业在国际市场上的竞争力主要来自于作为基础学科的化学在国际上所处的领先地位。从20世纪90年代开始，已成为美国支柱产业的化工产业由于原油依存度高等原因在全球市场中的竞争优势逐渐减弱，表现为2003～2011年美国化工产业年均增速低，以及从2002年开始美国化工产业由贸易顺差转为贸易逆差两方面，2008年金融危机更是对美国化工产业产生了较大冲击。

自2010年全球经济开始复苏以来，美国通过不断增加化工产能投资（如2012年美国化工产业资本投资增长了19.8%）以及开发低成本的页岩材料，为美国化工产业发展带来了新的竞争优势，使得其2012年以来化工产业的增长速度及各项指标得到提高。2012年美国化工产品（除制药业以外）产值增长1.5%，高于全球1.1%的增速；2013年美国化工产品实现贸易盈余427亿美元；2014～2015年美国化学品产量分别增长了2.0%、3.7%，其中子行业按增长速度排列依次为消费化学品、专用化学品、基础化学品、农用化学品；2014年美国化学品销售额为8050亿美元，其中大部分的销售额来自于基础化学化品。化工产品是美国主要的出口商品，2014年化工产品的出口额为1645亿美元，在其出口商品的销售额中排名第四。

美国化工行业的国际知名企业有很多，如陶氏化学、杜邦、PPG、埃克森美孚等，具体见表5－6。

**表5－6　2015年全球化工企业50强中的美国企业**

| 企业名称 | 排名 | 企业名称 | 排名 |
|---|---|---|---|
| 陶氏 | 2 | 亨斯曼 | 32 |
| 埃克森美孚 | 4 | 空气产品化学 | 37 |
| 杜邦 | 8 | 迈图 | 42 |
| PPG | 24 | 美盛公司 | 46 |
| 雪佛龙菲利普斯 | 28 | 道康宁 | 49 |
| 普莱克斯 | 30 | 塞拉尼斯 | 50 |

资料来源：根据ACC公开资料整理得到。

### （三）日本化工产业

化工产业是日本的第二大产业，主要分成4个部门：基础化学、精细和专门化学、药品和农药化学品，比重分别为52.8%、16.2%、30.2%和0.8%。近些年来，日本化石能源禀赋不丰裕带来的化工产业原材料的瓶颈问题对日本化工产业发展的制约越来越大。早期，日本化工产业即使面临原材料进口依赖性强的问题，仍凭借高研发投入、技术开发、专业化发展、绿色发展等途径扬长避短，提升其产品竞争力，在世界化工产品市场中占有一席之地，部分化工产业领域如通用合成材料领域甚至取得了不俗的成就。日本作为全球化学工业强国，2011年化工产业销售额达到24万亿日元，与美国、欧盟加总在一起的市场份额占到全球化工市场份额的60%左右，并且三者的化工技术实力处于全球领先地位，拥有化工产业的关键技术。而在美国金融危机、日本地震灾害、欧债危机、国际竞争加剧等外部因素的冲击下，日本经济不景气持续较长时间，国内化工市场需求转向其他国家（地区），到2014年化工产业仍然受供大于求（产能过剩）的困扰。面对原有竞争优势的削弱，日本不断优化产业结构，发展高端化工产业，从陷入发展劣势的化工行业转换到正在形成优势的专用化工领域，从而形成了其在全球化工行业中新的竞争优势。2015年，日本化工企业中总共有8家进入了全球化工50强（见表5－7）。

表5－7 2015年全球化工企业50强中的日本企业

| 企业名称 | 排名 | 企业名称 | 排名 |
|---|---|---|---|
| 三菱化学 | 10 | 信越化学 | 25 |
| 三井化学 | 15 | 大日本油墨 | 36 |
| 住友化学 | 16 | 东曹公司 | 41 |
| 东丽 | 21 | 昭和电工 | 43 |

资料来源：根据ACC公开资料整理得到。

### （四）印度化工产业

根据历年统计数据，印度化工产业产值占印度GDP的比重约为3%，占工业总产值的比重为14%左右，由此可见，化工产业在印度国民经济中具有重要的地位。在印度化工产业结构中，占主要部分的是基础化工品和医药品，两者产量分别占印度化学品总产量的53%和24%。经济自由化改革以及一系列利好化工产业发展的优惠政策，促进了印度化工产业的快速发展，近年来，虽然美国次贷危机、欧债危机使全球化工产业经历了一段低速增长甚至负增长的发展困境时期，但印度化工产业始终保持着强劲增长态势，增长速度高于全球平均水平，特别是精细与专用化工领域。2005 年印度化工产业的销售额达到 300 亿美元，排名世界前十，2010 年印度化工产业市场规模为 830 亿美元，总量较低但是增长率高。印度人口规模紧随中国之后，目前印度化学品人均消费量约为世界人均水平的 10%，表明随着中产阶级家庭以及他们可支配收入的增加，将刺激消费需求的强劲增长，同时带动建筑、汽车、农药等这些终端产业健康发展。

然而，印度的化学工业仍然面临着一些挑战。例如，需要更多具有先进设施的化工工业园区和高素质的人力资本，需要有公共政策和基础设施的支持，能源自给率不高导致其对外依存度高等。

在微观方面，印度比较大型的化工企业主要有国有股占较高比例的印度石油公司（IOCL）和私营的信诚工业公司（RIL），目前只有信诚工业公司是全球化工 50 强企业，2010 年排在了第 20 位。但是印度良好的投资环境和未来的发展潜力吸引了很多外国化工企业的投资，其中不乏像巴斯夫公司、杜邦公司这样的全球化工 50 强化工企业。

## 六、化工产业国际转移趋势及其影响因素

### （一）化工产业的国际转移趋势

在复杂多变的国际环境中，化工产业国际化经营模式逐渐兴起，国际化工行业巨头巴斯夫、拜耳、杜邦等纷纷在新兴市场国家设立一体化的生产基地，将化工产业扩张到具有巨大市场潜力的亚太地区和资源禀赋丰富的中东地区。而中国、印度等发展中国家也鼓励本国化工企业“走出去”，参与到全球化工企业兼并重组中，例如中国化工集团收购意大利倍耐力轮胎、印度信诚实业参与美国页岩气开发等。2008 年发生在亚洲和全球其他地区的化工并购交易约占到全球化工并购交易总数的 41%，欧洲为 35%，美国为 24%。化工产业的国际转移具体表现在以下两个方面：

首先，由发达国家转移到发展中国家，以向亚洲地区转移为主。亚洲地区的国家利用丰富的市场资源和自然能源，积极寻求化工产业的发展机遇。跨国化工企业充分利用地区的比较优势，将部分产能转向产品市场需求大、生产成本相对较低的亚洲地区。目前，亚洲化学品销售量占全球化学品销售的一半左右，2014 年亚太地区化学品产量增速为 5.3%，随着世界化工产业产销重心的

转移，亚洲化工产品的产销量占比未来还将继续上升。而亚洲各国在化工产业国际转移进程中的前景不一。中国作为全球化工产品生产大国将继续保持平稳增长势头，印度、欧盟则处于高速增长阶段，日本由于业务整合及化工产业结构转型，相对而言增长幅度较小。

其次，中东对化工产业国际转移的影响逐渐深入。2009 年以来的数据反映，中东已经取代北美（包括墨西哥）成为全球最大的 EG（乙二醇）生产地区，约占到全球 EG 产能的 1/3。中东地区石化资源丰富，一直以来主导着全球化工原材料石油的供应，并借助后发优势，在乙烯等化工产品上挖掘市场。中东地区对石油的控制，迫使美国着力开发页岩气，以使其化工产业重新获得竞争优势。因此，丰富的原材料供应以及廉价的劳动力等有利条件，使得中东地区成为化工产业国际转移的选择之一。

### （二）化工产业国际转移趋势的影响因素

化工产业的国际转移既有转出地区层面，也有承接地区层面。导致化工产业国际转移的原因主要是因为全球经济社会发展不平衡，各区域存在能够促进化工产业发展的比较优势，从而使生产要素在全球范围内流动，形成最优布局。具体原因主要有以下四种：

1. 产业结构调整。长期以来，处于全球化工产业发展制高点的发达国家（美国、德国等）受原材料进口依赖、环保要求、生产要素成本等因素的深刻影响，其传统化工产品市场已进入增长速度平稳的成熟期，利润增长空间变小，需要通过转移产业链的部分环节及开发产品新市场进入新的发展周期，避免化工产业走入衰退期。

2. 市场需求。作为承接化工产业国际转移的发展中国家，化工产业正处于规模扩张、增长势头强劲的成长期，经济发展对化工产品的需求较大。

3. 比较优势。中东、亚洲等地区具有丰富的原材料资源、廉价的劳动力等比较优势，成为发达国家进行化工行业转移的首要选择。降低成本、获得廉价的原料是化工行业国际转移的主要驱动力。化工行业成熟的地区发展到一定程度会遇到原料和劳动力成本上升的困扰，海外有大量廉价的劳动力和原材料，为了提高企业的国际竞争力，跨国企业会将部分生产活动转移到新兴地区，利用这些地区的比较优势实现产业链的优化布局。

4. 技术及资本因素。跨国公司的技术转移和在承接地投资的增加，使得发展中国家化工企业的技术趋于成熟，实力增强。许多跨国企业为了开发新市场，往往会在新兴市场设立子公司，子公司拥有先进的技术和管理经验，技术溢出效应使得东道国的化工企业能够学习到一定的先进技术，从而促进该国化工行业的发展。

## 七、全球化工产业重点企业及园区概况

### （一）各国化工产业重点企业区位整体概况

根据美国《化学与工程新闻》公布的全球化工企业50强排名，这些企业主要分布在美国、西欧、日本等传统的化学品生产国，另外一些新兴地区的企业在榜单中的数量逐年增加，排名也有所上升。例如中国石化的排名从2006年的第七位上升到2014年的第三位，且2009～2010年连续两年位居第三位。2007年台塑集团进入10强，并且排名逐渐上升。全球化工企业50强中前10强的企业基本变化不大，巴斯夫、陶氏化学、壳牌、埃克森美孚、杜邦、中国石化等大型企业均位于前10位。从2007年开始，巴斯夫取代了一直位居榜首的陶氏化学，连续数年排名第一（见表5－8）。

表5－8　　2006～2014年全球化工企业10强

| 2006年 | 2007年 | 2008年 | 2009年 | 2010年 | 2013年 | 2014年 |
|---|---|---|---|---|---|---|
| 陶氏化学 | 巴斯夫 | 巴斯夫 | 巴斯夫 | 巴斯夫 | 巴斯夫 | 巴斯夫 |
| 巴斯夫 | 陶氏化学 | 陶氏化学 | 陶氏化学 | 陶氏化学 | 中国石化 | 陶氏化学 |
| 壳牌 | 壳牌 | 英力士集团 | 中国石化 | 中国石化 | 陶氏化学 | 中国石化 |
| 埃克森美孚 | 英力士 | 利安德巴塞尔 | 英力士集团 | 埃克森美孚 | 萨比克 | 萨比克 |
| 英力士集团 | 埃克森美孚 | 埃克森美孚 | 埃克森美孚 | 壳牌 | 壳牌 | 埃克森美孚 |
| 杜邦 | 中国石化 | 萨比克 | 杜邦 | 台塑集团 | 埃克森美孚 | 台塑集团 |
| 中国石化 | 萨比克 | 中国石化 | 台塑集团 | 萨比克 | 台塑集团 | 利安德巴塞尔 |
| 道达尔 | 杜邦 | 杜邦 | 壳牌 | 杜邦 | 利安德巴塞尔 | 杜邦 |
| 台塑集团 | 道达尔 | 道达尔 | 萨比克 | 利安德巴塞尔 | 杜邦 | 英力士集团 |
| 拜耳 | 台塑集团 | 台塑集团 | 道达尔 | 三菱化学 | 英力士集团 | 拜耳 |

资料来源：根据ACC公开资料整理得到。

我们通过计算前10强和前30强企业的销售额占50强企业销售额的比值，进行集中度的分析。从2006年到2010年，CR10分别是45.04%、46.68%、

45.67%、43.91%、46.31%，CR30 分别是 80.02%、80.15%、80.53%、81.25%、82.91%。从以上数字可以看出，在全球化工 50 强中，除 2009 年有所下降外，前 10 强销售总额占 50 强销售总额的百分比基本保持在 45% 左右，并且有逐年提升的趋势。全球化工企业 30 强销售额占 50 强销售额的百分比基本保持在 80% 左右，或者说 50 强企业 80% 的销售额由近 60% 的企业来实现的，30 强企业销售额占 50 强企业销售额的比重逐年上升，表明销售额有向少数企业集中的趋势（见表 5－9）。

**表 5－9　全球化工企业 50 强集中度分析**　单位：亿美元

| 集中度 | 2006 年 | 2007 年 | 2008 年 | 2009 年 | 2010 年 | 2013 年 | 2014 年 |
|---|---|---|---|---|---|---|---|
| 总销售额 | 7174 | 8216 | 8920 | 6970 | 8570 | 9651 | 9610 |
| 前 10 销售额 | 3228 | 3835 | 3800 | 3061 | 3957 | 4504 | 4360 |
| 前 30 销售额 | 5706 | 6586 | 6908 | 5510 | 7105 | 7966 | 7773 |
| CR10（%） | 45.04 | 46.68 | 45.67 | 43.91 | 46.31 | 46.67 | 45.37 |
| CR30（%） | 80.02 | 80.15 | 80.53 | 81.25 | 82.91 | 82.54 | 80.88 |

资料来源：根据美国《化学工程与新闻》数据整理得到。

表 5－10 是 2007～2014 年全球化工 50 强企业的国家分布。其中超过 20% 的企业位于美国，近 20% 的企业位于日本，其他的企业主要分布在德国、法国、荷兰。由于这几个国家是传统的化学工业强国，实力雄厚，其他国家的化工企业与这些国家化工企业的差距比较大，短期内赶超比较困难，因此位于这些国家的全球化工 50 强企业的数量变动不大，且地区格局基本保持不变。

**表 5－10　全球化工企业 50 强的国家分布**

| 国家 | 2007 年 | 2008 年 | 2009 年 | 2010 年 | 2013 年 | 2014 年 |
|---|---|---|---|---|---|---|
| 美国 | 12 | 10 | 12 | 12 | 10 | 11 |
| 德国 | 4 | 5 | 6 | 5 | 6 | 5 |
| 法国 | 4 | 4 | 4 | 4 | 3 | 2 |
| 荷兰 | 4 | 5 | 4 | 4 | 4 | 4 |
| 日本 | 8 | 8 | 10 | 9 | 8 | 8 |

资料来源：根据 ACC 公开资料整理得到。

表5－11为全球化工50强企业的区域分布。其中大约有40%的企业分布在欧洲（主要是西欧），大约50%企业分布在北美和亚太地区，其他地区则很少有全球化工50强企业。

**表5－11　全球化工企业50强的地区分布**　单位：家

| 区域 | 2007年 | 2008年 | 2009年 | 2010年 | 2013年 | 2014年 |
|---|---|---|---|---|---|---|
| 欧洲 | 21 | 20 | 21 | 20 | 17 | 18 |
| 北美 | 13 | 12 | 12 | 13 | 12 | 11 |
| 亚太 | 13 | 13 | 14 | 14 | 17 | 18 |
| 其他 | 3 | 5 | 3 | 3 | 4 | 3 |

资料来源：根据ACC公开资料整理得到。

随着新兴化工企业的兴起，老牌化工企业面临着严峻的市场环境，全球化工市场的竞争更加激烈，全球化工产业的国际化经营特征也越来越明显。亚洲和中东地区的发展中国家凭借后发优势快速发展化工产业，中国、印度等国的新兴化工企业积极参与跨国化工企业的兼并重组以及项目合作，在跨国化工巨头的带动下，抓住金融危机后化工产业全球区位格局变化的契机，充分利用成本和市场优势，利用跨国化工企业的技术溢出效应，提升技术创新能力，增强整体实力，努力缩小与老牌化工企业的差距。面对全球化工市场的激烈竞争，老牌化工企业为了继续保持其在新竞争格局中的领先优势，通过产品结构转型、技术创新、新材料研发、与发展中国家的新兴化工企业合作等途径，巩固其行业地位。

### （二）国际著名化工产业园区位分析

工业园区通常聚集了园区内产业发展所需的生产要素，系统化的工业园区拥有完善的基础设施和产业配套设施、良好的交通运输条件等产业发展所需要的条件，形成了相对完整的产业链或达到了一定的产业规模。化工园区集聚了化工产业链中的相关细分产业，全球最早的化工园区为了充分利用便捷的水域运输条件，主要分布在沿海地区，例如美国、日本、德国及西欧的石油化工园区等。全球化工园区种类的划分标准不一，可按照地域划分，也可按照产业链特点划分。在全球化工产业越来越成熟，化工产品分类、生产流程、产业链分工越来越明确的发展趋势下，化工园区从简单的化工生产基地演变为具有综合功能的产业集聚基地，经历了产业集聚程度的上升、产业链延伸、一体化、产品种类丰富、附加值增加、区域转移的动态历程。

世界化工园区的演进历史大致经历了三个阶段。一是起源阶段。世界化工园区萌芽于20世纪40年代，美国在墨西哥湾沿海地区集聚发展石油化工行业，随后其他发达国家借鉴美国化工产业集聚发展的经验，建立了集聚带和集聚区，这些集聚带和集聚区初步具备了化工园区的特征，如产业设施完善、地理位置优越等。二是发展阶段。此阶段的时间区间是20世纪70年代中后期到80年代初，发展中国家借鉴园区化的模式，参与到全球化工产业链分工中，全球化工园区数量增加。三是成熟阶段。在这一阶段，世界化工园区经历了质的发展，类型和生产内容逐渐丰富，重视依据地区竞争优势建设特色化的化工园区，鼓励创新研发，推广化工领域的天然气、页岩气等非传统石油原材料，化工园区成为全球化工产业发展的主阵地。

化工园区的地理位置、规模、生产产品的类型和特色对地区外部及内部化工产业结构都有深刻影响，化工园区随着区域化工产品结构、市场专业化程度的改变而不断演化，在资源条件的约束下，追求效益的最大化。

1. 荷兰切梅洛特化工园区。荷兰国家面积小，地理位置关键，其化工产业处于世界前沿，拥有工业生物技术、高性能材料、精制化学品三大化工集群，覆盖了化工产业链的上下游，是名副其实的“小国大化工”。化工产业是荷兰领先的产业之一，对荷兰GDP的贡献巨大。根据《荷兰投资手册（2016版）》公布的数据，2013年荷兰化工产品出口额达750亿欧元。根据NIFA的数据，荷兰经济中3%的附加值来自化学工业，2010年，化学工业出口总值占了荷兰出口总值的20%，2010年荷兰化学工业收入为470亿欧元，与2009年的380亿欧元相比，增长了23.7%。

从地理位置上来看，荷兰化工产业可以分为三大集群：西部集群、北部集群、南部集群，三大化工集群形成了关联网络，集群内企业联系密切（详见表5－12）。

**表5－12　　荷兰三大区域化工集群**

| 区域 | 地点/代表园区 | 细分行业 | 主要企业 |
| --- | --- | --- | --- |
| 西部集群 | 鹿特丹 | 精制化工品、工业生物技术 | 壳牌化学、信越、凯米拉、拜耳、嘉吉、Indorama Pet、阿科玛、利安德巴塞尔工业公司、瀚森、亨斯迈、阿克苏诺贝尔 |

续表

| 区域 | 地点/代表园区 | 细分行业 | 主要企业 |
| --- | --- | --- | --- |
| 北部集群 | 代尔夫宰尔园区 | 生物技术和材料 | 帝斯曼、帝人、陶氏、阿克苏诺贝尔、Bio MCN、Lubrizol Advanced Materials Resins |
| 南部集群 | 切梅洛特化工园区 | 材料和精制化学品 | 液化空气集团、塞拉尼斯公司、DEX Plastomers、帝斯曼、OCI MELAMINE、Polyscope Polymers、沙特基础工业公司、Sekisui、S－Lec |

资料来源：根据ACC公开资料整理得到。

切梅洛特（Chemelot）化工园区是荷兰南部化工集群的代表，位于荷兰林堡省，占地800公顷，共有60个工厂，就业人数约为6500人，是荷兰最大最现代化的化工园区之一，支撑着荷兰经济的发展。化工园区里入驻了近70家与化工产业链密切相关的企业，从上游到下游，包括原料制造商、基础化工企业、精细化工企业、新产品开发商等，如全球化工企业50强的帝斯曼公司和沙特萨比克公司等生产和研发机构。切梅洛特化工园区区位优势主要有以下几个方面：

第一，地理优势。荷兰国土面积不大，地处德国和比利时之间，经济圈覆盖面积广泛，诸多世界排名靠前的化工企业在荷兰设立了细分产品生产工厂及研发基地。成熟且发达的水陆交通网络将荷兰与欧洲相关市场连接在一起，便于原材料的采购与产品的运输，使从荷兰发出的产品、货物能够在较短的时间内到达以欧盟地区等市场。

第二，集群优势。园区内配置了原材料供应资源、研究设施、公用工程服务、化工装置、污水净化设施以及一流的交通设施，企业可相互分享基础设施、服务和专业技能，通过互助合作、高技术人力资源共享，不断推动生产流程等环节的创新。

第三，研发优势。荷兰化工行业重视研发，企业不断致力于新产品的研发以及流程创新，企业收入的大约2.5%用于研发，约13亿欧元。切梅洛特化工园区所在区域的研发机构包括埃因霍温、奈梅亨大学、TNO应用研究组织等学术研究机构。

第四，税收优势。税收是跨国公司在选址设厂时考虑的重要因素，荷兰税收的特色之一是可以应投资者的要求与财政部商议预期交易的税收影响，形成书面的预先税务裁决。荷兰已同80多个国家签订税收协定，通过签署条约，跨国公司可以避免被双重征税。成熟的税务裁决实务、广泛的税务协定、减免双重征税、参股豁免、对支出利息和特许权使用费不征收预提税等各项优惠税收政策，使得跨国企业更青睐设址于荷兰。与竞争激烈的欧盟相比，荷兰企业所得税为25%，低于欧盟平均水平，有利的税收政策使得荷兰竞争优势明显，成为荷兰发展化工产业的重要区位优势（见表5－13）。

表5－13 欧盟主要国家2012年一般企业所得税及增值税

| 国家 | 企业所得税（%） | 增值税（%） |
|---|---|---|
| 荷兰 | 20～25 | 21 |
| 法国 | 33.33 | 19.6 |
| 比利时 | 33.99 | 21 |
| 意大利 | 31.4 | 21 |
| 西班牙 | 30 | 21 |
| 卢森堡 | 28.8 | 15 |
| 德国 | 29.48 | 19 |
| 英国 | 26 | 20 |
| 挪威 | 28 | 25 |
| 瑞典 | 26.3 | 25 |
| 葡萄牙 | 25 | 23 |
| 芬兰 | 24.5 | 23 |
| 奥地利 | 25 | 20 |
| 希腊 | 20 | 23 |
| 丹麦 | 25 | 25 |
| 捷克 | 19 | 20 |
| 瑞士 | 21.17 | 8 |

资料来源：荷兰外商投资局（NIFA）。

2. 比利时安特卫普化工产业集群。化学和生命科学工业是比利时的支柱产业之一，主要包括基础化工、塑料加工和制药产业。全行业直接就业人员占制造业全部就业人数的17.7%，工业增加值占制造业的比例超过20%①。

安特卫普化工产业集群位于欧洲的中心，面积约35平方公里，是世界第二大化工生产基地，是欧洲最大的乙烯生产中心和化工产业集聚地。2012年，该化工产业集群内拥有2家炼油厂和4家蒸汽裂解工厂，为安特卫普化工产业集群区域内化工企业的生产奠定了原材料基础。全球化工企业50强中有众多

① 中国商务部欧洲司。

化工企业巨头如巴斯夫、拜耳、陶氏化学、杜邦、阿托菲纳、埃克森美孚、阿克苏诺贝尔都在安特卫普化工产业集聚区设立了一家或多家工厂。

安特卫普化工产业集聚区主要具有以下区位优势：

第一，地理优势。安特卫普位于欧洲中心，是比利时重要的工业城市，夹在德国、法国和英国等强大的经济发达国家之中，是距离欧洲主要消费市场和生产中心较近的集聚区，具有重要的战略地位。

第二，港口优势。安特卫普港作为一个国际港口，位于欧洲中心的地理位置使得港口能够快速抵达欧洲腹地，为化工产品贸易提供低成本、高效益和持续的连接。安特卫普港2015年的数据显示，欧洲60%的购买力都集中在安特卫普港500公里的半径内（相当于货车一天行驶里程范围），因此，安特卫普市场被誉为欧洲的"一日市场"。图5-5显示，安特卫普港欧洲辐射圈750公里半径内可包含众多发达城市。在运输方式方面，港口拥有近海、内河航运、铁路、公路和管道运输等多种运输方式，保证了货物运输的通畅，成为排名世界前列的货物储存与分配中心。在化工产业方面，货物装卸速度、效率上的优越条件使安特卫普港成为欧洲仓储、生产和配送石化产品的最大综合集群。

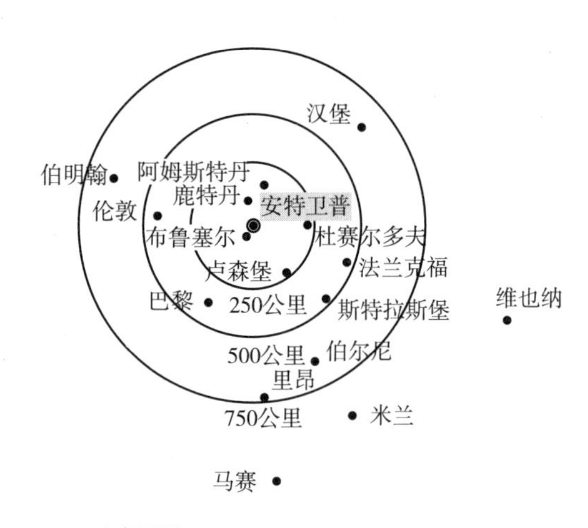


**图5-5 安特卫普港欧洲辐射圈**

第三，集群优势。安特卫普化工产业集聚区采取"一体化"运营模式，拥有完善的基础设施、公用工程，产业发展环境优良，提供高品质的公共服务。集聚在此的不同化工企业通过“一体化”的管道、仓储服务、产品项目系统以共享和充分利用资源，基于长期、稳定、规范化的市场合作和科研合作，提升个体经营优势的同时塑造安特卫普化工产业集群在全球化工产业中的竞争优势。

3. 德国切姆西特化工园区。德国化工产业实力在全球排名靠前，拥有大量国际知名化工企业，如拜尔、巴斯夫、朗盛、默克等，是欧洲化工产品营业额最大的国家。众多研究机构以及大学培养的高素质化工人才为德国保持了一直以来的研发优势。目前，德国大约有40个化工园区（见表5－14），一些化工园区以化工企业巨头为核心，例如德国最大的化工园区拜尔化工园区、路德维希港的巴斯夫化工园区等。

切姆西特化工园区位于德国甚至是欧洲的最大工业区——鲁尔区，工业基础好，总面积约220公顷（2.2平方千米），园区内设有6个区，包括拜耳、BP等产业链上各环节的化工企业纷纷入驻，生产的产品种类很多，主要以石油化学品和特种化学品为主。

**表5－14　　德国化学工业园分布**

| 化学工业园/工业区 | 联邦州/省（地名） | 工业园的面积（公顷） | 生产基地数量（个） | 特色和重点 |
|---|---|---|---|---|
| 德国中部化工三角地区 | 萨克森—安哈特、萨克森—勃兰登堡州 | 5500 | 6 | 网络工厂 |
| 切姆西特化工园区 | 北莱茵—威斯特法伦州 | 1400 | 6 | 公私合营关系 |
| 拜尔化工工业园区 | 北莱茵—威斯特法伦州 | 1300 | 3 | 医药中间体、生物化工 |
| 巴斯夫化工工业区路德维希港 | 莱茵兰—法尔茨州 | 1000 | 1 | 生产能源和科技联合体 |

资料来源：荷兰外商投资局（NIFA）。

切姆西特化工园区的区位优势主要有以下三个方面：

第一，地理优势。切姆西特化工园区临近欧洲最大的内陆港口——德国的杜伊斯堡，处于欧洲中部，水运、陆运网络发达。

第二，工业基础优势。切姆西特化工园区所处的鲁尔区，是德国工业的“心脏”，传统工业发展的丰富经验已为化工产业发展奠定了基础。随着传统工业的转型，切姆西特化工园区也逐渐向现代化的化工园区转变。

第三，集聚优势。切姆西特化工园区具有完善的基础设施，资源共用系统、与环境保护相关的设施为整个园区的绿色发展提供了条件。

4. 美国休斯敦工业园。近年来，开发在成本、数量上均有优势的页岩气使美国化工产业进入了新的发展阶段，为其重新成为世界化工产业中心提供了条件。美国是最早形成化工产业园区的国家之一，休斯敦附近的墨西哥湾沿岸地区就是早期石化工业集聚区，也是世界第一大化工生产基地，主要以生产石化产品为主。2006 年，该区域就已集聚了 340 多间制造工厂，多家知名化工企业坐落于此，例如杜邦、贝克石油等。发展至今，该地区的化工企业数量剧增。在产量占比上，休斯敦工业园的基础石化产品产出占美国基础石化产品生产总量的 45% 以上，乙烯生产能力的占比为 76% 左右。随着页岩气在美国化工领域的蓬勃发展，以石油化工为主的休斯敦化工产业集聚区面临着新的挑战与机遇。

休斯敦工业园区的区位优势主要有以下几个方面：

第一，地理位置优势。休斯敦工业园位于美国得克萨斯州，地处在墨西哥湾地区航线上，全美能源 500 强公司有 45 家位于此地区，增强了休斯敦工业园发展的能源材料基础。优越的水运、陆运、管道运输条件为其产品、原材料流通提供了支撑。

第二，市场优势。休斯敦工业园在基础石化产品及化工产业一些原料的生产上具有优势，市场需求充足，并且在金融危机后，随着全球和美国经济的复苏，化工产品需求的增加将带动休斯敦工业园的持续发展。

第三，集聚优势。休斯敦化工集聚区内的大型装置、公用设施、技术协助等资源共享机制以及税收优惠政策，为区内企业产品开发和企业成长提供了支持。

5. 新加坡裕廊岛石化园区。新加坡是一个海岸线较长的港口国家，拥有繁荣的对外贸易市场，地理位置优越，交通运输便利。但由于是岛国，国土面积较小，境内自然资源等先天条件不足，高度依赖进口。繁忙的水运、空运代表轮船、飞机等交通工具消耗燃料较多，因此，新加坡是全球主要的燃料消费市场，聚集了全球 50 多家大型石油公司在这里开展化工产品贸易活动。同时为了减少运输成本，满足燃料需求，新加坡也是全球三大炼油中心和三大石油贸易枢纽之一。

基于发展炼油和石化工业以满足交通燃料需求而建设的裕廊岛化工园区，位于面积约为 32 平方公里的人工岛屿群，园区中有 3 座裂化厂、72 家公司、6500 名员工，包括多家国际化工企业，如壳牌、埃克森美孚、杜邦、巴斯夫、住友化学等。该化工园区的核心竞争力是石油炼制及乙烯生产，在全球排名靠前。综合而言，裕廊岛化工园区现已成为现代化、一体化、具有综合功能的产业集群区，拥有完整的石油和化学工业体系，主要生产石油化学品、特种化学品等，对新加坡石化产业和经济整体发展起到了至关重要的作用。特别值得一提的是，新加坡裕廊岛化工园区是绿色发展的专业化工园区，环境优美、风光别致。

裕廊岛化工园区的区位优势主要有以下几个方面：

第一，地理位置优势。裕廊岛化工园区位于距新加坡市中心 10 公里左右的人工岛屿群上，能够方便地利用城市中心成熟的产业发展配套设施，发展初期就有港口、铁路、空运等多样化的交通工具可选择，产品进出方便。

第二，市场优势。化工产业在一定程度上对市场具有依赖性，受产品运输、存储等方面的限制，多数化工生产基地依消费市场而建。而新加坡作为东南亚的世界性港口，燃料消耗需求与购买能力较强。

第三，投资优势。裕廊岛化工园区建设初期，需要投入大量的资金建设基础设施，此时政府承担了重要角色。裕廊岛化工园区建成后，不断完善的化工产业发展环境及公用工程共享机制，以及该地区巨大的市场需求，吸引了超过 280 亿美元的外资，特别是来自国际化工企业巨头的投资。

### （三）化工企业集聚的原因分析

化工企业为顺应产业链分工国际化、化工产业循环及绿色发展的趋势，在优化配置资源的过程中，追求规模化、集约化、利润最大化的发展模式，因此总体来看，化工园区是现代化工企业或关联产业集聚的表现形式，具有地理上集聚、生产上分工专业化、集群内部协作等特征。因此化工行业自身发展的需要和集聚经济显著的外部经济效应，使得工业园区成为化工产业发展的重要模式。化工企业集聚的具体原因分析如下：

第一，集聚能够带来正外部性。化工产业的突出特点是产业链长、产品种类多，内部细分行业及产品的上下游关系既紧密又复杂。通过集聚的形式，促进相互关联的上下游细分化工产业或者同一产业链环节的企业协同发展、共享资源，能够发挥正外部性，实现最优效益。例如，对于化工园区内的上下游产品生产厂商，集群使得两者之间的物理距离缩小，以较低的交通运输成本实现原材料或产品的连接。化工产业的部分基础设施属于公用工程，例如水、电、管道等，集群发展可以避免基础设施的无效率重复建设。同时装置大型化，炼化一体化，将使得单位面积产出高，经营节约化。

第二，集聚地的区位优势。化工行业属于资源密集型行业，对自然资源有较强的依赖性，能源消耗大，吞吐量大，运输不方便。因此，化工企业在选择区位时将优先考虑资源丰富和交通便利的地方，以降低运输成本，节省运输时间，保证生产的连续性。除此之外，部分化工产业属于市场导向型产业，在靠近消费市场的地区集聚，更能满足消费需求，提高市场集中度。

第三，为化工产业的专业化发展提供人力资源条件。化工行业的生产具有一定的专业性，因此需要投入大量掌握相关技能的劳动力。化工企业选择在特定区域集聚，使得产业内分工深化，将引导配套科研机构、高校根据市场需求培养专业化工人才，充分保障专业性劳动力的供给，提高园区内整个产业的生产效率。

第四，集聚有助于提高化工产业的研发能力。化工行业品种多、更新快，需要不断进行产品的技术开发和应用开发，研发费用高，技术垄断性较强。化工企业集群可以共享市场和技术信息，减少信息搜寻成本，分享“知识溢出”带来的好处。

## 第三节　中国化工产业区位分析

### 一、全国化工产业发展整体概况

近年来，在我国经济高速增长的大环境下，化工行业总体发展势头良好，积极解决供需不平衡问题，生产、出口稳步增长。随着全球对绿色、低碳发展的要求越来越严格，节能减排将是我国化工行业未来发展的重中之重。

为了数据的可比性，这里我们按照资本存量的方法把历年的工业总产值转化为 1990 年不变价的工业总产值（详见图 5 - 6）。从图中可以看出，1999 ~ 2013 年，全国化工产业工业总产值呈指数增长趋势，增长势头迅猛。1999 年化工工业总产值不变价为 3097 亿元，2008 年为 15006 亿元，2013 年为 35310 亿元，2013 年工业总产值不变价为 2008 年的 2 倍之多。

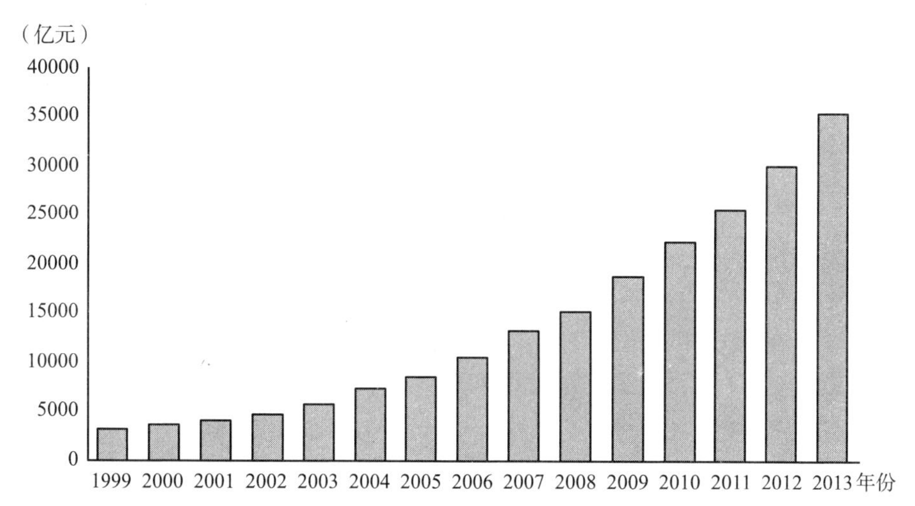


**图 5-6　1999～2013 年化学原料和化学制品制造业工业总产值（不变价）增长趋势**

注：由于 2012 年后国家不再统计分行业的工业总产值，2012 年、2013 年的数据由当年销售总产值按照 2011 年销售总产值与工业总产值的比例计算得到。

资料来源：历年中国统计年鉴。

同时，行业工业总产值占全国工业总产值的比例逐年上升，由 2001 年的 12.71% 上升到 2007 年的 18.87%（2008 年后不统计工业增加值）。在全国各行各业高速发展的大环境下，化工行业的发展尤为令人瞩目。在高速发展的同时，行业的出口依存度却逐年降低，化工行业由出口导向为主逐渐转为内销，这使得我国化工行业在 2008 年的全球金融危机中，虽然出口情况受到了明显的不利影响，但产销情况依然良好。2003 年全国化工产业销售总产值（当年价）为 9043 亿元，2014 年化工产业销售总产值（当年价）高达 82352 亿元，是 2003 年的 9 倍多（见图 5-7）。

## 二、全国化工产业生产集聚趋势

### （一）国内化工产业集中程度

基尼系数常用来度量收入不平等程度或生产在地理上的集中程度，根据基尼系数做出的洛伦兹曲线反映了行业区域分布的集中情况。基尼系数的计算公式为 $G=\frac{1}{2n^2s}\sum_{k=1}^{n}\sum_{j=1}^{n}|s_j-s_k|$，其中，$s_j$ 和 $s_k$ 分别是省份 $j$ 和 $k$ 在该行业全国总产值

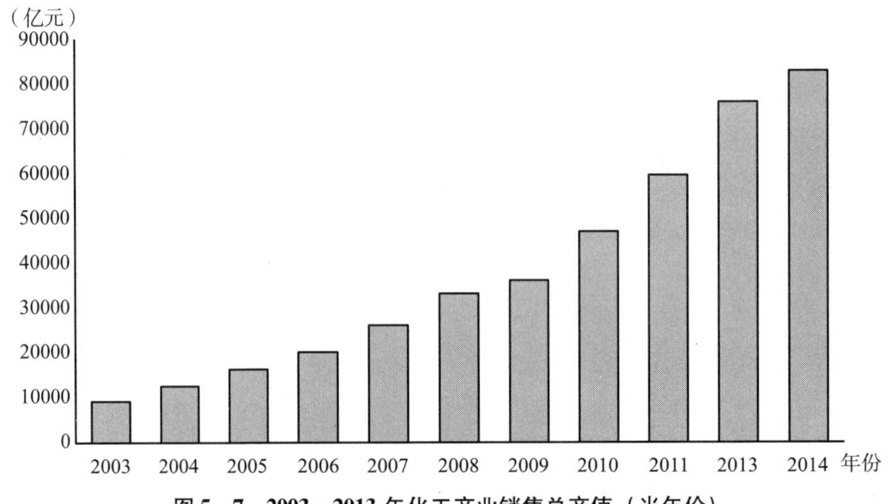


**图 5－7　2003～2013 年化工产业销售总产值（当年价）**

资料来源：历年中国统计年鉴。

中所占份额，n 是省份数量，s 是各省份占工业份额的均值。对每个行业，以升序将 $s_j$ 累加，用累积的省份个数除以 n 作为横坐标，相应的累计值作为纵坐标，即为洛伦兹曲线。工业的基尼系数等于洛伦兹曲线与 45 度线之间面积的两倍。

我们根据伦兹曲线所围成的面积，累加计算基尼系数，则基尼系数公式可表示为 $G = 1 - \frac{1}{n}\sum_{i=0}^{n-1}(s_i + s_{i+1})$。表 5－15 为 2009 年各省（区、市）的化工行业工业总产值占全行业的比例，图 5－8 所示为相应的洛伦兹曲线。

**表 5－15　　2009 年度各省（区、市）化工行业产值占总产值的比例**

| 省（区、市） | 比例（%） | 省（区、市） | 比例（%） | 省（区、市） | 比例（%） |
|---|---|---|---|---|---|
| 宁夏 | 0.42 | 吉林 | 1.69 | 黑龙江 | 2.92 |
| 贵州 | 0.54 | 安徽 | 1.86 | 河北 | 3.64 |
| 海南 | 0.55 | 山西 | 1.95 | 河南 | 3.74 |
| 广西 | 0.66 | 湖南 | 2.06 | 上海 | 4.05 |
| 重庆 | 0.73 | 福建 | 2.41 | 辽宁 | 6.35 |
| 云南 | 0.85 | 新疆 | 2.46 | 浙江 | 8.39 |
| 内蒙古 | 1.25 | 湖北 | 2.57 | 广东 | 10.44 |
| 甘肃 | 1.39 | 陕西 | 2.61 | 江苏 | 13.44 |
| 江西 | 1.41 | 天津 | 2.73 | 山东 | 16.19 |
| 北京 | 1.43 | 四川 | 2.91 | | |

资料来源：根据历年统计年鉴计算得到。

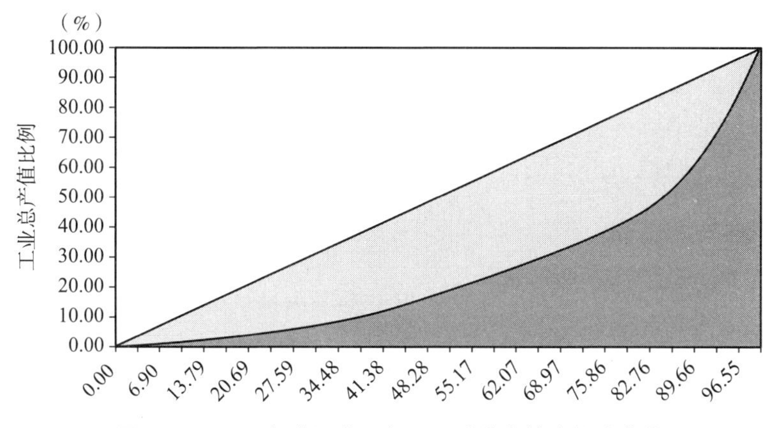


**图5-8 2009年我国化工行业区域分布的洛伦兹曲线**

至2009年，我国化工行业的区域分布表现出了一定的不均匀状况（见图5-8），根据洛伦兹曲线累加得到我国化工行业区域分布的基尼系数为：

$$G = 1 - \frac{1}{29}\sum_{i=0}^{28}(s_i + s_{i+1}) \approx 0.5004$$

相对较高的区域分布的基尼系数表明，产值最高的20%的省市（山东、江苏、广东、浙江、辽宁、上海）占到了化工行业总产值的57.97%，产值最低的20%的省、自治区（云南、重庆、广西、海南、贵州、宁夏）仅占行业总产值的3.69%（见表5-15）。考虑到我们的样本省份中不包含产值最低的西藏自治区和青海省，实际的行业分布应当更加集中。进一步地，根据2001~2009年化工行业的工业总产值计算各年度的行业分布基尼系数（见表5-16）。

**表5-16 分年度化工行业区域分布的基尼系数**

| 年份 | 2001 | 2002 | 2003 | 2004 | 2005 | 2006 | 2007 | 2008 | 2009 |
|---|---|---|---|---|---|---|---|---|---|
| 化工行业区域基尼系数 | 0.5034 | 0.5062 | 0.5105 | 0.5108 | 0.5102 | 0.5153 | 0.5084 | 0.4962 | 0.5004 |

从整体上来说，我国化工行业分布较为集中，基尼系数基本保持在0.5以上。这表明，20%的省份的化工行业工业总产值占到了全国化工行业工业总产值的近60%。2006年以后，我国的化工行业分布过于集中的情况开始有所缓解，这与前文所提到的国家区域产业重心的转移有着密切联系，自西部大开发

与中部崛起战略实施以来，中、西部化工行业的增长速度远远高于东部沿海地区，因此，产值主要在东部沿海地区实现的情况也逐渐发生了变化。至2008年，中、西部地区经过几年变化，区域分布的基尼系数首次降至0.5以下，但由于受全球金融危机的影响，2009年东北部地区出现剧烈的负增长情况，使得东、中、西部地区产值所占的份额迅速变化，引起了基尼系数的显著提高（见图5-9）。抛开全球金融危机的不利因素来看，我国的化工行业向内地转移的情况应当说是相当成功的，这不仅带动了内地的经济发展，也使得中、西部相对丰富的自然资源得到了高效的利用，节约了成本和能源。

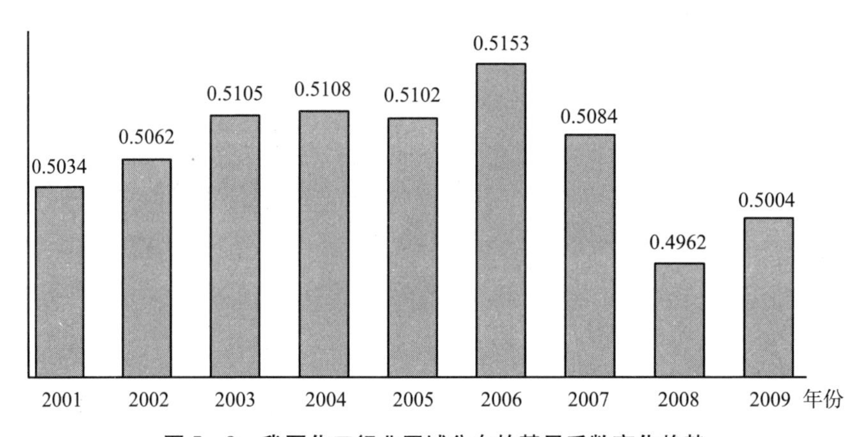


**图5-9 我国化工行业区域分布的基尼系数变化趋势**

总体来说，我国化工行业发展势头良好，是一个朝气蓬勃的行业。在国家宏观政策调控的积极引导，以及沿海地区成本不断上升的双重压力下，化工行业开始逐步向内地转移。随着化工行业的出口依赖程度不断减弱，沿海地区的港口优势也有所减弱，相反，内陆地区相对低廉的生产成本和丰富的自然资源，以及待开发的巨大市场，成为吸引企业深入内地的重要驱动力。这一自然发展趋势与我国的区域战略相符合。因此，可以预见我国化工行业将在未来继续保持强劲的增长势头。

### （二）国内化工产业集群情况分析

根据2015年中国化工园区20强排名，国内化工产业集群多分布在东部地区，个别位于中西部地区（见表5-17）。多数化工园区入驻了国际或国内知名的化工企业，例如杜邦、陶氏、PPG、中化国际等。

表 5－17　　2015 年我国化工园区 20 强

| 名称 | 省市 | 名称 | 省市 |
|---|---|---|---|
| 上海化学工业经济技术开发区 | 上海 | 中国化工新材料（嘉兴）园区 | 浙江 |
| 惠州大亚湾经济技术开发区 | 广东 | 江苏高科技氟化学工业园 | 江苏 |
| 南京化学工业园区 | 江苏 | 宁波大榭开发区 | 浙江 |
| 宁波石化工业经济技术开发区 | 浙江 | 海南省洋浦经济开发区 | 海南 |
| 泉港化学工业园区 | 福建 | 茂名高新技术产业开发区 | 广东 |
| 长寿经济技术开发区 | 重庆 | 中国石油化工（钦州）产业园 | 广西 |
| 扬州化学工业园区 | 江苏 | 武汉化学工业区 | 湖北 |
| 江苏省泰兴经济开发区 | 江苏 | 沧州临港经济技术开发区 | 河北 |
| 江苏扬子江国际化学工业园 | 江苏 | 济宁市化学工业经济技术开发区 | 山东 |
| 东营港经济开发区 | 山东 | 中国化工新材料（聊城）产业园 | 山东 |

资料来源：中国化工统计年鉴。

## 三、全国各地区化工产业发展比较

东部地区利用其自身的地域优势保持了持续的高增长。2004 年，西部地区异军突起，增长率达 45.12%，首次超过东部，此后一直保持着强劲的增长势头。2008 年，中部地区化工行业的增长率达到 34.06%，为全国之冠（见表 5－18、图 5－10）。

表 5－18　　我国及各地区化工行业工业总产值增长率　　单位：%

| 地区 | 2002 年 | 2003 年 | 2004 年 | 2005 年 | 2006 年 | 2007 年 | 2008 年 | 2009 年 |
|---|---|---|---|---|---|---|---|---|
| 全国 | 9.59 | 27.61 | 38.92 | 29.15 | 25.08 | 23.34 | 24.21 | 0.23 |
| 东部 | 13.41 | 29.03 | 40.79 | 27.37 | 25.53 | 24.43 | 21.00 | 2.28 |
| 中部 | 9.59 | 27.33 | 36.17 | 30.65 | 22.90 | 31.27 | 34.06 | 1.65 |
| 西部 | 6.64 | 26.72 | 45.12 | 37.19 | 28.25 | 23.20 | 31.07 | －1.52 |
| 东北部 | －1.39 | 22.85 | 28.29 | 28.66 | 21.92 | 11.62 | 23.04 | －9.37 |

资料来源：历年中国化工统计年鉴。

东西部地区化工行业的共同繁荣与我国的区域产业政策密切相关。2000 年 10 月，中共十五届五中全会通过了《中共中央关于制定国民经济和社会发展第十个五年计划的建议》，提出了实施“西部大开发、促进地区协调发展”的战略。2004 年 3 月 5 日，时任总理温家宝首先提出，中部六省包括华中地区

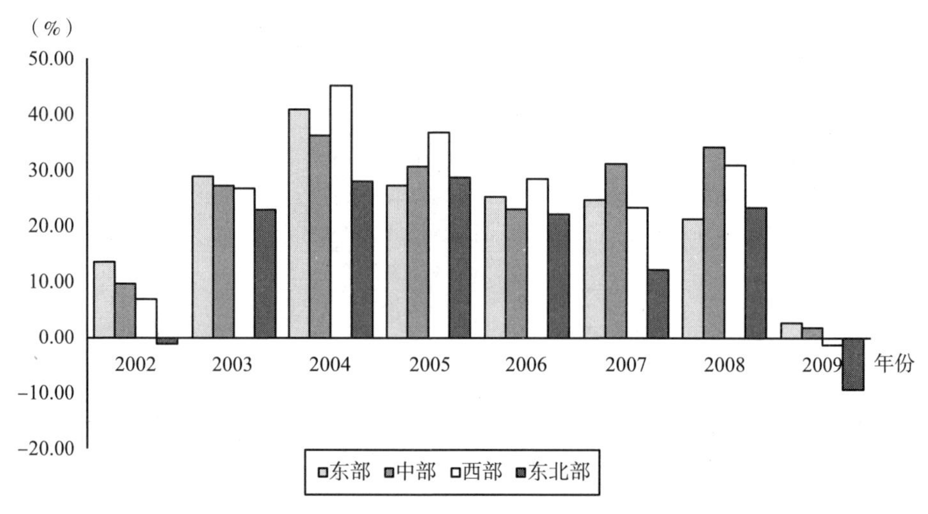


**图 5－10　全国各区域化工行业增长率变化**

资料来源：中国化工统计年鉴。

三省、华东地区两省以及华北地区的山西省，并于第十一个“五年计划”期间开始实施中部崛起战略。这同时也说明了国家的区域产业政策对于某一行业甚至该区域其他行业的发展都起着关键性的作用。在国家的宏观调控所侧重的区域，所有的行业都会有针对性地着重发展该地区的业务。因此，国家的区域产业政策对于行业的区位分布有着深远的影响。

我国除港澳台地区及西藏自治区、青海省外，其余 29 个省（自治区、直辖市）的化工行业工业总产值情况如表 5－19 所示。

**表 5－19　　2001～2009 年我国各省（自治区、直辖市）化工行业工业总产值**

单位：亿元

| | 2001 年 | 2002 年 | 2003 年 | 2004 年 | 2005 年 | 2006 年 | 2007 年 | 2008 年 | 2009 年 |
|---|---|---|---|---|---|---|---|---|---|
| 全国 | 17769.75 | 19473.43 | 24850.23 | 34522.53 | 44585.11 | 55767.31 | 68783.37 | 85439.08 | 83981.63 |
| 北京 | 282.81 | 466.74 | 523.61 | 754.17 | 923.64 | 908.84 | 1038.59 | 1252.5 | 1199.5 |
| 福建 | 282.81 | 450.47 | 613.8 | 822.7 | 987.2 | 1239.31 | 1495.42 | 1761.84 | 2022.72 |
| 甘肃 | 282.81 | 345.27 | 378.16 | 538.72 | 700.4 | 871.31 | 1053.2 | 1198.58 | 1164.73 |
| 广东 | 2043.68 | 2249.65 | 2893.94 | 3857.51 | 4603.67 | 5839.23 | 7247.1 | 8710.65 | 8764.46 |
| 广西 | 282.81 | 117.07 | 147.54 | 183.49 | 248.69 | 332.96 | 443.15 | 531.56 | 558.18 |
| 贵州 | 282.81 | 121.99 | 153.53 | 200.23 | 259.98 | 285.66 | 348.42 | 465.82 | 454.1 |
| 海南 | 282.81 | 31.45 | 36.32 | 49.5 | 54.3 | 168.08 | 445.33 | 507.29 | 459.03 |

续表

| | 2001年 | 2002年 | 2003年 | 2004年 | 2005年 | 2006年 | 2007年 | 2008年 | 2009年 |
|---|---|---|---|---|---|---|---|---|---|
| 河北 | 626.84 | 679.05 | 892.51 | 1245.86 | 1630.07 | 2040.2 | 2517.86 | 3090.05 | 3061.05 |
| 河南 | 619.47 | 643.86 | 820.74 | 1115.86 | 1512.93 | 1935.53 | 2534.14 | 3275.23 | 3142.59 |
| 黑龙江 | 1283.61 | 1198 | 1422.41 | 1731.24 | 2282.77 | 2642.6 | 2762.4 | 3372.73 | 2449.51 |
| 湖北 | 485.81 | 514.39 | 610.46 | 695.11 | 953.86 | 1158.62 | 1440.06 | 1913.01 | 2160.29 |
| 湖南 | 330.56 | 370 | 452.01 | 599.85 | 768.75 | 924.94 | 1229.87 | 1606.93 | 1732.14 |
| 吉林 | 348.2 | 354.86 | 463.17 | 643.84 | 836.53 | 1006.28 | 1215.67 | 1471.05 | 1417.72 |
| 江苏 | 2119.5 | 2414.93 | 3044.72 | 4238.77 | 5520.33 | 6954.27 | 8874.75 | 10770.02 | 11284.61 |
| 江西 | 157.78 | 161.19 | 188.74 | 281.13 | 378.81 | 494.46 | 678.38 | 1002.2 | 1185.23 |
| 辽宁 | 1399.37 | 1436.16 | 1786.57 | 2335.88 | 2941.63 | 3740.39 | 4269.48 | 5303.84 | 5329.58 |
| 内蒙古 | 93.39 | 100.47 | 124.13 | 197.95 | 290.3 | 395.99 | 557.08 | 862.37 | 1046.59 |
| 宁夏 | 99.08 | 70.61 | 75.26 | 122.65 | 162.39 | 198.32 | 233.36 | 328.61 | 350.43 |
| 山东 | 1922.11 | 2216.95 | 2940.33 | 4301.32 | 5911.66 | 7696.13 | 9672.96 | 12420.33 | 13596.94 |
| 山西 | 214.84 | 283.78 | 457.52 | 732.34 | 909.67 | 1072.25 | 1453.13 | 2082.69 | 1634.66 |
| 陕西 | 345.71 | 377.4 | 526.73 | 781.71 | 1112.13 | 1571.27 | 1877.28 | 2348.08 | 2190.90 |
| 上海 | 1100.99 | 1199.53 | 1478.51 | 1998.01 | 2442.72 | 2874.07 | 3354.29 | 3846.72 | 3399.27 |
| 四川 | 296.86 | 347 | 493.1 | 748.22 | 968.96 | 1182.15 | 1575.03 | 2190.79 | 2442.12 |
| 天津 | 635.35 | 695.44 | 877.29 | 1139.92 | 1354.95 | 1722.75 | 1981.05 | 2388.95 | 2289.71 |
| 新疆 | 516.93 | 510.92 | 652.91 | 953.64 | 1397.85 | 1809.76 | 2056.07 | 2539.42 | 2068.03 |
| 云南 | 119.01 | 144.32 | 169.51 | 245.8 | 328.45 | 398.21 | 516.26 | 783.86 | 714.28 |
| 浙江 | 1202.49 | 1471.86 | 2023.14 | 3167.59 | 4052.82 | 5054.36 | 6298.99 | 7193.2 | 7048.47 |
| 重庆 | 110.99 | 120.15 | 136.88 | 174.87 | 220.47 | 251.17 | 330.03 | 533.65 | 614.24 |
| 安徽 | 282.81 | 318.71 | 388.77 | 549.38 | 667.39 | 794.59 | 1039.65 | 1347.82 | 1557.92 |

资料来源：中宏产业数据库。

## 四、化工产业上市公司区位分析

截至2014年6月，我国化工行业上市公司共156家，其中位于东部地区的有96家，位于中部地区的有27家，位于西部地区的有33家[①]（见表5-20）。

① 东部地区包括黑龙江、吉林、辽宁、河北、北京、天津、山东、江苏、浙江、福建、广东、海南、上海；中部地区包括山西、河南、江西、湖北、湖南、安徽；西部地区包括四川、云南、重庆、陕西、甘肃、新疆、宁夏、内蒙古、广西、贵州。

**表 5-20　我国各地区化工行业上市公司一览表**

| 地区 | 上市公司名单 |
| --- | --- |
| 西部 | 新疆天业股份有限公司、天利高新、天科股份、云维股份、云煤能源、东材科技、金路集团、重庆三峡油漆股份有限公司、英力特、西北化工、云南盐化、中泰化学、兴化股份、中核钛白、北化股份、天原集团、天齐锂业、雅化集团、硅宝科技、淮油股份、四川仁智油田技术服务有限公司、海默科技、通源石油、两面针、南宁化工股份有限公司、索芙特、红星发展、久联发展、明天科技股份有限公司、兰太实业、亿利能源、远兴能源、内蒙君正（33） |
| 中部 | 兴发集团、江西昌九生物化工股份有限公司、太原化工股份有限公司、熊猫烟花、雷鸣科化、天茂集团、双环科技、南风化工集团股份有限公司、山西三维、中鼎股份、永新股份、黑猫股份、南岭民爆、湘潭电化、安纳达、江南化工、同德化工、神剑股份、国创高新、多氟多、凯美特气、金禾实业、佰利联、回天胶业、新开源、鼎龙股份、岳阳长兴（27） |
| 东部 | 澄星磷化、宝硕股份、巨化股份、青岛碱业股份有限公司、蓝星化工、烟台万华、上海家化、亚星化学、浙江龙盛、三友化工、双良节能、上海中科合臣股份有限公司、氯碱化工、三爱富、金牛化工、江苏索普、丹化科技、海南橡胶、滨化股份、大化集团大连化工股份有限公司、广州浪奇、沈阳化工、方大化工、山东海化、大庆华科、传化股份、鑫富药业、德美化工、江山化工、青岛金王、红宝丽、路翔股份、九鼎新材、宏达新材、联合化工、三力士、联化科技、彩虹精化、乐通股份、永太科技、新纶科技、禾欣股份、双箭股份、双象股份、齐翔腾达、雅克科技、九九久、龙星化工、康得新、天马精化、百川股份、宝莫股份、万昌科技、西陇化工、阳谷华泰、青松股份、宝利沥青、元力股份、科斯伍德、高盟新材、日科化学、金力泰、金城医药、上海新阳、美辰科技、瑞丰高材、雅本化学、国瓷材料、道明光学、赞宇科技、烟台万润、卫星石化、德联集团、康达新材、天龙集团、安诺其、三聚环保、奥克股份、建新股份、双龙股份、宝通带业、新宇邦、中石化、海越股份、海油工程、中石化上海石化股份有限公司、中海油田服务股份有限公司、中石油、广聚能源、泰山石油、茂化实华、东华能源、三维工程、惠博普、恒泰艾普、潜能恒信（96） |

资料来源：Wind 数据库。

我国化工企业的分布相对集中在东部沿海地区，尤其是长三角、山东及京津唐地区，而在内地，主要集中在四川、湖北以及内蒙古、山西一带，这与其所在位置的交通基础设施及自然资源有关。沿海地区发展较早，基础设施完善、交通便利，这都为当地企业的业务发展提供了一定的机会。而在内地的成都、重庆、武汉等地，依傍于长江上游，交通相对便利，且利于开拓中西部市场，因此也是企业聚集地之一。而对于内蒙古、山西一带而言，丰富的煤矿资源是其重要的优势条件。另外，内地相对低廉的用工成本和用地成本也是企业选址考虑的重要因素，因此，最近几年，沿海企业向内地转移成为了一个重要的趋势。

# 第四节　中国石化区位战略研究

## 一、公司概况

### （一）公司简介

中国石油化工集团公司，简称中国石化（Sinopec Group），是一家以石油石化为主业、上中下游一体化、在境内外上市的大型股份制石油石化集团。1998年7月，国家在原中国石油化工总公司基础上重组成立中国石化，注册资本1820亿元，总部设在北京。中国石油化工股份有限公司先后于2000年10月和2001年8月在境外境内发行H股和A股，并分别在香港、纽约、伦敦和上海上市。中国石化是国内大型的一体化能源化工公司之一，主要从事石油与天然气勘探开发、开采、管道运输、销售，石油炼制、石油化工、化纤、化肥及其他化工生产与产品的销售和储运，石油、天然气、石油产品、石油化工及其他化工产品和其他商品、技术的进出口、代理进出口业务，技术、信息的研究、开发、应用。

在我国，石油行业属于国家垄断行业，行政计划色彩浓厚。早期，石油和石化业务割裂开来，独立经营，弊端众多（鲁博，2011）。因此，理顺和推进国内石化经营体制改革一直是我国石油行业改革重点所在。早期改革中，为了打破地区和部门之间的体制壁垒，先后成立了中海油、中国石化和中国石油，极大地提高了石化行业的经营生产效率。2000年又打破了产业链上下游分割的不利局面，对中国石油和中国石化进行业务重组，其中中国石油将部分油田勘探开采业务划归中国石化，中国石化也将部分炼油和销售企业划归中国石油，形成业务交叉（魏少波，2001）。至此，两家公司结束了单一业务的历史，都成为上下游一体化的石油石化公司。

### （二）公司市场表现

中国石化作为大型垄断性化工企业，公司产量波动起伏较小，但受国际原油价格波动影响较大，导致出现了产量增长净利润却下降的局面。结合公司近年年报数据，我们将其市场表现概括为以下几个方面：

1. 盈利水平。近年公司营业收入呈上涨趋势，但是受经济形势低迷影响，增幅逐渐降低（详见图5－11）。尤其在2014年国际原油价格断崖式下跌的背景下，公司2015年营业收入大幅下降，相比2014年下降了30%左右。公司净利润持续下降，除2011年净利润与上年基本持平外，其他年份净利润均不断下降，2015年度净利润仅为322亿元，对比2011年利润717亿元跌幅高达55.65%，主要原因在于国际原油价格大幅下跌，对国内成品油价格形成了巨大的冲击，而石油产品销售收入占公司营业收入的比重高达75%，过度依靠石油产品，导致公司净利润急剧下降。

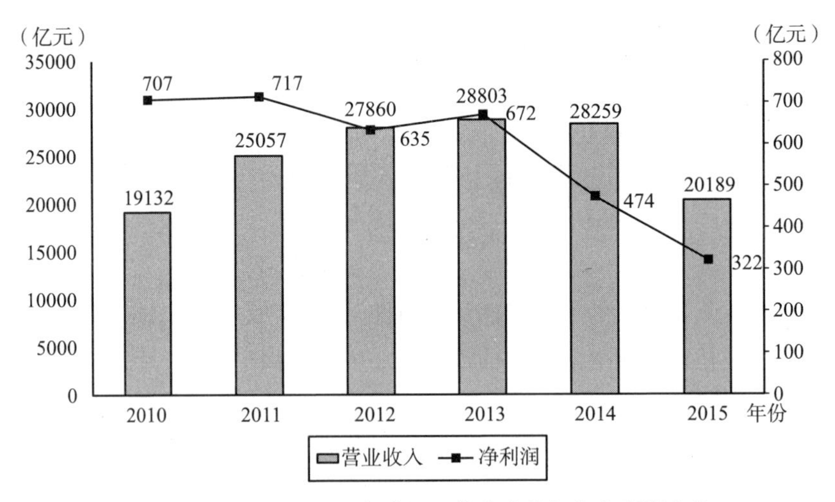


**图5－11　2010～2015年中国石化营业收入和净利润变化**

资料来源：根据中国石化2010～2015年年报整理得到。

2. 产品产量。近几年，中国石化各类主要产品产出均呈现增长趋势，产量水平的稳健上升反映出公司生产水平不断上升，而利润受油价暴跌影响则是由于公司产品结构过于单一。如表5－21所示，不论是上游原油和天然气的开采还是下游炼油制成品产出，都维持着一个稳定的增长态势，尤其是天然气的产量，5年间增幅高达62%。在很长一段时间内，中国石化战略转型重点在于拓展多元化的业务结构，争取摆脱过度依赖石油产品的单一经营结构。

表 5－21 2010～2015 年中国石化主要产品产出和销售情况

| 年份 | 油气当量产量（百万桶） | 原油产量（百万桶） | 天然气产量（10 亿立方英尺） | 汽、柴、煤油产量（百万吨） | 成品油总经销量（百万吨） |
|---|---|---|---|---|---|
| 2010 | 401.42 | 327.85 | 441.39 | 124.38 | 149.23 |
| 2011 | 407.91 | 321.73 | 517.07 | 128.00 | 162.32 |
| 2012 | 427.95 | 328.28 | 598.01 | 132.96 | 173.15 |
| 2013 | 442.84 | 332.54 | 660.18 | 140.40 | 179.99 |
| 2014 | 480.22 | 360.73 | 716.35 | 146.23 | 189.17 |
| 2015 | 471.91 | 349.47 | 734.79 | 148.38 | 189.33 |

资料来源：根据中国石化 2010～2015 年年报整理得到。

3. 行业地位。中国石化不仅是国内石油化工龙头企业，在世界上也处于领先地位。2015 年《财富》“世界 500 强”企业排行榜中，中国石化以 4468.11 亿美元营业收入位居第二，仅次于沃尔玛，而在化工行业排名中超越中国石油和壳牌石油名列第一。该排名一方面反映了近些年中国石化发展迅猛，另一方面也需要理性看待盈利能力与收入的不匹配现状，横向对比埃克森美孚和壳牌石油等世界一流石油化工企业的经营状况，中国石化在经营管理层面仍需改进和提升。

## 二、中国石化区位扩张的历程

由于国内特殊的石油行业经营管理体制，影响中国石化在国内扩张的因素主要是政府政策以及相关产业规制。相对而言，中国石化海外扩张的目的在于保障国家能源消费安全，但是其扩张更多的是基于产业链最优布局路径。我们具体从国内和海外两个阶段分析中国石化区位扩张历程。

### （一）国内改革重组阶段

为了加快发展和完善中国社会主义市场经济体制，打破油气行业垄断，优化资源配置，1993 年国务院开始对石化企业进行股份制改革重组，在 1998 年的改革重组中，华东、中南、云南、贵州和广西等 19 个省市自治区区域油气田和石化生产企业、原油成品油运输管道和地方石油公司及加油站划归中国石化，具有代表性的有胜利油田、中原油田和江汉油田。通过这些改革，中国石化改变了只有下游炼油化工而没有上游原油气的尴尬局面，不仅在地区实现了扩张，也改变了产业结构的布局，同时成为一家上中下游一体化的企业，生产经营能力大幅提升。随后中国石化又收购了新星石油有限责任公司。至此，中国石化在国内改革重组的扩张基本结束，为今后中国石化发展和大规模海外扩张奠定了坚实基础。

### （二）海外兼并收购阶段

一直以来，中国石化都存在上游原油供应不足的短板，2010 年原油自给率不足 30%，其扩张上游的需求非常明显。同时，我国石油消费缺口巨大，2014 年原油进口依存度高达 60.12%，在海外寻找更多稳定的油气来源不仅是中国石化也是国家的战略意图（杜晓蓉，2012）。中国石化海外大举扩张的标志是在 2001 年成立了国际石油勘探公司。2011 年中国石化签署了包括加拿大日光能源公司 100% 权益、葡萄牙 GALP 公司巴西资产 30% 权益等 7 个项目（张一鸣，2012）。2014 年中国石化收购荷兰 COOP 公司 99% 和 1% 的成员权益。通过收购荷兰 COOP 公司的全部成员权益，中国石化获得了沙特阿拉伯延布项目公司 37.5% 的权益。截至目前，中国石化在海外的业务覆盖了全球 40 多个国家和地区。当前，中国石化已经初步形成海外油气资源战略基本布局，成功进入了“中东、亚太、非洲、南美、俄罗斯—中亚、北美”六大油气区。

## 三、中国石化区位扩张的模式和特征

### （一）中国石化区位扩张的主要模式

中国石化作为我国大型垄断国有控股石油化工企业，其生产运营涉及国家能源安全。因此，中国石化在区位扩张的过程中，不仅致力于价值链最优分布，也承担着保卫我国能源消费安全的重任。概括中国石化区位扩张历程，我们将其区位扩张模式分为以下几种：

1. 改革重组。在早期，我国石油行业经营管理权限归属石油部，属于政府职能部门，为了适应经济发展和体制机制改革的要求，对石油行业进行了改制。中国石化也正是在这种背景下成立的。2000 年以前，国家政策改革和行政政策对中国石化的扩张起着决定性的作用。在国家主导改革重组的情况下，中国石化不仅完成了上下游产业链一体化的目标，而且在全国范围内大规模整合重组，资产规模迅速扩张。这一模式的优势主要在于政府政策以及国家的强制性，可以快速整合业务，扩大规模；不足之处在于没有充分考虑市场资源配置等因素，易出现产能过剩和资源配置效率低下等问题。

2. 投资新建。鉴于油气行业准入的特殊性，中国石化在区位扩张中难以选择合资新建模式，因此，中国石化的中下游扩张多通过采取投资新建完成。其中中国石化众多炼油企业以及化工企业大都是在符合政策规划的情况下投资新建而成，优势在于具有较大资金优势和市场份额，同时能更好地完善产业链上下游的衔接。截至 2015 年 6 月，中国石化在全国共拥有品牌加油站 30560 座，其中 30547 座是独资新建。由于行业的特殊性，为了服务和统筹全国市场，保证国家能源消费安全，投资新建也就成为中国石化区位扩张题中之意。

3. 收购兼并。收购兼并作为中国石化“走出去”进行海外扩张的核心模式，是向产业链上游延伸的重要手段，2001 年以来，中国石化在南美、中东、北美等地的油气田都是通过兼并收购获得的。中国石化受制于国内石油原油开采量不足，为了扩大经营和完善产业结构布局，必须走向海外获取更多油气来源；作为国内大型石化集团，其资金实力雄厚，产业技术先进，具备出海的实力；国家政策鼓励具备一定竞争力的企业“走出去”，尤其是“一带一路”倡议更是加速了这一进程。由于油气行业的特殊性，在海外寻求油气开采基地最常用的方式就是收购和兼并，这样可以快速扩大规模，获得丰富的油气来源，但是也存在海外不确定性和整合难度大等问题。

4. “贷款换石油”或“市场换资源”。早期荷兰壳牌石油和埃克森美孚石油都曾采取这一资本运作模式在非洲和中亚等地获取油气田。尤其是 2008 年全球金融危机以来，一些油气资源丰富的发展中国家，特别是基础设施落后的国家，面对金融危机的冲击，急需发展资金及贷款，这时中国石化采取了以“贷款换资源”的扩张手段（池洪建，2012）。通过在非洲、拉丁美洲等地区发放贷款和基础设施投资来获取油气勘探开采权益。2009 年初至 2010 年 12 月，中国石化在肯尼亚、沙特阿拉伯、哈萨克斯坦、加纳等 8 个国家和地区签署了 12 个“贷款换石油”项目。同时，中国石化等企业同壳牌、英国石油公司、埃克森美孚公司等国际石油公司的合作则偏向于使用以“市场换资源”方法，中国石化旨在获得国际交易机会和新资源以及领域内的新技术，国际石油公司的目的在于进入中国广阔的国内能源市场。通过上述双向轮动的模式，中国石化进行海外扩张取得了一定效果，获得了大量海外油气田权益。

### （二）中国石化区位扩张的主要特征

综合分析中国石化改革重组和扩张历程，我们将其区位扩张特征概括为以下几点。

1. 政府政策主导，具有浓厚的行政色彩。由于我国经济管理体制以及石油化工行业关乎国家能源消费的特殊性，石油化工曾经一度归属于政府职能部门进行管理。在经济体制改革后，中国石化成为国家直接控股垄断的大型企业。因此，在其重组和扩张历程中，政策和规划是重要的影响因素。即使在后期中国石化进行海外并购扩张，基于产业链优化布局的前提下，也存在着较大的政策和外交等因素。

2. 纵向扩张为主，完成一体化战略目标。在成立之初，中国石化的经营重心集中在中游炼油以及下游化工产品的制造和销售，缺乏上游油气勘探开发的产业链，严重制约着公司的发展。中国石化的扩张目标更多的是致力于上下游产业链的扩张，以满足中下游巨大的需求。中国石化在 1998 年的改革重组中获得了胜利油田和中原油田等油田勘探权，在一定程度上解决了制约发展的上游瓶颈问题；后期海外扩张中，集中于海外油气田的收购，拓展原油气来源。与此同时，在保持炼化核心优势不变的前提下，中国石化依托加油站点积极推广“非油”业务的开展，如商业零售、洗车、餐饮住宿和消费娱乐等。2015 年，中国石化非油品营业额人民币 248.3 亿元，同比增长 45.2%。

3. 推进海外扩张，实施全球化产业布局。中国石化在 1998 年改组成立后，由于国内石油行业经营体制的原因，上游原油无法满足中下游需求，2000 年便开始大规模海外扩张。与壳牌和埃克森美孚在国内经历漫长发展后再寻求海外扩张不同，中国石化则更需要通过海外扩张来寻求原油气来源。在实力日益雄厚且具备了一定的资本优势和海外经营管理经验后，中国石化实施了“双向轮动”海外扩张模式，一方面积极寻求海外油气田，扩展上游油气来源，另一方面持续扩大以聚酯和乙烯为代表的化工产品的出口，积极拓展海外化工市场，尤其是拉丁美洲和非洲地区市场。

## 四、中国石化价值链区位扩张分析

综合一般化工行业价值链环节以及中国石化产业链分布现状，我们从以下几个方面对其价值链区位扩张进行分析。

### （一）科研开发

石油石化是国民经济命脉，由于其重要性以及生产开发过程难度大，科学技术研究对于勘探开采、油气冶炼和生产安全等诸多方面至关重要。如表5－22所示，中国石化科研机构的扩张主要在国内，分布在北京、上海、青岛和抚顺等地，其中以北京最多。中国石化将科研开发价值链布局上述地区具有明显的区位优势，体现在以下几个方面：一是北京作为中国石化科研中心，也是总部所在地，能够共享总部信息和资源，更容易获得技术和资金支持；二是北京和上海作为全国经济、科技最为发达的城市，众多高等院校和研究院所能提供技术支持和人才储备；三是青岛和抚顺等地区位明显不同于北京、上海等地，青岛等地的主要区位优势在于作为油气开采和炼油化工中心，具备深厚的石油化工技术基础，能为科研开发提供巨大的支持；四是将科研开发机构布局在青岛和抚顺等地能够很好地立足实践问题，密切结合生产过程，更易实现产研衔接，使研发成果更易实现落地实践并得到检验，加速研发进程。

**表5－22　中国石化主要科研机构情况一览表**

| 区域选址 | 公司名称 | 性质职能 |
|---|---|---|
| 北京 | 中国石油化工股份有限公司石油工程研究院 | 油气勘探、开采、冶炼以及化工、化学技术研究开发 |
| | 中国石油化工股份有限公司物探技术研究院 | |
| | 中国石油化工股份有限公司石油勘探开发研究院 | |
| | 中国石油化工股份有限公司石油化工科学研究院 | |
| | 中国石油化工股份有限公司北京化工研究院 | |
| 抚顺 | 中国石油化工股份有限公司抚顺石油化工研究院 | |
| 上海 | 中国石油化工股份有限公司上海石油化工研究院 | |
| 青岛 | 中国石油化工股份有限公司青岛安全工程研究院 | |

资料来源：根据中国石化官网数据整理得到。

### （二）勘探开采

油气勘探开采是资源指向型行业，严重依赖油气资源的分布。上游油气勘探开采一直是制约中国石化发展的重要因素。因此，中国石化的上游价值链扩张集中在油气资源丰富地区。具体体现在中国石化的主要勘探开采基地分布华东、华中和华北地区，其区位因素在于我国高产的中原油田、胜利油田和普光油气田就分布在上述这些地区（见图5－12）。中国石化在西南探明涪陵新增页岩气储量 1067.5 亿立方米，标志着我国首个大型页岩气田的诞生，全年新增油气经济可采储量 431 百万桶也是公司在四川进行布局的重要因素。此外，中国石化上游价值链的海外扩张表现在并购了数量众多的油气田，集中分布在中东、北美和北非等油气资源储备丰富的地区。

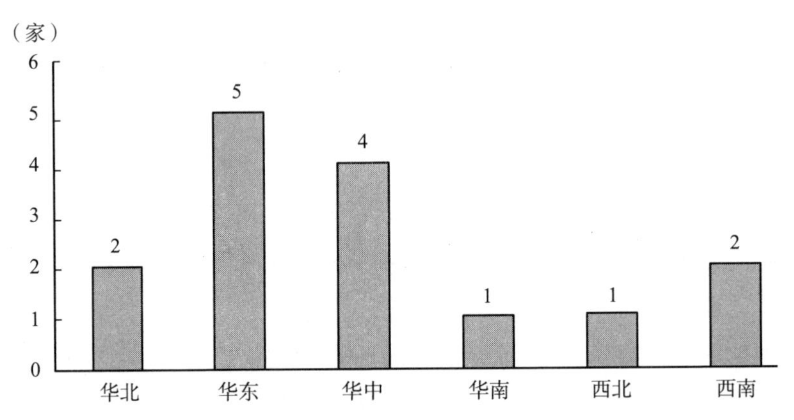


**图 5-12　中国石化勘探开采企业各地区数量分布情况**

资料来源：根据中国石化官网数据整理得到。

### （三）炼油化工

中国石化中游炼化产业链环节包括原油炼油和化工，化工产品主要包括乙烯、合成树脂、合成橡胶和纤维单体及聚合物，基本属于石油石化中下游产业。其扩张形式体现在数量增加和产品结合多样化，而区域上受制于行政管理壁垒，集中分布在华北、华东和华中地区，围绕油气产区进行布局，以山东、河北、河南和湖北为典型。上述地区区位优势主要有以下几点：一是华北和华东地区石油资源丰富，具备非常便利的上游原油来源，节约成本，有利于上下游产业的协调；二是长三角和京津冀等地区工业经济发达，对化工产品具有非常大的市场需求；三是山东、湖北和江苏等区域具备非常完善发达的综合交通体系，高速公路、港口和海运较发达，便于原料和产品运输；四是华东和华北地区石油化工行业发达，上下游企业密集分布，具有一定的外部性，能够有效降低成本。

### （四）销售服务

销售服务业务包括从炼油事业部和第三方采购石油产品，向国内用户批发、直接销售和通过该事业部零售分销网络零售、分销石油产品及提供相关的服务。

截至2015年12月，中国石化在全国31个省市自治区设有35家销售公司，加油站30560座，全年成品油总经销量189.33万吨。由于行业特性及相关政策要求，中国石化的销售服务网点主要是加油站，基本在全国范围内实现了覆盖。从宏观角度而言，中国石化加油站集中分布在珠三角、长三角和环渤海地区以及大中型城市，上述地区经济发达，汽车保有量高，市场需求广阔。具体到微观层面，销售网点分布在大中城市周边交通条件便利的公路上以及高速公路沿线，优势在于车流量较大，对产品需求大，并且便利的交通条件能够满足油气产品的运输和存储要求。

## 五、中国石化海外区位扩张

### （一）中国石化海外扩张概述

中国石化海外扩张的初衷在于解决国内油田资源不足、对外界油价波动及原油储量变化等风险抵御能力不强的问题。因此，寻找更多的油气资源、弥补上游原油勘探开采的“短板”、增强产业链间的协调性是中国石化海外扩张的主要目的（谷峰，2014）。自2000年开始，中国石化大举进行海外扩张。一方面基于竞争实力增强，具备一定的技术和资本条件；另一方面则是因为当前我国面临着巨大的能源缺口，急需寻找更多稳定的油气来源。截至2015年底，中国石化已经初步形成海外油气资源战略基本布局，成功进入了“非洲、南美、中东、亚太、俄罗斯—中亚、北美”六大油气区，在海外拥有油气项目68个，分布于46个国家和地区，累计拥有勘探开发区块356个。

伴随海外扩张步伐不断加快和资产规模的迅速扩张，也显现出许多问题：

一是由于经营不善等众多原因，账面出现巨额亏损。其中2009年，中国石化在海外投资的3个油气田项目累计亏损了约1526.62万美元（尹一杰、徐炜旋，2011）。

二是生产经营不经济和资源配置效率低下。巨大的海外投资成本与微薄的收益不成比例，具体体现在中国石化运回国内的石油数量无法和高昂的投资成本等同起来。另外，其海外扩张没有很好达成保障国家能源安全的目的。如中国石化在尼日利亚南部开采的原油，大部分都销售给了日本、韩国等国家，运回国内的数量很少。

三是抗风险能力低下，经营状况不稳定。与海外其他石化企业相比，中国石化炼化成本较高，技术也相对落后，一旦油价发生波动则会面对巨额亏损，生产经营极不稳定。

我们将中国石化海外扩张的特点归纳如下：第一，扩张速度非常快，短时间内进行了大量的扩张和海外投资；第二，扩张模式主要是以收购为主，除个别化工冶炼企业是合资新建外，基本都是兼并收购，并且海外购买标的多以油气田勘探开采为主；第三，地区分布遍布全球，集中分布在非洲、中亚和北美等油气资源丰富的地区（详见表5－23）。

**表5－23 中国石化主要海外子公司情况一览表**

| 地区 | 国家 | 年份 | 取得形式 | 职能性质 |
|---|---|---|---|---|
| 北美洲 | 加拿大 | 2008 | 收购 | 油气开采 |
| | | 2010 | 收购 | 油气开采 |
| | | 2011 | 收购 | 能源生产 |
| | | 2012 | 收购 | 能源生产 |
| | 美国 | 2012 | 收购 | 油气开采 |
| | | 2012 | 收购 | 油气开采 |
| 大洋洲 | 澳大利亚 | 2011 | 收购 | 石油石化 |
| | | 2011 | 收购 | 销售 |
| 非洲 | 喀麦隆 | 2011 | 收购 | 油气开采 |
| | 埃及 | 2012 | 收购 | 油气开采 |
| | 莫桑比克 | 2013 | 收购 | 油气开采 |
| 南美洲 | 阿根廷 | 2010 | 收购 | 化工 |
| | 秘鲁 | 2013 | 收购 | 油气开采 |
| 欧洲 | 瑞士 | 2009 | 收购 | 油气开采 |
| | 西班牙 | 2010 | 收购 | 石油石化 |
| | 英国 | 2011 | 收购 | 油气开采 |
| | 葡萄牙 | 2011 | 收购 | 能源生产 |
| | 法国 | 2012 | 收购 | 油气开采 |
| | 俄罗斯 | 2013 | 收购 | 化工 |
| | 俄罗斯 | 2015 | 收购 | 炼油化工 |
| 亚洲 | 沙特阿拉伯 | 2011 | 合资新建 | 炼油化工 |
| | 印度尼西亚 | 2012 | 收购 | 油气开采 |

资料来源：根据中国石化官网数据整理得到。

### （二）中国石化海外扩张区位分析

1. 中国石化海外扩张的主要区位优势。综合中国石化海外扩张历程以及其子公司分布，我们认为中国石化海外扩张主要区位优势有以下几点：

（1）中国石化自身区位优势。中国石化作为中国较大的央企之一，在资产规模和生产技术方面的优势不言而喻，在国际资本市场上，也是持有的资本量最多、资本额最大、同时在国内和境外三大交易所上市的企业。另外，中国石化经过多年的努力，已经和世界上超过60个国家和地区的数以千计的公司、集团、金融机构建立了战略合作关系，积累了一定的国际化经营经验（吴登峰，2014）。

（2）国家政策鼓励。鉴于石油化工行业本身的特性，其扩张背后的本质是国家意志的体现，更多地侧重于国家能源安全政策，因此中国石化海外扩张在政策方面能够一路绿灯，尤其是最近几年“一带一路”战略构想为中国石化海外扩张提供了政策红利。

（3）油气勘探布局优势。如表5－23所示，中国石化大多数海外子公司以油气勘探开采为主，分布在北美洲、欧洲和非洲等地区。上述地区具备丰富的油气储备，能够在一定程度上满足中国石化中下游冶炼以及销售的需求，并且优良的海运条件能为中国石化产品运输和拓展全球市场提供极大的便利。

2. 中国石化海外扩张过程中存在的问题。中国石化在海外扩张取得了一定的成效，尤其是资产规模迅速扩大，但是从净利润和核心竞争力角度看其扩张是比较失败的，原因有以下几点：

（1）国企背景不利于海外展开经营。西方国家都是私有制的市场经济，政府不经营企业。这些国家认为，国有企业的经营决策可能受到政府的政治意图的影响，国企在海外的投资活动并不是纯粹的商业行为，而是为了帮助政府实现其政治目的（陶玲，2013）。中国石化在进行海外扩张并购时，海外政府机构会考虑中国石化的央企背景，不仅会增加审核要求、延长审核时间，并且会提出各种苛刻条件，非常不利于项目的进展。另外，“中国威胁论”的舆论传播，易引发当地政府和民众的民族主权忧虑，担心中国石化进入会威胁到国家的能源安全。政府顾虑和民间舆论压力必然对中国石化海外收购造成极大的负面影响，这不仅是中国石化海外扩张遇阻的原因，也是其他央企海外扩张失利的重要因素。

（2）经营文化习惯和商业思维定式带来的风险。作为国内大型垄断央企，国内长期经营管理导致其固有的思维范式与当前国际商业思维格格不入。中国石化在进行重大项目决策时，决策层缺乏法律参与意识和民主程序精神，很多项目的运行缺少必要的经济和技术可行性论证。领导人员的角色定位过于侧重从政色彩，反而忽略了职业经理人的本职定位，计划经济比重多于市场竞争意识，容易导致海外投资项目因法律和经济可行性论证而失败。

（3）地缘政治风险和恐怖主义加剧了海外经营风险。中国石化涉足的油气区块主要分布在基础设施欠发达的中东和北非等地区，而上述大部分地区政治局势动荡，对于像加拿大、欧洲等石油资源富集的发达国家和地区涉足则相对较少。以利比亚为例，我国企业在利比亚的投资金额总计 188 亿元人民币，其中石油产业超过 20 亿元人民币。2011 年利比亚发生战乱，中国企业损失惨重，其中近 80% 的投资也付诸东流（尹一杰、徐炜旋，2011）。

（4）国际经营技能和先进技术等公司经营技能的缺乏。中国石化海外经营管理经验不足，缺乏全球化管理视角，难以处理协调不同地区文化和管理差异带来的问题。在技术领域也存在不足，尤其是相关核心技术落后使得中国石化难以赢得国际油气大项目。

（5）海外扩张缺乏监管，经营决策混乱。国资委和发改委等部门为了鼓励央企“走出去”制定了较宽松的海外投资管理办法，导致海外国有资产管理出现众多问题。在中国石化近十余年大肆扩张的过程中，出现了很多监管上的漏洞，如项目评估不全面、资金使用监管不到位和经营决策的随意性，都直接导致了中国石化海外经营的失利。

## 六、总结与启示

### （一）中国石化区位扩张总结

通过前文对中国石化概况和区位扩张历程、模式和特征进行的分析，本章得出以下主要结论：

1. 扩张历程分为国内改革重组阶段和海外并购阶段。第一阶段集中表现为中国石化在政府主导的改革重组下实现了大规模扩张。中国石化通过交换下游炼化企业获得了上游油气田，完成了产业上下游一体化的整合。第二阶段中国石化区位扩张表现为在海外大规模收购油气田。自 2001 年成立国际石油勘探开发公司以来，通过收购、合资新建和“贷款换石油”等模式在北美、北非和中东地区取得了大量油气田，不仅补足了自身发展中缺油的短板，在一定程度上也为国家能源消费提供了保障。

2. 区位扩张模式集中表现为改革重组和兼并收购。国内油气行业的特殊性导致了中国石化早期扩张以政府为主导，后期区位扩张表现为中国石化大规模收购海外油气田。中国石化海外兼并收购一方面出于完善其产业链环节区位布局，另一方面也是中国政府能源政策意图的体现。

3. 以炼化为核心，完善上下游产业链。中国石化在进行价值链区位扩张过程中，以拓展上游油气开采和完善下游销售服务价值链环节为主要扩张方向，一方面继续做大做强石油冶炼和化工产品，另一方面积极进行海外并购夯实上游价值链。此外，中国石化还积极推进“非油”业务，增加成品油销售附加值。

### （二）中国石化海外扩张的启示

在国家鼓励企业“走出去”的大背景下，中国石化作为具有典型代表意义的“出海”企业，其海外扩张的经验尤其是失败的教训对我国石油、钢铁和通信等领域的大型国有企业海外扩张具有重要的借鉴意义，具体归纳为以下几点：

1. 强化竞争意识，增强自身实力。部分央企在国内长期处于垄断地位，生产效率低下，缺乏竞争理念，法制意识不足。因此，央企海外扩张时应转变心态，强化市场竞争意识，更多地利用市场机制来拓展业务。应积极学习和借鉴海外先进管理经验和经营模式，不断健全完善境外投资项目股权、财务、资产、劳动薪酬等管理制度，增强竞争硬实力。

2. 避免盲目扩张，严格控制风险。目前我国海外并购的企业以国资委直属央企为主，且集中在能源、电力和通信等领域。这些企业海外扩张时，往往与政府意志联系在一起，并且非常容易出现过分重视政治效应而忽视经济效应的问题。中国石化在非洲和拉丁美洲的一些项目多出于外交或者政治目的，在没有综合评估的情况下盲目扩大规模，导致海外项目频繁出现烂尾的状况。中国企业在海外扩张时，必须做好市场调研，深入了解当地的法律法规和文化风俗习惯，严格依法办事，注重风险管控，并做好长远打算。在确保经济利益不受损失的前提下，更好地服务国家和社会。

3. 政府积极应对，加强海外监督。在经济全球化大背景下，中国在海外开展业务的企业呈飞速增长趋势，企业主体以大型企业和国有企业的投资部门、保险公司以及各类政府主导的基金为主，且集中在能源矿产和制造业领域（阿部哲也，2016）。随着中石油、中国铁建和中国兵装等各大央企海外项目亏损账目的逐步曝光，海外资产流失严重和监管不到位日益成为央企海外扩张的顽疾。为了保证海外国有资产保值增值，政府必须积极跟进行业动态，监管主体必须制定相关管理办法，摸查企业海外资产底细，建立健全相关问责制度。

## 参考文献


[1] The European chemical industry in a worldwide perspective. Cefic. 2011.

[2] 2012 年全球化学工业前景展望．中国石油新闻中心．2012 - 02 - 13.

[3] 钱伯章．世界化工园区发展现状［J］．现代化工，2005（2）.

[4] 欧美主要国家化工市场 2011 年与今年发展情况统计［J］．生意社．2012 - 3 - 12.

[5] 印度化学工业“钱途”大好．中国化工网．2010 - 11 - 4.

[6] 跨国化工企业在印度投资升温．慧聪网．2010 - 02 - 22.

[7] 日本化工出现新变化．阿里巴巴化工价格库 2011 - 12 - 30. http：//wenku. baidu. com/link？url = Fy0dimklpMDms7dCqfYzKMO23xeCu5yxC90x78cKqv6f84cuxJrpSd_kxrGMgwS50uTbIeJ96rQ9hGmbMRb3C8h7ExB5d8KzKWCuEaQi6YS.

[8] 中国石化．公司简介［EB/OL］. http：//www. sinopecgroup. com/group/gsjs/gsgk/，2016 - 06 - 15.

[9] 鲁博．中国石油化工股份公司价值研究［D］．吉林大学，2011.

[10] 魏少波．中国石化发展壮大历程回顾［EB/OL］. http：//www. cnpec. net/news/show/206/，2011.

[11] 财富中文网．2015 年财富世界 500 强排行榜［EB/OL］. http：//www. fortunechina. com/fortune500/c/2015 - 07/22/content_244435. htm，2015 - 07 - 20.

[12] 新华网．国企发展史之——石油的故事［EB/OL］. http：//news. xinhuanet. com/fortune/2013 - 10/10/c_125508119. htm.

[13] 杜晓蓉．亚洲新兴经济体国家石油公司海外发展研究——以中国和印度国家石油公司为例［J］．世界经济与政治论坛，2012（9）：75 - 78.

[14] 张一鸣．中国石化：傅氏海外扩张路径图［EB/OL］. http：//news. hexun. com/2012 - 08 - 06/144411111. html，2012 - 06 - 12.

[15] 中国石油化工股份有限公司．中国石油化工股份有限公司年度报告［R］.（2010 ~ 2015）.

[16] 池洪建．“贷款换石油”的软肋［EB/OL］. http：//finance. china. com. cn/industry/20160528/3743736. shtml，2014 - 08 - 24.

[17] 谷峰．中国石油企业跨国并购动因及影响因素研究［D］．成都：西南财经大学，2014.

[18] 尹一杰，徐炜旋．石化三巨头 2/3 海外项目亏损 4000 亿投资高出低入［EB/OL］.

http：//blog. sina. com. cn/s/blog_4e17d1d60100sdex. html，2011 - 07 - 11.

［19］吴登峰．浅谈中石化海外并购［J］．中国化工贸易，2014，12（3）：206 - 207.

［20］陶玲．中国企业 2004—2012 年海外并购研究［D］．成都：西南财经大学，2013.

［21］阿部哲也．2016 年是中国企业并购年［EB/OL］．https：//cn. nikkei. com/china/5/19207 - 20160420. html.

# 第六章　家电产业区位发展研究[①]

## 第一节　行业界定

狭义上的家电产业是指运用原材料、能源、技术、资金、劳动力等要素资源，生产以电为核心的在家庭及类似场所中使用的各种电气和电子器具的行业，即家用电器制造业。广义上的家电产业还包括家电制造业的上游和下游产业，例如家用电器原材料生产、零部件制造以及家用电器流通业。

根据《国民经济行业分类》（GB/T 4754－2011）标准，家电产业的内涵包括家用电力器具制造业和视听设备制造业，具体如表6－1所示。

表6－1　家电行业分类

| 代码 | 行业名称 | 代码 | 行业名称 |
|---|---|---|---|
| 385 | 家用电力器具制造 | 395 | 视听设备制造 |
| 3851 | 家用制冷电器具制造 | 3951 | 电视机制造 |
| 3852 | 家用空气调节器制造 | 3952 | 音响设备制造 |
| 3853 | 家用通风电器具制造 | 3953 | 影视录放设备制造 |
| 3854 | 家用厨房电器具制造 | | |
| 3955 | 家用清洁卫生电器具制造 | | |
| 3956 | 家用美容、保健电器具制造 | | |
| 3857 | 家用电力器具专用配件制造 | | |
| 3859 | 其他家用电力器具制造 | | |

资料来源：《国民经济行业分类》（GB/T 4754－2011）。

① 本章由暨南大学产业经济研究院朱盼、李璇、李洪春、陶锋执笔。

家用电器为人们的生活和工作提供了许多便利、提高了效率，已融入现代家庭生活和工作的各个细节，又被称为“日用电器”。目前，随着信息技术、新能源材料的开发和推广，家电产品正朝着智能化、新能源的绿色方向发展。

### 一、国外家用电器分类

国外依据家用电器带来的效用，将其分为三类：第一类是与生活最贴近的满足人们基本需求的家用电器，如洗衣机、电饭煲等，称为白色家电；第二类是给人们生活带来更高层次效用的家用电器，例如娱乐性质的电视机、DVD 等，称为黑色家电；第三类是集生活和工作功能于一体的电脑信息类家用电器，称为米色家电。除此之外，可循环利用、高效节能的家电产品被称为绿色家电。

### 二、中国家用电器分类

中国传统上将家电产品分为大家电、小家电。小家电输出功率较小、体积也较小，主要是指电磁炉、电热水壶、电风扇、电吹风、电暖器、加湿器等家电产品。与此对应的是大家电，是指输出功率较大、体积也较大的家电，主要包括空调、电视机、音响设备等。

## 第二节 全球家电产业区位分析

### 一、全球家电产业生产区位分析

#### （一）全球家电产业工业增加值及增长率

从图 6－1 中可以看出，2007～2011 年全球家电行业的工业增加值呈现出大幅波动趋势，2007～2009 年家电产业因为受到金融危机的影响而出现急速下降趋势，增长率从 12.6% 下降到 －6%；2010 年之后世界家电产业的工业增加值呈现出回暖的态势，一直稳中有增，2010 年的增长率高达 12.3%，突破 10000 亿美元。随着国际宏观经济的复苏，2015 年和 2016 年家电行业的工业增加值延续了之前的增长趋势，增长率达到 4.2% 和 4.4%。

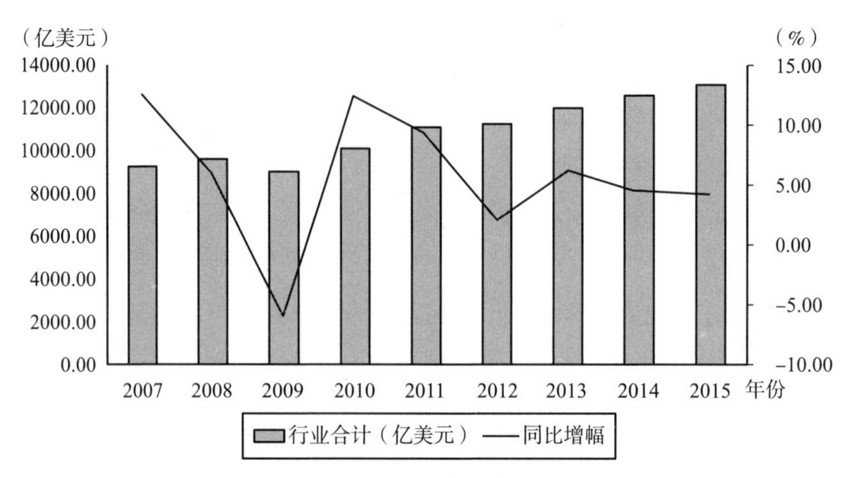


**图 6-1　2007～2014 年全球家电产业增加值**

资料来源：美国经济分析局。

## （二）全球家电产业分地区工业增加值

全球家电产品生产主要分布在北美洲、亚洲和西欧地区，80%以上的家电产品在这三个地区生产。

图 6-2 显示了 2014 年全球家电行业的生产区位分布。亚太地区占据了 42%的家电生产量，处于第一位，这主要是因为亚太地区的劳动力价格低廉并靠近原料生产地；北美的家电生产主要集中在美国以及美国与墨西哥的边境，美国是全球家电产品最早的生产地，该地区凭借先进的技术以及丰富的生产经验，成为全球第三大家电产品生产地区，家电产品产量在全球占比 17%；欧洲的意大利、德国均是家用电器及元件生产的主要地区，意大利生产的家用电器零配件大量出口到美国等家用电器制造地区，西欧地区家电产品产量在全球占比为 19%。除了这三大地区外，东欧、拉美利用接近全球家电主要生产地区的区位优势以及成本优势，家电产量逐渐提升，占据了一定比例，2014 年拉美地区的墨西哥家用电器产量在全球排名第七。

由于家电产品特征的差异，各地区家电产品生产也有所不同。成品类的家用电器由于体积、运输成本、区域贸易壁垒、市场需求等因素，多在消费市场或者邻近地区生产，较少跨区域生产出口。而家电产品的零配件则依据技术要求、生产工艺、产业链分工在不同区域生产。日本以及欧洲家用电器生产厂商技术水平高，近年来受中国、韩国家用电器低价格竞争的影响，逐渐减少了传统家用电器的生产，转向生产附加值高的消费类电子产品，如摄像机、录像机等；新兴市场国家受限于产品研发设计水平，多依靠成本、地理位置、资源优势，生产传统类型的或处于成熟期的家电产品。

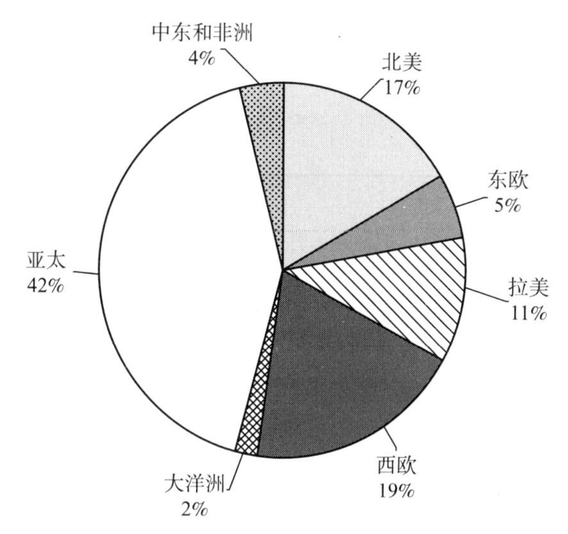


**图 6－2　2014 年全球家电产业生产区位分布**

资料来源：Euromonitor International。

## 二、全球家电产业市场区位分析

从一个国家的家电产业市场规模增长率可以更好地了解该国家电市场的发展，图 6－3 显示的是 2014 年世界家电产业前十大国家的市场规模及市场份额。受益于庞大的家电产品消费市场和稳定发展的经济，2014 年全球家电市场规模增速最快的是中国，增长速度为 26.6%，高达 1087.4 亿美元，领先位于第二位的美国 11.7 个百分点；巴西和德国家电市场的增长也十分明显，2014 年增长率分别排名第四位和第五位；日本作为传统的家电制造业大国，2014 年的市场规模为 258.3 亿美元。

总体而言，全球家电市场呈现出缓慢复苏的态势，特别是新兴国家和地区，上升趋势非常明显，如“金砖五国”中的中国、巴西和印度。综合考虑目前家电产品的技术水平、市场饱和度以及市场需求，预期随着世界经济的好转，全球家电市场将会缓慢进入上升通道，平稳发展，而新兴市场由于市场饱和度低、市场需求大、购买能力的提升，将具有更大的家电产品产销潜力。

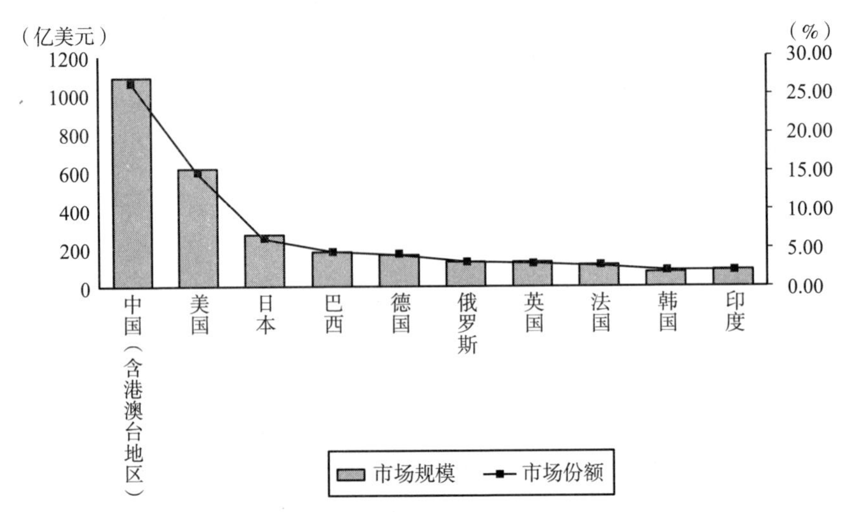


**图 6－3 2014 年世界家电产业市场规模前十大国家**

资料来源：美国经济分析局。

## 三、全球家电产业重点企业概况

表 6－2 显示了 2015 年全球家电领导品牌所占市场份额情况，其中包括重点企业品牌所属国家和占有率。从表中可以看出，中国的海尔在全球家电市场的占有率高达 10.4%，列全球第一位，并且这也是海尔连续六年位居世界第一，市场占有率首次突破两位数。中国本土品牌美的的实力也不容小觑，其市场份额达到 3.7%。中国四大家电品牌的总市场占有率达到 16.40%。韩国知名品牌 LG 和三星一共创造了 2.70% 的市场份额。日本作为传统的家电制造大国，其松下电器占据了 2.5% 的市场份额。欧洲家电产业的代表品牌飞利浦占据了全球家电市场 4.1% 的份额，是德国两大品牌博世和博朗总和的 2 倍。

**表 6－2 2015 年全球家电领导品牌市场份额**

| 地区 | 国家 | 公司品牌 | 占有率（%） | 合计（%） |
| --- | --- | --- | --- | --- |
| 欧洲 | 德国 | 博世 | 1 | 2 |
| | | 博朗 | 1 | |
| | 瑞典 | 伊莱克斯 | 1.10 | 1.10 |
| | 荷兰 | 飞利浦 | 4.10 | 4.10 |

续表

| 地区 | 国家 | 公司品牌 | 占有率（%） | 合计（%） |
|---|---|---|---|---|
| 亚太 | 中国 | 格力 | 1.20 | 16.40 |
| | | 九阳 | 1.30 | |
| | | 海尔 | 10.2 | |
| | | 美的 | 3.70 | |
| | 韩国 | 三星 | 1.20 | 2.70 |
| | | LG | 1.50 | |
| | 日本 | 松下 | 2.50 | 2.50 |
| 北美 | 美国 | Oral－B | 1.50 | 4.80 |
| | | 百得 | 1.60 | |
| | | Corsair | 1.70 | |

资料来源：全球家电产业统计年鉴。

## 第三节　中国家电产业区位分析

中国家电产业从20世纪80年代兴起，现阶段已形成世界规模最大的家电市场，具有较强的国际竞争力和完整的产业链，市场增长率显著高于全球平均水平。受劳动力成本低、交通便利、经济基础好、市场需求大、产业优惠政策等多种因素吸引，世界各大家电企业纷纷抢占中国市场。而中国家电企业在努力提升自身竞争实力之后，也逐渐“走出去”，向国外家电市场拓展，例如海尔公司通过在海外设厂、出口海外的形式实施国际化战略。

### 一、中国家电产业生产区位分析

#### （一）中国家电产业总产值

中国是家电产品“生产大国”，全球70%左右的家电产品是在中国制造的。从表6－3可以看出，近13年来我国家电行业总产值、出口总额及其增速总体上呈稳步上升趋势。其中家电行业总产值每年平均增速接近15%，出口总额每年平均增速接近20%。但在2008年时，家电行业总产值增速开始下降，到2009年达到最低点，增速仅为6.70%，2010年又骤然升高到31.40%。2010年后，受中国经济增长转入中高速增长阶段、欧债危机等因素影响，中国家电行业工业总产值及增速有所下滑，已从高速发展趋势转为平稳发展趋势（见图6－4）。

表6－3　2002～2015年中国家电行业总产值、出口总额及增速

| 年份 | 工业总产值（亿元） | 增速（%） | 出口总额（亿美元） | 增速（%） |
|---|---|---|---|---|
| 2002 | 2143.61 | 19.83 | 89.4 | 42.70 |
| 2003 | 2602.34 | 21.40 | 126.9 | 42 |
| 2004 | 3295.16 | 23.00 | 174.9 | 37.80 |
| 2005 | 4051.48 | 21.86 | 218.3 | 24.80 |
| 2006 | 5141.89 | 26.90 | 264.8 | 21.30 |
| 2007 | 5990.30 | 16.50 | 348.0 | 27.10 |
| 2008 | 6965.95 | 13.90 | 358.5 | 13.20 |
| 2009 | 7432.67 | 6.70 | 307.9 | －13 |
| 2010 | 9641.98 | 31.40 | 400.3 | 30 |
| 2011 | 11281.12 | 17.00 | 472.3 | 18 |
| 2012 | 11400.00 | 13.00 | 506.0 | 6.8 |
| 2013 | 12540.00 | 10.00 | 553.0 | 9.9 |
| 2014 | 13794.00 | 11.00 | 580.0 | 5 |
| 2015 | 15173.40 | 10.00 | 626.4 | 8 |

资料来源：中国轻工业年鉴及新闻。

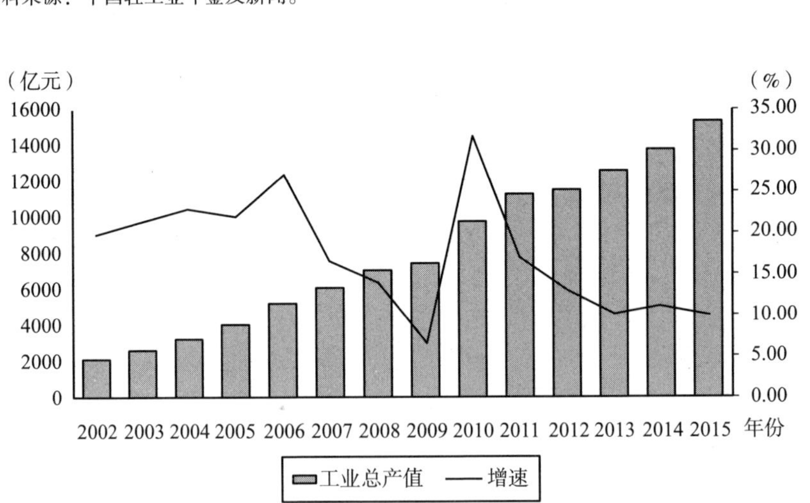


图6－4　2002～2015年我国家电行业工业总产值及增速

资料来源：中国轻工业年鉴及新闻。

众所周知，2012年的经济形势极为复杂，世界经济复苏乏力，需求疲软，经济下行压力凸显。2009～2013年，持续几年的以旧换新和家电下乡等激励政策透支了市场，短期刺激了企业的产能扩张。刺激政策退出之后，市场必然萎缩，随着市场需求的下降，家电企业的产能出现了过剩。同时，人民币升值、通货膨胀、税费高以及营销、研发、人力、物流、原材料、劳动力成本高等因素导致了家电产业产值增速放缓，这从2011～2015年家电行业工业总产值增速和出口总额增速较平稳可以看出。

### （二）中国家电产业资产和销售

广东省在白色家电领域处于绝对重要的地位，截至2013年11月，其白色家电产业的资产与收入分别达到1517.97亿元和2440.52亿元，均排名全国第一位，并且其资产和收入均实现了高速增长，分别为25.21%和40.19%。浙江省、山东省、江苏省以及安徽省白色家电产业的资产和销售收入总量排名均在前五名内，除了山东省的资产增长率为负以外，其余三省均呈现出强势增长的态势。湖北省的资产增长率高达38.72%，销售收入增长率达到46.03%，两项指标的增长率均排名第一位，可见其巨大的生产和消费潜力，这也和近年来中西部地区承接产业转移有关（详见表6-4）。

**表6-4 2014年1～12月白色家电资产和收入前十大省（市）** 单位：亿元

| 地区 | 资产总计 | 同比增长（%） | 比重（%） | 地区 | 销售收入 | 同比增长（%） | 比重（%） |
|---|---|---|---|---|---|---|---|
| 全国 | 3584.40 | 15.84 | 100.00 | 全国 | 5319.11 | 29.73 | 100.00 |
| 广东省 | 1517.97 | 25.21 | 42.35 | 广东省 | 2440.52 | 40.19 | 45.88 |
| 浙江省 | 505.82 | 23.07 | 14.11 | 山东省 | 608.75 | 11.15 | 11.44 |
| 江苏省 | 448.76 | 10.86 | 12.52 | 江苏省 | 556.98 | 23.60 | 10.47 |
| 山东省 | 336.79 | -13.54 | 9.40 | 浙江省 | 539.97 | 23.01 | 10.15 |
| 安徽省 | 170.15 | 22.71 | 4.75 | 安徽省 | 271.38 | 39.91 | 5.10 |
| 上海市 | 140.97 | 7.69 | 3.93 | 上海市 | 255.60 | 21.48 | 4.81 |
| 天津市 | 83.23 | 3.74 | 2.32 | 天津市 | 140.64 | 13.49 | 2.64 |
| 河南省 | 67.74 | 29.55 | 1.89 | 湖北省 | 105.34 | 46.03 | 1.98 |
| 辽宁省 | 52.62 | -1.45 | 1.47 | 福建省 | 63.18 | -7.59 | 1.19 |
| 湖北省 | 51.80 | 38.72 | 1.45 | 河南省 | 61.80 | 22.53 | 1.16 |

资料来源：国家统计局。

### （三）中国家电产业主要产品产量

表6－5显示了2012～2015年家用电器行业主要产品的产量。由表中数据可知，2012年，冰箱、空调器、洗衣机等家用电器增幅较小，其中冰箱出现了负增长。但在2013年受国外整体经济复苏的影响，中国家用电器产品产量增长稳定，生产规模也日渐扩大，其中增长率最大的是冰箱，比上年同期增长了10.84%，产量达到9340.54万台；2015年受国内外经济整体下行的影响，冰箱、空调和洗衣机产量均出现不同程度的下滑。作为新家电代表的微波炉2012～2015年的产量逐年增加，增长率保持稳定，2015年产量高达8360.26万台。

**表6－5　2012～2015年家用电器行业主要产品产量**　单位：万台

| 产品名称 | 2012年 | | 2013年 | | 2014年 | | 2015年 | |
|---|---|---|---|---|---|---|---|---|
| | 产量 | 增幅（%） | 产量 | 增幅（%） | 产量 | 增幅（%） | 产量 | 增幅（%） |
| 冰箱/冷柜 | 8427.05 | -3.14 | 9340.54 | 10.84 | 9377 | 0.39 | 8992.37 | -4.10 |
| 空调器 | 13281.08 | 0.32 | 14333 | 7.92 | 15716.93 | 9.66 | 15649.8 | -0.43 |
| 洗衣机 | 6741.53 | 2.34 | 7202.02 | 6.83 | 7144.3 | -0.80 | 7114.33 | -0.42 |
| 微波炉 | 6999.53 | 6.90 | 7084.67 | 1.22 | 7750.13 | 9.39 | 8360.26 | 7.87 |

资料来源：根据中国产业信息数据整理得到。

根据家电行业十大生产制造省份的产品产量数据，可以考查中国家电行业生产区位的分布。由表6－6可知，空调器产量最大的省份是广东，2013年的产量达到了5793.9万台，家用冷柜产量最大的省份是山东，家用洗衣机产量最大的省则是浙江。安徽省家电生产能力也是极强的，冰箱的产量达到2973.9万台，居全国第一位，空调器以及洗衣机的产量均居全国第二位。山东省的家用冷柜产量将近600万台，处于全国首位，其他的产品产量同样位居前列。

我国家电产业的产量地区分布不均，家电产业的生产制造环节主要集中在以上海、安徽、浙江、江苏为代表的长三角地区，以广东为代表的珠三角地区以及以山东为代表的环渤海经济圈。从总量上看，长三角和珠三角地区家电产业的产能最强。

表 6-6　　2014 年中国十大家电生产大省市主要产品产量　　单位：万台

| 省市 | 家用电冰箱 | 家用冷柜 | 空调器 | 家用洗衣机 |
| --- | --- | --- | --- | --- |
| 广东 | 2014.7 | 258.8 | 5793.9 | 665.2 |
| 天津 | 49.3 | — | 218.2 | 26 |
| 上海 | 153.9 | — | 410.0 | 184.2 |
| 安徽 | 2973.9 | 57.1 | 3046.7 | 1697.8 |
| 浙江 | 939.6 | 438.1 | 565.0 | 1881.4 |
| 河南 | 517.8 | 356.7 | 5.1 | 83.2 |
| 江西 | 101.5 | 44.2 | 329.9 | 46.4 |
| 山东 | 524.4 | 599.7 | 637.3 | 651.4 |
| 湖北 | 226.1 | 132.0 | 1189.4 | 137.6 |
| 江苏 | 1063.1 | 158.9 | 270.9 | 1354.4 |

资料来源：2015 年《中国轻工业年鉴》。

## 二、中国家电产业市场区位分析

### （一）中国家电产业出口分析

中国家电行业的出口总额与其工业总产值的发展类似，于 2008 年增速开始放缓，2009 年甚至降到 13%，但是 2010 年又迅猛上升至 30%。从出口总额总体上升趋势可以看出，近十年来我国家电产业发展迅速，势头强劲。而 2008 年、2009 年家电出口额与增速的下降主要是受到金融危机的影响，金融危机爆发导致国外家电产品需求下降进而导致出口受阻，出口总额甚至出现了负增长，家电行业总产量增速也在一定程度上放缓。而 2010 年之后，中国家电行业出口总额缓慢上升，2012 年突破 500 亿美元，增长率达到 6.8%，2013 年增长率高达 9.9%（详见图 6-5）。近几年，我国家电出口回暖的原因主要有：伴随着国际经济逐步复苏，国外家电购买力提升；以智能化、节能型为特色的新一代家电产品引导了更新换代需求的增长；原材料价格上涨不快；我国出台贸易便利化政策等。

从出口家用电器种类来看（见图 6-6），2015 年出口额排名前三的家用电器是家用厨房电器具及其零件、空气调节器、冷藏冷冻箱，均属于传统家用电器，占比分别为 25.21%、16.51%、9.86%。

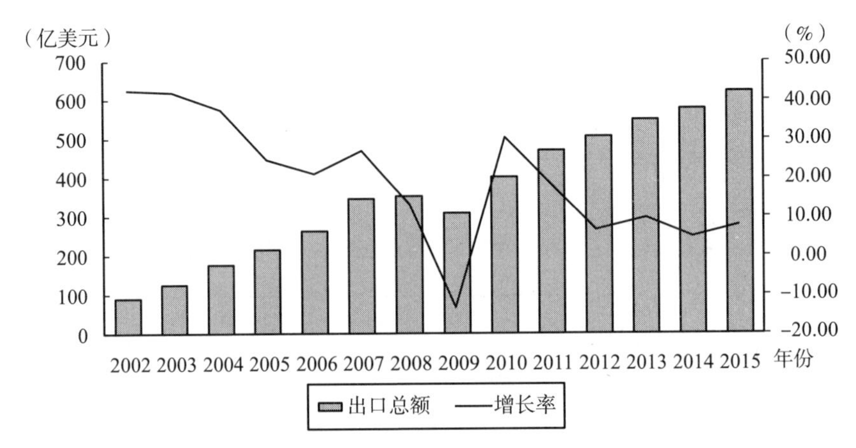


**图 6-5　2002～2015 年中国家电行业出口总额及增长率**

资料来源：中国轻工业年鉴及新闻。

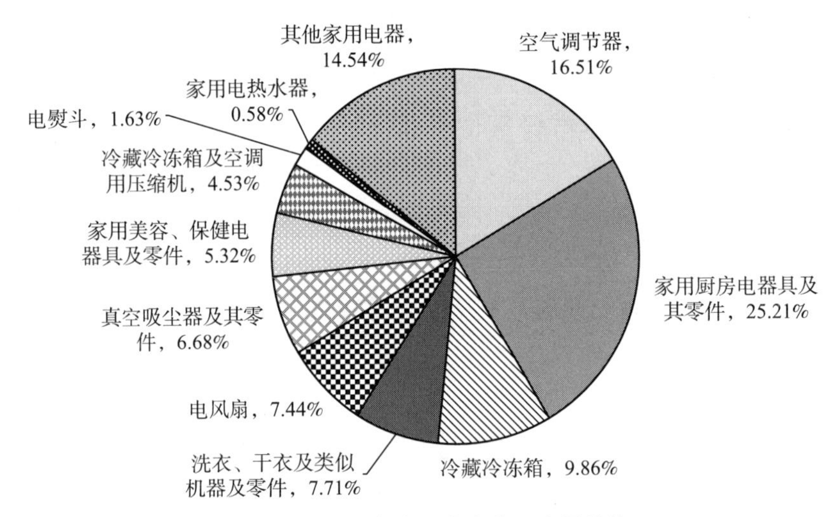


**图 6-6　2015 年中国家电出口产品结构**

资料来源：GG 中国轻工业信息中心。

从家电出口贸易国分布来看（见图6-7），2014 年中国家电产品出口额排名前五的贸易国分别是美国、日本、德国、英国、巴西，对这五个国家的家电出口总额占中国全球家电出口总额的 44.92%。在增长率方面，对美国、英国、巴西的出口额增长率（分别为 9.68%、9.51%、11.54%）高于对全球出口总额增长率（5.73%）。

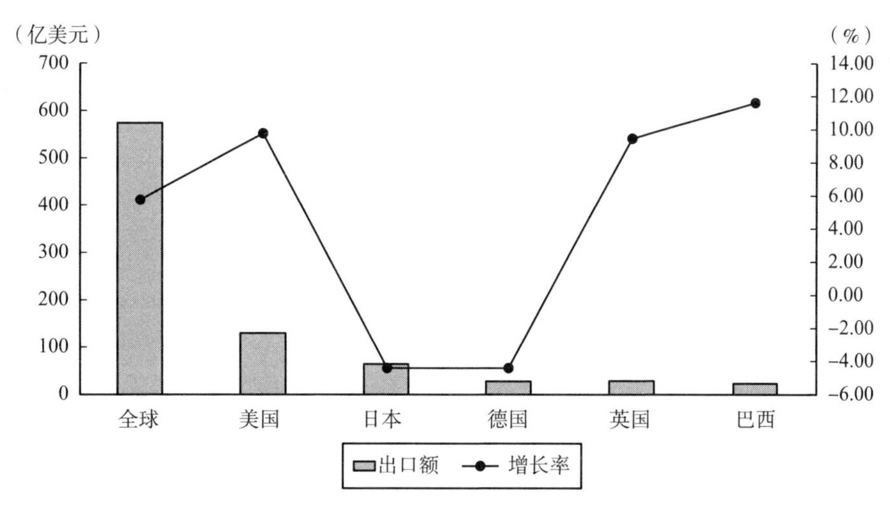


**图 6-7 2014 年中国家电出口额前五贸易国**

资料来源：根据国家统计局月度规模以上企业统计数据整理得到。

## (二) 中国家电产业分地区利润总额

2015 年，部分家用电器行业利润增长达到 20% 以上，而传统家用电器如制冷电器行业利润增长不到 7%，因此，总体上家电产业利润增长 8.37%。2014 年，中国家电产业利润总额为 931.6 亿元，比 2013 年增长 18.4%。如图 6-8 所示，广东省无论在家电产业的生产规模上还是市场销售上均具有绝

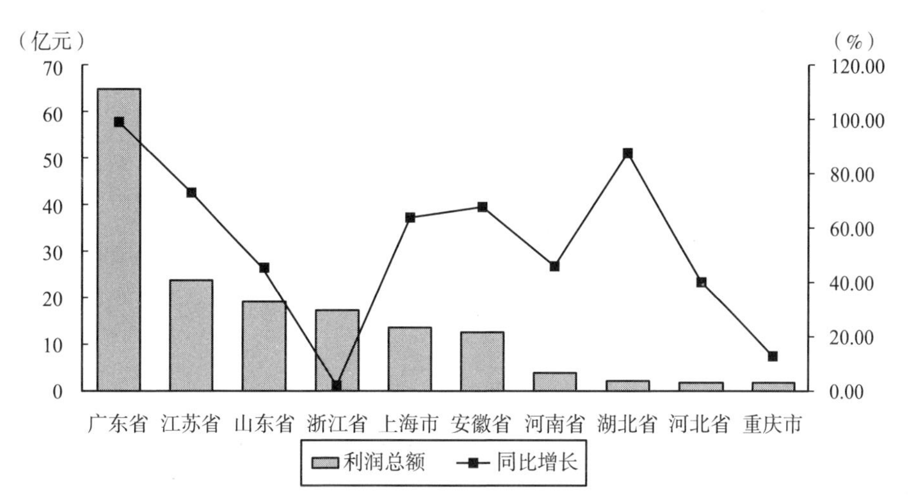


**图 6-8 2013 年白色家电利润总额前十大省（市）**

资料来源：根据国家统计局数据整理得到。

对的优势，其2013年1~11月的利润总额高达64.95亿元，同比增长接近100%，占全国利润总额的比例为39.85%。这也充分说明广东省家电行业市场容量巨大，这也和广东省近几年的经济高速发展有关。江苏省位居其后，利润总额达到23.74亿元，同比增长73.42%。山东省、浙江省、上海市、安徽省均位居前列，可以看出，东部经济发达的大省对家电的需求非常旺盛，除浙江省的增长率较低外，其余省市的同比增长率均在10%以上。

## 三、中国家电产业集聚态势

### （一）中国家电行业的三大集群

20世纪80年代初期，在高利润、高需求的驱动下，中国家电产业内建立起众多家电品牌，而由于产业发展初期，各家电企业技术水平、生产能力差异化程度较小，消费者对品牌的辨识和偏好也还未全面形成，因此，该时期传统家电行业的集中度较低，整体上呈现出均匀化、分散化的布局。随着地区经济发展水平差距的拉开、家电企业投入要素数量的区别，家电企业技术水平、生产能力以及家电产品品质表现出异质性，家电行业竞争加剧，品牌成为重要的竞争载体，竞争力强的家电企业规模不断扩大，最终占据了较大的市场份额，从而导致家电产业在空间上呈现出相对集中的布局。

中国最早的三大家电产业集群出现在广东顺德、江苏沿江、山东青岛。在国内家电消费需求成长与世界家电产业分工制造基地转移的背景下，受市场经济进一步深化、产业结构优化以及地方政府产业政策的影响，昔日的三大家电产业群渐渐发生了变化。在规模优势、地理位置优势、成本优势、经济基础优势等多重要素作用下，我国家电行业形成了新的带动范围更广的三大产业集群，分别是以环渤海经济圈、长三角经济圈、珠三角经济圈为依托的家电产业集群。三大经济圈的区位优势既有共同点，又独具特色。环渤海家电产业集群以京津冀经济带为核心，长三角家电产业集群以目前经济发展最快、国际化程度高、经济总量规模最大的上海、浙江、江苏经济带为核心，珠三角家电产业集群以走在改革开放前沿、水陆交通发达、毗邻港澳的广东地区为核心。

### （二）中国家电行业三大产业集群比较

表6-7显示了中国家电行业三大产业集群中的企业分布情况。珠三角家

电产业集群在改革开放30多年发展的积累下，家电行业产业链完整、整体优势强，拥有众多知名家电企业，企业数量约占全国家电企业数量的50%，位于顺德的美的、位于珠海的格力、位于中山的格兰仕均是珠三角家电产业集群中规模较大的核心企业。除此之外，万和、万家乐、康宝等其他家电企业实力也较强。集群内的代表性城市广东顺德，是全国最早、最大的家用电器生产基地之一，拥有全国最大的家电产品交易中心，产业配套成熟。目前，珠三角家电产业集群区域内，通过集群效应，以顺德为家用电器制造核心基地，按照产业链分工及区位优势划分出更加专业化的家电产业集群，例如以佛山、中山为中高档家电制造基地，以粤西茂、湛为经济型家电生产基地，以东莞为家电出口基地等。

**表6-7　家电行业百强重点企业分布**

| 地区 | 重点企业数量 | 重点企业名单 |
| --- | --- | --- |
| 珠三角经济圈 | 34 | 美的、格力、海信科龙、格兰仕、志高、广州松下、东菱凯琴、格兰仕家用电器（中山）、美的环境、珠海飞利浦、东芝（南海）、康宝、格兰仕空调（中山）、华凌、TCL空调器（中山）、中山奥马、广东三洋、大统营、惠而浦、艾美特、佛山海尔、汇勋、以莱特、仁星、长营、德豪润达、松下电工—万宝电器（广州）、默洛尼、三菱重工金羚空调器、博隆、中山东菱威力、耀川、联创、主力 |
| 长三角经济圈 | 36 | 三星、双良、乐金（泰州）、春兰、乐金熊猫、博西华、白雪、小天鹅、特灵（江苏）、A. O. 史密斯、金莱克、博西威、爱普、飞利浦家电（苏州）、无锡松下冷机、大金、富士通将军、夏普、三菱、上海松下、上海日立、赫比、博朗、奔腾、伊莱克斯、奥克斯、星星、杭州松下家用电器、卓力、松下电化住宅设备机器（杭州）、方太、老板、浙江苏泊尔、华日、惠康、帅康 |
| 环渤海经济圈 | 10 | 海尔、澳柯玛、九阳、大连海尔空调器、乐金、大宇微波炉、华润三洋、沈阳三洋空调、海信（北京）、新乐市电热毯厂 |
| 其他地区 | 19 | 荣事达、美的（芜湖）、美菱、合肥海尔空调、合肥海尔洗衣机、日立家用电器（芜湖）、华凌、扬子、灿坤、蒙发利、新飞、科隆、海尔（武汉）、美的（武汉）、华意、南昌奥克斯、格力（重庆）、贵州海尔、赤峰宝山 |

资料来源：中国家电信息网。

近年来，在区位优势、产业优势以及政策支持下，长三角家电产业快速发展，特别是在家用厨房电器具这一细分家电行业的全国市场上占据了主导地位。长三角家电产业集群内的知名家电企业有方太、松下、老板、樱花等，除了发展本土品牌，还吸引了大量外资家电企业集聚。集群以浙江宁波慈溪为代表，数量众多的家用电器整机生产企业和零配件配套企业使宁波成为全国三大家电生产基地之一，主要竞争产品有洗衣机、空调和家用厨房电器具，其“智慧家电、新能源家电、创意家电”是目前家电产业发展的重要方向。长三角家电产业集群发挥集聚效应，延伸辐射到安徽，促进了安徽各类家用电器的生产。

相对于珠三角、长三角家电产业集群，环渤海家电产业集群内大大小小的家电企业约占全国家电企业总数的10%，并以20家规模以上新型家电企业带动了集群内上千家配套企业的发展。集群区域内最具代表性的城市是山东青岛，核心企业有采取国际化发展战略的海尔、海信、澳柯玛等，主要竞争产品是冷藏冷冻箱、冰箱、空调等。青岛的家电智能化水平、能效水平在全国处于领先地位，2016年，其能效“领跑者”入选产品数占全国入选产品总数的51%。并且通过研发创新，海尔等国际品牌积极带动集聚区内其他家电品牌企业创造价值。

表6-8总结了中国家电产业三大产业集群的特点和模式。

表6-8 三大家电产业集群模式比较

| 地区 | 集聚模式 | 产生模式 | 发展模式 |
|---|---|---|---|
| 环渤海家电集群 | 内源型主导企业带动模式 | 单一国有企业和集体企业 | 与国外知名家电企业合作 |
| 长三角家电集群 | 市场创造产业集聚模式 | 部分国企、民营乡镇企业 | 承接国际制造业转移 |
| 珠三角家电集群 | 兼具市场创造产业集聚模式与外商直接投资集聚模式 | 乡镇企业 | 承接了部分香港地区制造业项目 |

资料来源：中国轻工业年鉴。

### （三）中国家电产业重点企业

本章根据2015年度中国轻工业百强企业名单整理出家电企业的前十名，在中国轻工业的发展中，家电产业占据了举足轻重的位置，轻工业百强企业的前五名中，有四个是家电企业，海尔集团更是以绝对优势连续六年占据着世界家电企业市场规模第一的位置。这十个企业均处于我国的三大产业集聚地，且广东和山东的大企业最多（见表6-9）。在之后的章节中，我们将选取中外具有代表性的家电产业龙头企业进行区位分析。

表6-9 2015年中国轻工业（家电）百强企业名单（部分）

| 排名 | 企业名称 | 企业所在地 |
|---|---|---|
| 1 | 美的集团股份有限公司 | 广东佛山 |
| 2 | 珠海格力电器股份有限公司 | 广东珠海 |

续表

| 排名 | 企业名称 | 企业所在地 |
|---|---|---|
| 3 | 青岛海尔股份有限公司 | 山东青岛 |
| 4 | TCL 集团股份有限公司 | 广东惠州 |
| 5 | 海信集团有限公司 | 山东青岛 |
| 25 | 广州万宝集团有限公司 | 广东广州 |
| 26 | 苏州三星电子有限公司 | 江苏苏州 |
| 36 | 广州格兰仕集团有限公司 | 广东广州 |
| 37 | 杭州金鱼电器集团有限公司 | 浙江杭州 |
| 46 | 合肥美菱股份有限公司 | 安徽合肥 |
| 50 | 上海海立（集团）股份有限公司 | 上海 |

资料来源：财富中文网及中国轻工业年鉴。

## 四、中国家电行业发展新动态

家电产品需求与房地产市场繁荣高度相关，在国家一系列政策影响下，地产数据的走强将为家电行业的发展带来契机。除此之外，我国的能效“领跑者”制度和“中国制造 2025”等一系列国家战略的出台，以及家电智能化概念的深化，都为家电行业的发展提供了有力的支持。

### （一）房地产市场回暖

随着政府目前的二套房政策和房地产去库存政策的实施，房地产市场回暖将为家电行业的进一步发展提供机遇，有数据显示，新房销售对家电需求的拉动超过 30%。新的房地产政策对二套房需求提振明显，有利于释放二套房的购买潜力，从而提振新房销售量。新房销售量提高，房屋装修工程增加，对家电等基础设备的需求是刚性的。

### （二）能效“领跑者”制度

自 2009 年以来，国家财政部、工信部等多个部门先后出台“家电下乡、以旧换新、节能减排”等数轮补贴，在促进家电行业繁荣的同时，也造成其对政策高度依赖的局面。2013 年 6 月以来，相关补贴政策暂停，家电行业也陷入调整的泥潭。为了配合大气污染防治，国家相关部委在 2015 年 1 月印发了

《能效“领跑者”制度实施方案》，将量大、节能潜力大的空调、电冰箱等家用电器纳入实施范围，对达到一定标准的能效“领跑者”进行激励，相当于是节能减排补贴政策的升级版。

2015年4月，新疆家电行业协会正式开启新疆首届“家电以旧换新惠民活动”，对彩电、冰箱（冷柜）、洗衣机、空调、厨电五类家电产品开展以旧换新活动，同时给予消费者资金补贴，最高补贴金额400元，这一活动也将在一定程度上促进家电销售。

#### （三）“中国制造2025”

2015年5月，国务院指出，中国制造业应该着力于六大战略任务与重点，聚焦五大工程，家电行业作为核心制造业，应紧跟整体制造业发展形势，逐步转型升级。中国家用电器协会正在制定《中国家电工业“十三五”发展指导意见》，为家电行业在“十三五”期间的发展提出方向、目标和建议。

#### （四）家电智能化

2015年是家电智能化概念的落地之年，主要家电巨头均提出智能化战略并发布相关产品。四川长虹的“启客智能”系列产品已经升级到二代；格力的董明珠也推出了自产的智能化手机；三星发布了首款双曲面手机，并在店面采用交互式视频墙的方式改善消费者的体验。

## 第四节 美的区位战略研究

### 一、公司概况

#### （一）公司简介

美的于1968年在广东佛山顺德创立，主要生产塑料瓶盖、玻璃瓶盖、皮球等产品。1980年美的开始生产风扇，正式进入家电业，1981年注册“美的”商标，1985年成立美的空调设备厂，进入空调领域，是国内最早生产空调的企业之一，从此家电行业所需的资金、设备、技术和人才等各方面都逐步发展起来。1988 年美的取得国家机电产品出口基地资格，开始自营进出口贸易。2013 年，美的集团整体上市，整合了大家电、小家电、电机、物流业务，实现了家电产业纵横向、前中后端以及渠道的全方位协同发展（洪仕斌，2013）。

美的多年来专注于白色家电领域，现已成为一家以家电制造业为主的大型综合性企业，涉足空调、洗衣机、冰箱、照明电器、房地产、物流等领域。旗下拥有小天鹅、威灵控股两家子上市公司，以及美的、小天鹅、威灵、华凌、安得、美芝等十余个品牌。其主要家电产品有家用空调、商用空调、冰箱、洗衣机、微波炉、风扇、厨电等。公司现拥有中国最完整的空调产业链、冰箱产业链、洗衣机产业链、微波炉产业链和洗碗机产业链；拥有中国最完整的小家电产品群和厨房家电产品群；在全球设有 60 多个海外分支机构，产品远销 200 多个国家和地区。

在 2014 年“中国最有价值品牌”评比中，美的品牌价值达到 683.15 亿元，名列全国最有价值品牌第 5 位。在 2015 年《财富》中国 500 强榜单中，美的排名第 32 位，为家电行业第一，在 2015 年福布斯全球企业榜中，美的集团进入世界 500 强。2015 年，美的成为首家获得标普、惠誉、穆迪三大国际信用评级的中国家电企业，评级结果在全球家电行业以及国内民营企业中均处于领先地位；在睿富全球 2015（第 21 届）中国品牌价值 100 强名单中，“美的”品牌以 716.11 亿元位列中国最有价值品牌排行榜第 6 位。

### （二）公司市场表现

1. 营业收入。2007～2015 年，美的营业收入整体呈现增长的趋势，在全球家电行业增速集体下滑的形势下，美的产品力和经营效率不断提升，保持了较为平稳的发展速度。2008～2009 年同比增速为 4.19%，相对于 2008 年有所下降，主要是受到 2008 年金融危机的影响。2014 年美的集团整体实现销售收入 1423.11 亿元，在产品结构整体升级及原料价格低位波动的形势下保持了平稳增长。2015 年营业收入为 1393 亿元，同比下降 2.11%，主要是因为国际家电市场萧条、竞争加剧（见图 6－9）。

2. 主要事业领域。美的事业领域主要分为大家电、小家电、电机、物流。家用空调事业部是集家用、商用空调产品开发、生产、服务于一体的经营平台，涵盖了以下产品：分体机、窗机、除湿机、移动空调、柜机 5 大类，150 多个产品系列，3000 多个产品型号。美的中央空调是中央空调、空气源热泵热

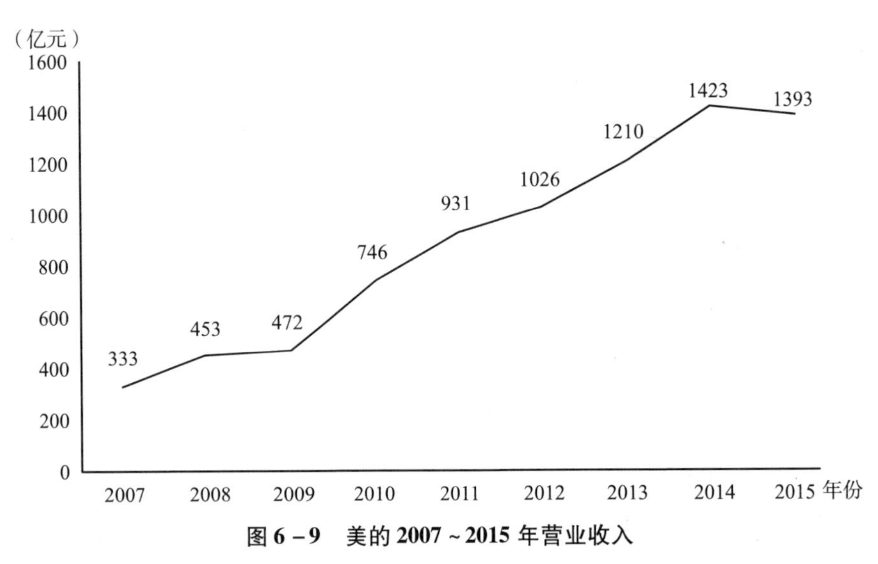


**图 6-9 美的 2007~2015 年营业收入**

资料来源：美的 2007~2015 年年报。

水机设备制造企业，美的中央空调拥有顺德、重庆、合肥、贵雅四大生产基地，三大系列成套产品，即大型冷水机组、多联机、空气源热泵。美的冰箱事业部是研发、制造冰箱及相关冷冻产品的家电企业，主要产品涉及冰箱、冷柜、酒柜等，目前同时经营着“美的”“华凌”“小天鹅”三个知名品牌。美的洗衣机事业部已拥有洗衣机专利 600 多项，自主软件著作权 200 多项，主要生产全自动波轮、滚筒、搅拌式全种类洗衣机。厨房电器事业部产品覆盖微波炉、大烤箱、吸尘器、烟机、灶具、消毒柜、小烤箱、面包机等产业，分别在顺德、苏州、芜湖设有三大生产基地，海外建有白俄罗斯生产基地，是目前全球最大的微波炉制造基地。美的电机事业部设有广东顺德、安徽芜湖、江苏常州、江苏淮安四大生产基地六个工厂，产品包含洗衣机电机、洗碗机电泵等。安得物流股份有限公司是由美的集团、新加坡吉宝物流投资的中外合资物流企业，主要为家电、消费品企业提供专业物流服务，在全国范围内设立 170 多个物流服务平台。美的 2015 年各产品的收入占比如图 6-10 所示。

3. 主要产品与服务营业收入。同 2014 年相比，2015 年美的主要产品的同比增速都有所下降，大家电 2015 年营业收入为 879.32 亿元，同比下降了 4.84%，主要受到空调及其零部件需求下降的影响，大幅度降雨导致空调需求降低，库存压力大，同时各品牌之间的价格战减少了空调的收入。2015 年小家电营业收入为 354.46 亿元，同比增长 8.36%，在全球家电市场需求降低、

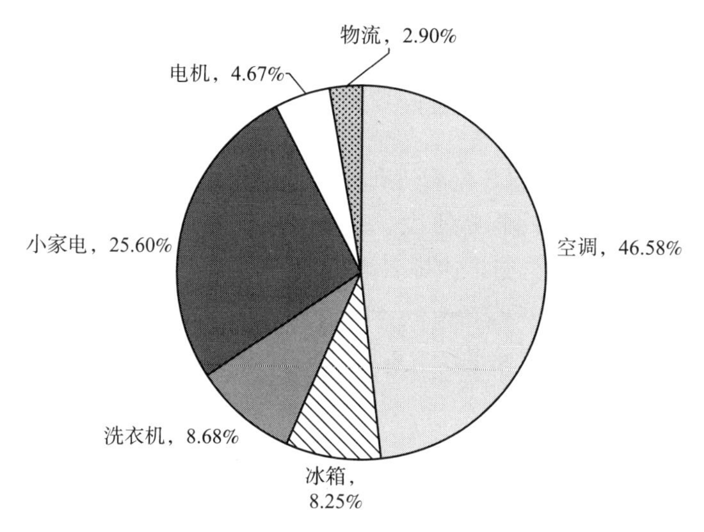


**图 6－10　美的 2015 年分产品收入占比**

资料来源：美的 2015 年年报。

竞争加剧的形势下，美的凭借成本优势实现了小幅上涨。2015 年洗衣机及冰箱同比增长分别为 20.49%、17.47%，受到家电市场整体萧条的影响，增速小幅下降。电机 2015 营业收入为 64.71 亿元，同比下降 10.36%，2015 年美的在机器人产业进行布局，以期带动电机、智能家居等产业发展。2015 年物流营业收入为 40.09 亿元，同比上升 12.45%，主要是家电销量有所下降，美的旗下安得物流公司营业收入增速放缓（详见表 6－10）。

**表 6－10　美的主要产品与服务营业收入**　　单位：亿元

| 主要产品 | 2015 年 | | 2014 年 | |
|---|---|---|---|---|
| | 营业收入 | 同比增长（%） | 营业收入 | 同比增长（%） |
| 大家电 | 879.32 | －4.84 | 924.02 | 17.92 |
| 空调及零部件 | 644.92 | －11.3 | 727.05 | 16.93 |
| 小家电 | 354.46 | 8.36 | 327.10 | 17.48 |
| 洗衣机及零部件 | 120.18 | 20.49 | 99.74 | 23.85 |
| 冰箱及零部件 | 114.23 | 17.47 | 97.24 | 19.59 |
| 电机 | 64.71 | －10.36 | 72.20 | 4.85 |
| 物流 | 40.09 | 12.45 | 35.65 | 35.47 |

资料来源：美的 2014～2015 年年度报表。

4. 市场占有率与市场排名。美的集团各产品零售额市场占有率排名稳定，保持在前四的水平（见表6－11）。美的电饭煲、电磁炉、电压力锅、电水壶在2014年和2015年均排名第一，市场占有率较高，主要是小家电产品；2014年和2015年空调的市场占有率均排在第二，仅次于格力空调；美的洗衣机在2014～2015年市场占有率保持不变，市场排名均为第二，其中洗衣机分品牌排名中小天鹅排名第一，荣事达排名第四。微波炉作为美的核心竞争产品，市场占有率较高，2015年下降0.5%，市场排名从第二降为第三，主要竞争对手为格兰仕和松下。美的冰箱市场占有率有所上升，市场排名保持不变。

**表6－11　　2014～2015年美的产品市场占有率及市场排名**

| 品类 | 2015年 | | 2014年 | |
| --- | --- | --- | --- | --- |
| | 市场占有率（%） | 市场排名 | 市场占有率（%） | 市场排名 |
| 电饭煲 | 43.2 | 1 | 42.2 | 1 |
| 电磁炉 | 48.6 | 1 | 47.5 | 1 |
| 电压力锅 | 42.7 | 1 | 42.1 | 1 |
| 电水壶 | 32.2 | 1 | 31.7 | 1 |
| 水设备 | 27.9 | 1 | 33.6 | 1 |
| 空调 | 25.2 | 2 | 24.7 | 2 |
| 洗衣机 | 21.3 | 2 | 21.3 | 2 |
| 微波炉 | 44.6 | 3 | 45.1 | 2 |
| 吸尘器 | 11.3 | 3 | 12.5 | 3 |
| 热水器 | 12.2 | 3 | 10.8 | 3 |
| 油烟机 | 8.8 | 3 | 7.8 | 4 |
| 冰箱 | 9.6 | 4 | 8.2 | 4 |
| 灶具 | 7.2 | 4 | 6.7 | 4 |

资料来源：中怡康市场数据。

## 二、美的公司区位扩张历程和特征

### （一）美的区位扩张的主要历程

1. 扩张准备阶段（1992～1997年）。在中国经济体系不断完善、政府政策利好的大环境下，美的通过与日本知名家电品牌三洋、东芝等进行技术合作，产品不断多样化，为区位扩张提供了较好的技术基础。例如，1994年10月，美的成立美的电饭煲制造有限公司，并就模糊逻辑电脑电饭煲项目与日本三洋达成合作协议，逐步探索自主研发生产技术。

2. 国内市场与海外市场同步扩张阶段（1998～2010年）。这一阶段美的在国内外都进行了快速扩张。国内市场上，1998年美的走出广东，收购了安徽芜湖丽光空调厂，并于2000年建立了美的芜湖工业园，这是美的打开华东市场、辐射全国的重要基地，开启了异地发展的新篇章。此后美的由东南沿海地区向内陆扩张，相继在武汉、合肥、重庆、贵溪等地建立了生产基地。例如，2004年收购重庆通用，成立重庆生产基地，主要负责中央空调以及家用空调的生产。同时，美的看中长江三角洲地区优越的地理位置以及产业集群的集聚效应，2005年设立苏州生产基地，主要生产清洁电器产品。在中国政策红利慢慢消失、劳动力及原材料成本不断上升的形势下，美的在海外市场的布局集中于劳动力成本低廉及原材料丰富的发展中国家。2007年，美的在越南平阳建立了小家电生产基地、2008年建立了空调生产基地，开启了海外布局之旅；2008年在白俄罗斯建立了生产基地，主要生产微波炉、烤箱等家电，是拓展欧美市场的一个主要基地；2010年美的在埃及建立了生产基地，成立辐射非洲、中东和南欧的重要基地。

3. 战略转型阶段（2011年至今）。传统家电制造商的利润空间有限，加之国际家电市场需求减少，美的经过长时间的产能扩张，渐渐将战略重心转向转型升级，加大在高端化、智能化产品的研发以及高端人才引进等方面的资金投入，调整全球化布局，拓展欧美市场等，2014年美的在顺德建立创新中心，并增设中央研究院与智慧家居研究院，以提高科技实力，向产业链高端转型升级；2016年美的收购东芝，获得了东芝品牌40年的全球许可，以及家电研发的相关专利，并被授权使用由东芝持有的其他家电相关专利，有助于美的向“智造”转变。

### （二）美的区位扩张的主要特征

1. 全球布局产能。美的集团于1968年在广州顺德成立，初期主要在东南沿海地区进行扩张，如在顺德、中山等地建立生产基地，1998年美的收购安徽丽光空调厂建立第一个生产基地是美的异地扩张的开端。此后美的相继在武汉、合肥、贵溪等中部地区，重庆等西部地区，河北、江苏等中部地区布局产能。美的在海外市场的扩张主要选取劳动力低廉、市场需求广阔、土地和原材料丰富的发展中国家，例如，2007年在越南建立的生产基地是辐射东南亚地区的重要基地；2008 年建立的白俄罗斯生产基地是拓展欧美市场的一个主要基地；2010 年建立的埃及生产基地是辐射非洲、中东和南欧的重要基地。

2. 立足本国，充分利用全球研发资源。美的在广东顺德设立全球研发中心，充分利用中国总部的资金和技术优势，在全球区位扩张的过程中完善研发环节。将研发中心布局在上海，可以充分利用本土资源，实现产研结合，同时充分利用长三角地区产业集聚的外部性，提高研发效率；在美国、德国、日本等发达国家的研发机构布局受益于当地发达的家电市场和研发技术的外溢性，有助于学习当地知名品牌的技术优势。

3. 先并购再建厂。美的进入目标市场，通常是通过并购当地比较有知名度的家电或家电上下游关联企业打开市场，再通过在当地设置生产基地占据更大的市场份额。例如，2004 年收购重庆通用，建立了重庆生产基地；2010 年收购埃及 Miraco 公司 32. 5% 股权，建立了美的埃及生产基地。

## 三、美的公司区位扩张的模式及影响因素

### （一）区位扩张模式

1998 年美的收购安徽芜湖丽光空调厂并建立生产基地标志着美的区位扩张的开始。美的集团主要的区位扩张模式分为战略合作、兼并收购以及合资。

1. 战略合作。美的主要通过与其他知名家电品牌进行技术合作来提升产品品质并实现产品多样化。1993 年美的同日本三洋进行技术合作研发模糊逻辑电脑电饭煲以及 1999 年同日本东芝、日本三洋在空调方面的技术合作都是为了提升产品品质、提高美的核心产品的竞争力。1992 年同日本芝浦电机制作所、细田贸易株式会社在 RP 塑封电机方面的合作是为了开拓新的事业领域。

2. 兼并收购。美的早期的并购活动是为了扩展产品业务，一般并购成功后会直接在当地建立生产基地。1999 年，美的收购东芝万家乐 60% 的股权，进入了全新的空调压缩机领域，拉开了美的收购兼并、资本运作的序幕（黄治国，2009）。2004 年，美的收购华凌，进入冰箱领域；收购荣事达，切入洗衣机领域；收购重庆美通，进入大型中央空调领域；收购清江电机，切入大型工业电机领域。2005 年，并购江苏春华，进入吸尘器领域。2008 年，美的收购小天鹅，进一步扩大了在洗衣机领域的优势。2011 年，美的进行了两次大型

的海外并购，收购了阿根廷生产基地和巴西的生产基地，推进了美的的国际化进程，进一步壮大了南美洲市场。

3. 合资。美的集团通过与许多知名企业合作，取得了不错的效果，进一步拓展了美的集团的多元化经营版图，为美的扩大国际化大市场打下坚实的基础。2008 年 2 月 18 日，美的与日本东芝开利株式会社合资，成立了“安徽美芝制冷设备有限公司”，切入冰箱压缩机领域。2008 年，美的与开利合资成立了“美的开利制冷设备有限公司”，在家用空调、商用空调等领域进行合作。2012 年，美的集团合资建立印度生产基地，全面拓展东南亚版图，同时该基地也是印度空调生产的最大基地之一。2014 年美的集团引入小米科技有限公司作为战略合作伙伴（见表 6－12）。

**表 6－12　美的集团重大扩张事件**

| 年份 | 主要事件 | 扩张模式 |
|---|---|---|
| 1993 | 与日本三洋在模糊逻辑电脑电饭煲领域进行合作 | 战略合作 |
| 1998 | 与东芝在空调压缩机领域进行合作 | 战略合作 |
| 1998 | 收购安徽芜湖丽光空调 | 兼并收购 |
| 2000 | 与意大利梅洛尼在洗碗机领域进行合作 | 战略合作 |
| 2001 | 收购日本三洋的磁控管工厂 | 兼并收购 |
| 2004 | 与东芝开利签署合作协议，先后收购荣事达、华凌 | 兼并收购 |
| 2005 | 收购江苏春花，为吸尘器产业发展奠定了基础 | 兼并收购 |
| 2008 | 收购无锡小天鹅，做大做强冰洗产业 | 兼并收购 |
| 2008 | 与日本东芝合作建立安徽美芝制冷设备有限公司 | 合资 |
| 2010 | 海外全资控股子公司收购埃及 Miraco 公司，布局非洲 | 兼并收购 |
| 2011 | 收购建立巴西生产基地，拓展南美洲市场 | 兼并收购 |
| 2012 | 与开利合作成立印度合作公司 | 合资 |
| 2015 | 美的集团与希克斯合资建立公司 | 合资 |
| 2015 | 广东安川美的工业机器人有限公司 | 合资 |

资料来源：美的官网。

## （二）美的集团区位分布的影响因素

1. 成本因素。白色家电领域的不同子行业之间的关联度非常高，技术、原材料、目标客户以及销售渠道都可以进行整合，以大大降低生产成本和销售费用，产生规模经济效应。例如，美的 2004 年收购荣事达，建立美的合肥基地，加快在冰洗行业的发展，降低了生产成本，增强了企业在市场上的竞争力。此外，目标市场的原材料和劳动力成本也是美的区位扩张过程中着重考虑的一个因素，例如，2007 年在越南设立小家电生产基地，主要是考虑到越南的人力成本低，优惠政策多，其所处地理位置符合美的在亚太地区的布局，更有利于其产品向亚太地区辐射。

2. 集聚因素。从国内的产业分布来看，珠江三角洲、长江三角洲、环渤海地区以及中西部产业集群是家电行业的主要生产集聚区，美的考虑到集聚效应带来的正外部性，在我国的产业布局在珠江三角洲、长江三角洲、环渤海地区三个家电产业集群的基础上，向中西部地区延伸，在全国进行产业布局。美的总部在广东顺德，初始阶段主要在东南沿海地区进行扩张，例如在珠江三角洲地区的广州、中山等家电产业发达的地区建立生产基地，向长江三角洲延伸，在江苏建立生产基地，随后沿长江深入内陆，在我国中西部家电产业集群效应明显的安徽、湖北等地建立了生产基地。

3. 政策因素。在美的区位扩张过程中，政府政策的支持是其考量的一个重要因素。20 世纪 80 年代我国开始进行经济改革，美的加快在东部沿海地区的产业布局，以享受经济特区的政策红利。2000 年我国开始实施西部大开发，2006 年实施中部崛起计划，在政府政策支持下，美的开始将市场慢慢转向湖北、江西等中西部地区。现阶段，在全球家电需求萎缩以及我国房地产市场低迷的大形势下，“家电下乡”、出口退税率上调和轻工业振兴规划等政策的出台，大大刺激了白色家电产品的需求。美的电器也抓住了这一契机，在区位扩张过程中，将农村市场作为战略重点，将市场渐渐由城市延伸到农村地区。

## 四、美的公司价值链区位扩张分析

### （一）价值链区位概况

美的总部所在地顺德主要负责研发和财务方面。生产制造分布在华南、华北、华东、华中和西南五大区域，海外则主要分布在成本优势明显、市场需求广阔的越南、巴西等地；研发国内分布在顺德和上海，海外主要分布在研发资源丰富的日本、新加坡、韩国、美国、德国等地；物流分布在广东、安徽和江苏等地。美的公司一直深深扎根于国内，因此美的集团的子公司中，分管市场的公司遍布中国的五大区域，且都设在这些区域的中心城市，如华北地区的北京、华东地区的合肥、华中的湖北武汉、西南地区的重庆以及华南的广东和香港。公司在海外还建有东南亚、欧洲和北美洲市场的销售中心，如辐射东南亚地区的马来西亚、新加坡和越南，欧洲的法国和西班牙，北美洲的加拿大和美国（见表6－13）。

表6－13 美的价值链区位分布

| 总部 | 顺德 | |
|---|---|---|
| 生产 | 华南 | 顺德、广州、中山 |
| | 华北 | 临汾、邯郸 |
| | 华东 | 合肥、芜湖、无锡、淮安、苏州、常州 |
| | 华中 | 武汉、荆州、贵溪 |
| | 西南 | 重庆 |
| | 国外 | 越南、白俄罗斯、埃及、巴西、阿根廷、印度 |
| 研发 | 国内 | 顺德、上海 |
| | 国外 | 新加坡、日本、韩国、美国、德国 |
| 物流 | 佛山、宁波、芜湖、合肥 | |
| 销售 | 全球 | |

资料来源：美的官网。

美的国内的重要子公司分布在广东、安徽、江苏三大省份（见表6－14）。在广东的重要子公司主要为制造公司，负责空调、电机以及小家电的生产，依托总部资源，实现更好的协调管理；美的在合肥和芜湖地区除制造公司外，均设有物流公司，借助于安徽位于华东地区、长三角腹地，承东启西、贯通南北的地理优势，减少运输成本，增加产品竞争力；美的在宁波、无锡、淮安设有制造公司，在宁波还设有物流公司。江苏省位于东部沿海，海运便利，处于长三角中心区域，邻近长三角核心城市上海，铁路、高速公路便利。重要的销售子公司位于香港地区、澳门地区、新加坡，香港地区是国际金融中心，澳门地区背靠珠三角，面向港台地区，新加坡地处马六甲海峡东口，便于对外出口。此外，由于低廉的劳动力成本以及巨大的市场需求，美的在巴西也设有一家重要的子公司，主要从事空调生产。

表 6－14　美的重要子公司价值链分布

| 国家（地区） | 所在地 | 环节 | 子公司名称 | 具体职能 |
| --- | --- | --- | --- | --- |
| 广东 | 佛山市 | 生产 | 广东美芝制冷设备有限公司 | 空调制造 |
| | | | 广东美的制冷设备有限公司 | 空调制造 |
| | | | 广东美的暖通设备有限公司 | 空调制造 |
| | | | 广东威灵电机制造有限公司 | 电机制造 |
| | | | 佛山市威灵洗涤电机制造有限公司 | 电机制造 |
| | | | 广东美的厨房电器制造有限公司 | 小家电制造 |
| | | | 佛山市顺德区美的电热电器制造有限公司 | 小家电制造 |
| | | 金融 | 美的集团财务有限公司 | 金融业 |
| 安徽 | 合肥市 | 生产 | 合肥美的电冰箱有限公司 | 电冰箱制造 |
| | | | 合肥美的暖通设备有限公司 | 空调制造 |
| | | | 合肥美的洗衣机有限公司 | 洗衣机制造 |
| | | 物流 | 合肥安得物流有限公司 | 货物仓储运输 |
| | 芜湖市 | 生产 | 安徽美芝精密制造有限公司 | 空调制造 |
| | | | 芜湖美智空调设备有限公司 | 空调制造 |
| | | | 安徽美芝压缩机销售有限公司 | 空调制造 |
| | | | 广东美的集团芜湖制冷设备有限公司 | 空调制造 |
| | | | 芜湖威灵电机销售有限公司 | 电机制造 |
| | | | 威灵（芜湖）电机制造有限公司 | 电机制造 |
| | | | 芜湖美的厨卫电器制造有限公司 | 小家电制造 |
| | | 物流 | 安得物流股份有限公司 | 货物仓储运输 |
| 江苏 | 宁波市 | 生产 | 宁波美的联合物资供应有限公司 | 空调制造 |
| | | | 浙江美芝压缩机有限公司 | 空调制造 |
| | | 物流 | 宁波安得物流有限公司 | 货物仓储运输 |
| | 无锡市 | 生产 | 无锡小天鹅股份有限公司 | 洗衣机制造 |
| | | | 无锡飞翎电子有限公司 | 洗衣机制造 |
| | 淮安市 | 生产 | 淮安威灵电机制造有限公司 | 电机制造 |
| 香港地区 | 香港地区 | 销售 | 美的国际贸易有限公司 | 出口贸易 |
| | | 金融 | 美的国际控股有限公司 | 控股投资 |
| 澳门地区 | 澳门地区 | 销售 | 卡普澳门离岸商业服务有限公司 | 出口贸易 |
| 新加坡 | 新加坡 | 销售 | 美的新加坡贸易有限公司 | 出口贸易 |
| | | | 美的电器（新加坡）贸易有限公司 | 出口贸易 |
| 巴西 | 巴西 | 生产 | Springer Carrier Ltda. | 空调制造 |

注：重要子公司指控股（包括直接控股和间接控股）比例较大或具有战略性意义的公司。
资料来源：美的 2015 年年报。

## （二）生产区位

美的公司在国内建有 15 个生产基地，分别位于广东顺德、广州、中山，安徽合肥及芜湖，湖北武汉及荆州，江苏无锡、淮安、苏州及常州，重庆，山西临汾，河北邯郸，江西贵溪，辐射华北、华东、华中、西南、华南五大区域（吴京婷，2011）。广东、江苏和安徽芜湖是美的区位布局的关键：广东家电产业发达，区位优势明显，是美的总部所在地。江苏位于长江三角洲，交通便利，承接发达地区产业转移的配套设施完善，同时江苏沿海开发享受国家政策红利。安徽紧靠长江三角洲经济区，在西部大开发战略中具有独特的承东启西、连南接北的区位优势。安徽省地处长江、淮河中下游，连接内陆且临海，有利于产品向国内和国际市场运输。

美的在越南、白俄罗斯、埃及、巴西、阿根廷、印度 6 个国家设有生产基地，主要负责空调的生产。2007 年美的越南小家电生产基地的设立标志着其海外生产布局的开始。越南西与老挝、柬埔寨交界，美的将其作为海外扩张的第一站主要是看中东盟地区巨大的家电市场需求以及市场潜力；北与我国广西、云南接壤，丰富的劳动力资源以及价格低廉的土地能缓解美的成本上升的压力。白俄罗斯地理位置优越，西近欧盟市场，东邻俄罗斯，交通便利，运输成本低，机械制造业、冶金加工业处于世界领先水平，教育基础良好，劳动力整体素质高，具备一定的产业配套能力，是美的扩展欧洲市场的重要基地（见表 6 - 15）。

**表 6 - 15　　美的主要生产基地**

| 地区分布 | 成立时间 | 基地类型 | 主要业务领域 |
|---|---|---|---|
| 广东顺德基地 | 1998 | 压缩机基地 | 空调 |
| | 1999 | 厨房家电基地 | 微波炉 |
| 广东中山基地 | 2003 | 环境电器基地 | 环境电器制造 |
| 广东广州基地 | 2004 | 空调、冰箱基地 | 低碳空调、冰箱 |
| 安徽芜湖基地 | 1998 | 空调、厨房家电压缩机 | 空调、微电机 |
| | 2010 | 太阳能生产基地 | 太阳能热水器 |
| 安徽合肥基地 | 2004 | 冰箱基地、压缩机基地 | 冰箱、冷柜、洗衣机、空调、物流、大宗原材料采购 |
| 湖北武汉基地 | 2004 | 空调基地 | 家用空调、物流 |
| 湖北荆州基地 | 2008 | 冰箱基地 | 冰箱、冷柜、洗衣机、物流 |
| 重庆基地 | 2004 | 空调基地 | 冷水机组、风冷热泵、空调、物流 |

续表

| 地区分布 | 成立时间 | 基地类型 | 主要业务领域 |
| --- | --- | --- | --- |
| 江苏淮安基地 | 2004 | 冰箱基地 | 冰箱 |
| 江苏苏州基地 | 2005 | 厨房家电基地 | 厨房电器、清洁家电产品 |
| 江苏无锡基地 | 2008 | 厨房家电基地 | 微波炉、电饭煲 |
| 江苏常州基地 | 2011 | 小家电基地 | 电机、风机 |
| 山西临汾基地 | 2008 | 空调基地 | 空调、电压力锅 |
| 河北邯郸基地 | 2010 | 空调基地 | 家用空调 |
| 江西贵溪基地 | 2010 | 小家电基地 | 节能灯、节能灯毛管 |
| 越南基地 | 2007 | 小家电基地 | 小家电 |
|  | 2008 | 空调基地 | 空调 |
| 泰国基地 | 2007 | 风扇基地 | 风扇 |
| 白俄罗斯基地 | 2008 | 厨房家电基地 | 微波炉、烤箱、吸尘器 |
| 埃及基地 | 2010 | 空调基地 | 家庭空调、商用空调、中央空调 |
| 巴西基地 | 2011 | 空调基地 | 家用空调分体器、窗机产品 |
| 阿根廷基地 | 2011 | 空调基地 | 家用空调 |
| 印度基地 | 2012 | 空调基地 | 空调 |

资料来源：作者根据美的公司各年年报及网络资料整理得到。
注：泰国风扇基地于2008年迁往越南。

### （三）研发区位

美的实施“以技术合作为基础，逐步由外围到核心，强化自主创新，树立技术优势”的技术发展战略，坚持每年按销售收入的3%以上比例进行科技创新投入。在研发过程中美的始终坚持以消费者需求为导向，致力于由“制造”向“智造”转变，旗下空调、冰箱、洗衣机、洗碗机、微波炉等14个主要产业均已经掌握了各自的核心技术，包括直流变频技术、智能感知技术、全降膜蒸发技术、涡轮动力技术、蒸汽技术等。2012年美的IADD自动投放智能洗衣机首创自动投放洗涤剂技术，推动了低碳节能技术创新和绿色制造升级，荣获了国家科技进步奖。美的进一步推动战略转型升级，2014年在广东顺德建成了美的全球研发总部，包含美的中央研究院、美的智慧家庭研究院以及各个事业部的研发部门。美的研发区位扩张经历了从国内到东亚，再从东亚到欧美的扩张历程。其区位分析见表6－16。

表 6-16　美的研发区位

<table>
<tr><td rowspan="2">中国</td><td>顺德（总部）</td><td rowspan="2">1. 我国三大家电品牌美的、格力、海尔聚集，研发外部性利于设计更贴合市场需求的产品，增加产品竞争力。此外，家电产业上下游集聚，产业链完整，凸显规模效益。<br>2. 我国人口众多，政府对本国品牌的支持政策、城镇化的加快使得家电需求增加，市场空间广阔。<br>3. 我国国内铜、铝、钢材以及塑料等家电行业原材料丰富；土地，劳动力成本较低。</td></tr>
<tr><td>上海</td></tr>
<tr><td rowspan="3">东亚</td><td>新加坡</td><td rowspan="3">1. 经济发展速度快，发展潜力大，家电市场需求大，市场空间广阔。<br>2. 家电行业发达，研发的外部性可减少家电研发的阻力，缩短研发期限。<br>3. 地理位置优越，为进入欧洲市场提供了很好的平台。</td></tr>
<tr><td>日本</td></tr>
<tr><td>韩国</td></tr>
<tr><td rowspan="2">欧美</td><td>美国</td><td rowspan="2">1. 欧美地区经济发达，市场需求主要集中在环保、智能等高端家电产品，有利于美的调整业务结构，向利润空间更大的价值链上游转移。<br>2. 欧洲具有西门子、飞利浦等国际家电品牌，技术先进，在市场本地研发，贴近市场，利于研发竞争力更强的产品。</td></tr>
<tr><td>德国</td></tr>
</table>

资料来源：作者根据资料绘制得到。

### （四）销售区位

美的销售网络遍及全球150多个国家和地区，在美国、德国、加拿大、英国、法国、意大利、西班牙、阿联酋、日本、香港地区、韩国、印度、菲律宾、新加坡、泰国、俄罗斯、巴拿马、马来西亚、越南等地设有20多个海外机构。其中家用空调产品出口量连续七年位列中国第一，冰箱、洗衣机、中央空调的外销产品出口名列前茅。

美的集团将全球市场分割为国内与国际两个部分，2011～2015年，美的国内收入都远远大于国外收入，2015年国内市场的营业收入为791亿元，约为国外收入的1.6倍，这说明美的主要销售市场为国内市场。2011～2015年国内收入整体呈上升趋势，2012年出现大幅度下滑，与家电推动政策退出、持续房产调控以及家电市场内需疲软有关；在国外市场，美的通过全球领先的生产规模和经验，多样化的产品覆盖，推动了海外品牌构建，加快了由“OEM为主”向“OBM为主”转变，2001～2015年国外收入从259亿元上升到494亿元，整体呈现不断上升的趋势（见图6-11）。但国际上的关税壁垒降低的同时，强制性安全认证、产品质量及管理体系认证等非关税壁垒作用日益凸显，加重了企业的成本，对美的海外市场扩张提出了新的挑战。

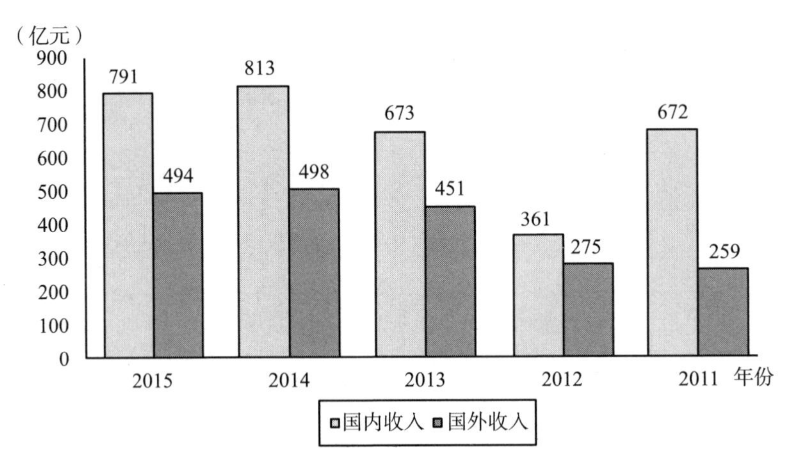


**图 6－11　美的 2011～2015 年国内外收入情况**

资料来源：美的历年财务报表。

## 五、结论与启示

美的集团经过 40 多年的发展，专注白色家电 30 余年，目前已经成为世界 500 强企业，是国内家电企业区位扩张较为成功的典型代表。通过上文对美的区位扩张历程、模式、特征、影响因素以及价值链区位扩张的分析，我们对其经验总结如下：

### （一）在全球范围内优化价值链配置

美的在区位扩张过程中非常注重价值链的配置，例如生产机构设立在埃及、巴西、阿根廷等劳动力丰富、成本优势明显的地区；研发机构设立在新加坡、日本、美国等高端人才集聚、研发资源丰富的地区；销售中心布局在交通便利、经济发达的香港地区、澳门地区、新加坡等地；美的在主要生产基地配备了物流公司，例如安徽芜湖的合肥安得物流有限公司。全球布局产业链可以充分利用比较优势，整合全球资源，实现企业更好的发展。

### （二）与家电知名品牌进行战略合作

相对于其他国际家电品牌，美的自主创新能力还有待提高。在区位扩张过程中，美的善于与其他家电知名品牌进行合作，来提高自身的竞争力。例如，早在 1992 年，美的就与日本芝浦电机制作所、细田贸易株式会社进行战略合作研究 RP 塑封微型电机，2000 年与意大利梅洛尼合作生产洗碗机。

### （三）大规模并购

美的在区位扩张过程中，进入目标市场一般采取先并购当地具有一定知名度的企业，再在当地建立生产基地占领市场。这种扩张方式可以增加当地用户的认同度，降低进入目标市场的难度，让企业迅速实现扩张。美的收购荣事达、重庆通用、广州华凌，一方面扩大了美的的产能，增加了产品多样性，另一方面，通过收购，美的获得品牌知名度，快速在全国进行扩张。

然而，美的在区位扩张过程中还存在创新不足的问题，主要通过并购进入目标市场，没有培养自身的核心竞争力，不利于在国际市场走得更远。目前美的已经将战略重心转移到提高自身研发能力，2014 年在顺德建立了全球研发中心。

**参考文献**


[1] 美的官网．美的集团［EB/OL］. http：//www. midea. com/cn/about_midea/.

[2] 美的集团．美的电器股份有限公司 2011 ~2015 年年度报告［R］. 2016.

[3] 黄治国．变革之美——何享健经营管理思想研究［D］. 中山大学，2009.

[4] 吴京婷．MD 集团供应链金融研究［D］. 广东工业大学，2011.

[5] 洪仕斌．美的航母远行：左手机制 + 右手产权［J］. 家用电器（绿色家电），2013.

# 第七章　汽车产业区位发展研究[①]

## 第一节　行业界定

汽车产业内涵分为狭义和广义两个维度。狭义上，汽车产业是指生产各种汽车主机、部分零配件或进行装配的工业部门，即一般所称的汽车工业，包含生产发动机、底盘和车体等主要部件，并组装成车的主机厂和专门从事各种零部件生产及供应的配件厂。从广义上来看，汽车产业还应包括汽车服务贸易业，具体是指汽车物流、汽车养护和美容、汽车改装维修、汽车配件基地、汽车租赁、汽车置换、汽车俱乐部、汽车以及其相关产品的营销等数十个汽车服务领域。

根据《国民经济行业分类》（GB/T 4754－2011）标准，汽车产业的内涵主要包括汽车整车及其零部件制造业等，具体如表7－1所示。

**表7－1　　汽车行业分类代码**

| 代码 | 行业名称 | 代码 | 行业名称 |
|---|---|---|---|
| 291 | 橡胶制品业 | 364　3640 | 电车制造 |
| 2911 | 轮胎制造 | 365　3650 | 汽车车身、挂车制造 |
| 361　3610 | 汽车整车制造 | 366　3660 | 汽车零部件及配件制造 |
| 362　3620 | 改装汽车制造 | 517 | 机械设备、五金产品及电子产品批发 |
| 363　3630 | 低速载货汽车制造 | 5172 | 汽车批发 |

① 本章由暨南大学产业经济研究院王余妃、李洪春、赵锦瑜、陶锋执笔。

续表

| 代码 | 行业名称 | 代码 | 行业名称 |
|---|---|---|---|
| 5173 | 汽车零配件批发 | 711 | 机械设备租赁 |
| 526 | 汽车、摩托车、燃料及零配件专门零售 | 7111 | 汽车租赁 |
| 5261 | 汽车零售 | 801 | 汽车、摩托车修理与维护 |
| 5262 | 汽车零配件 | 8011 | 汽车修理与维护 |

资料来源：《国民经济行业分类》（GB/T 4754－2011）。

本章重点分析狭义的汽车产业（汽车工业）尤其是汽车制造业的区位布局与发展，同时兼顾对汽车企业选址决策的研究。

## 第二节 全球汽车产业区位分析

专业化、精细化的汽车产业价值链分工促进了汽车产业全球化特征的形成，全球汽车生产和消费的区位分布一致。四大生产中心分别为：以德国为中心的欧洲地区，包括德国、西班牙；以美国为中心的美洲地区，包括美国、墨西哥、巴西；以中国为中心的新兴市场，包括中国、印度和泰国；以日本为中心的东亚地区（除中国），包括日本、韩国。四大消费贸易区位分别是：以法国、德国、意大利、西班牙、英国等老牌发达国家为核心的欧洲市场；以美国为核心的北美市场；以日本和韩国为中心的东亚市场；以中国、印度、印度尼西亚、泰国等发展中国家为核心的泛东南亚新兴市场。其中，发达国家和新兴经济体逐步迈入汽车产业更新换代、品质升级的阶段，发展中国家的汽车产量和消费需求处于规模扩张阶段。

### 一、全球汽车产业生产区位分析

2015 年全球汽车产量为 9068.3 万辆，其中亚太地区产量为 4779 万辆，份额高达 53%；其次为欧洲和美洲，汽车产量分别为 2110 万辆、2096 万辆；地域辽阔的非洲由于工业程度低、经济落后，汽车产量份额仅为 1%（详见图 7－1）。三大地区形成了四大汽车生产中心，分别是德国和西班牙的欧洲区位、美国区位、日本和韩国的东亚区位、中国和印度的亚洲新兴区位。

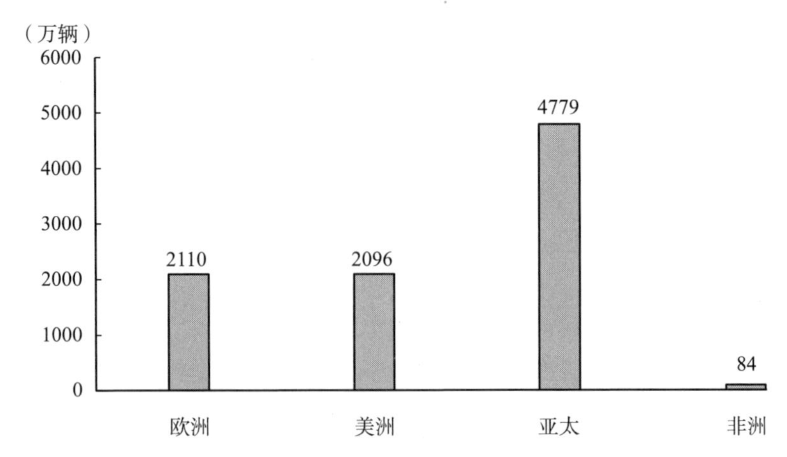


**图 7－1　2015 年世界各大区域汽车产量**

资料来源：根据 OICA 资料整理得到。

## （一）欧洲汽车产业生产区位分析

欧洲汽车工业形成了以德国为中心的生产区位，包括德国与西班牙。2015 年，欧洲汽车产量为 2110 万辆，占全球汽车产量的 23%。图 7－2 反映了 2008～2015 年欧洲汽车产量的趋势。2008 年、2009 年欧洲汽车工业受金融危机影响，汽车产量为负增长，2009 年的增长率为－21.7%，2010 年汽车产量上升，此后欧洲汽车产量保持在较低的增长水平。这从侧面反映出全球汽车工业制造中心开始转移，这可能是受该地区逐年增长的劳动力成本的影响。

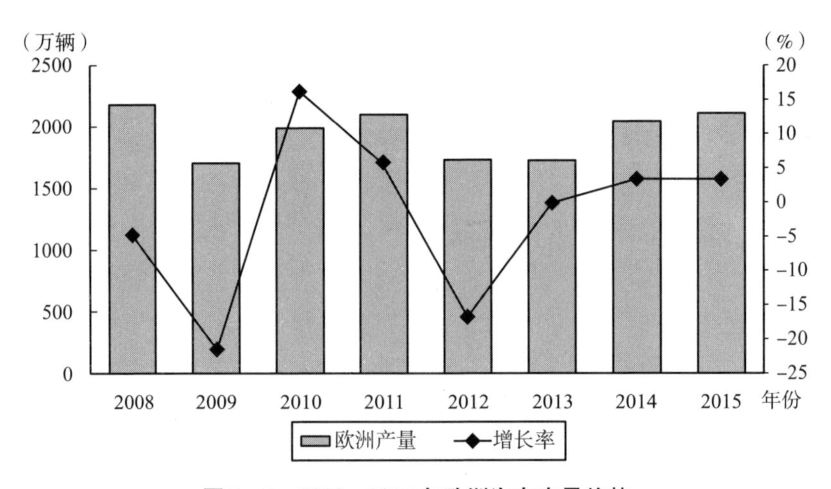


**图 7－2　2008～2015 年欧洲汽车产量趋势**

资料来源：根据 OICA 资料整理得到。

欧洲工业发展较早，汽车行业作为其工业构成的一部分，借助精细化做工、杰出的车型设计等，迅速发展，经历了产业繁荣时期，并且不断更新产品生命周期，使其汽车产业前进动力源源不断。但受外部经济环境、石油能源供应等宏观因素影响，同时由于欧洲部分地区汽车已较普遍、市场需求趋于饱和，部分地区经济发展缓慢或者停止，汽车需求不足，两方面作用下欧洲本土汽车消费需求增长势头疲软，汽车工业呈现徘徊和低速增长态势。

21 世纪以来，欧洲汽车产业受到多方面的冲击，产量和销量均处于不断下降的阶段，且下降的速度较快，说明欧洲市场已趋近于饱和，同时随着经济全球化形成的市场一体化，欧洲本土的汽车制造业已逐步失去了竞争优势。尤其在 2010 年，全球汽车市场扭转了金融危机带来的下行趋势，逐步复苏、回暖，而与北美、亚洲及新兴市场等地区表现良好的汽车市场相比，受欧债危机困扰，欧洲地区各国经济萎靡不振，汽车市场的疲弱之势没有显著改变，让汽车行业复苏之路更加艰难。

德国是欧洲汽车工业生产区位的中心，西班牙也是欧洲的汽车生产大国。图 7 –3 反映了 2015 年欧洲汽车产量前五位国家的份额，排名前五位的国家分别是德国、西班牙、法国、英国、俄罗斯，前五位国家的生产份额达到 65. 43%，其中西班牙和德国的市场份额占到了 41. 56%。

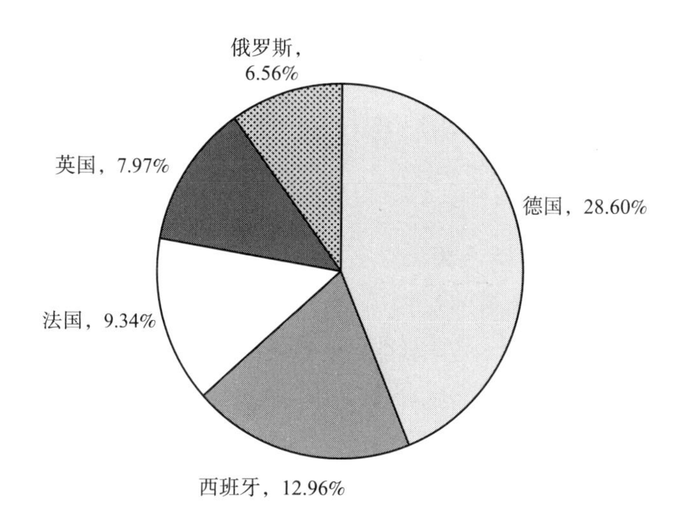


**图 7 –3　2015 年欧洲汽车产量前五位国家的份额**

资料来源：根据 OICA 资料整理得到。

### （二）美洲汽车产业生产区位分析

美洲汽车工业形成了以美国为中心的生产区位，包括美国、墨西哥和巴西。2015 年美洲汽车产量为 2096 万辆，图 7－4 反映的是 2008～2015 年美洲汽车产量的趋势。受 2008 年金融危机影响，2008 年、2009 年美洲汽车产量为负增长，2009 年增长率最低，为－25.7%，2010 年美洲汽车工业走出危机，开始复苏，增长率高达 30.7%，达到顶点。此后美洲汽车工业增长率缓慢下降，基本维持在较低水平的正增长率。与欧洲汽车工业相比，美洲汽车工业的复苏能力更强，除了美国这一经济大国之外，南美洲的新兴国家如墨西哥、巴西也为美洲汽车工业的稳定增长提供了不可忽视的推力。

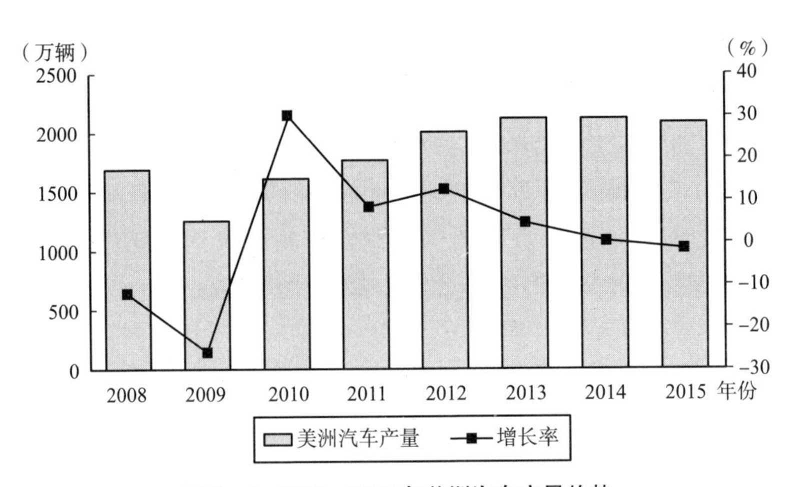


**图 7－4 2008～2015 年美洲汽车产量趋势**

资料来源：根据 OICA 资料整理得到。

图 7－5 反映的是 2015 年美洲汽车产量前三位国家的份额，前三位国家的汽车产量占了美洲汽车产量的 86.3%，行业集中度较高。可以看出，美洲的汽车生产中心依然在美国，而墨西哥、巴西等新兴市场的汽车产量份额也在提高。OICA 数据显示，墨西哥和巴西是 2015 年全球汽车产量前十名国家之一，原因可能在于，墨西哥是日系整车厂在美洲的出口基地，日系汽车零部件配套企业纷纷在墨西哥、巴西等地建立生产基地，提升了这一地区的汽车工业产能。

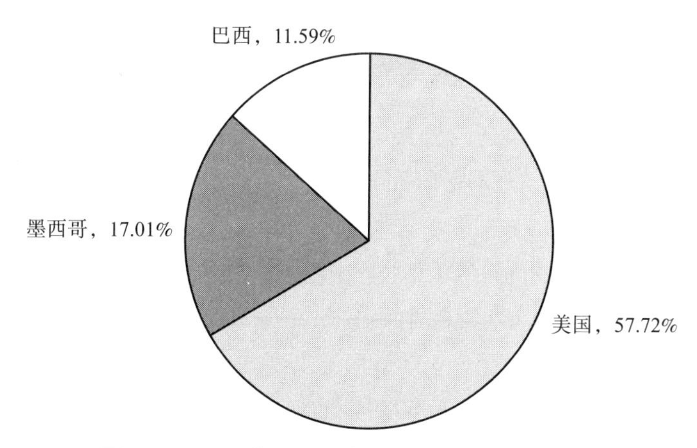


**图7-5　2015年美洲汽车产量前三位国家的份额**

资料来源：根据OICA资料整理得到。

近年来，美国汽车产量占比呈缓慢下降趋势，原有的强势地位有所削弱，2008年汽车产量高达900万辆，到2015年这一数据下降为约400万辆，下跌了将近一半。与此同时，墨西哥抓住经济转型发展机遇，与日本等汽车厂商合作。汽车产量逐年增加，在美洲国家中产量占比不断增加，早期和加拿大水平相当，现在已经大幅超过了加拿大。而加拿大汽车产量维持在100万~200万辆，总体来说有所下降，但降幅较小不明显（见图7-6）。

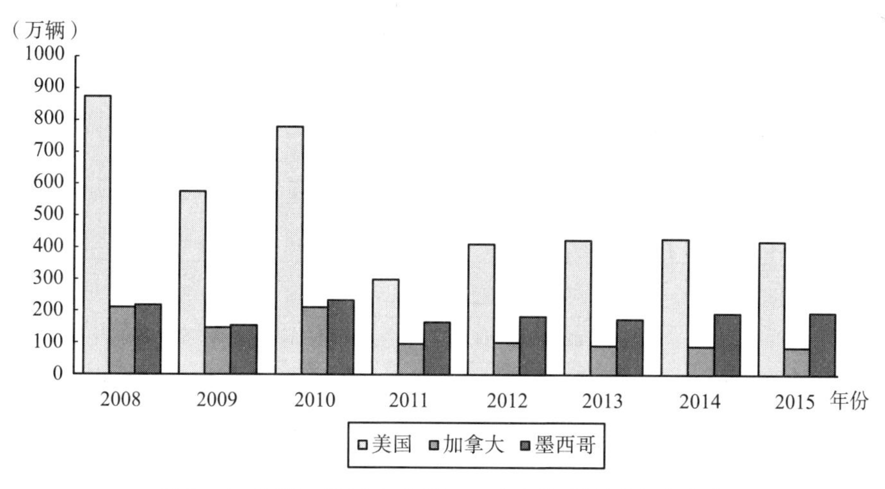


**图7-6　2008~2015年美国、加拿大和墨西哥汽车产量**

资料来源：中国汽车协会统计数据。

### （三）亚太地区汽车产业生产区位分析

根据OICA统计数据的分类方式，亚太地区包括澳大利亚、孟加拉、中国、印度、印尼、伊朗、日本、马来西亚、巴基斯坦、菲律宾、韩国、台湾地区、泰国、越南。

亚太地区汽车工业形成了两个生产中心：一是以日本为中心的东亚生产中心，包括日本、韩国；二是以中国为中心的泛东南亚生产中心，包括中国、印度和泰国等新兴国家。

2015年亚太地区汽车产量为4779万辆，占全球产量的53%。图7－7反映的是2008～2015年亚太地区汽车产量，对亚太地区而言，金融危机提供的机遇大于挑战。在三大汽车生产区位中，亚太地区汽车工业受2008年金融危机的影响最小。2009年欧洲、美洲汽车产量增长率均为负，而亚太地区当年汽车产量虽然增幅降低，但仍处于增长轨道，增长率为0.8%；2010年亚太地区汽车产量增长率高达28.87%。充分反映了在2008年金融危机的冲击下，全球汽车工业生产区位开始从发达的欧美市场转移到以中国为中心的新兴国家或地区。

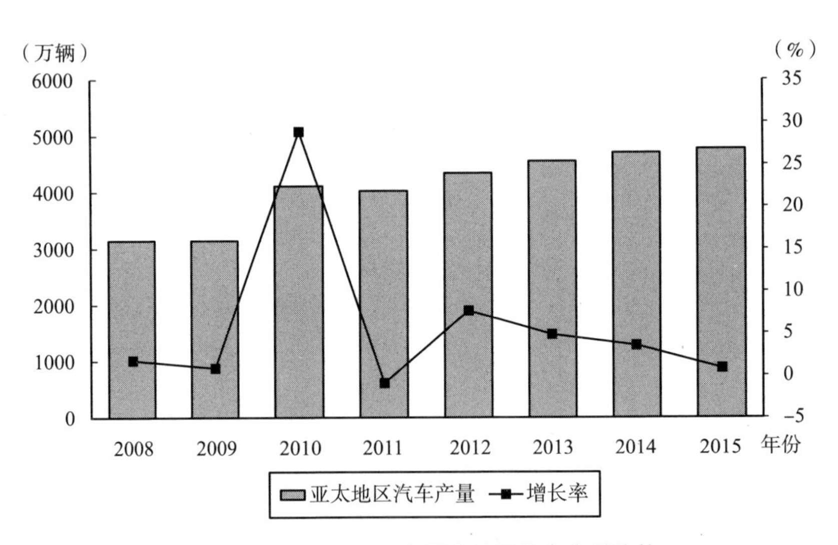


**图7－7　2008～2015年亚太地区汽车产量趋势**

资料来源：根据OICA资料整理得到。

图7－8反映了2015年亚太地区汽车产量前五位国家的份额，产量排名前五位国家的市场份额总和达92.87%，行业集中度很高。其中，中国汽车产量

占亚太地区的54.28%，值得一提的是，2010年亚太地区汽车产量的增长率为28.87%，中国汽车产量增长率更高达32.4%，高增长率的原因除了中国一直以来的劳动力成本优势外，还与中国政府把汽车工业定位为支柱产业，并配以相应力度的支持政策有关。受到中国汽车消费市场的辐射带动效应影响，加上最近几年中国劳动力成本攀升导致的劳动力比较优势弱化，直接有利于东南亚国家推进汽车工业的发展，如印度、印度尼西亚、越南、泰国等也成为亚太地区汽车工业生产中的新兴市场（见图7－9）。

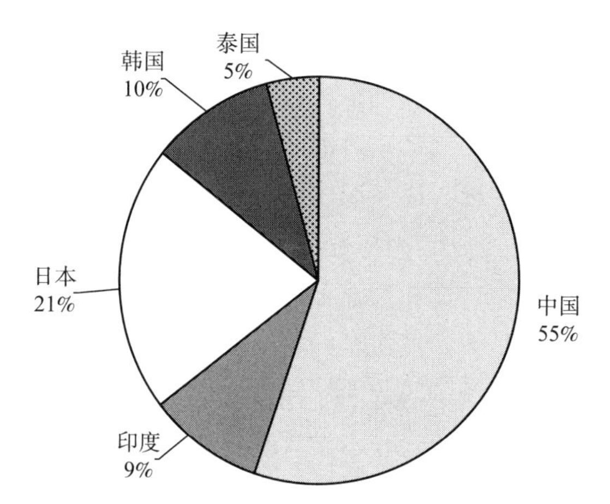


**图7－8　2015年亚太地区汽车产量前五位国家的份额**

资料来源：根据OICA资料整理得到。

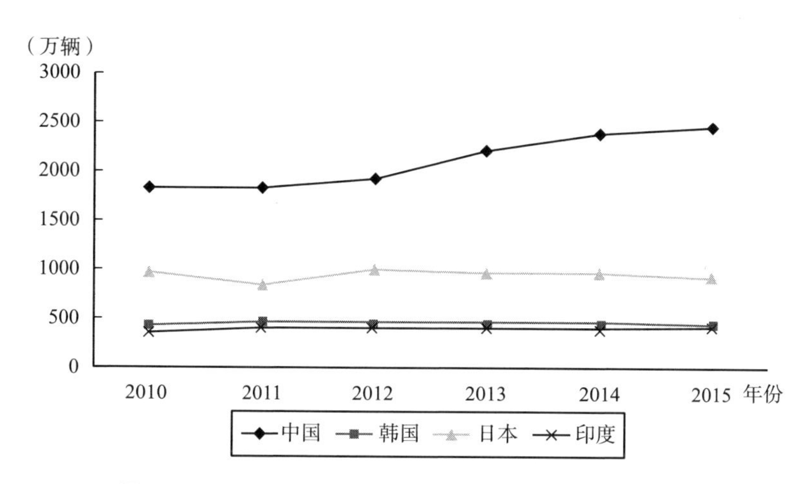


**图7－9　2010～2015年亚太地区主要国家汽车产量趋势**

资料来源：根据OICA资料整理得到。

近十多年来，亚太地区一直是世界经济发展最快的地区，加之人口众多，汽车拥有率明显偏低，与发达国家的平均水平存在差距，市场潜力巨大。尤其是中国，过去十年来汽车行业发展迅猛，2003 年中国汽车产量和销量只占世界总量的7%，而 2012 年这两个比例都达到了 25%，增长幅度较快。同时，中国汽车产量和销量占亚太地区汽车产量和销量的比重在逐年上升，2012 年将近 50%，这个比例凸显了中国汽车行业在亚太地区举足轻重的地位，代表着中国汽车产业的竞争实力正在不断增强。

日本汽车产业产量和销量在世界排名第三，其丰田、本田等一批企业品牌多年来保持领先优势，走在世界汽车产业的前沿，在总量（市场份额）、技术实力、竞争力上无疑是亚太地区汽车产业的代表。目前，日本汽车产业的发展基本和我国呈现反向对称的局势，此消彼长，也就是说，我国汽车产业已逐渐拉近与日本汽车产业的距离，逐步削弱日本在亚太地区的霸主地位，这也符合世界汽车工业发展的第三次大转移学说。

韩国和印度汽车产量占比相对稳定，产量绝对值处于缓慢增长中，但韩国的汽车制造要强于印度，而印度汽车销售市场比韩国广阔。韩国汽车产业虽然起步晚，但发展迅速，从无汽车品牌，到成功塑造品牌（如起亚、现代等），韩国汽车产业经历了从依靠引进技术阶段到创立自主品牌阶段，逐渐融入全球汽车产业格局中，并且不局限于韩国规模不大的汽车市场。韩系汽车在当今世界汽车中已占有一席之地，OICA 统计数据显示，韩国汽车产业产量和销量分别排在世界第 5 位、第 10 位。而印度的情况则和十年前的中国类似，汽车保有量很低，对汽车具有很高的需求，从而推动了印度汽车工业进一步发展。

## 二、全球汽车产业贸易区位分析

全球汽车工业贸易区位与全球汽车工业生产区位有一定的重叠性，分为四大贸易区位，分别是以法国、德国、意大利、西班牙、英国等老牌发达国家为核心的欧洲市场；以美国为核心的北美市场；以中国、日本、韩国为中心的东亚市场；以印度、印度尼西亚、泰国等发展中国家为核心的东南亚新兴市场。图 7 - 10 反映的是 2008 ~ 2015 年全球汽车销量变化趋势，从全球汽车工业生产区位分析中可以看出，2010 年开始全球各大经济体的汽车产业复苏，具体表现为汽车产量不同程度的增长和重新活跃起来的汽车消费市场，2011 ~ 2014 年全球汽车销量增长率在 4% 左右，2015 年全球汽车销量为 8967.8 万辆，同比增长 2%。

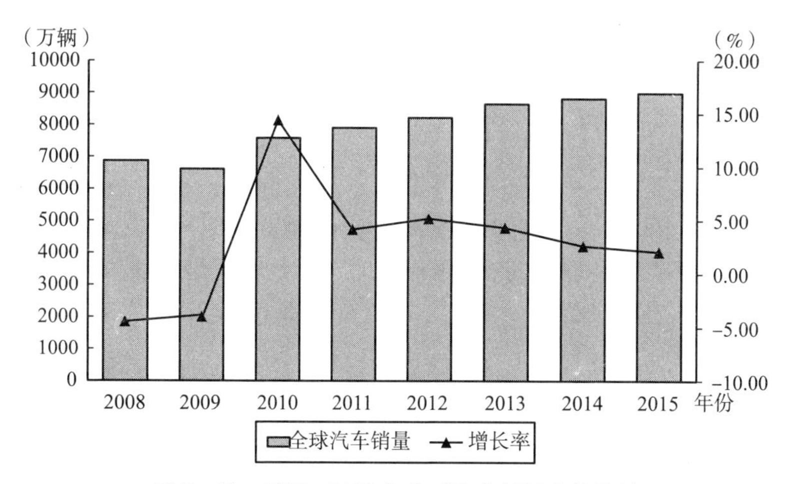


**图7-10　2008~2015年全球汽车销量变化趋势**

资料来源：根据OICA数据整理得到。

图7-11反映的是2015年全球汽车工业主要地区的销量份额，可以看出亚太与中东是全球汽车产业的主要消费市场，市场份额高达49%，相当于欧洲与美洲汽车消费市场份额之和。综合来看，由于汽车属于价格相对较高的消费品，一个国家的人均可支配收入直接影响着国民购买汽车的能力，因此，汽车消费市场主要分布在经济发展水平相对较高的发达国家（如美国、日本、法国等），以及经济正处于中高速增长阶段的发展中国家（如中国、印度等）。由于已有汽车消费量（汽车市场饱和度）的区别，发展中国家可能更具消费潜力，中国和印度2015年汽车销售量全球排名分别为第1位和第5位就很好地印证了这一点。

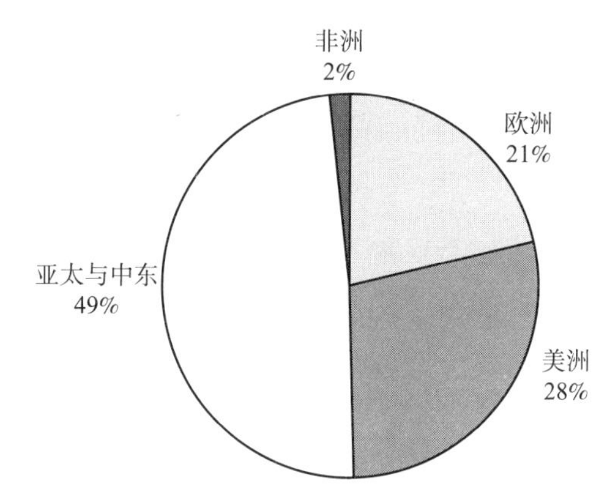


**图7-11　2015年全球汽车工业贸易区位市场份额**

资料来源：根据OICA数据整理得到。

## （一）主要国家的汽车保有量

为了更好地理解分析全球汽车工业贸易区位分布情况，本小节先介绍全球主要国家的汽车保有量，汽车保有量可以用某个国家每1000人拥有的汽车数量来表述，衡量的是该国汽车消费市场的饱和情况。

图7－12反映的是意大利、德国、法国、西班牙、日本、美国、俄罗斯、墨西哥、巴西、南非、印度尼西亚、中国、印度2012年每千人汽车保有量。卡内基国家和平基金会关于汽车保有量的数据表明，美国每千人汽车保有量为439辆，世界排名第25位。虽然美国是汽车工业大国，汽车出口量大，但人均汽车拥有量不及西欧部分发达国家。从图中可以看出，每千人汽车保有量排名靠前的是意大利、德国、法国、西班牙等欧洲发达国家，特别是意大利，每千人汽车保有量接近600辆，2015年新车注册量更是达到了157万辆，比2014年增长了15.75%[①]，可见其汽车市场较为饱和。全球范围内，排名最高的是位于地中海地区的摩纳哥，每千人汽车保有量高达771辆。

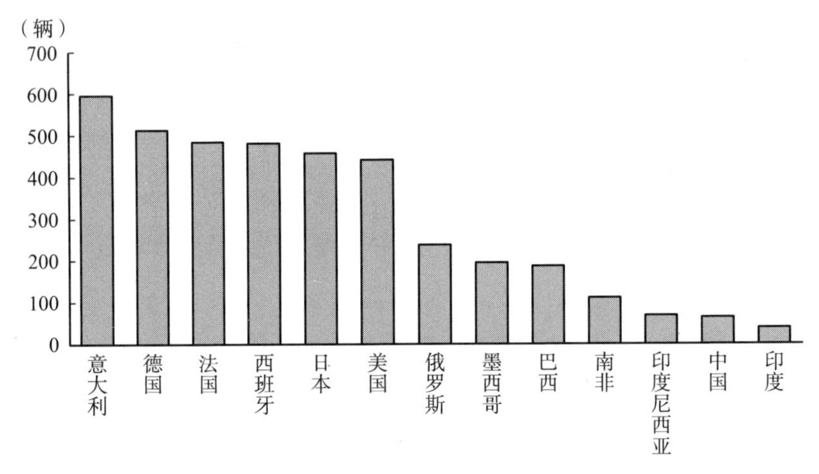


**图7－12 2012年主要国家每千人汽车保有量**

资料来源：根据网易汽车综合资料整理得到。

每千人汽车保有量与衡量一国经济实力和人民富裕程度、概括经济发展状况的重要指数——国民收入水平相关联，地区人均国民收入可以间接反映该地

① http://auto.gasgoo.com/News/2016/01/05024012401260352540200.shtml.

区的汽车消费能力。表7－2反映的是2012年世界各国人均收入排名情况，表中显示摩纳哥人均国民收入为186950美元，远远高于世界其他国家，高居榜首。超高的人均收入意味着摩纳哥居民具有较强的汽车购买能力，这与上文分析的摩纳哥每千人汽车保有量位居世界第一一致。

美国人均国民收入排在第二，高于德国、法国、爱尔兰、英国、意大利、西班牙等西欧国家，但美国每千人汽车保有量却低于这些发达国家，除了消费和交通观念的影响因素外，一定程度上说明，未来相当长的时期美国汽车需求还有上升空间。值得注意的是，按照世界银行对人均国民收入的分类[①]，墨西哥属于较高人均国民收入水平等级，而每千人汽车保有量约200辆，未来汽车市场潜力很大；新兴的三个大经济体中国、巴西、印度人均国民收入为中等水平，结合其经济增长趋势和汽车保有量分析，可以发现其汽车消费市场释放出扩张潜力和竞争力。

**表7－2　　2012年世界各国人均收入排行榜**

| 排名 | 国家 | 人均国民收入（美元） |
|---|---|---|
| 1 | 摩纳哥 | 186950 |
| 14 | 美国 | 50120 |
| 17 | 日本 | 47870 |
| 22 | 德国 | 44010 |
| 24 | 法国 | 41750 |
| 25 | 爱尔兰 | 38970 |
| 27 | 英国 | 38250 |
| 30 | 意大利 | 33840 |
| 33 | 西班牙 | 30110 |
| 39 | 韩国 | 22670 |
| 45 | 沙特阿拉伯 | 18030 |
| 59 | 俄罗斯 | 12700 |
| 66 | 巴西 | 11630 |
| 72 | 墨西哥 | 9740 |
| 94 | 中国 | 4029 |

资料来源：中国商务部[②]，中国数据为2012年平均汇率转换得到。

---

① 高人均国民收入为不少于12616美元，较高人均国民收入为4086～12615美元，中等人均国民收入为1036～4085美元，低人均国民收入为不高于1036美元。

② 中国商务部．世界各国人均国民收入排行榜，http：//www.mofcom.gov.cn/article/i/dxfw/jlyd/201309/20130900322000.shtml.

## （二）欧洲汽车工业贸易区位分析

欧洲地区汽车工业形成了以老牌发达五国（法国、德国、意大利、西班牙、英国）为核心的销售区位分布。

2015 年欧洲汽车销量为 1904.5 万辆，同比增长 2.44%，占全球市场份额的 28%，自 2008 年金融危机后，欧洲汽车年销量基本在 1900 万辆左右，增长率较低，这主要是由于目前欧洲地区汽车人均保有量较高。就汽车拥有量存量而言，欧洲汽车消费总量占了全球市场的较重份额。据欧洲 Inautonews 报道①，与美国、中国等世界其他地区的人们相比，2012 年欧洲每千人汽车保有量排名第一，高饱和度的汽车消费市场现状导致了低增长率的汽车销量。

表 7－3 列出了 2005～2015 年汽车销量前五的国家情况，可以看出欧洲汽车贸易区位中心主要位于老牌发达五国，分别是法国、德国、意大利、西班牙、英国，2015 年前五国的汽车销量市场总份额高达 62.74%。值得注意的是 2005～2015 年这十年中，欧洲汽车销量前五的国家依然是上述五国，各国的汽车销量年平均份额保持在相当稳定的水平，2005～2015 年前五国家的销量年平均份额与 2015 年的销量市场份额基本一致。

欧洲汽车工业起步最早，欧洲人对汽车的狂热程度也是欧洲汽车销量能保持正增长率而不是负增长率的主观原因。意大利人民对汽车的狂热程度是全球之最，每 1000 人就拥有 600 台乘用车。德国、法国、西班牙汽车保有量也名列前茅。

**表 7－3　2005～2015 年欧洲汽车销量前五位的国家**

| 国家 | 2015 年汽车销量（万辆） | 2015 年汽车销量份额（%） | 2005～2015 年汽车年平均销量（万辆） | 2005～2015 年汽车销量平均份额（%） |
|---|---|---|---|---|
| 法国 | 234.51 | 12.31 | 250.87 | 12.56 |
| 德国 | 353.98 | 18.59 | 350.90 | 17.57 |
| 意大利 | 172.54 | 9.06 | 208.64 | 10.45 |
| 西班牙 | 127.71 | 6.71 | 129.59 | 6.49 |
| 英国 | 306.14 | 16.07 | 258.61 | 12.95 |

资料来源：根据 OICA 数据整理得到。

① 环球网综合报道：http://auto.huanqiu.com/comment/exclusive/2012-08/3018420.html.

## （三）美洲汽车工业贸易区位分析

美洲地区汽车工业形成了以消费大国美国为中心的销售区位分布。

2015 年美洲汽车销量为 2523.2 万辆，占全球汽车销量份额的 28%。图 7－13 反映的是 2008～2015 年美洲汽车销量变化趋势情况，可以看出，2010 年美洲汽车销量快速增长，增长率高达 12.75%，2011 年、2012 年依然保持高增长趋势，2013 年增长率开始下降。

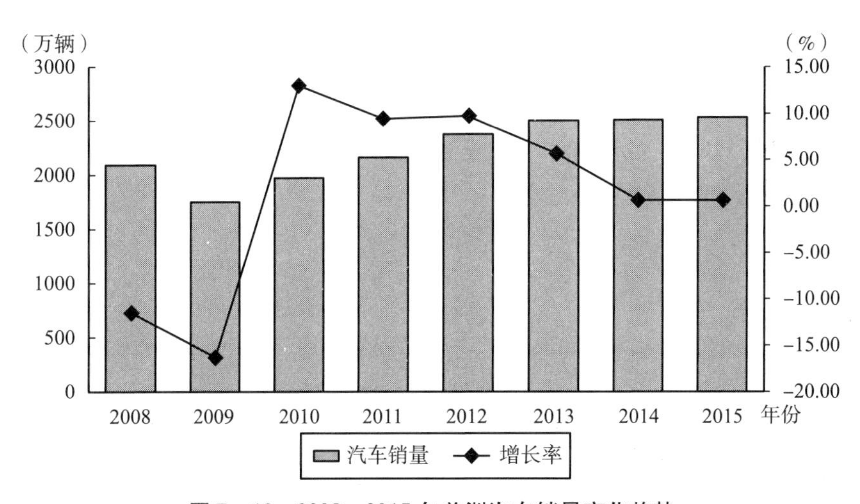


**图 7－13　2008～2015 年美洲汽车销量变化趋势**

资料来源：根据 OICA 数据整理。

我们进一步具体分析美洲各个国家的汽车消费情况。图 7－14 反映的是 2015 年美洲汽车销量前五位国家的市场份额，美国是美洲汽车最大的消费市场，市场份额高达 69.24%，也就是说美洲每交易 100 辆汽车，就有近 70 辆是在美国进行的。巴西、阿根廷、墨西哥等拉丁美洲国家也占到了一定的市场份额。

图 7－15 描述了 2008～2015 年美国汽车销量变化趋势。2015 年美国汽车销量为 1747.06 万辆，同比增长 5.74%。2008 年金融危机过后，美国汽车市场快速活跃起来，2010 年汽车销量增长率为 11.04%。在 2010 年后，随着经济的复苏，汽车市场也迎来了曙光，销售量逐年增加，结束了连续五年下降的趋势，原因可能在于美国出台了“以旧换新”、节能环保补贴等刺激消费需求的大范围的优惠政策，对处于低谷的美国汽车市场注入了动力。在一系列产业扶持政策的影响下，2015 年美国汽车销量达到历史新高。

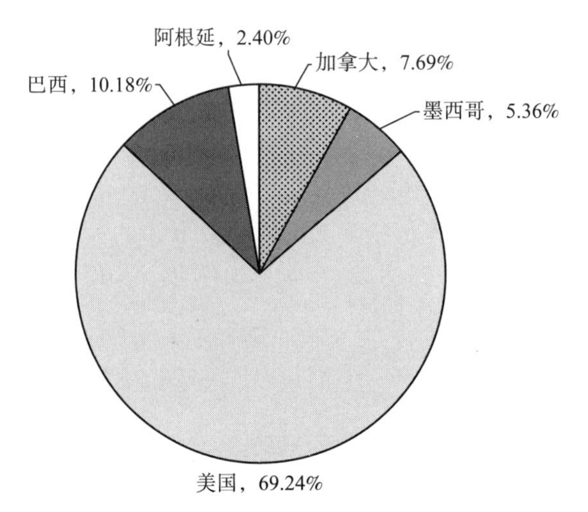


**图 7－14　2015 年美洲汽车销量前五位国家的市场份额**

资料来源：根据 OICA 数据整理得到。

美国汽车销量 2011～2015 年一直保持高增长率水平，年增长率比同时期的欧洲市场高。汽车保有量不高是美国汽车销售市场活跃的重要原因。由上文主要国家的汽车保有量分析可知，与欧洲等地的发达国家相比，美国的汽车保有量最低，因此美国将保持较高的增长率，未来一段时期美国依然是汽车消费的主要地区。

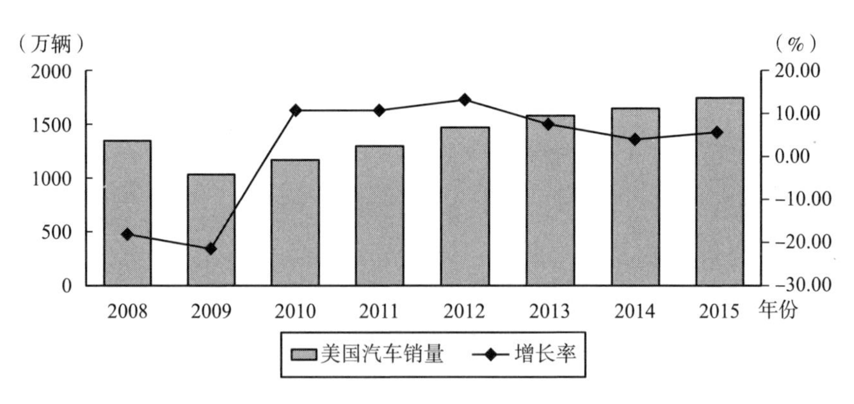


**图 7－15　2008～2015 年美国汽车销量变化趋势**

资料来源：根据 OICA 数据整理得到。

### （四）亚太与中东地区汽车工业贸易区位分析

亚太与中东地区汽车工业形成了两个贸易区位：一是以中国、印度、印度尼西亚和泰国等为主的新兴消费市场；二是以日本和韩国为主的东亚市场。

表7－4反映了2015年亚太与中东地区汽车销量前十位国家的汽车销量以及市场份额。中国凭借着经济的快速增长与人口大国的优势，从2009年起到2015年汽车销量一直位居榜首，2015年汽车销量高达2459.75万辆，占2015年亚太与中东地区汽车销量56.09%。日本和韩国汽车销量排名第二位、第四位。虽然日本汽车产量近来有下降的趋势，但是日本汽车生产实力仍然是世界汽车产业中的佼佼者，国内汽车消费市场虽不活跃，但海外市场广阔，出口量很大，尤其是丰田汽车，销量长期处于世界前列，而其他日系汽车企业如本田、日产、三菱也都有不俗的口碑和业绩，所以日本汽车行业仍然在全球扮演着重要角色。新兴国家印度挤进了前三。同为东南亚国家的印尼、泰国也在汽车销量前十国家中。值得注意的是，伊朗凭借122.2万辆的销量排在第五位，这主要是由于西方国家放松了对伊朗的经济制裁。

**表7－4　2015年亚太与中东地区汽车销量前十位国家的市场份额**

| 国家 | 汽车销量（万辆） | 市场份额（%） |
|---|---|---|
| 中国 | 2459.7583 | 56.09 |
| 日本 | 504.6511 | 11.51 |
| 印度 | 342.5336 | 7.81 |
| 韩国 | 183.3786 | 4.18 |
| 伊朗 | 122.2 | 2.79 |
| 澳大利亚 | 115.5408 | 2.63 |
| 印度尼西亚 | 103.1422 | 2.35 |
| 沙特阿拉伯 | 83.01 | 1.89 |
| 泰国 | 79.7579 | 1.82 |
| 马来西亚 | 66.6674 | 1.52 |

资料来源：根据OICA数据整理得到。

## 三、全球汽车产业新兴生产基地

在产业链国际化分工加强的战略契机牵动下，综合欧洲、美洲、亚太地区汽车工业产量近年来的变化趋势，可以看出，汽车工业生产区位中心正从发达国家转移到以中国为首的发展中国家，崛起中的新兴国家正在改变全球汽车产业与市场的格局。

为了更加深入地分析全球汽车工业生产区位，本节重点分析新兴国家中的代表国家墨西哥，而中国将单独在下文中展开更加全面的分析。表7－5反映的是2015年全球汽车产量排名前20的国家。美国等排在前四位的发达国家汽车工业积累了核心关键技术和大量优质资源，汽车产量依然占了很大的份额。印度、墨西哥紧跟韩国之后，分别为第六位、第七位，巴西排名第九位，这三个发展中国家的汽车产量均超过了加拿大、法国、英国、意大利等老牌发达国家。排在前20位的新兴国家还有泰国、印度尼西亚。

**表7－5　　2015年全球汽车产量前20位的国家**

| 排名 | 国家 | 汽车产量（万辆） | 增长率（%） | 占全球产量份额（%） |
| --- | --- | --- | --- | --- |
| 1 | 中国 | 2450 | 3.30 | 27.02 |
| 2 | 美国 | 1210 | 3.80 | 13.34 |
| 3 | 日本 | 928 | -5.10 | 10.23 |
| 4 | 德国 | 603 | 2.10 | 6.65 |
| 5 | 韩国 | 456 | 0.70 | 5.02 |
| 6 | 印度 | 413 | 7.30 | 4.55 |
| 7 | 墨西哥 | 357 | 5.90 | 3.93 |
| 8 | 西班牙 | 273 | 13.70 | 3.01 |
| 9 | 巴西 | 243 | -22.80 | 2.68 |
| 10 | 加拿大 | 228 | -4.60 | 2.52 |
| 11 | 法国 | 197 | 8.20 | 2.17 |
| 12 | 泰国 | 192 | 1.90 | 2.11 |
| 13 | 英国 | 168 | 5.20 | 1.85 |
| 14 | 俄罗斯 | 138 | -26.60 | 1.53 |
| 15 | 土耳其 | 136 | 16.10 | 1.50 |
| 16 | 捷克 | 130 | 4.20 | 1.44 |
| 17 | 印度尼西亚 | 110 | -15.40 | 1.21 |
| 18 | 意大利 | 101 | 45.30 | 1.12 |
| 19 | 斯洛伐克 | 100 | 3.00 | 1.10 |
| 20 | 伊朗 | 98 | -9.90 | 1.08 |

资料来源：根据OICA数据整理得到。

我们以墨西哥汽车工业为代表来分析新兴生产基地区位。

由于具有劳动力成本低、靠近美洲市场可以降低运输费用等条件，墨西哥成为众多汽车公司对北美洲的出口基地，随着消费市场的拓展，各个公司不断加大在此地的产能。除了生产成本有优势之外，墨西哥与巴西之间还合作制定了优惠税收政策，与巴西进出口汽车零部件可以免税，因此墨西哥也是汽车公司对南美洲的出口基地。

随着墨西哥制造业的蓬勃发展以及经济的全面复苏，2015 年墨西哥汽车产量为 357 万辆，增长率为 5.86%。图 7－16 显示了 2005～2015 年墨西哥汽车产量变化趋势，总的来说，墨西哥汽车产量呈上升趋势。2015 年产量相比 2005 年翻了一倍，但增长率的变化幅度较大，这主要是因为墨西哥经济不够稳定，易受美国和欧洲等汽车市场的影响而大幅变动。2013 年墨西哥汽车产量降幅较大，这与同期欧洲经济低迷、汽车需求大大减少不无关系。

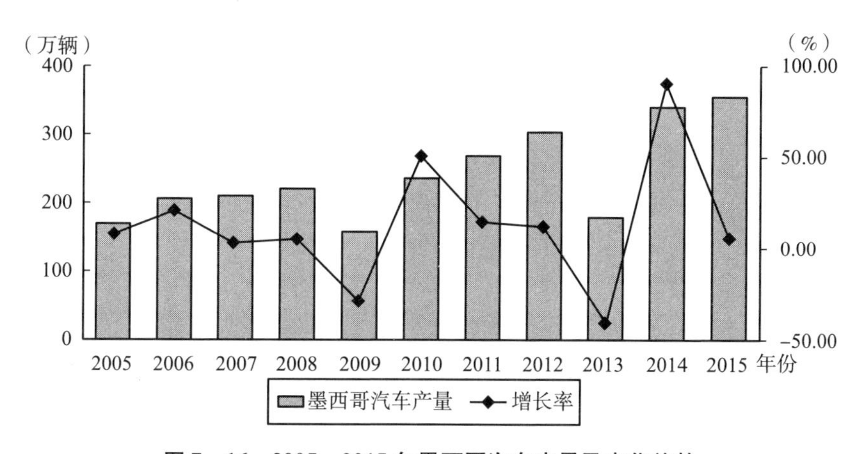


**图 7－16　2005～2015 年墨西哥汽车产量及变化趋势**

资料来源：根据 OICA 数据整理得到。

在墨西哥建立生产基地的整车企业有本田、马自达、奥迪、宝马、日产、戴姆勒、一汽、福特、大众、通用、菲亚特等，可见全球排名靠前的汽车公司都已在墨西哥设厂。随着汽车整车生产企业在墨西哥建厂，相应的汽车配套零部件生产企业也开始布局墨西哥的生产基地，如 F－tech、京滨、KYB、日发、日本精工、三棱电机、丰田通商、河西工业等（见表 7－6）。

**表 7－6　　墨西哥主要汽车整车和零部件企业**

| 墨西哥生产基地 | 主要企业 |
| --- | --- |
| 整车企业生产基地 | 本田、马自达、奥迪、宝马、日产、戴姆勒、一汽、福特、大众、通用、菲亚特等 |
| 零部件企业生产基地 | F－tech、京滨、KYB、日发、日本精工、三棱电机、丰田通商、河西工业 |

资料来源：根据 OICA 数据整理得到。

汽车企业大多在墨西哥中部各州设厂，例如瓜纳华托州、阿瓜斯卡连特斯州、圣路易斯波托西州等；汽车零部件配套厂选择在墨西哥成立新工厂，主要是为了应对墨西哥汽车消费需求的增长，建立可覆盖全美洲的生产基地，与美国工厂合作，削减成本。

## 四、全球汽车产业国际转移趋势及原因

### （一）全球汽车产业转移概况

2008 年金融危机后，全球产业开启了第四次转移趋势，汽车产业也不例外。总体来说，全球汽车产业主要发生了四次转移，并伴随着汽车产业生产区位圈或产业集群的形成。第一次从欧洲到美国，促进了美国底特律汽车产业集群的形成，塑造了福特、通用等世界级汽车制造和零部件配套企业品牌；第二次从美国到日韩，形成了丰田、本田、现代等日韩系汽车品牌；第三次从日韩到中国，并依赖中国主要的经济圈，形成了长三角、珠三角等汽车产业集群；第四次是目前正在逐渐形成的从中国到东南亚地区新兴国家如印度、泰国等和从美国到墨西哥、巴西等拉丁美洲国家的转移。

### （二）全球汽车产业转移规律分析

回顾国际汽车产业经历的前三次转移，可以发现每一次转移都有一定的相同点和规律性：

首先，汽车产业转移规律与技术变迁规律具有一定的相似性。每一次汽车产业的技术创新或者其他生产要素的变革都会对汽车产业链的国际化分工格局产生影响，汽车生产技术、工艺、模式的扩散，或者汽车产业链的转移与延伸，都能够促进输出地区汽车产业升级和输入地区汽车产业的成长。产业转移输入地一般是创新生产组织方式，走低端路线，从低档车入手，在承担汽车产业链中的制造环节后，逐步向研发和服务等高端环节延伸，塑造自有汽车品牌。在汽车产业链逐渐完善和成熟的发展趋势下，输入地利用自身潜在的市场需求，通过价格调节汽车消费量，提升汽车产业竞争力，最后成为全球汽车业中具有实力的国家或地区之一。输入地之所以选择低档车作为承接国际汽车产业转移的触点，原因在于，对汽车等级的需求与国民收入水平息息相关，高端车需要一定的经济基础支撑。输入地发展汽车产业初期，人均国民收入水平处

于相对较低的层次，且受限于技术水平、生产工艺、汽车品牌竞争力，在初级阶段，输入地汽车制造主要是为了满足本国或本地区的需求。

其次，经济发展的梯度性是宏观层面影响汽车产业转移的主要因素。输出地与输入地经济发展上的差距和不均衡，表现之一即为产业发展不同步、不协调，由此导致产业在不同地区、国家间转移，以促进全球经济发展。相关数据表明，汽车产业输入地在成为新的汽车产业中心之前，一般都需要相当长一段时间的经济稳定和高速发展作为铺垫，营造汽车消费能力和意识，创新制造业生产技术，并且时间至少持续 10 年以上，而不是任何经济发展水平的地区或国家都能够成为汽车产业转移的承接地。第三次汽车产业转移就是由于第二次世界大战后日本努力发展经济，工业基础较好，与汽车相关产业都有了一定积累，因而才成为全球汽车产业的佼佼者。

### （三）全球汽车产业转移原因分析

国际产业转移是指一个国家的某个产业或产业链中某个环节由于资源禀赋、市场需求、要素供给、贸易条件等因素发生根本性变化后，其原有的比较优势丧失，导致该产业或环节的生产能力向其他国家或地区进行转移的现象或过程，即输出地将由比较优势发展为比较劣势的产业转移到具有产业发展前景的国家或地区。而汽车产业国际转移的实质就是汽车产业资本要素在全球范围内寻找其他比较优势生产要素的资源优化配置过程，是国际分工与协作不断深化和发展的必然结果。过程中的主要主体是跨国企业，主要途径是对外直接投资，目的是借助输出地具有比较优势的生产要素的流动，在全球范围内整合利用其他国家具有比较优势的生产要素，从而实现全球汽车产业效率的提升。下面从三个角度来分析全球汽车产业国际转移的动因，并着重解释近年来第四次转移的主要驱动力。

1. 从产业方面来看，按照产业生命周期理论，由于不同国家的生产技术、资本、劳动力等条件存在差异，所处的产业生命周期阶段不同，在产业发展的各个阶段具有相对比较优势，汽车产业的国际转移正体现了这一生命周期规律。汽车产业有多个生命周期，例如以化石能源为动力源的传统汽车、以新能源为动力源的节能汽车，这两类汽车产业的发展可以用两条细分的产业生命周期曲线表示。每一个细分产业生命周期中，发生期属于投入阶段，此阶段产业发展缓慢，市场开拓不完全；成长期和成熟期则是产业生命周期的顶峰时期，产业高速发展、产业链延伸、经济带动效应较强是成长期的突出特征；成熟期阶段，产值增幅放缓甚至可能为负，效益下滑；衰退期阶段，继续发展该产业已不具有优势，需要寻求更好的生产要素配置方式。欧洲是汽车的诞生地，随着美国积累了大量先进的汽车生产技术之后，世界汽车产业生产中心转移到美国，在20世纪40～70年代进入高速增长阶段，并经历了较长时间的成长期，奠定了其汽车产业在全球的地位；随后，日本和欧洲汽车产业高速发展，表现出成长期的几个特征。从20世纪90年代开始，原先处于汽车产业发展前端的发达国家整体上进入成熟期，增长乏力，需要寻找新兴的市场，拉动汽车产业发展。此时，对汽车产业发展比较渴望的新兴经济体依靠自身较低的劳动力成本、土地资源成本、金融成本，以国际贸易和国际投资的形式，承接了发达国家成熟汽车产业体系的转移，从而引发了第三次、第四次汽车业的转移，2008年金融危机在转移过程中发挥了不可忽视的作用。

2. 从需求和供给方面看，美国、日本和欧洲等发达国家及地区由于汽车产业发展时间较长，汽车生产和消费累计已达到一定数量，距离饱和状态的空间较小，因此，其所面临的主要问题是如何提高汽车性能及辅助产品差异化程度（如安全舒适和多功能），以扩大消费市场，并且在环保质量方面承担社会责任，改进技术，使汽车生产和使用从低污染到无污染，达到符合社会福利要求的水平。总体而言，发达国家的汽车产业已经进入质量提升阶段，汽车被赋予更多的服务属性。对于广大发展中国家而言，由于汽车产业起步较晚，并且受早期自有技术不成熟等多方面因素的影响，汽车产业生产效率不如走在前端的美国、欧洲、日本等，生产和消费规模均处于扩张阶段，基本性的汽车消费需求占比较大。进入21世纪后，中国、印度等发展中国家的GDP不断高速增长，带动了消费结构的升级、汽车价格的下降和消费环境的改善等。因此，在发达国家着力研发生产新一代汽车产品、转向发展高端汽车、压缩一般汽车产量，以及将一般汽车生产设备和生产基地转移到发展中国家，同时扩大产量以适应发展中国家的汽车消费需求这两个维度的共同作用下，发展中国家成为新兴的巨大市场。

3. 从要素禀赋方面看，承接国际汽车产业转移的新兴市场国家具有劳动力优势。当发达国家能够利用自身具有的劳动力比较或绝对优势发展劳动密集产业，且其产品在全球具有垄断地位和竞争优势时，在本国或本地区发展该产业能够获得更大的收益，并可以通过商品贸易达到利益最大化目标，此时一般会把它当成本国或本地区的优势产业。当发达国家由于劳动力成本上升而在劳动密集型产业丧失比较优势时，其会先将产业链中的某些低附加值环节向发展中国家转移，然后再根据生产要素的变迁来决策是否转移其他环节，以降低生产成本、提高产品竞争力。如我国拥有一批素质较好的工程技术人员，熟悉汽车制造工艺、具有较高的技术能力，可以减少国际汽车产业转移过程中的人才筛选与培养成本，并且由于我国现阶段人均国民收入水平、消费水平与发达国家仍有一段距离，劳动力成本是日本的1/20、巴西的1/3、美国的1/21、德国的1/30，在汽车产业方面体现出了劳动力素质和成本两方面融汇的综合优势。从我国经济社会发展趋势来看，这种优势具有持续性，将延续较长时间，因此，在承接欧洲、美国、日本汽车产业转移时具有吸引力。

本章将通过亚洲汽车生产区位的劳动力成本分析来阐述第四次转移的主要动因。

第四次汽车产业转移与前三次转移相比，面临的形势及环境不同，概括而言，即在全球经济一体化、资源在全球范围内优化配置、信息技术的发展和变化等宏观环境因素影响下，第四次汽车产业转移所处的市场环境不同。前三次转移基本上还是属于区域性转移，区域市场里本土企业生产的产品仍占主导地位，“外迁厂”的存在并不会对本土企业市场产生剧烈影响。而第四次汽车产业转移中，各大跨国汽车企业的产能严重过剩，汽车产业转移的原因之一就是在全球范围内迅速寻找新的市场增长点，以保持其市场地位。近年来，在发达国家汽车消费需求逐渐饱和、销售市场活跃程度下降的同时，以中国、印度等为代表的发展中国家，利用庞大的人口基数（为发达国家的6倍多）、汽车保有量较低和经济快速增长这些基础条件，快速发展其汽车市场。因此，各大跨国汽车企业加快了对外投资步伐，将汽车产业链延伸或将汽车产业链环节转移至国外，以兼并、重组、联合等方式展开全球汽车产业的竞争和合作，逐步实现汽车产业的全球性转移。

全球汽车产业正在逐渐形成的第四次转移，即从中国转移到东南亚地区如印度、泰国、印度尼西亚等新兴国家的趋势，从美国转移到墨西哥、巴西等拉丁美洲国家的趋势，是当前各国经济发展关注的重点。本小节从汽车跨国企业选址考虑的首要因素——劳动力成本角度分析第四次汽车产业转移的驱动力。

表7-7和图7-17比较了亚洲主要汽车产地的月最低工资，包括中国上海、中国广州、马来西亚马来半岛、印度尼西亚西爪哇省、菲律宾马尼拉、泰国、越南二线城市、印度新德里。截至2015年1月，中国上海汽车工业的最低工资在泛东南亚地区主要汽车产地是较高的，约296美元，同比增长12.3%。同样，中国广州汽车产业劳动者月最低工资紧跟上海汽车产业劳动者的月工资，约为252.1美元。可以看出，中国汽车生产地区的劳动力成本在泛东南亚地区不具有优势。印度在这几个城市中月最低工资是最低的，从上文中

可知印度汽车产业是东南亚地区发展最成熟的，除了发达国家历史遗留影响及研发实力强因素外，劳动力成本优势在这里再次凸显。在可预见的未来，印度汽车产业链将继续完备，形成不可忽视的汽车生产区位中心。

**表 7－7　　亚洲主要汽车产地的月最低工资**

| 国家 | 中国 | | 马来西亚 | 印度尼西亚 | 菲律宾 | 泰国 | 越南 | 印度 |
|---|---|---|---|---|---|---|---|---|
| 主要汽车生产城市 | 上海 | 广州 | 马来半岛 | 西爪哇省加拉横县 | 马尼拉首都圈 | 全国 | 二线城市 | 新德里（非熟练工人） |
| 月最低工资（美元换算值） | 296.0 | 252.1 | 258.8 | 244.9 | 228.9 | 200.4 | 137.5 | 127.3 |
| 同比增长（%） | 12.3 | 0.0 | 0.0 | 22.0 | 0.0 | 0.0 | 14.6 | 0.0 |
| 调整时间 | 2014.4 | 2013.5 | 2013.1 | 2015.1 | 2013.10 | 2013.1 | 2015.1 | 2013.10 |
| 主要整车厂 | 通用、大众等 | 丰田、本田、日产等 | 丰田、大发、本田等（雪兰莪州等） | 丰田、大发、本田等 | 丰田、本田、日产等（马尼拉近郊） | 丰田、本田、日产等（罗勇府等） | 丰田、本田等（永福省等） | 铃木、本田等（德里近郊） |

资料来源：全球汽车产业平台，数据截至 2015 年 1 月；按照 2014 年 12 月 22 日的美元兑换汇率计算，泰国及菲律宾的日最低工资根据 22 个工作日换算为月度值。

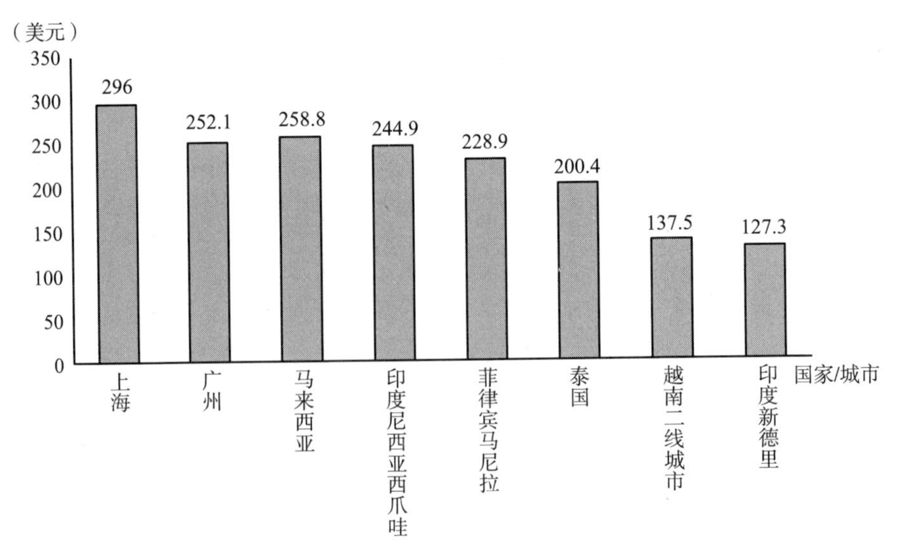


**图 7－17　2015 年亚洲主要汽车产地月最低工资比较**

资料来源：全球汽车产业平台。

图7-18反映的是2011~2015年亚洲主要汽车产地最低工资增长动态情况。月最低工资增长率最大的是印度尼西亚，这主要是因为印尼汽车生产区位集中在首都圈，加之每年的劳资纠纷较多，工人要求提高工资呼声较高。中国上海、广州由于月最低工资已经较高，增长空间相对不大。菲律宾、泰国是这几个国家/城市中月最低工资增长较慢的，又由于月最低工资水平较低，劳动力成本优势显著，但由于菲律宾和泰国政局时有动荡，两国汽车工业尚处于发展初期。

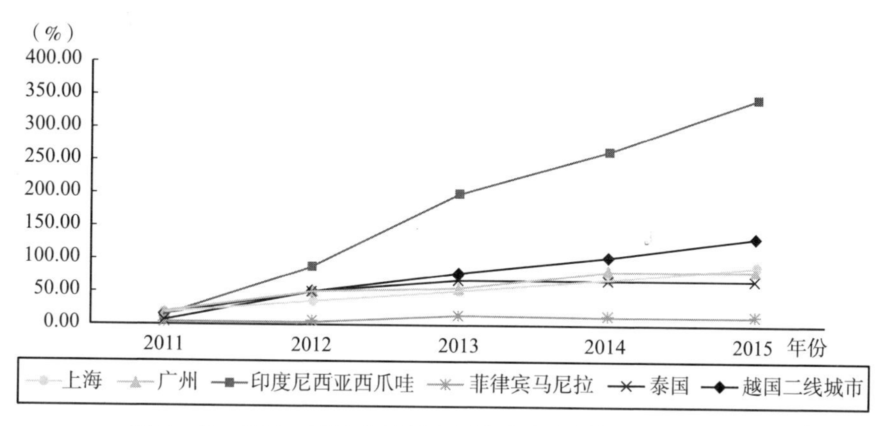


**图7-18 2011~2015年亚洲主要汽车产地最低工资增长动态**

资料来源：全球汽车产业平台，截至每年1月数据与2010年相比，以当地货币计价。

## 五、全球汽车产业重点企业及产业集群概况

表7-8显示的是2014年世界500强中的汽车企业情况。德国有6家汽车企业入榜，分别是大众、戴姆勒、宝马、博世公司、德国大陆集团、采埃孚；日本有10家汽车企业上榜，其中汽车整车企业分别是丰田、本田、日产、马自达、铃木，零部件生产企业分别是电装公司、普利司通、爱信精机；美国有3家汽车企业上榜，其中整车企业分别是通用、福特；中国有6家汽车企业上榜，全部为整车企业，分别是上汽、一汽、东风、北汽、广汽、浙江吉利。值得注意的是，印度也有1家汽车企业上榜，印度塔塔汽车公司排在第254名，比上年上升了33名。

表 7-8　　2014 年世界 500 强中的汽车企业

| 排名 | 上年排名 | 公司名称 | 营业收入（百万美元） | 国家 |
|---|---|---|---|---|
| 8 | 8 | 大众公司 | 268566.6 | 德国 |
| 9 | 9 | 丰田汽车公司 | 247702.9 | 日本 |
| 17 | 20 | 戴姆勒股份公司 | 172279.1 | 德国 |
| 19 | 24 | EXOR 集团 | 162163 | 意大利 |
| 21 | 21 | 通用汽车公司 | 155929 | 美国 |
| 27 | 26 | 福特汽车公司 | 144077 | 美国 |
| 44 | 45 | 本田汽车 | 121221.5 | 日本 |
| 56 | 68 | 宝马集团 | 106654.3 | 德国 |
| 59 | 61 | 日产汽车 | 103459.6 | 日本 |
| 60 | 85 | 上海汽车集团股份有限公司 | 102248.6 | 中国 |
| 99 | 100 | 现代汽车 | 84771.7 | 韩国 |
| 107 | 111 | 中国第一汽车集团公司 | 80194.5 | 中国 |
| 109 | 113 | 东风汽车集团 | 78978.6 | 中国 |
| 128 | 119 | 标致 | 71111.3 | 法国 |
| 150 | 155 | 博世公司 | 64961.5 | 德国 |
| 191 | 190 | 雷诺 | 54460.7 | 法国 |
| 207 | 248 | 北京汽车集团 | 50566 | 中国 |
| 233 | 237 | 德国大陆集团 | 45772.8 | 德国 |
| 242 | 246 | 起亚汽车 | 44730.7 | 韩国 |
| 245 | 254 | 江森自控有限公司 | 43855 | 美国 |
| 254 | 287 | 印度塔塔汽车公司 | 42975.4 | 印度 |
| 268 | 258 | 沃尔沃集团 | 41230.1 | 瑞典 |
| 293 | 269 | 电装公司 | 39198.3 | 日本 |
| 318 | 337 | 麦格纳国际 | 36641 | 加拿大 |
| 340 | 317 | 普利司通 | 34711.5 | 日本 |
| 347 | 388 | 现代摩比斯公司 | 34366.9 | 韩国 |
| 362 | 366 | 广州汽车工业集团 | 33237.4 | 中国 |
| 429 | 449 | 马自达汽车株式会社 | 27593.9 | 日本 |
| 436 | 414 | 铃木汽车 | 27426.2 | 日本 |
| 442 | 431 | 爱信精机 | 26957.8 | 日本 |
| 452 | 494 | 富士重工 | 26175.1 | 日本 |
| 458 | 448 | 米其林公司 | 25937.6 | 法国 |
| 477 | 466 | 浙江吉利控股集团 | 24986.4 | 中国 |
| 488 | — | 采埃孚 | 24428 | 德国 |

资料来源：财富中文网。

表7－9列出了全球主要汽车产业集群。

表7－9　全球主要汽车集群

| 汽车产业集群 | 区位特征/优势 | 汽车企业 |
| --- | --- | --- |
| 日本汽车产业集群 | 优良的港口和海洋运输条件；强大的科技创新能力；高素质劳动力；完善发达的零部件供应体系 | 丰田汽车、本田汽车、日产汽车 |
| 德国汽车产业集群 | 汽车业基础发达，历史悠久；执着严谨的科研创新能力；钢铁、煤炭和纺织等上游产业发达；欧洲中心腹地，交通便利 | 梅赛德斯奔驰、奥迪汽车、大众集团、保时捷 |
| 意大利都灵汽车产业集群 | 强大的研发创新能力；领先潮流的设计理念；便利的陆运、海运发达；汽车文化深厚；工业基础发达 | 兰博基尼、玛莎拉蒂、菲亚特汽车公司总部 |
| 西班牙汽车产业集群 | 海运交通便利；制造业先进；消费市场辐射广 | 福特子公司、大众子公司、标致—雪铁龙子公司、通用汽车子公司 |
| 法国汽车产业集群 | 工业基础悠久发达；交通便利，对外交流密切；科研能力强大 | 标致—印度尼西亚雪铁龙汽车公司总部、雷诺汽车 |
| 英国伯明翰汽车产业集群 | 汽车制造业历史悠久；钢铁冶炼产业先进；发达的海运；高端汽车品牌效应明显 | 劳斯莱斯、MINI、阿斯顿马丁、利兰汽车公司总部 |
| 美国底特律汽车产业集群 | 位于美国东部发达工业地区，制造业发达；五大湖地区交通便利；能源、原材料供应充足；福特汽车巨大的辐射效应 | 通用汽车总部、福特子公司、克莱斯勒 |

资料来源：财富中文网。

## 第三节　中国汽车产业区位分析

中国汽车工业的起始点是1953年中国第一汽车制造厂奠基，汽车产业经历了从无到有、从小到大、从生疏到熟练、从简陋到精益求精，目前已经走过60多年。加入WTO之后，国际化竞争环境使中国看到了本国汽车企业与国际先进水平的差距，为中国汽车产业发展提供了强劲的动力。特别是在个体消费能力提升、私人消费兴起和消费观念改变的影响下，消费者汽车消费动机由非必需品（工作需要才购买）演化为刚性需要（享受生活），推动了汽车需求量的迅速上升和汽车产业发展。发展至今，中国已成为全球汽车产销量最大的国家，近几年与东南亚各个国家更加密切的合作，特别是2015年“一带一路”

倡议的提出，推动了东南亚国家汽车产业的发展。

## 一、全国汽车产业发展整体概况

### （一）汽车产销趋势

过去十年是我国汽车发展史上的高速发展期，总量迅速增长，产业规模显著扩大，已成为全球第一大汽车产销国。2000 年，我国汽车产量仅为 207 万辆，至 2005 年，产量达到 571 万辆，增长了约 1.76 倍。2005～2009 年我国汽车产业继续保持高速增长，2009 年，即使在国际金融危机冲击、全球汽车市场萧条等不容乐观的形势下，我国汽车产销依然势不可挡，呈现出井喷式增长，突破了千万辆大关，汽车工业产销总量分别达到 1379.1 万辆和 1364.48 万辆，产销均同比增长近 50%（48.30% 和 45.46%），取代美国成为世界上最大的汽车销售市场。2010～2015 年中国汽车产销量一直稳居世界第一，2015 年中国汽车整车产量达 2450.3 万辆，整车销量达 2459.8 万辆，同比增长 4.7%。汽车工业总产值也表现出和汽车生产数量一样强劲的增长势头，由 2000 年到 2015 年增长了 10 倍，增速明显。

从表 7－10 和图 7－19 可以看出，我国年汽车产销量稳步上升。根据未来十年中国经济社会发展的趋势，随着工业化和城镇化的加速推进，国内生产总值、人均国民收入、家庭总收入将持续增长，各等级城市及农村的新增汽车需求将逐渐增加；原有已实现的汽车消费，由于汽车产品的改进，也会产生更新换代的需求。综合这两方面，可以预见我国未来汽车消费市场将会进一步扩大。

**表 7－10　　2000～2015 年我国汽车整车产销量**

| 年份 | 2000 | 2005 | 2008 | 2009 | 2010 | 2011 | 2012 | 2013 | 2014 | 2015 |
|---|---|---|---|---|---|---|---|---|---|---|
| 汽车整车产量（万辆） | 206.9 | 571.8 | 929.9 | 1379.10 | 1826.50 | 1841.90 | 1927.20 | 2211.70 | 2373.20 | 2450.30 |
| 增长率（%） | 13.10 | 9.20 | 4.70 | 48.30 | 32.40 | 0.80 | 4.60 | 14.80 | 7.30 | 3.30 |
| 汽车整车销量（万辆） | 209 | 575 | 938.05 | 1364.48 | 1806.19 | 1850.51 | 1930.64 | 2198.4 | 2349.2 | 2459.8 |
| 增长率（%） | — | 13 | 7 | 45 | 32 | 2 | 4.33 | 13.87 | 13.69 | 4.70 |

资料来源：根据中国汽车工业协会数据整理得到。

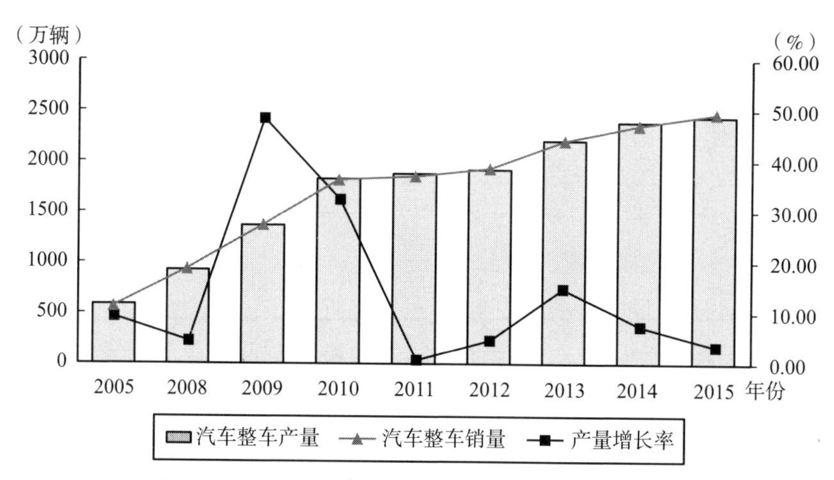


**图 7－19 2005～2015 年我国汽车产销量增长趋势**

资料来源：根据中国汽车工业协会数据整理得到。

## （二）全国汽车进出口区位概况分析

汽车进出口量和区位是衡量一个国家或地区汽车产业发展水平和竞争力的指标之一。由于早期自有汽车品牌的缺失和技术水平的不足，我国汽车出口起步较晚，始于20世纪90年代，从2000年的1.5万辆发展到2005年首次超过进口量（17.3万辆），到2010年的56.7万辆，汽车出口量增长近37倍。汽车零部件出口额也相应地增长较快，从2000年的35亿美元增加到2010年的414亿美元，年均增速为28%，2014年各类汽车零部件出口额达到611.5亿美元（见表7－11）。近十年来，汽车产品出口量总体上以年均46%的速度增长，而从趋势上分析，增长速度有所放缓。在加入WTO、对外开放程度加深等因素影响下，自2006年始，我国汽车产品贸易扭转了一直以来的逆差状态，转为顺差，但由于部分年份进口增长快于出口增长，综合而言，顺差的增长幅度不大。除了产品国际贸易这一途径外，我国汽车产业资本也不断向海外流动，通过品牌合作、研发合作、海外投资等多样化途径融入国际汽车产业，强化我国汽车产业出口实力。

**表 7－11 2008～2015 年我国汽车产业进出口数据** 单位：亿美元

| 年份 | 2008 | 2009 | 2010 | 2011 | 2012 | 2013 | 2014 | 2015 |
|---|---|---|---|---|---|---|---|---|
| 汽车整车出口额 | 96.3 | 51.9 | 69.9 | 109.5 | 115.6 | 128.9 | 137.9 | 124.73 |
| 汽车产品出口额 | 476.3 | 383.5 | 541.4 | 719.7 | 800.5 | 850.7 | 915 | 898.2 |

续表

| 年份 | 2008 | 2009 | 2010 | 2011 | 2012 | 2013 | 2014 | 2015 |
| --- | --- | --- | --- | --- | --- | --- | --- | --- |
| 汽车整车进口额 | 151.3 | 153.4 | 306.4 | 430.9 | 469.3 | 490 | 609.3 | 450.88 |
| 汽车产品进口额 | 322.2 | 341.9 | 581.7 | 759.9 | 799.2 | 842.2 | 1004.1 | 901.7 |

资料来源：历年《中国汽车工业统计年鉴》，汽车产品包括汽车整车、挂车及半挂车、发动机、摩托车、零部件。

1. 中国汽车进口区位分析。我国不仅是汽车工业生产大国，同时还是汽车进口大国。图7－20显示2014年我国汽车进口量前十位的国家。2014年我国汽车进口量为112万辆，从前十位国家共进口104.23万辆，占汽车进口总量的94.1%。综合观察我国汽车产业的进口国别分布，可以发现我国进口汽车主要来源于日本、西欧、美国等发达国家和地区，日本、美国、德国排名前三位，分别进口29.25万辆、29.17万辆、28.77万辆，可以看出国内汽车消费者对日系车、美系车、德系车的偏爱。表7－12按国别统计了2015年中国汽车产品的进口额和市场份额。

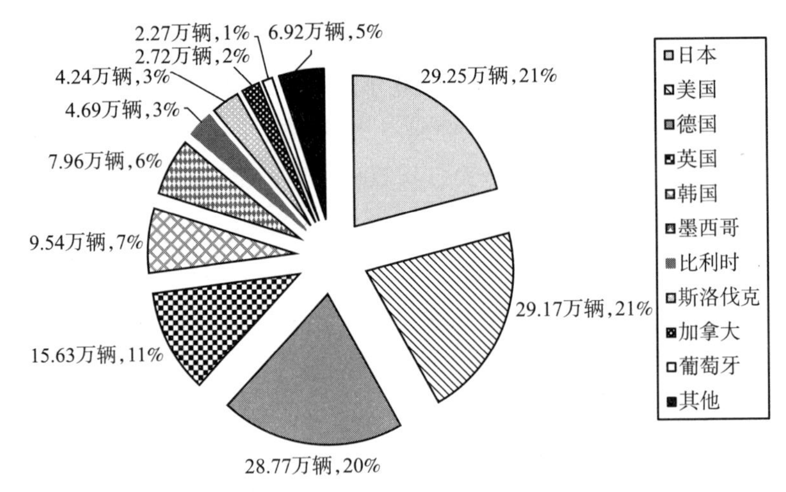


**图7－20　2015年我国汽车整车进口量前十位国家**

资料来源：2015年《中国汽车工业统计年鉴》。

**表7－12　2015年按国别分类的我国汽车产品进口额及市场份额**

| 国家 | 进口额（亿美元） | 市场份额（%） |
| --- | --- | --- |
| 美国 | 148.3 | 14.77 |
| 德国 | 305.6 | 30.44 |

续表

| 国家 | 进口额（亿美元） | 市场份额（%） |
| --- | --- | --- |
| 日本 | 182.5 | 18.18 |
| 英国 | 108.2 | 10.78 |
| 韩国 | 70.3 | 7.00 |
| 墨西哥 | 26.4 | 2.63 |
| 其他 | 162.8 | 16.21 |

资料来源：2015 年《中国汽车工业统计年鉴》。

2. 中国汽车出口区位分析。受复杂经济形势、汽车出口竞争力、国际能源价格变动的影响，当前中国汽车整车出口的目标群体为发展中国家低端汽车市场的消费需求，主要市场区位是亚洲、拉丁美洲和非洲。表 7－13 反映的是 2011～2014 年中国汽车出口量前 15 位的国家，从表中可以看出中国汽车出口主要面向不发达地区的国家。2014 年中国汽车出口到亚洲、拉丁美洲、非洲三者合计占中国全部汽车出口量的 88.2%。2014 年整车出口量共 94.8 万辆，同比下降 0.1%，其中面向前 15 国的出口总量份额达到 68%，较 2013 年前 15 国份额（69%）有所下降，主要原因有：受金融危机影响，新兴汽车市场需求不振；重点出口市场政局不稳等。从 2010～2015 年我国汽车出口量月度变化数据①可以看出，我国汽车出口量具有季节性特征，1 月、5 月、7～9 月、12 月汽车出口量较大。

受政治、经济、政策等因素影响，对阿尔及利亚、俄罗斯、智利、秘鲁、乌克兰等国的出口量较上年均下滑。2011 年向巴西出口达 10.4 万台，但 2013 年出口了 2.3 万台，2014 年仅有 1 万余台，跌出出口主力市场。值得注意的是，2014 年中国汽车出口形成了一个新的区位——伊朗成为中国最大的汽车出口市场，同比增长 120.9%，这主要是由于西方国家放宽了对伊朗的经济制裁，伊朗汽车消费市场活跃。

### （三）中国汽车保有量区位分析

尽管通过系列汽车产业促进政策我国已成为全球第一大汽车产销国，但由于我国汽车产业前期发展相对落后，尽管当前汽车总保有量仅次于美国居世界第二位，但人均水平低于发达国家和一些相同发展阶段的国家。近年来，在汽

① 2015 年中国汽车出口分析，http：//auto. sohu. com/20160228/n438787364. shtml。

**表 7－13　2011～2014 年中国汽车整车出口量前 15 位的国家**

单位：万辆

| 2011 年主要出口国 | | | 2012 年主要出口国 | | | 2013 年主要出口国 | | | 2014 年主要出口国 | | |
|---|---|---|---|---|---|---|---|---|---|---|---|
| 国家 | 出口量 | 份额（%） | 国家 | 出口量 | 份额（%） | 国家 | 出口量 | 份额（%） | 国家 | 出口量 | 份额（%） |
| 总出口 | 85.2 | | 总出口 | 101.6 | | 总出口 | 94.8 | | 总出口 | 94.8 | |
| 前 15 国 | 60.08 | 70.5 | 前 15 国 | 73.58 | 72.4 | 前 15 国 | 65.63 | 69.2 | 前 15 国 | 64.42 | 68.0 |
| 巴西 | 10.4 | 12.2 | 阿尔及利亚 | 15 | 14.7 | 阿尔及利亚 | 11.7 | 12.4 | 伊朗 | 11.4 | 12.0 |
| 阿尔及利亚 | 8.2 | 9.7 | 伊拉克 | 9 | 8.9 | 俄罗斯 | 9 | 9.5 | 阿尔及利亚 | 8.3 | 8.7 |
| 俄罗斯 | 7.1 | 8.4 | 俄罗斯 | 9 | 8.8 | 智利 | 7.9 | 8.3 | 俄罗斯 | 6.2 | 6.6 |
| 智利 | 5.3 | 6.3 | 伊朗 | 7.8 | 7.7 | 伊朗 | 5.2 | 5.5 | 埃及 | 5.3 | 5.6 |
| 伊朗 | 4.7 | 5.5 | 智利 | 6.3 | 6.2 | 秘鲁 | 4 | 4.2 | 哥伦比亚 | 4.7 | 4.9 |
| 伊拉克 | 3.7 | 4.3 | 秘鲁 | 3.7 | 3.7 | 哥伦比亚 | 3.7 | 4.0 | 智利 | 4 | 4.2 |
| 秘鲁 | 3 | 3.6 | 埃及 | 3.5 | 3.4 | 埃及 | 3.6 | 3.8 | 越南 | 3.8 | 4.0 |
| 埃及 | 2.7 | 3.1 | 委内瑞拉 | 3.3 | 3.2 | 伊拉克 | 3.3 | 3.5 | 委内瑞拉 | 3.1 | 3.3 |
| 叙利亚 | 2.5 | 3.0 | 哥伦比亚 | 3.1 | 3.1 | 乌拉圭 | 3.1 | 3.3 | 沙特 | 3.1 | 3.3 |
| 乌克兰 | 2.4 | 2.9 | 乌克兰 | 3.1 | 3.0 | 乌克兰 | 3.1 | 3.3 | 伊拉克 | 2.8 | 2.9 |
| 哥伦比亚 | 2.3 | 2.7 | 沙特 | 2.8 | 2.8 | 沙特 | 2.4 | 2.5 | 秘鲁 | 2.7 | 2.9 |
| 乌拉圭 | 2.2 | 2.6 | 巴西 | 2.1 | 2.1 | 巴西 | 2.3 | 2.5 | 乌拉圭 | 2.3 | 2.4 |
| 越南 | 2.2 | 2.6 | 南非 | 1.9 | 1.9 | 委内瑞拉 | 2.3 | 2.4 | 厄瓜多尔 | 2.3 | 2.4 |
| 南非 | 1.7 | 1.7 | 乌拉圭 | 1.6 | 1.6 | 厄瓜多尔 | 2.2 | 2.3 | 缅甸 | 2.3 | 2.4 |
| 澳大利亚 | 1.4 | 1.4 | 越南 | 1.5 | 1.4 | 越南 | 1.8 | 1.9 | 孟加拉国 | 2.1 | 2.3 |

资料来源：作者根据历年《中国汽车工业统计年鉴》公布的数据整理得到。

车产业技术创新、新能源汽车和互联网汽车蓬勃兴起的带动下，我国汽车消费市场进一步拓展，以庞大人口数量为基础的汽车消费需求表明我国汽车市场从中长期来看仍有较大发展空间，增长趋势并未改变，但将由快速增长转向稳定增长。

图7-21反映的是2010~2015年我国民用汽车和私人汽车拥有量情况。2015年，我国汽车保有量超过1.72亿辆，汽车保有量增长依然显著。

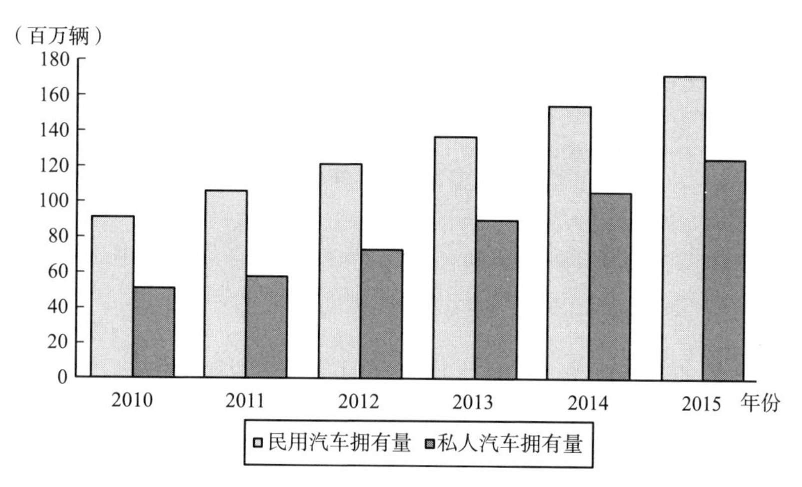


**图7-21 2010~2015年我国汽车拥有量**

资料来源：中国国家统计局。

据统计，2013年我国各大城市中汽车数量超过100万辆的城市有31个，2015年则达到了40个，四大直辖市北京、天津、上海、重庆和经济发展较快的深圳、广州、成都、苏州、杭州、郑州、西安等11个城市汽车数量超过200万辆，北京市汽车保有量更是超过了500万辆，领先于其他城市。

图7-22反映的是2014年全国汽车保有量前十位城市排名情况：北京凭借着537.10万辆位居榜首。汽车保有量前十位城市主要分布在四大区位，分别是：华北地区城市北京、天津和郑州；西南地区主要城市重庆、成都，两者汽车保有量排在第二位、第三位；长江三角洲主要城市上海、杭州和苏州；珠江三角洲地区主要城市深圳和广州。前十位城市汽车保有量区位分布与我国汽车工业生产区位、消费区位几乎一致。

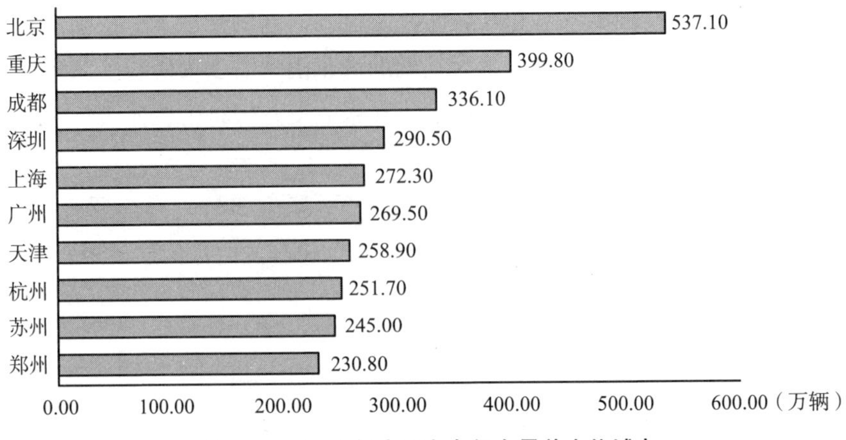


**图7－22　2014年我国汽车保有量前十位城市**

资料来源：中国国家统计局。

## （四）中国汽车工业布局主要影响因素

汽车产业的产业链长、关联度高，是国民经济重要的支柱产业。近几年，在刚性消费需求拉动和交通出行工具结构变化影响下，中国汽车产销规模迅速扩大，全面带动了汽车服务业、交通运输业的发展，增加了就业机会，从而促进了国民经济增长和社会发展。

1. 集聚效应。汽车产业的集聚效应会促进资源的重新组合，影响汽车企业资本的选择，并进一步优化汽车产业区位布局。在实力雄厚的龙头汽车制造企业吸引下，汽车零部件配套企业将围绕其进行选址布局，从而促进整车制造、零部件生产、汽车维修等一批企业的发展壮大，成为规模以上汽车企业。同时，在市场导向下，大企业积极进行兼并重组（典型案例如长安集团），提升自身在产业链中的定位，提高竞争力。汽车产业集中度数据显示，我国前3家汽车企业的生产集中度2014年已超过50%，前10家汽车企业的生产集中度达到82%，结合当前中国汽车产业集聚圈分析，集聚效应为汽车产业发展创造了资本、技术等多方面条件，这一数据与目前我国汽车产业区位布局相呼应。

2. 产业政策。产业政策是政府“有形的手”对产业发展的调节。为了规范和促进汽车产业的发展，我国出台了众多汽车产业扶持政策，例如建立汽车工业园、购车补贴、购置税优惠、“走出去”战略等，这一系列的汽车产业政策刺激了汽车消费需求，并且引导了汽车消费类型。“走出去”战略取得较显著的成效，国内很多汽车企业大胆向海外市场扩张，与国外汽车企业合作，吸收国外汽车产业的发展经验和先进技术。具体表现为：我国汽车产品出口量在加入 WTO 之后增长迅速，汽车出口从 2000 年的 1.5 万辆上升到 2014 年的 94.8 万辆，其间 2012 年超过 100 万辆，达到顶峰；汽车零部件出口额则从 2000 年的 35 亿美元上升到 2014 年的 687.74 亿美元。并且，从 2006 年开始中国汽车产品贸易首次出口大于进口。

产业政策对特殊时期的产业发展具有重要作用，有助于产业抓住发展机遇。受 2008 年金融危机的影响，全球汽车产业步入低迷时期，我国汽车出口也不例外，但在国家提升汽车产业地位并对汽车产业提供重磅支持的条件下，2010 年之后，我国汽车产业逐渐重回上升轨道。为了增强我国汽车产业的国际竞争力，培育我国自有品牌汽车产品，国家制定了大力发展自主品牌等长期产业政策，并出台乘用车购置税减半征收、新能源汽车节能补贴等优惠政策，自主汽车品牌借此发展良机，不断创新技术，市场份额随之猛增到 50% 左右。随后，虽然这两类直接扶持政策力度减弱，使得自主汽车品牌份额有所下降（40%），但国家出台了公务车采购采用自主品牌的扶持政策，对自主汽车品牌发展注入了一股新的推力。

由此可见，虽然汽车产业政策覆盖面有限，但体现了节能、环保的政策导向，鼓励汽车消费的杠杆作用巨大，上述扶持和优惠政策直接促使我国汽车工业产销量在 2009 年开始位居全球首位。

3. 技术水平。产业发展离不开产业技术的创新和生产组织方式的变革。地区汽车产业技术水平对汽车产业生产区位格局形成的影响较大，产业技术水平高的地区其他相关条件也处于较高等级，容易吸引价值链中高附加值环节汽车企业集聚。我国汽车产业发展初期，整体技术水平不高，核心技术基本依赖外国企业，因此，并没有形成真正意义上的专业化的汽车产业区位格局。受发达国家汽车产业发展路径启发，我国汽车整车制造企业以及零部件生产企业借助地区配套基础设施（人力资源基础、科技基础）和多项汽车工业产业政策的推力，开始加大研发资金和人力投入，重视技术改进、创新和技术引进、吸收，促使长期制约汽车工业发展的零部件设计制造等关键技术水平提高，缩小与发达国家的汽车产业技术能力差距。同时，在整车制造的带动下，零部件生产、服务配套系统等都同步规模化发展，并积极融入国际汽车零部件采购体系。

经过多年的发展，我国汽车产业区域布局不断优化，传统上的汽车产业集群分布在长春、沈阳、北京、天津、上海、武汉、柳州、重庆、广州、芜湖、合肥、济南、哈尔滨、南京等城市，多数位于东、中部地区，这些集群内部均有技术水平较高的整车或者零部件龙头企业。

## 二、全国汽车产业区位分布概况及趋势

### （一）各省（市、自治区）汽车产业区位熵分析

区位熵是衡量区域要素空间分布情况和产业部门专业化程度的指标，可在一定程度上反映出特定地区某产业的集聚水平，计算公式为：

$$LQ_{ij}=\frac{q_{ij}/q_j}{q_i/q}$$

其中，$LQ_{ij}$表示 $j$ 地区 $i$ 产业在全国的区位熵；$q_{ij}$表示 $j$ 地区 $i$ 产业相关方面的指标（如产值、就业人数等）；$q_j$ 表示 $j$ 地区所有产业的相关指标；$q_i$ 表示在全国范围内 $i$ 产业的相关指标；$q$ 表示全国所有产业的相关指标。$LQ_{ij}$越高，表示地区产业集聚水平就越高。一般来说，当 $LQ_{ij}>1$ 时，我们认为 $j$ 地区的区域经济在全国来说具有优势；当 $LQ_{ij}<1$ 时，我们认为 $j$ 地区的区域经济在全国来说具有劣势。

通过分析 2003 ~ 2014 年各省汽车工业总产值发现，部分省（市、自治区）的汽车工业产值占全国的比重以 2007 年为拐点呈先下降后上升的趋势，所以在计算区位熵时，选取了 2003 年、2007 年、2011 年和 2014 年这四年计算各省（市、自治区）的区位熵，通过对比结果研究汽车制造业集聚区位的动态变化。

表 7 - 14 是产值比重排名前十位的省（市、自治区）在 2003 年、2007 年、2011 年和 2014 年的区位熵，可以看出，2011 年区位熵相对较高的是上海、吉林、天津、重庆，说明这四个省市汽车产业的专业化程度、产业集聚水平都相对较高，北京、湖北和浙江的区位熵大于 1，处于中间水平。对比之下，广东、山东和安徽的区位熵则较低。纵向观察不同年份的数据，结果显示，上海市、湖北省和吉林省等传统汽车制造业生产基地虽然集聚水平较高，可是集聚程度却有所下降；新兴汽车制造业生产基地如重庆和安徽省的集聚程度在逐步加强，这说明我国汽车制造业生产区位有向中西部转移的趋势。经过长期积淀，我国大致形成了长春沈阳、环渤海、湖北武汉、重庆、长三角、珠三角 6 个汽车产业相对集中的地区。

表 7－14　　2003～2014 年主要城市汽车工业区位熵

| 年份 | 上海 | 吉林 | 湖北 | 广东 | 山东 | 北京 | 安徽 | 重庆 | 天津 | 浙江 |
| --- | --- | --- | --- | --- | --- | --- | --- | --- | --- | --- |
| 2003 | 5.776 | 6.879 | 3.332 | 0.681 | 1.200 | 2.875 | 0.708 | 2.078 | 4.849 | 2.130 |
| 2007 | 4.998 | 4.923 | 2.093 | 0.976 | 1.261 | 2.008 | 0.777 | 2.359 | 5.223 | 2.280 |
| 2011 | 4.085 | 3.106 | 1.768 | 1.036 | 1.070 | 2.002 | 0.885 | 2.655 | 2.839 | 1.788 |
| 2014 | 5.013 | 5.934 | 2.729 | 0.636 | 0.597 | 3.927 | 1.095 | 3.339 | 1.514 | 0.583 |

资料来源：根据各省市统计年鉴数据整理得到。

表 7－15 反映的是 2014 年各省（市、自治区）汽车工业区位熵，可以看出，用汽车工业总产值计算的区位熵和用汽车工业销售总产值计算的区位熵结果基本相同。2014 年汽车工业区位熵相对较高的有吉林、上海、北京、重庆、湖北、天津，说明这些地区的汽车产业集聚程度高，与 2011 年相比新增了湖北省和北京市。

表 7－15　　2014 年各省（市、自治区）汽车工业区位熵

| 地区 | 工业总产值区位熵 | 销售总产值区位熵 | 地区 | 工业总产值区位熵 | 销售总产值区位熵 |
| --- | --- | --- | --- | --- | --- |
| 吉林 | 5.935 | 6.272 | 湖南 | 0.532 | 0.545 |
| 上海 | 5.013 | 5.012 | 河北 | 0.420 | 0.438 |
| 北京 | 3.927 | 3.859 | 云南 | 0.359 | 0.429 |
| 重庆 | 3.339 | 2.439 | 江西 | 0.316 | 0.376 |
| 湖北 | 2.729 | 2.859 | 江苏 | 0.272 | 0.258 |
| 天津 | 1.514 | 1.690 | 内蒙古 | 0.199 | 0.259 |
| 河南 | 1.398 | 0.379 | 福建 | 0.198 | 0.214 |
| 海南 | 1.266 | 1.265 | 黑龙江 | 0.181 | 0.188 |
| 陕西 | 1.196 | 1.137 | 贵州 | 0.175 | 0.206 |
| 安徽 | 1.095 | 1.199 | 青海 | 0.117 | 0.113 |
| 广西 | 0.966 | 1.074 | 山西 | 0.113 | 0.119 |
| 广东 | 0.637 | 0.831 | 甘肃 | 0.032 | 0.031 |
| 山东 | 0.597 | 0.629 | 新疆 | 0.025 | 0.027 |
| 浙江 | 0.583 | 0.655 | 宁夏 | 0.010 | 0.010 |
| 四川 | 0.568 | 0.585 | 西藏 | 0.000 | 0.000 |
| 辽宁 | 0.551 | 0.587 | | | |

注：区位熵计算中，2014 年各省（市、自治区）工业总产值来自各省（市、自治区）统计年鉴，汽车工业总产值、汽车销售总产值来自《中国汽车统计年鉴》。

## （二）产业集中度显著提高

市场结构一般用产业集中度指标来衡量。汽车产业集中度反映了汽车产品生产者的集中程度，代表了汽车产品生产者的市场势力以及影响力。汽车产品集中由部分生产者生产，除了能够产生规模经济外，还对技术创新等方面有影响。2010～2015年中国整车生产企业的集中程度呈现提高趋势（如表7－16所示），早期汽车产业规模、企业规模小，市场集中度低，从另一个角度表明了随着汽车产销量的增加，各个整车生产企业产销量的增长是不均衡的。

**表7－16　　2010～2014年整车生产企业集中度**　　单位：%

| 年份 | 前4位企业市场占有率（CR4） | 前8位企业市场占有率（CR8） |
| --- | --- | --- |
| 2010 | 61.87 | 80.71 |
| 2011 | 62.56 | 82.09 |
| 2012 | 63.08 | 83.16 |
| 2013 | 63.68 | 84.22 |
| 2014 | 64.01 | 84.85 |
| 2015 | 64.39 | 85.12 |

资料来源：中国汽车工业协会网站。

根据贝恩对市场结构类型划分的标准（见表7－17）以及我国2010～2015年整车生产企业集中度测算结果，我国整车市场属于中等集中寡占型市场结构（中下集中寡占型、中上集中寡占型市场）。寡占型市场结构决定了我国汽车企业的生产特征、市场绩效以及发展决策。

**表7－17　　市场结构类型划分**

| 类型 | 前4位企业市场占有率（CR4） | 前8位企业市场占有率（CR8） |
| --- | --- | --- |
| 极高寡占型 | CR4≥75% | — |
| 高度集中寡占型 | 65%≤CR4<75% | CR8≥85% |
| 中上集中寡占型 | 50%≤CR4<65% | 75%≤CR8<85% |
| 中下集中寡占型 | 35%≤CR4<50% | 45%≤CR8<75% |
| 低集中寡占型 | 30%≤CR4<35% | 40%≤CR8<45% |
| 竞争型 | CR4<30% | CR8<40% |

资料来源：产业经济学。

汽车产业集中度显著提高的主要原因如下：

第一是随着经济持续快速发展，人均国民收入不断提高，居民的消费水平也上升到新的阶段，整体上呈现“橄榄型”，国内汽车产业产销量逐渐上升，部分类型或品牌的车热销，不少车型供不应求，居民的汽车消费需求越来越注重质量维度，对价格变动的敏感性降低。同时，产品声誉传播机制的完善，使得消费者对汽车品牌偏好越来越明显，从而导致汽车消费集中在某些企业，提高产业集中度。

第二是国家政策也对汽车市场结构有所影响。一方面，国家对进口汽车产品的高关税政策，一定程度上对本国汽车产品形成了保护，拉动了国内汽车产品价格的上涨，汽车产业发展初期相对较高的汽车产品价格保障了汽车产业的高利润；另一方面，改革初期中央放权到地方，全国各省陆续利用优势资源开始发展汽车产业，市场领域有所侧重，但受汽车产品生产投入高的影响，企业数量并不是一味地增长。两方面作用下，汽车产业集中度逐渐提高。

第三是改革开放为沿海地区和其他地区带来了多层面的差异化的产业发展优势。沿海地区比较突出的是资本优势。在汽车产业发展契机显现之时，民间资本、外资涌入，汽车企业根据利益收入选择投产的地域，中国汽车产业向沿海省区集聚，占据了不俗的汽车市场份额，例如广汽本田、广汽丰田等日系车集聚在广州，强化了部分汽车品牌的市场势力。老工业基地依靠的优势则是雄厚的工业基础以及国家政策的倾斜，例如长春、湖北凭借其老工业基地的独特竞争优势吸引着厂商的投资。在不同发展优势的引导下，地区汽车产品结构得到调整，市场集中度发生了变化。

## 三、全国汽车产业集群发展态势

2004 年国家发改委发布实施《汽车产业发展政策》，2009 年结合实际做出修订，这对中国汽车制造业区位分布具有重要指导作用。一方面，这一政策推动了中国汽车产业结构的调整和优化，扩大了有市场竞争实力企业的规模，通过规模效应提升了市场份额、市场集中度。另一方面，它鼓励国内外汽车企业按照市场规律组建合作共赢的产业联盟，实现优势互补、资源共享，提高汽车企业的国际竞争力。在这一过程中，原有的汽车产业区位布局有所改变，长春、上海、武汉三大传统汽车产业基地演变成以长江三角洲、珠江三角洲、环渤海地区、东北地区、华中地区和西南地区为主的六大汽车产业集群，各大汽车产业集群在传统生产区域分工的基础上，不断突破原有范围和生产线。

六大汽车集团的覆盖范围如下：上汽集团整车工厂遍布华东、东北、华中、华南、西南和西北各省（市、自治区），仅华北未涉及；广汽集团产能基地覆盖华东、华中、华南三个地区；北汽集团布局于华东、华中、华南、华北、西南五个地区；一汽集团覆盖了华东、华中、华南、华北、西南、东北六个地区；东风集团分布于华东、华中、华南和东北四个地区；长安集团的覆盖范围包括华东、华中、华南、东北、西南、华北六个地区。

表7－18整理了分布于六大汽车产区的汽车品牌，常见的国产汽车品牌基本上能够在这六大分布区域中找到。下文以若干城市代表六大产业集群进行深入分析。

**表7－18　　六大汽车产业集群情况一览表**

| 六大分布区域 | 主要生产基地 | 主要品牌 |
|---|---|---|
| 长江三角洲 | 上海浦东 | 上汽集团、上海大众、上海通用 |
| | 浙江 | 吉利汽车公司 |
| | 南京 | 长安福特 |
| 珠江三角洲 | 广州黄埔 | 广州五十铃、广汽本田 |
| | 广州花都 | 东风日产、东风汽车 |
| | 南沙 | 广汽丰田 |
| 环渤海地区 | 北京 | 北汽集团、北京现代、北京奔驰 |
| | 天津 | 天津一汽、一汽丰田 |
| | 保定 | 长城汽车、中兴汽车 |
| 东北地区 | 吉林长春 | 一汽轿车、一汽大众、一汽丰田、一汽马自达 |
| | 辽宁沈阳 | 华晨宝马 |
| 华中地区 | 武汉 | 东风标致、东风雪铁龙、东风本田 |
| 西南地区 | 重庆 | 长安轿车、重庆庆铃汽车、长安福特、沃尔沃 |

资料来源：根据公开资料整理得到。

六大汽车产业集群区域上市公司的数量如图7－23所示。

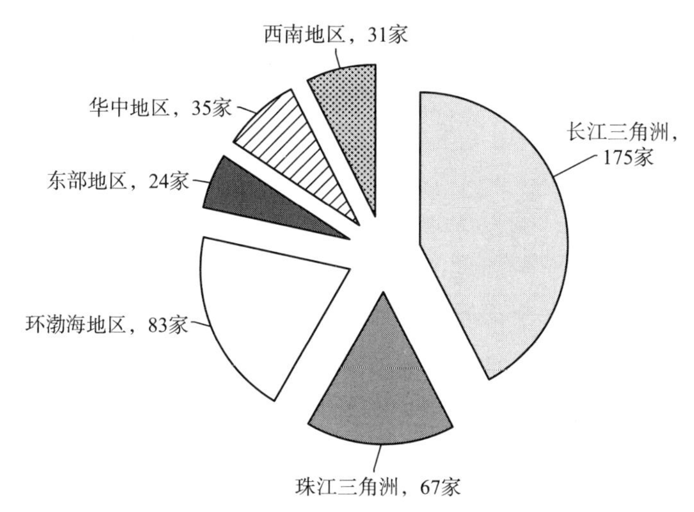


**图7-23　六大汽车产业集群区域上市公司数量**

资料来源：Wind数据库；长江三角洲汽车产业集群包括上海、江苏、浙江三省市，珠江三角洲汽车产业集群主要指广东，环渤海地区汽车产业集群包括北京、天津、河北、山东四省市，东部地区汽车产业集群包括吉林、黑龙江、辽宁三省，华中地区汽车产业集群主要落在湖北省，西南地区汽车产业集群以重庆为主。

## （一）长江三角洲地区汽车产业集群——上海、浙江、江苏

长江三角洲地区2014年整车产量合计511.51万辆，占全国2014年汽车整车产量的21.6%，汽车工业总产值合计15973.65亿元，占全国汽车总产值的37.7%，超过1/3，在全国处于领先地位（见表7-19）。综观其内部区域特点，上海是我国最大的轿车生产基地，特大型汽车生产商——上海汽车工业集团（简称上汽集团，SAIC）业务范围涵盖了整车生产、零部件研发、汽车服务贸易等领域，既有自主汽车品牌（荣威、五菱等），又有上汽大众、上汽通用等合作品牌。上海民营汽车企业也较多，例如上海华普、上海万丰和上海比亚迪等。长江三角洲地区在汽车整车制造方面，比较为众人所熟知的还有浙江的吉利汽车以及江苏的东风悦达起亚。

**表7-19　　2014年长江三角洲地区汽车产业集群主要经济指标**

| 地区 | 汽车工业总产值（亿元） | 汽车工业增加值（亿元） | 整车产量（万辆） | 整车销量（万辆） |
|---|---|---|---|---|
| 上海 | 5319.03 | 1073.8 | 247.45 | 247.06 |
| 江苏 | 7554.3 | 379.2 | 198.6 | 194.29 |
| 浙江 | 3100.32 | 435.8 | 65.46 | 64.02 |

资料来源：根据中国汽车工业协会数据整理得到。

分析长江三角洲汽车产业集群的区域分布，良好的工业基础、实力较强的整车制造企业、系统化的汽车综合业务能力、数量较多的汽车企业是集群形成的重要动力。在产业链上游企业方面，上海具备全国最好的轿车零部件工业基础，集成了500多家各种规模的汽车零配件研发、生产企业。与上海毗邻的浙江，汽车零部件生产实力在全国居于首位，几百家大中小型零部件企业协同发展。此外，长江三角洲地区还大力发展了汽车贸易与营销、汽车物流、汽车检测机构等多种功能的配套服务业，是一个全面发展的汽车综合产业区（见表7－20）。

**表7－20　长江三角洲汽车产业集群上游主要企业及主要产业园**

| 省市 | 主要原材料（钢铁、橡胶）企业 | 主要零部件与设备企业 | 主要汽车制造企业 | 主要汽车产业园及功能 |
|---|---|---|---|---|
| 上海 | #宝钢集团、#双钱集团 | #华域汽车系统、#上海交运集团、永达集团、联合汽车电子 | #上海汽车、上海大众、上海通用、上海汇众、上海永达、上海华普 | 上海国际汽车：制造、研发、贸易、博览、运动（国际赛车场） |
| 江苏 | #沙钢、#南钢中天钢铁、申特钢铁 | #无锡威孚、博世汽车柴油 | 东风悦达起亚、南京汽车集团 | 盐城新能源汽车产业园：零部件生产、技术研发、物流、商贸 |
| 浙江 | #杭钢、#韩泰轮胎、宁波钢铁 | #万向集团、#宁波永翔电子、#宁波均胜电子、浙江万丰奥威汽轮 | #吉利、上海大众 | 宁波杭州湾新区国际汽车产业城和高端汽车零部件产业园；江东汽车零部件产业园；台州市汽车城（汽车服务） |

资料来源：根据Wind中国企业库数据整理得到，#表示上市公司。

驱动集群形成的区位优势主要有以下五个方面。

1. 经济发展水平高。长江三角洲地区经济增长速度、效益在全国处于领先地位，经济基础的不断夯实，制造业水平的提升，为其汽车产业集群形成创造了良好的环境。全国金融中心上海，经济发展特色鲜明的浙江、江苏，是全国经济发展前景排名前三的省市，制造业起步较早，并成功进行了产业的转型与升级。

2. 对外开放程度高。长江三角洲地区的连云港、南通、上海、宁波、温州是首批对外开放的城市，进出口条件较便利，对外贸易发达，外商投资活跃。

3. 产业结构完整。汽车产业由于纵横范围较广，相关联的产业多，汽车企业要落地生根发挥正向集聚效应，需要本地区其他产业发展到相应层次。经过一段时期的调整、完善，长江三角洲地区产业结构持续优化，为汽车产业集群的稳固和强化提供了保障。例如，汽车产业链上游的原材料供应中，上海宝钢作为中国最大的钢铁企业，对我国汽车整车、零部件生产提供了充足的支撑。

4. 技术能力高，人才支撑力强。长期以来的对外开放与国际交流合作，使得长江三角洲地区汽车企业源源不断地吸收国外相对先进的汽车产业技术，并依靠自身科技实力、高端人力资源进行创新。本地区排名全国前列的教育机构复旦大学、上海交通大学、上海财经大学、浙江大学等为汽车产业群落培养了大量人才，汽车产业人才后盾强大。

5. 优越的交通运输条件。长江三角洲地区水运、空运、陆运网络发达，可达性高，物流成本低。

### （二）环渤海地区汽车产业集群——北京、天津

环渤海地区汽车产业集群又称为京津地区产业集群，以北京、天津为中心，整车以日韩车系为主，零部件有天津电装等实力较强的企业，汽车产销较对等。2014 年，北京汽车产量 253.1 万辆，销量为 250.6 万辆，规模以上汽车工业企业 236 家；天津整车产量为 91.9 万辆，整车销量为 92.0 万辆，规模以上汽车工业企业 292 家（见表 7－21）。

**表 7－21　2014 年环渤海地区汽车生产集群主要经济指标**

| 地区 | 汽车工业总产值（亿元） | 汽车工业增加值（亿元） | 整车产量（万辆） | 整车销量（万辆） |
| --- | --- | --- | --- | --- |
| 北京 | 2862.6 | 360.0 | 253.1 | 250.6 |
| 天津 | 1676.4 | 300.1 | 91.9 | 92.0 |

资料来源：2015 年《中国汽车工业统计年鉴》。

促成本地区汽车产业集群的区位优势主要有以下四个方面。

1. 经济高度发达，消费市场空间广阔。北京是全国政治、经济、文化中心，是人口聚集的特大型城市，以消费拉动经济增长、产业发展的优势明显，

具有很大的市场潜力；天津作为直辖市，人均 GDP 排在全国前列。经济发达、庞大的人口群体以及较高人均收入水平代表的消费能力使该地区汽车产业市场可开拓的空间和潜力巨大。

2. 科技和人才优势。北京、天津名校聚集，本地区高水平的大学和科研机构为汽车产业发展提供了科技研发和人才支撑。同时，为招揽产业发展需要的人才，吸引各地汽车产业精英，北京、天津利用多样化的扶持政策，对汽车产业先进项目、高端人才提供资助。

3. 产业配套设施完备。产业发展环境、交通、生产性服务业等配套设施的优化对汽车产业集群的形成具有正向作用。环渤海地区发展汽车产业集群初期，通过土地资源倾斜、建设基础设施等吸引国内外整车制造、零配件、汽车服务企业聚集，培育本地区汽车产业的龙头企业。

4. 零部件及相关产业优势。京津地区的汽车零部件工业和整车共同发展，河北的钢铁工业作为上游原材料产业为汽车产业发展提供了有力支持，上下游关联产业的发展对环渤海汽车产业集群形成创造了基础。

### （三）西南地区汽车产业集群——重庆

在西南地区，汽车产业主要集聚于重庆，建立起了从研发到销售的全产业链。全年规模以上工业企业中的汽车制造业实现总产值 4707.87 亿元，同比增长 20.2%，汽车销售 304.51 万辆，同比增长 15.5%，销售总产值达到 1699.08 亿元，工业增加值为 5062.9 亿元[①]。2015 年重庆成为中国第一大汽车生产基地，汽车产量超过 300 万辆，中国最大的微车生产企业长安汽车集团即位于重庆，既有奔奔、逸动等自有品牌，又与福特、马自达等合作，为重庆汽车产业在全国的地位提供了支撑。重庆汽车产业规模大有目共睹，但存在“大而不强”问题，因此，近年来，特别是在“一带一路”发展战略的带动下，重庆努力做强汽车产业，规划建设集研发、生产、贸易等综合功能于一体的汽车城，突破本地区传统的以微车为主的汽车产业发展方向，改变原有的汽车类型格局，发展轿车产业。

西南地区汽车产业集群发展依靠的区位优势如下：

1. 大力引进国外汽车生产技术。西南地区汽车产业以微型客车和微型货车为主，在微型车和经济型轿车生产方面实力较强，集群内中型汽车种类也较

---

① 《2015 年重庆市国民经济和社会发展统计公报》。

为齐全，生产率高的原因可能是西南地区积极与国外企业品牌合作，大力引进国外汽车品牌与先进的整车技术，带动了本地区汽车企业快速发展。

2. 汽车产业资本充足。近年来，产业发展资金来源丰富，互联网金融和民间投资热潮的兴起为满足汽车产业资本需求开拓了多个渠道，促使资本流入汽车产业，为汽车企业积累了起步资金，形成了广泛的市场预期，激发了汽车产业的活力。

3. 相对完整的汽车零部件产业链。西南地区汽车产业集群对汽车零部件企业的引进力度大，上千家汽车零部件企业集聚于重庆，创造了较高的汽车工业产值。

4. 地区制造成本低。西南地区在土地、人力资源、能源等方面具有成本优势，相对较低的制造成本无疑对国内外整车制造企业、零部件汽车企业具有吸引力。

5. 政府大力推进。西南地区相关省市运用产业政策，发挥政府引导作用，培育汽车产业市场和集群。例如，重庆两江新区汽车产业基地中，政府提供了良好的服务，建设公租房解决“住”的问题，作为中间人协调基地内汽车企业与电力企业的供电价格问题等。按照新时期国家汽车产业发展战略与规划，重庆将进一步被列为未来国家汽车工业重点布局地之一。除此之外，重庆、四川等省市政府还通过引进重大汽车项目，推动汽车产业集群形成。

但是，西南地区汽车产业发展中也存在下述区位劣势：

一是地理位置较差。西南地区地理条件复杂，交通网络不如东部沿海地区便捷。成本相对较低的铁路、公路运输不便，空运则成本较高，仅有水运兼具可达性和成本优势。

二是经济相对落后。除重庆和成都外，中西部大部分地区人均收入水平较低，消费能力不足，本地市场空间有限。

三是后续动力不足。重庆汽车市场处于发展的中前期，中低端汽车市场所占比例较大，因此现有汽车生产的技术含量较低，后续发展能力不强，若长久不思进步与变革，缺乏主动开拓市场的能力，创新能力将消磨殆尽，局限于为本地企业服务。

### （四）东北地区汽车产业集群——长春、沈阳

东北地区是传统老工业基地，汽车制造业发展较早，是我国汽车产业集聚地区之一，以吉林长春、辽宁沈阳为核心。代表性的有汽车生产企业：一汽集

团（全国三大汽车集团之一，位于吉林省），同时，长春有数百家产业集群化程度高的汽车零部件企业为一汽集团配套；哈飞汽车集团（位于黑龙江省）；华晨汽车（位于辽宁省），其生产的华晨宝马是较为知名的中外合资车型。2015年，吉林省汽车产量达到224万辆，位居全国各省市区第一。汽车工业总产值为5218.9亿元人民币。销售总产值为5141.1亿元，工业增加值（生产法）为1024.8亿元人民币。

促成东北地区汽车产业集群发展的区位优势主要有以下几种：

1. 政策优势。东北地区最早建立汽车生产基地，产业基础好，有着完整的汽车工业产业链，国家大规模投资扶持了许多核心企业，汽车零部件企业围绕汽车制造相关核心企业集群发展，共同利用资源。

2. 工业基础厚实。东北地区一直以来都是钢铁等工业行业的主要聚集地。目前国家对东北地区的工业振兴支持力度大，鼓励其发展新型原材料、制造装备等技术含量高的工业行业，为汽车产业发展奠定了基础。进入2016年，振兴东北再次成为经济社会热议的话题，政府扶持力度较大。

除此之外，自然资源、汽车制造业人才储备、政府支持等都为东北地区汽车产业集群的形成提供了支撑。但东北地区作为最早的汽车产业集群地区，随着汽车产业新生力量在全国各地的出现，不少制约东北地区汽车产业发展的消极因素逐渐显现：长期受国有制影响，汽车企业改革进展缓慢，导致效率低下；对外开放程度不高；虽然东北原材料如矿产资源丰富，但开发程度低。

### （五）华南地区汽车产业集群——广州

华南地区汽车生产和流通市场都比较发达，以广州为中心，形成了珠三角汽车产业基地，汽车消费量最大。汽车流通方面，建立了广东汽车交易市场、南方进口汽车城、华南汽车贸易城等专业化的基地。汽车生产方面，正在建设黄埔、花都和南沙开发区三大汽车生产基地，已有的知名汽车品牌包括丰田、本田、日产，汽车生产主体企业是广州汽车集团。另外，华南地区汽车产业集群还包括新能源汽车产业发展较好的深圳（深圳比亚迪是新能源汽车的领跑企业）、零部件产业较为发达的福建等。

华南地区汽车产业集群的区位优势概括起来主要有以下几种：

1. 经济发达。华南地区作为改革开放的前沿地区，人均国民收入、人均可支配收入等反映当地经济发展水平和居民消费能力的指标都表现不俗，2015年广东人均可支配收入为27858.9元、深圳人均可支配收入为44633元，高于全国平均水平，这有利于汽车工业打开当地市场。

2. 交通条件优越。交通网络发达，物流成本低。华南地区中，珠江三角洲位于珠江入海口，水运、海运都具备条件，各大高速公路贯通南北代表陆运能力强，高铁为交通运输节省了时间和运费成本。同时，汽车产业集群内部细分产业齐全，例如广东省有以花都为代表的零部件产业集群、以华南汽贸城等为代表的汽车产业销售园区，这为降低物流成本提供了可能。

3. 汽车零部件产业较为发达。华南地区成立了最大的零部件研发基地（深圳），广东 2013 年批准建立了六大汽车零部件产业园区，这些变化带来的优势支持了华南地区汽车产业集群的形成。

4. 对外开放程度高。与港澳经济圈相望的地理位置，高度开放的经济社会发展环境，为汽车工业进出口、品牌走向世界，以及引进国际先进技术和管理经验提供了可能。

### （六）华中地区汽车产业集群——湖北

华中地区主要包括河南、安徽、湖北、湖南，汽车产业的代表性企业有东风、奇瑞、江淮、郑州宇通等，汽车产业集群具有自主品牌多、企业多、规模不大等特点。截至 2015 年，湖北省汽车整车产量达 196.8 万辆，是 2000 年的 9.1 倍，居全国第 7 位，是全国 8 个整车产量超百万辆的省市之一，占全国整车产量的 7.59%。在湖北建立制造基地的汽车品牌有东风标致、东风雪铁龙、东风本田。2011 年，汽车产业成为湖北的第三个千亿产业。

华中地区汽车产业凭借互补优势、研发优势、龙头企业带动这三大现实基础，显现出集聚效应，已建成两条汽车产业聚集带，一是十堰、襄阳、武汉汉江沿线，二是荆州、黄石长江沿线，其汽车及零部件产品的种类、规模、资产、主营业务收入、利税和配套率均超过湖北省总量的 90%，其中武汉汽车工业是湖北汽车产业的支柱，是湖北的乘用车制造基地。湖北汽车产业研发实力也是华中地区汽车产业集群的特色之一，260 多个各类研发机构、1 个国家级研发中心、14 个省级研发中心[①]共同打造了湖北汽车产业研发平台，进行产品和技术的研发创新。

---

① 中国国家科技部。

## （七）中国汽车产业分布影响因素

1. 政策因素。

（1）政策支持。分析我国汽车制造业分布的影响因素首先要考虑的就是政策因素。回顾我国汽车工业的发展历程，从最初汽车产业的布局选址，到改革开放后汽车产业的逐步发展与壮大，形成产业集群，都可以看到多样化、针对性、支持力度强的政策。

加入 WTO 后，中国迎来了汽车产业发展的大好机遇，为了适应社会主义市场经济体制的要求以及对外开放的新形势，将汽车产业发展为名副其实的“支柱产业”，2004 年完善了 1994 年《汽车工业产业政策》的不成熟之处，制定出台了《汽车产业发展政策》。在各地区微观政策的扶持与引导下，中国汽车产业的规模迅速扩大，大型企业或企业集团形成，汽车产业市场集中度提高。但早期的汽车产业政策政府选择强于市场选择的特征明显，在这一政策模式下，市场优胜劣汰的自然机制难以发挥作用。2008 年金融危机猛烈冲击了全球汽车产业，部分发达国家为了以“再工业化”拉动经济增长，振兴本国汽车产业，撤回部分在华汽车企业或投资。为突破金融危机带来的发展阻碍，中国 2009 年出台了《汽车产业调整与振兴规划》。随后，为紧跟产业转型升级转移趋势，推进汽车产业结构调整和升级，加强中国汽车产业的国际竞争力，满足日益增长和多样化的汽车产品消费需求，中国不断根据汽车产业发展态势修订汽车产业政策，“十三五”时期汽车产业发展规划也受到高度关注。面对环境污染加剧以及能源消耗压力，2012 年以来，国务院陆续出台了《节能与新能源汽车产业发展规划（2012—2020 年）》等文件，适时积极促进新能源汽车的发展。

（2）地方保护。汽车制造业具有规模较大、关联性强、提供的就业岗位及纳税额较多等特点，该行业的发展对当地的 GDP 贡献较大，影响着国家和地方的经济发展，因此，各地方政府都力求为本地区的汽车制造业企业提供优惠政策和税收支持，这就造成了所谓的地方保护，而这种地方保护则成为影响汽车产业分布的政策层面因素之一。这种影响主要分为两个方面：一个是为本地汽车制造业企业提供优惠政策，促使区域内的企业迅速发展；另一个是设置贸易壁垒，造成市场分割，限制外地企业的流入，从而保护本地企业。

2. 空间地理因素。运输成本是影响汽车整车企业选址的重要原因之一。便捷的交通有利于原材料、中间产品和最终产品的运输，汽车制造业，尤其是整车制造业，需要用到各种汽车零部件，而这些零部件未必能够在本地区生产，可能要从全国各地甚至国外运进，而生产出来的汽车也要往外地销售，因此，对交通的便捷性有较高要求。沿海地区、港口城市、交通枢纽（如上海、广州、湖北等）的运输成本相对较低，容易成为汽车行业的集聚地。

3. 产业基础因素。汽车产业的纵横范围广，涉及大大小小上百种产业，这些产业的发展水平是汽车产业发展与成长的基础。我国汽车产业最初的布局是由政府决定的，中央政府通过考察各地的工业基础、交通运输条件、资源禀赋等，将汽车制造业布局在吉林、上海、湖北等地区。而各方面的资源、政策等也向这些地区进行倾斜，造就了一些汽车企业最先在这些地区发展起来，形成了一定的产业基础。接下来外商的投资、合资企业的建立也倾向于选择产业基础水平较高的地区，从而促使产业进一步发展，形成产业集群。

4. 科技、劳动力因素。

（1）劳动力成本、人才资源。汽车产业是劳动力密集型产业，吸收的劳动力众多，不论是进行研发创新的专业技术性工人，还是从事普通生产的一线工人，其数量的要求都很大。因而一个地区是否拥有丰富而廉价的劳动力资源，将成为一个汽车企业是否在此设厂生产的重要影响因素。若某一地区的劳动力成本较高，则会造成汽车的生产成本提高，不利于企业的发展，因此在汽车生产制造方面总会向劳动力成本低的地区流动。而在汽车销售方面则会向大城市流动，因为大城市拥有较多的人口，市场巨大，对汽车的需求自然较大。

（2）研发机构。研发机构也是影响汽车产业布局的一个因素。一辆汽车的各个部分，发动机、底盘、车身、电气设备、电子元件等，都包含着各种技术。产品的更新和产业结构的升级对科技人才提出了较高的要求。成熟的汽车企业通常会拥有自己的科研机构，而这些科研机构大多布局在汽车企业的总部。随着汽车产业的发展，新能源汽车、智能化汽车等推出，研发机构的影响将会越来越大。

5. 产业关联因素。产业配套能力是汽车整车企业选址以及各地政府规划汽车产业的重要考量。汽车产业具有产业关联度强的特点：一方面体现在整车制造业与零部件之间的产品配套程度；另一方面体现在整车制造业与零部件制造业之间的技术配套程度。拥有产业基础水平的整车制造业的空间分布格局往往不易改变，零部件企业会围绕整车制造业企业，在其附近设厂生产，以便为其提供配套的零部件，逐渐形成以整车制造为中心、零部件制造环绕的空间分布格局。而良好的零部件配套能力将成为新的整车制造企业进驻的影响因素之一。

## 四、全国汽车产业重点上市公司区位分析

为了更好地分析各大汽车上市公司的区位分布，本部分先简要分析汽车上市公司的整体区位分布情况以及区位转移的原因。

### （一）区位现状分析

根据国家统计局2011年的划分办法、《中共中央、国务院关于促进中部地区崛起的若干意见》、《国务院发布关于西部大开发若干政策措施的实施意见》以及相关政策文件等，将我国经济区域划分为东部、中部、西部和东北四大地区。

东部地区包括北京、天津、河北、山东、江苏、上海、浙江、福建、广东、海南、香港地区、澳门地区和台湾地区。

中部地区包括山西、河南、安徽、江西、湖北和湖南。

西部地区包括内蒙古、陕西、重庆、贵州、广西、宁夏、甘肃、四川、云南、青海、西藏和新疆。

东北地区包括黑龙江、吉林和辽宁。

分布在各个地区的上市汽车企业如表7－22所示。

**表7－22　　东部、西部、中部和东北部上市汽车企业分布**

| 区域 | 上市公司数量（个） | 上市公司名单 |
| --- | --- | --- |
| 东部 | 54 | 福田汽车、海马汽车、模塑科技、亚星客车、中国重汽、中通客车、兴民钢圈、隆基机械、潍柴动力、天润曲轴、东风科技、上汽集团、华域汽车、宁波华翔、松芝股份、特力A、特尔佳、万丰奥威、银轮股份、万向钱潮、亚太股份、万里扬、一汽夏利、福耀玻璃、金龙汽车、凌云股份、京威股份、浙江世宝、威孚高科、金固股份、天汽模、万安科技、日上集团、比亚迪、世纪华通、龙生股份、光洋股份、登云股份、跃岭股份、双林股份、鸿特精密、精锻科技、云意电气、航天晨光、均胜电子、中航黑豹、渤海活塞、广汽集团、长城汽车、星宇股份、联明股份、北特科技、华懋科技、新朋股份 |
| 中部 | 16 | 江淮汽车、安凯客车、远东传动、宇通客车、东风汽车、江铃汽车、斯太尔、西泵股份、顺荣股份、华菱星马、湖南天雁、金马股份、中鼎股份、中原内配、湖北能源、襄阳轴承 |
| 西部 | 8 | 长安汽车、西仪股份、天兴仪表、中国汽研、禾嘉股份、贵航股份、力帆股份、福达股份 |
| 东北 | 8 | 长春一东、一汽富维、一汽轿车、曙光股份、金杯汽车、松辽汽车、富奥股份、东安动力 |

资料来源：根据Wind数据库整理得到。

### （二）上市汽车企业区域分布原因及转移趋势

由表7-22可以看出，上市汽车企业集中分布在东部沿海和中部地区。汽车产业集聚的形成，一方面得益于外部因素的推动，另一方面也与自身的内部条件相关。

1. 外部因素。

（1）政府政策。汽车产业作为支柱产业，对其他产业的带动效应和对国民经济发展的作用显著，改革开放后，中国政府通过具有“扶大限小”特色的汽车产业政策，影响行业准入、汽车企业选址、生产规模决策，导致目前规模稍大的汽车企业都具有一定的国企性质，政府调控成为汽车企业重组、中国汽车产业空间格局重置的重要变量。而东部沿海、中部地区由于政策环境相对宽松，汽车产业市场化进程较快，上市汽车企业数量较多。

（2）外商投资。各大跨国汽车企业一般根据企业位置、生产力、技术条件、资本实力及构成等条件选取在华投资的合作对象，多数情况下优先考虑中国各大汽车集团，合作形式通常采取合资。外商投资区位选择偏好与国内各汽车集团区位分布的一致性，决定了后期中国六大汽车产业集群的地区分布。此外，由于各大跨国公司呈网络状的分散化投资，其对中国汽车产业资源的整合能力较强，并在市场需求量引导下，投资重心有向东部沿海地区移动的趋势。

（3）工业基础。东部沿海及中部地区汽车产业起步较早，形成了一定的产业规模，在技术、市场、管理经验、人才资源等方面具有相对优势，产业发展经验更加系统成熟，易吸引国内外资金流入，使得这些地区的汽车工业进一步发展壮大。

（4）市场潜力。扩大市场规模及满足消费者需求是汽车产业集聚的动力之一。东部沿海地区经济发达，人均收入水平高，消费潜力大，利于汽车产业开拓当地市场。尤其像东部沿海的山东、上海、浙江、江苏等地，汽车产业的发展受市场需求潜力驱动，同时也吸引汽车产业相关行业，如汽车零部件、汽车美容等服务行业在该地区集聚，吸引外地厂商在该地区投资建厂，进一步提高了地区产业集聚程度。

2. 内部因素。

（1）资金投入。汽车产业属于资本密集型产业，需要大量的资金投入。早期我国汽车产业的发展，资金源于计划经济体制时代国家的拨款投入。改革开放之后，外商资本、民间资本的流入，更加促进了我国汽车产业的发展。例如长三角、珠三角地区就是外商直接投资的结果，大量外国资本投入对长三角、珠三角地区汽车产业市场结构、汽车企业成长性影响深刻，汽车企业在发展的关键时期，为与其他汽车企业争夺市场份额而利用外国资本扩大生产规模、改进生产工艺和生产效率、加强研发创新力度。

（2）资源禀赋。资源禀赋也是影响区位选择的重要因素。东部沿海地区港口多，水运、陆运发达，交通便利，物流费用低廉，具备成本优势；中部地区铁矿、有色金属等资源较为丰富，大大节省了汽车生产过程中的采购成本和资源成本。

（3）科研人才。汽车产业也属于技术密集型产业，从汽车产品的设计、研发到生产、销售环节都需要高科技的人才和研发投入。东部沿海地区，尤其像北京、上海等高校集中的地区，有专门的汽车学院培养汽车专业人才，有些院校和企业还设立了研发机构，这些对于汽车产业的长远发展起着推动作用。

但是也必须看到，近年来汽车制造产业转移有东部产业转移、中西部承接的趋势，与沿海地区制造业的第四轮转移同步，随着条件的成熟速度不断加快。此次转移的目标地区主要有三个：一是沿海欠发达地区；二是中国内陆地区；三是和中国有竞争关系的越南、印度。不仅是汽车制造业，汽车零部件行业也在从上海、广州、厦门、深圳向外转移。这一转移趋势形成的主要原因是近年来沿海地区劳动力成本、交通成本、原材料成本、服务成本、金融成本等不断增加，给汽车制造业的多个产业链环节带来了很大压力，而中西部市场还未完全开发，发展潜力巨大，并且生产成本相对东部沿海地区小，对汽车制造业来说是个很大的契机。由此可见，汽车制造业向中西部转移是未来的一大趋势。

我国五家上市汽车公司的概况见表 7 - 23。

**表 7 - 23　　　　我国五家上市汽车企业概况**

| 汽车企业 | 一汽轿车股份有限公司 | 东风汽车股份有限公司 | 重庆长安汽车股份有限公司 | 上海汽车集团股份有限公司 | 广州汽车集团股份有限公司 |
|---|---|---|---|---|---|
| 基本情况 | | | | | |
| 主营业务 | 轿车整车及配件的生产与销售 | 汽车（小轿车除外）、汽车发动机及零部件、铸件的开发、设计、生产、销售 | 乘用车和商用车的开发、制造和销售 | 整车（包括乘用车、商用车）、零部件的研发、生产、销售，物流、车载信息、二手车等汽车服务贸易业务，以及汽车金融业务 | 客车的生产和销售，提供汽车维修劳务以及市县际定线旅游客运服务 |

续表

| 汽车企业 | 一汽轿车股份有限公司 | 东风汽车股份有限公司 | 重庆长安汽车股份有限公司 | 上海汽车集团股份有限公司 | 广州汽车集团股份有限公司 |
|---|---|---|---|---|---|
| 上市时间 | 1997 年 | 1999 年 | 1997 年 | 1997 年 | 2012 年 |
| 证券类别 | 深交所主板 A 股 | 上交所 A 股 | 深交所主板 A 股 | 上交所主板 A 股 | 上交所主板 A 股 |
| 注册资本（亿元） | 16.3 | 20 | 46.6 | 110 | 64.4 |
| 区位分布 | | | | | |
| 公司总部 | 吉林省长春市 | 湖北省武汉市 | 重庆市 | 上海市 | 广东省广州市 |
| 技术研发部门 | 吉林省长春市 | 湖北省武汉市、襄阳市 | 国内：重庆、北京、江西、哈尔滨、上海；<br>国外：意大利、日本、英国、美国 | 上海、北京、南京 | 广州、北京和上海 |
| 制造环节 | 吉林长春、山东青岛、江苏无锡、四川成都等 | 湖北省十堰市、襄阳市、武汉市，广东省广州市 | 北京、河北、黑龙江、山东、浙江、江西、安徽、深圳 | 江苏省南京市、南通市、苏州市、无锡市，上海，浙江省杭州市、宁波市 | 广东省广州市、佛山市，湖南省株洲市、永州市和湖北省宜昌市 |
| 销售环节 | 全球 | 全球 | 全球 | 全球 | 全球 |

资料来源：根据 Wind 数据库整理得到。

# 第四节 上汽区位战略研究

## 一、公司概况

### （一）公司简介

上海汽车集团股份有限公司（以下简称“上汽”）的前身是上海汽车股份有限公司，成立于 1997 年 8 月，是由上海汽车工业（集团）总公司（以下简称“上汽集团”）独家发起设立的股份有限公司，并于 1997 年 11 月在上海证券交易所挂牌上市，是目前 A 股市场市值最高的整车上市公司。2011 年上汽通过向上汽集团及上海汽车工业有限公司发行股份，购买上汽集团和上海汽车工业有限公司所拥有的从事独立供应零部件业务、汽车服务贸易业务、新能源汽车业务的相关公司股权及其他相关资产，上汽实现资产重组整体上市，总股本达到110亿股。上汽的控股股东为上汽集团，公司下属企业主要包括乘用车公司、上汽大通、上汽大众、上汽通用、上汽通用五菱、南京依维柯、上汽依维柯红岩、上海申沃等。其主要业务涵盖整车（包括乘用车、商用车）、零部件（包括发动机、变速箱、动力传动、底盘、内外饰、电子电器等）的研发、生产、销售，物流、车载信息、二手车等汽车服务贸易业务以及汽车金融业务。

上汽是目前国内最大的卫星车制造商和销售量最大的汽车制造商，且在乘用车制造领域处于领先地位。2009年上汽销量跨越200万辆，2010年跨越300万辆。在“2010年中国25家最受尊敬上市公司”排名中名列第九位，公司董事会被评为“中国上市公司金牌董事会”。上汽旗下拥有荣威、名爵两个汽车自主品牌以及别克、凯迪拉克、五菱等多个合资品牌，其中自主品牌荣威、名爵自上市以来就获得了业界和消费者的高度认可，2012年全年产销达到20万辆，同比增长23.45%，是中国汽车自主品牌达到年产销20万辆最快的企业（李纯，2013）。2015年荣威360获得德国红点首届“中国好设计奖”（张帆，2015）。

### （二）市场表现

经过多年的努力，上汽在汽车产业链上实现了较为完整的布局，在全球的销售量基本保持稳定增长，在国内汽车市场处于领先地位，产品体系不断丰富，盈利能力不断增强，市场占有率基本保持稳定，上汽目前已经成为中国第一大汽车制造企业。

1. 营业收入。上汽的主营业务主要包括汽车制造和金融服务，2010～2015年上汽主营业务收入呈逐年增长的良好态势（见图7-24）。其中汽车制造营业收入占有很大的比重，为上汽的主要业务，且基本保持逐年稳定增长。

2. 汽车销量。上汽的整车销售主要包括乘用车和商用车的销售。2010～2015年，上汽销售量保持逐年增长的稳定态势，2011年销售量突破400万辆大关，与国内其他大的汽车企业相比，2013年上汽的汽车销售量率先突破500万辆大关，继续保持了市场领先地位。其中乘用车的销售量逐年增长，在总销售量中占有较大的比重，表明乘用车为上汽整车销售的主要产品。受整个商用车市场低迷的影响，2010～2015年商用车的销售量连续三年持续下降（见图7-25）。

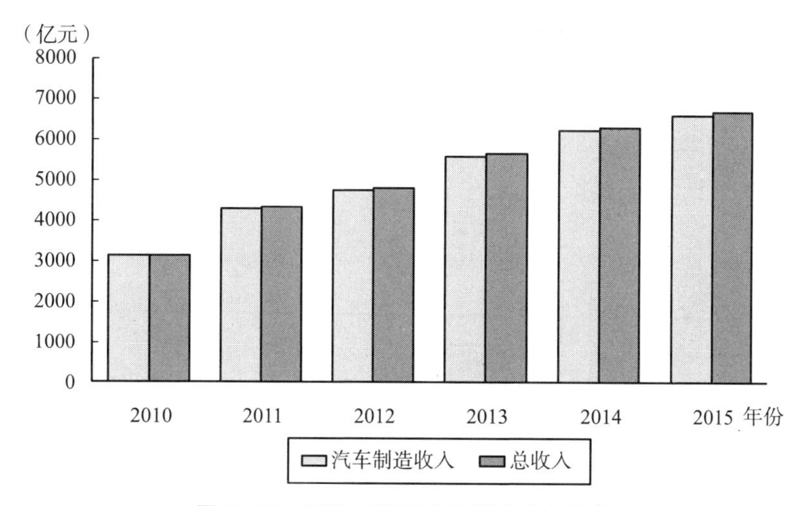


**图 7－24　2010～2015 上汽营业收入变化**

资料来源：上汽集团 2010～2015 年年报。

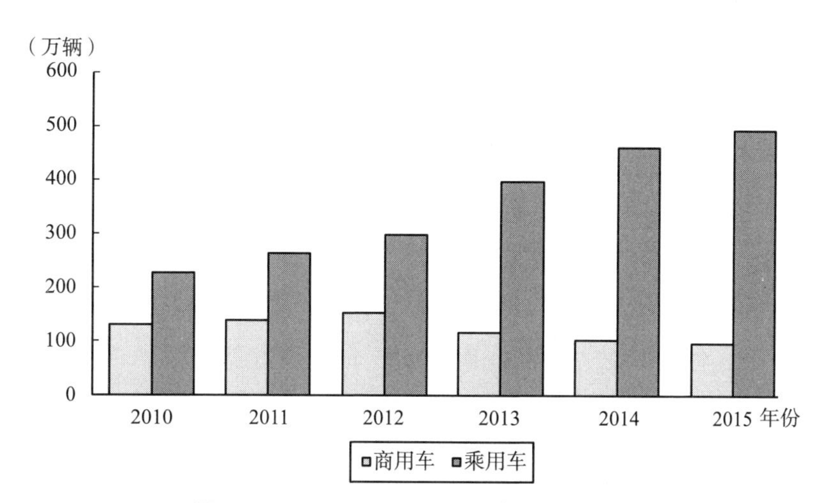


**图 7－25　2010～2015 上汽汽车销售量变化**

资料来源：上汽集团 2010～2015 年年报。

3. 行业排名。上汽作为国内最大的汽车制造企业，在汽车行业处于领先地位，具有较强的市场竞争力和较高的市场份额。2015 年上汽的营业收入高达 1.2 万亿元，远远高于国内其他主要的汽车企业的营业收入（见图 7－26）。根据上汽年报，2015 年上汽的国内市场占有率为 23.2%，同比提高了 0.2%，同时上汽第 11 次进入财富杂志世界 500 强，排名第 60 位。

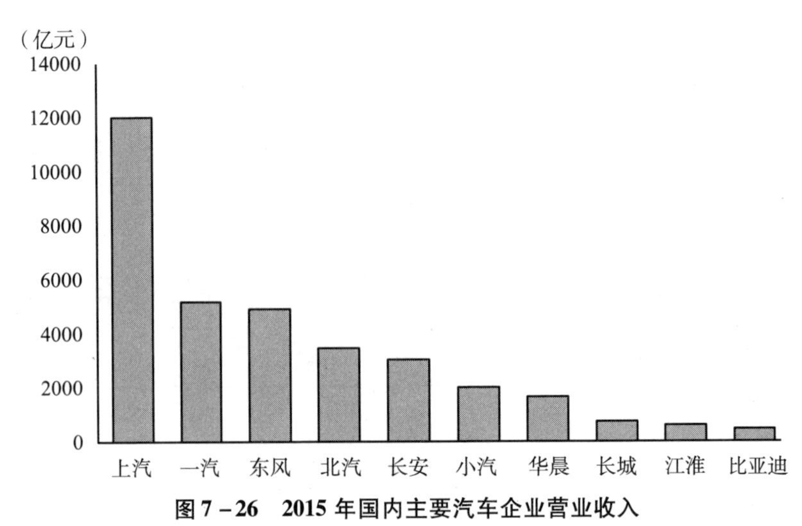


**图7-26 2015年国内主要汽车企业营业收入**

资料来源：作者根据网络资料绘制。

## 二、上汽区位扩张的历程和主要特征

### （一）上汽区位扩张的历程

根据上汽的扩张时间，上汽的扩张历程主要可以分为两个阶段。

1. 国内扩张阶段（1978~2000年）。这一阶段上汽处于发展初期，生产、研发等水平较低，为了提高竞争力，并且响应国家提出的“以市场换技术”的战略号召，上汽积极与外资合作。1985年上汽的总公司上汽集团（时称“上海汽车拖拉机联营公司”）与德国大众在上海合资建立上汽大众，1997年上汽集团与通用汽车合资建立上汽通用，总部位于上海。依托两大合资企业，上汽在国内通过兼并重组，有效地利用各地丰富的资源实现其在国内的产业扩张，形成了“立足上海，辐射全国”的事业布局，建立了相对完整、市场竞争力较强的汽车产业链体系。

2. 以国外扩张为主，同时伴随着国内扩张（2000年至今）。2000年上汽提出全球化的发展战略，产品相继出口到东南亚、拉美、非洲、澳洲等地区。上汽的海外扩张是以亚洲为中心，辐射其他地区。2009年上汽与美国通用汽车联合拓展亚洲新兴市场，2012年上汽与泰国正大集团在泰国建立合资企业。目前上汽已在欧洲、北美、南美、东盟、非洲以及澳洲相继构建了业务网络，主要涵盖生产研发、销售服务、投资平台和国际贸易四大板块。在研发生产方面，在英国设立有研发中心和生产基地，在泰国建立有MG名爵生产基地。在投资平台方面，上汽成立了上汽加州风投公司。在国际贸易方面，上汽在欧洲、北美、亚洲成立了国际贸易公司。上汽在大力进行海外扩张的同时，也充分利用国内的有效资源不断完善国内的汽车产业链。2007年上汽与南京汽车集团有限公司（以下简称“南汽”）合作，南汽成为上汽的全资子公司。2008年上汽集团与柳州五菱汽车有限公司、通用汽车公司合资成立上汽通用五菱汽车股份有限公司。自此上汽在全国形成以上海、南京、柳州生产基地为中心的生产体系，以及以上海汽车技术中心、南汽研究院、泛亚汽车技术中心为主的研发体系。

在历经了一系列跨地区的横向和纵向的区位扩张之后，上汽产能得到迅速扩张，产品市场占有率不断提升，综合实力日益增强，为成为全球领先汽车企业奠定了坚实的基础。

### （二）上汽区位扩张的主要特征

1. 立足上海，走向全国。作为上汽的总部，上汽在上海设有多家分公司，几乎涵盖了汽车产业链的各个环节（见表7－24）。上汽在国内的区位扩张是从上汽的总部上海沿着沿海城市向劳动力相对便宜的内陆地区扩张，充分利用了沿海和内陆地区的优势实现区位布局。交通对于汽车产业尤为重要，上汽在区位选择时充分考虑到了这一因素，大多选择布局在交通便利的城市。

**表7－24　上汽（上海）子公司一览表**

| 成立年份 | 公司名称 | 公司业务 |
| --- | --- | --- |
| 1925 | 上海汽车变速器有限公司 | 生产销售 |
| 1947 | 上海柴油机股份有限公司 | 生产销售 |
| 1959 | 上海彭浦机器厂有限公司 | 生产销售 |
| 1992 | 上海汇众汽车制造有限公司 | 生产制造 |
| 1994 | 上海汽车集团财务有限责任公司 | 汽车金融 |
| 1995 | 中联汽车电子有限公司 | 生产销售 |
| 1995 | 上海汽车工业活动中心有限公司 | 汽车服务 |
| 1997 | 泛亚汽车技术中心有限公司 | 研究开发 |
| 1997 | 上海通用汽车有限公司 | 生产销售 |
| 1985 | 上海汽车报社有限公司 | 汽车服务 |
| 1985 | 上海汽车进出口有限公司 | 销售服务 |

续表

| 成立年份 | 公司名称 | 公司业务 |
| --- | --- | --- |
| 1985 | 上海国际汽车零部件采购中心 | 销售服务 |
| 2000 | 上海汽车信息产业投资有限公司 | 金融投资 |
| 2000 | 上汽大众汽车销售有限公司 | 销售服务 |
| 2000 | 上海汽车工业销售有限公司 | 销售服务 |
| 2000 | 安吉汽车物流有限公司 | 物流服务 |
| 2002 | 上海汽车资产经营有限公司 | 汽车服务 |
| 2004 | 上汽通用汽车金融有限责任公司 | 金融服务 |
| 2005 | 上海国际汽车零部件采购中心 | 物资采购 |
| 2006 | 联创汽车电子有限公司 | 研究开发<br>生产销售 |
| 2009 | 华域汽车系统股份有限公司 | 研究开发<br>生产销售 |
| 2009 | 上海尚元投资管理有限公司 | 汽车服务 |
| 2011 | 上汽大通汽车有限公司 | 生产销售 |
| 2011 | 上海汽车集团股权投资有限公司 | 投资服务 |
| 2011 | 上汽通用汽车销售有限公司 | 销售服务 |
| 2011 | 上海汽车集团投资管理有限公司 | 投资服务 |
| 2011 | 上海汽车集团保险销售有限公司 | 保险服务 |
| 2014 | 上海极能客车动力系统有限公司 | 生产制造 |
| 2015 | 上海尚鸿置业有限公司 | 房地产服务 |

资料来源：根据上汽官网资料整理得到。

2. 扩张模式以合资新建、并购的方式为主。上汽作为国内汽车行业的领军者，与国外大型汽车企业如通用、丰田等相比，在研发、生产等方面还存在着差距。因此通过合资、并购的方式能够学习先进的技术、管理经验，并且快速进入新的市场。例如作为改革开放后较早的合资企业，上汽大众与上汽通用的成立为上汽在国内市场的开拓起到了关键作用。通过收购兼并，上汽整合了从研发、生产到销售的一系列核心资源，提高了其在市场上的竞争力。

3. 业务领域的多元化。上汽通过合资、兼并重组等方式不断扩大其业务范围，完善其原有业务的产业链。2011 年，公司整体上市后，公司业务基本涵盖了整车、零部件和服务贸易等汽车产业链的各个环节，在全球范围内实现了资源的优化配置，充分发挥了协同效应，提升了其整体的竞争优势。

## 三、上汽区位扩张的主要模式

### （一）出口

出口扩张模式的优点是成本低、风险低、灵活性强，比较适合中小企业以及企业国际化运营的初级阶段。上汽在发展之初也是采用出口的方式开拓海外市场。

### （二）独资新建

上汽在国内外扩张的过程中以独资新建的方式建立的子公司大多属于销售、服务性质的企业，上汽选择以独资新建的方式设立子公司主要是为了完善整个汽车产业链，为汽车生产的主业服务。同时，上汽还以独资新建的方式在国内外设立生产基地，以有效利用当地的资源。

### （三）合资新建

上汽在发展初期，无论是研发还是生产水平都不高，因此选择与大企业合资的方式来进行扩张，上汽在扩张的过程中建立的大多数子公司都是合资的，子公司的性质涉及整车、零部件的生产、研发设计、销售、金融服务、汽车租赁等整个汽车产业链（见表7－25）。例如，1985年上汽出资50%，大众汽车（中国）投资有限公司出资10%、德国大众汽车集团出资40%建立了上海大众汽车有限公司，1997年上汽与通用汽车公司共同出资建立了上海通用汽车有限公司，1988年中国第一家汽车零部件合资企业上海纳铁福传动轴有限公司成立，2000年中国第一家汽车销售合资企业上海大众销售总公司成立。通过合资新建子公司，能够吸收到国内外先进的生产技术、管理经验等，降低企业的成本，也有利于企业开拓合资企业当地的市场。

**表7－25　　上汽主要合资企业一览**

| 成立年份 | 公司名称 | 备注 |
| --- | --- | --- |
| 1947 | 上海柴油机股份有限公司 | 前身为上海柴油机厂，上汽控股48.05% |
| 1985 | 上海大众汽车有限公司 | 上汽出资50%，大众汽车（中国）投资有限公司出资10%，德国大众汽车集团出资40%共同建立 |

续表

| 成立年份 | 公司名称 | 备注 |
| --- | --- | --- |
| 1988 | 上海纳铁福传动轴有限公司 | 由 GKN 传动系统国际有限公司出资 50%、华域汽车系统股份有限公司出资 45%、交通银行股份有限公司上海市分行出资 5% 共同建立，是中国第一家汽车零部件合资企业 |
| 1994 | 延锋汽车饰件系统有限公司 | 由上汽的母公司上海汽车工业（集团）总公司与美国福特汽车公司（现伟世通国际控股有限公司）各出资 50% 共同建立，2002 上汽的子公司华域汽车系统股份有限公司收购延锋伟世通汽车饰件系统公司 50% 的股权，持有其 100% 的股权，并将公司更名为“延锋汽车饰件系统有限公司” |
| 1994 | 上海汽车集团财务有限责任公司 | 由上汽和上汽的子公司上海汽车工业销售有限公司共同出资建立 |
| 1995 | 联合汽车电子有限公司 | 由上汽子公司中联汽车电子有限公司与德国罗伯特博士有限公司共同出资建立 |
| 1995 | 中联汽车电子有限公司 | 由上汽子公司上海汽车香港投资有限公司、上海北蔡资产管理有限公司、上海联和投资有限公司、无锡威孚高科技集团股份有限公司共同出资建立 |
| 1997 | 上海通用汽车有限公司 | 上汽与通用汽车公司共同出资建立 |
| 1997 | 泛亚汽车技术中心有限公司 | 上汽与通用汽车公司各出资 50% 组建，是中国首家合资设立的专业汽车设计开发中心 |
| 2000 | 上海上汽大众销售有限公司 | 由上汽与德国大众汽车集团共同出资建立，是中国第一家汽车销售合资企业 |
| 2002 | 安吉天地汽车物流有限公司 | 由上汽的子公司上海汽车销售工业有限公司与荷兰天地物流控股有限公司共同出资建立，是中国第一家汽车服务贸易合资企业 |
| 2002 | 安吉汽车租赁有限公司 | 由上汽子公司上海汽车工业销售有限公司与 ABG 集团共同出资建立，是中国第一家汽车租赁合资企业 |
| 2002 | 上汽通用五菱汽车股份有限公司 | 由上汽、通用汽车（中国）投资有限公司、柳州五菱汽车有限责任公司共同出资建立 |
| 2003 | 上海海通国际汽车码头有限公司 | 由上汽子公司上海汽车工业销售有限公司、上海国际港务（集团）股份有限公司、日本邮船株式会社、上港集箱（澳门）有限公司、上海汽车工业香港有限公司共同出资建立，是中国第一家汽车专用滚装码头合资企业 |
| 2004 | 上汽通用汽车金融有限责任公司 | 由上汽子公司上汽集团财务有限责任公司、GMAC PLC（通用汽车全资子公司）和上海通用汽车共同出资建立，是中国第一家汽车金融合资企业 |

续表

| 成立年份 | 公司名称 | 备注 |
|---|---|---|
| 2006 | 联创汽车电子有限公司 | 由上汽、上汽子公司中联汽车电子有限公司和中科院联合成立 |
| 2007 | 东华汽车实业有限公司 | 由上汽出资75%和南京跃进汽车有限公司出资25%共同建立 |
| 2009 | 华域汽车系统股份有限公司 | 上汽持有60.1%的股权 |
| 2011 | 上汽唐山客车有限公司 | 由上汽、唐山市公交总公司和海兴（唐海）投资有限公司共同出资建立 |
| 2011 | 上汽通用汽车销售有限公司 | 由上汽与通用汽车公司共同出资建立 |
| 2012 | 上汽正大有限公司 | 由上汽子公司上海汽车香港投资有限公司、MG汽车英国有限公司和正大汽车控股有限公司共同出资建立 |
| 2014 | 上海极能客车动力系统有限公司 | 由上汽、瑞典沃尔沃（中国）投资有限公司、瑞典沃尔沃客车公司共同出资建立 |

资料来源：作者根据上汽年报整理得到。

### （四）并购

随着上汽国内外扩张的步伐不断加快，并购越来越成为其获得子公司的重要途径。从2002年开始上汽相继收购了烟台车身厂、重庆红岩、柳州五菱等，在国外上汽收购了英国罗孚、英国LDV公司等。通过并购能够快速进入新的市场或者新的领域，一方面能完善产业链上下游之间的协作，另一方面能够减少开拓市场的成本，快速达成扩张目的。

## 四、上汽公司价值链区位扩张分析

### （一）生产环节

表7-26显示了上汽集团生产工厂在国内的分布：上汽以上海总部为中心，广泛地分布在华东的上海、南京、宁波、扬州、无锡、青岛、烟台，华中的武汉、长沙，东北的沈阳，华南的柳州，西南的重庆，西北的乌鲁木齐，已经基本完成了在全国主要地区的产能布局（温志群，2013）。根据上汽在国内布局生产基地的先后顺序，可以分为两个时期。初期，上汽在国内建立的生产基地主要位于上海及其周边城市。后期，上汽发展到一定规模后便开始在全国范围内布局生产基地。

表7－26 上汽国内生产工厂一览

| 选址分布 | 工厂名称 | 品牌名称 |
| --- | --- | --- |
| 上海 | 临港工厂 | 上海乘用车公司 |
| | 安亭工厂 | 上海大众 |
| | 金桥工厂 | 上海通用 |
| | 上海工厂 | 上海申沃客车 |
| | 凯迪拉克工厂 | 上海通用 |
| 江苏 | 南京工厂 | 上海乘用车公司 |
| | 南京工厂 | 上海大众 |
| | 仪征工厂 | 上海大众、上汽商用车 |
| | 无锡工厂 | 上汽商用车 |
| | 南京依维柯品牌工厂 | 南京依维柯 |
| | 南京跃进品牌工厂 | |
| 广西 | 柳州河西工厂 | 上汽通用五菱 |
| | 柳州柳东工厂 | |
| 重庆 | 重庆工厂 | 上汽通用五菱、上汽依维柯红岩 |
| 浙江 | 宁波工厂 | 上海大众 |
| 山东 | 烟台东岳工厂 | 上海通用 |
| | 青岛工厂 | 上汽通用五菱 |
| 辽宁 | 沈阳北盛工厂 | 上海通用 |
| 湖北 | 武汉工厂 | 上海通用 |
| 湖南 | 长沙工厂 | 上海大众 |
| 新疆 | 乌鲁木齐工厂 | 上海大众 |

资料来源：作者根据网络资料整理。

除国内几大生产基地之外，上汽在海外也建立了诸多生产基地，在英国建立工厂来开拓欧洲市场，而在泰国和越南等地的工厂区位优势在于廉价劳动力。

目前上汽在全国的生产基地主要集中于长三角和环渤海地区，西部地区的生产基地数量较少。上汽在海外的生产基地主要位于亚洲、欧洲和非洲，其中位于亚洲的生产基地的数量较多。为了避免人才等资源的竞争，上汽在进行国内的生产基地布局时避开了国内主要的大型汽车生产企业的核心范围，以上海为中心在全国范围内布局生产基地（康凯、王军雷，2014）。

根据上汽在全球的生产基地的布局情况，表7－27总结分析了上汽在全球生产基地的分布情况和区位优势。

**表 7－27　　上汽全球生产基地区位优势分析**

<table>
<tr><th>地区</th><th>城市</th><th>区位分析</th></tr>
<tr><td rowspan="5">中国</td><td>上海、南京、仪征、无锡、宁波、烟台、青岛</td><td>1. 位于长三角和环渤海地区，临海靠近港口，交通便利，方便产品的运输，降低运输成本。<br>2. 靠近上汽总部上海，能够充分利用总部的辐射优势。<br>3. 经济发达，市场容量较大，基础设施完善，高校和科研院所众多，具备承接大型汽车产能布局的能力。</td></tr>
<tr><td>武汉、长沙</td><td>1. 交通便利，便于产品的运输，降低生产成本。<br>2. 武汉、长沙作为湖北和湖南的中心城市，对其周围的城市有辐射作用，因此选择布局在这里有重要的战略意义。<br>3. 武汉有众多的汽车企业，我国四大汽车生产企业之一的东风汽车的总部就位于武汉，因此能够充分利用汽车企业的集聚优势。</td></tr>
<tr><td>沈阳</td><td>1. 沈阳靠海，交通便利，便于产品向海外运输。<br>2. 沈阳地处东亚经济圈和环渤海经济圈的中心，是长三角、珠三角、京津冀地区通往关东地区的综合枢纽城市，因此将生产基地布局在这里具有重要的战略意义。<br>3. 沈阳汽车工业及其配套产业高度发达，基础设施完善。</td></tr>
<tr><td>柳州</td><td>1. 柳州有众多汽车企业，例如五菱汽车集团等，因此能够充分利用企业集聚产生的集聚优势。<br>2. 柳州不属于国内热门经济圈，各种生产成本相对较低，上汽在广西设立生产基地可以利用广西的成本优势，减少生产成本。</td></tr>
<tr><td>重庆、乌鲁木齐</td><td>作为西部地区的重要城市，对整个西部地区具有辐射作用，布局在这里具有重要的战略意义。</td></tr>
<tr><td>欧洲</td><td>英国长桥</td><td>1. 在英国建立生产基地有利于整个欧洲市场的开拓，同时英国经济发达，汽车产业基础良好。<br>2. 长桥位于工业革命发源地的英国中部地区，周边聚集了大量有经验的汽车开发人才和汽车开发服务机构。</td></tr>
<tr><td rowspan="3">亚洲</td><td>泰国</td><td rowspan="3">上汽在亚洲的生产基地都位于东南亚国家，这些国家人力资源丰富，劳动力成本相对较低，市场容量大。</td></tr>
<tr><td>马来西亚</td></tr>
<tr><td>越南</td></tr>
<tr><td>非洲</td><td>埃及</td><td>1. 埃及的汽车生产水平在阿拉伯国家中属于较高的，且受历史因素的影响，汽车消费在阿拉伯国家是一项传统消费，因此埃及民众仍然保持了较强的汽车消费意识（中国汽摩配，2007）。<br>2. 近年埃及经济开始回升，居民收入提高，对汽车消费具有一定的带动作用。</td></tr>
</table>

资料来源：作者根据资料整理得到。

### （二）研发环节

表7－28为上汽全球研发机构分布情况表。目前上汽已经形成了以中国为主导的上海、南京、英国三地联动的协同研发体系。上汽国内的研发体系主要由上海汽车技术中心、南汽研究院、上汽商用车技术中心、泛亚汽车技术中心构成，研发中心主要位于上海和南京。目前上汽在国外的研发中心只有英国伯明翰的上海汽车英国技术中心和泰国曼谷的上汽正大有限公司。2007年上汽英国控股公司收购 Ricardo 2010 的全部股份，成立了上汽英国技术中心。2007年南京汽车集团股份有限公司与上汽合作，资产重组后的新南汽成为上汽的全资子公司，南汽研究院也成为上汽商用车技术中心在南京的技术分部。三大研发基地以上海为中心，实现管理一体化。其中上海研发中心负责新车型的研发工作，南京研发中心负责现有车型的研发工作，英国研发中心主要负责上汽自主品牌的国际化改造尤其是欧洲化的改造工作。此外，上汽的研发体系中还包括众多的企业技术中心，以及与国内著名院校合作建立的产学研工程中心等。

**表7－28　　上汽全球研发机构一览**

| 建立年份 | 公司名称 | 注册地 | 性质 | 业务领域 |
|---|---|---|---|---|
| 1997 | 泛亚汽车技术中心 | 上海 | 合资 | 自主车型开发 |
| 2006 | 南汽研究院 | 南京 | 全资 | 汽车、发动机、汽车零部件的开发 |
| 2006 | 联创汽车电子有限公司 | 上海 | 合资 | 汽车电子系统及其零部件研发、生产及销售 |
| 2007 | 上汽商用车技术中心 | 上海 | 全资 | 商用车研发 |
| 2007 | 上汽英国技术中心 | 英国伯明翰 | 全资 | 汽车技术研发 |
| 2009 | 华域汽车系统股份有限公司 | 上海 | 合资 | 汽车零部件总成的设计、生产和销售 |
| 2011 | 上汽唐山客车有限公司 | 河北 | 合资 | 开发、设计、制造、销售客车 |
| 2012 | 上汽正大有限公司 | 泰国曼谷 | 合资 | 开发、生产、销售汽车及汽车零部件，车辆配件及机械的制造、加工 |

注：上汽英国技术中心是由上汽英国控股有限公司于2007年成立的，南汽研究院是上汽商用车技术中心在南京的技术分部。

资料来源：作者根据上汽年报整理得到。

原本上汽在海外还有一个研发中心，即韩国双龙研发中心。此研发中心是

2004年由上汽的母公司上海汽车工业集团收购韩国双龙汽车公司48.92%的股权获得的。2009年韩国双龙汽车申请破产保护，至此上汽与双龙结束合作。

上汽将研发中心设在上海、南京、英国伯明翰这样的大城市的原因主要有以下几个方面：一是有利于掌握先进的科学技术，促进技术的更新升级。二是上汽国内的研发中心集中于总部周围，易形成集聚效应。三是上海和南京经济发达、交通便利、人才资源充足、科研院所和学校的较多，这些有利的条件能够为研发提供丰富的资源。

### （三）零部件供应

上汽立足上海，在全国范围内设立汽车整车、汽车变速器、零配件、电控燃油喷射产品、工程机械设备、汽车电子系统等公司。上汽先向以整车为中心上下游进行产业链的延伸，在国内外设立了众多零部件生产和销售公司，涵盖了原料采购到发动机和变速器制造，再到售后以及物流行业（详见表7－29）。就产业链环节而言，零部件环节主要分布在上海和以上海为中心的周边发达工业地区，以及各个整车生产制造中心，如广西和河北等地。

**表7－29　上汽全球销售机构**

| 注册年份 | 子公司名称 | 注册地 | 经营范围 |
| --- | --- | --- | --- |
| 1925 | 上海汽车变速器有限公司 | 上海 | 汽车变速器及零配件生产销售 |
| 1947 | 上海柴油机股份有限公司 | 上海 | 柴油机及配件的生产销售 |
| 1992 | 上海汇众汽车制造有限公司 | 上海 | 汽车底盘及零部件生产销售 |
| 1995 | 中联汽车电子有限公司 | 上海 | 电控燃油喷射产品等生产销售 |
| 1997 | 上海通用汽车有限公司 | 上海 | 品牌汽车制造销售 |
| 2000 | 上汽大众汽车销售有限公司 | 上海 | 专营上海大众汽车 |
| 2000 | 上海上汽大众汽车销售有限公司 | 上海 | 汽车及零配件销售 |
| 2000 | 上海汽车工业销售有限公司 | 上海 | 汽车整车及零部件采购及销售 |
| 2001 | 上海国际汽车城发展有限公司 | 上海 | 物流、销售 |
| 2002 | 上汽通用五菱汽车股份有限公司 | 广西 | 汽车及零配件生产销售 |
| 2003 | 南京汽车集团有限公司 | 江苏 | 汽车、发动机、汽车零部件的开发、制造及销售 |
| 2004 | 上海彭浦机器厂有限公司 | 上海 | 工程机械设备的生产销售 |
| 2004 | 上海汽车集团（北京）有限公司 | 北京 | 汽车营销、仓储物流 |

续表

| 注册年份 | 子公司名称 | 注册地 | 经营范围 |
| --- | --- | --- | --- |
| 2005 | 上海国际汽车零部件采购中心有限公司 | 上海 | 汽车配件销售 |
| 2006 | 联创汽车电子有限公司 | 上海 | 汽车电子系统及其零部件研发、生产及销售 |
| 2008 | 上海汽车英国控股有限公司 | 英国伯明翰 | 小型客车、旅行车、轿车等产品及相关零部件的研制、开发、生产和销售 |
| 2009 | 华域汽车系统股份有限公司 | 上海 | 汽车零部件总成的设计、生产和销售 |
| 2011 | 上海汽车商用车有限公司 | 上海 | 汽车及零配件生产销售 |
| 2011 | 上汽唐山客车有限公司 | 河北 | 开发、设计、制造、销售客车 |
| 2011 | 上汽通用汽车销售有限公司 | 上海 | 整车销售 |
| 2012 | 上汽正大有限公司 | 泰国曼谷 | 开发、生产、销售汽车及汽车零部件，车辆配件及机械的制造、加工 |

资料来源：作者根据年报整理得到。

### （四）销售服务

如表7－30所示，上汽在上海、北京、香港地区、美国等地设立了一些为集团提供服务的公司，服务主要涉及金融、技术支持、汽车物流等方面，目的是为了完善整个汽车产业链，实现从生产到服务的一体化。为了更好地与国际接轨，上汽在香港地区成立公司，为其提供整车及关键零部件的国际贸易、投资、技术及服务贸易、培训及咨询等服务，在美国设立公司为其提供零部件进出口贸易服务。

**表7－30　　上汽销售服务机构一览**

| 注册年份 | 子公司名称 | 注册地 | 业务活动 |
| --- | --- | --- | --- |
| 1980 | 上海汽车集团总公司培训中心 | 上海 | 高级管理、技术、技能人员培训中心 |
| 1985 | 上海汽车进出口有限公司 | 上海 | 整车、零部件等进出口业务 |
| 1985 | 上海汽车报社有限公司 | 上海 | 《上海汽车报》出版发行等 |
| 1993 | 上海汽车工业开发发展公司 | 上海 | 房地产、后勤服务 |
| 1993 | 上海尚元投资管理有限公司 | 上海 | 为业内企业提供定制厂房等 |
| 1994 | 上海汽车集团财务有限责任公司（合资） | 上海 | 金融中介服务 |
| 2000 | 上海汽车信息产业投资有限公司 | 上海 | 信息、投资 |

续表

| 注册年份 | 子公司名称 | 注册地 | 业务活动 |
| --- | --- | --- | --- |
| 2000 | 上海汽车信息产业有限公司 | 上海 | 汽车相关电子信息业务等 |
| 2000 | 安吉汽车物流有限公司 | 上海 | 汽车整车、零部件、口岸物流等 |
| 2002 | 上海汽车工业香港有限公司 | 香港地区 | 整车、零部件转口贸易 |
| 2002 | 上海汽车资产经营有限公司 | 上海 | 资产处置、资本运作、债券处置、产权经纪、咨询服务等 |
| 2002 | 上海汽车资产经营有限公司 | 上海 | 资产经营、创意产业服务等 |
| 2002 | 上海汽车创业投资有限公司 | 上海 | 实业投资等 |
| 2004 | 中国汽车工业投资开发有限公司 | 北京 | 汽车销售、售后服务 |
| 2004 | 上海汽车集团（北京）有限公司 | 北京 | 汽车营销、仓储物流 |
| 2005 | 上海国际汽车零部件采购中心 | 上海 | 物资采购 |
| 2006 | 上海汽车工业销售有限公司 | 上海 | 汽车整车及零部件采购及销售 |
| 2008 | 东华汽车实业有限公司 | 江苏 | 汽车物流、进出口贸易、汽车服务等 |
| 2009 | 上海汽车香港投资有限公司 | 香港地区 | 整车及关键零部件的国际贸易、投资、技术及服务贸易、培训及咨询 |
| 2011 | 上海汽车集团股权投资有限公司（全资） | 上海 | 股权投资、创业投资、实业咨询、资产管理 |
| 2012 | 上汽北美公司 | 美国 | 零部件进出口贸易 |

资料来源：作者根据年报整理得到。

## 五、结论与启示

上汽作为国内的龙头汽车生产企业，其在全球范围内设有生产、研发、销售服务等完整的产业链环节，在全球范围内有效地组织资源的优化配置，实现了产业链的一体化。其中上汽在国内主要是以总部上海作为其业务中心，在上海建立了完整的产业链体系，同时以上海为中心辐射全国其他地区，利用各地的相对优势实现产业链的布局。目前，上汽已经在全国主要的城市实现其业务布局。在国内扩张的同时，上汽也在加速国外扩张。目前，上汽在海外设有生产工厂、研发中心和销售服务机构。其中生产工厂主要位于东南亚地区，研发中心位于英国，销售服务机构主要位于美国、英国等地。上汽作为国内汽车生产的领先企业，其扩张的历程，特别是海外扩张对于国内的其他汽车生产企业具有借鉴意义。

### （一）发展自主品牌

上汽通过收购英国罗孚获得 MG 汽车品牌，成为上汽的一个自主品牌。同时上汽在罗孚的汽车生产技术的基础上，研发出上汽的另一个自主品牌荣威。与其他汽车企业发展自主品牌的模式不同，上汽是在国外汽车生产技术的基础上，投入资金进行研发，从而减少了自主研发的风险，并且以罗孚原有品牌作为上汽的自主品牌，其高端的市场定位为其塑造了高质量的市场形象，从而更易于被市场认可。

### （二）以亚洲作为其海外扩张的重心

上汽在开始进行海外扩张时，首先将亚洲作为其扩张的重心，原因主要有以下两个：首先，亚洲地区的国家与我国具有相似的政治经济文化环境，因此选择亚洲地区作为上汽海外扩张的首个地区，对于缺少海外扩张经验的上汽来说能够降低风险，同时积累海外扩张的经验。其次，亚洲地区人口众多，市场潜力巨大，以亚洲地区为中心辐射欧洲、美洲地区具有重要的战略意义。

### （三）立足国内市场，进军海外市场

上汽在国内建立起了完善的汽车产业链体系，在国内市场占有较大的市场份额，以国内市场作为其海外扩张的基础，实现了国内外市场的良性互动。在市场布局上，上汽将英国技术中心并入英国生产基地，形成了生产研发一体化的运作模式。此外，上汽积极进行多元化的海外市场拓展，例如与通用汽车公司合作开拓印度市场。

与国内的其他汽车生产企业相比，上汽在海外的布局已经初见雏形，但是与国外著名的汽车企业相比，上汽在海外的经营管理、生产等方面仍然缺乏经验，且其在海外的布局重心仍然以亚洲地区为主，因此继续向外扩张、实现其在全球主要地区的战略布局成为上汽海外扩张的重要任务。

## 参考文献

［1］上汽集团．上海汽车集团股份有限公司 2009～2015 年年度报告［R］. 2016.

［2］李纯．用时仅 5 年半！上汽荣威/MG 年产过 20 万辆．http：//auto. news18a. com/news/storys_21512. html. 2013－01－23.

［3］张帆．荣威 360 获得德国红点首届“中国好设计奖”［EB/OL］. http：//www. icswb. com/h/156/20151112/367191. html. 2015 - 11 - 12.

[4] 张远．中国汽车在埃及市场情况调查报告 [J]．中国汽摩配，2007 (4).

[5] 温志群．中国整车制造业空间布局 [J]．汽车纵横，2013 (10).

[6] 康凯，王军雷．我国五大汽车集团产能布局及产能规划分析 [J]．汽车工业研究，2014 (10).

[7] 上海汽车股份有限公司官网 http://www. saicgroup. com/.

[8] 中国产业竞争情报网．上汽研发中心构架设置与职能及人才构成分析——深度分析 [EB/OL]. http://chinacir. com. cn/ywzx/20081023100926. shtml. 2008 - 10 - 23.

[9] 汽车之家．车史上的10月28日上汽收购双龙汽车 [EB/OL]. http://www. autohome. com. cn/culture/201510/880694. html. 2015 - 10 - 28.

[10] 王艳京．2009年汽车行业钢材需求及2010年预测 [J]．冶金信息导刊，2010 (1).

[11] 陈贝蓓．提升中国汽车产业竞争力对策研究 [D]．哈尔滨商业大学，2011.

[12] 黄莉娜．借壳上市助上汽集团并购成功的案例分析 [J]．商业会计，2010 (8).

[13] 阮利东．基于功能对等理论的中国50强企业策略研究 [D]．西南交通大学，2013.

[14] 陈敏，刘苏．通货膨胀对财务报告质量的影响——基于上汽集团的案例研究 [J]．新会计，2014 (3).

[15] 曹晓昂．宝马在中国拓展研发力量 [J]．汽车纵横，2013 (7).

[16] 林勇．跨国公司并购对中国汽车工业的影响 [D]．南京大学，2011.

# 第八章　生物医药产业区位发展研究①

## 第一节　行业界定

生物医药产业由生物技术产业与医药产业共同组成。各国、各组织对生物技术产业的定义和圈定的范围很不统一，甚至不同人的观点也常常大相径庭。生物医学工程是综合应用生命科学与工程科学的原理和方法，从工程学角度在分子、细胞、组织、器官乃至整个人体系统多层次认识人体的结构、功能和其他生命现象，研究用于防病、治病、人体功能辅助及卫生保健的人工材料、制品、装置和系统技术的总称。

根据《国民经济行业分类》（GB/T 4754－2011）标准，生物医药行业的内涵包括生物化学制品和生物化学药品，具体如表8－1所示。

表8－1　　　　生物医药行业分类

| 27 | 医药 |
|---|---|
| 2701 | 化学药品原药 |
| 2702 | 化学药品制剂 |
| 2703 | 中药饮片 |
| 2704 | 中成药 |
| 2705 | 兽用药品 |
| 2706 | 生物化学药品 |

① 本章由暨南大学产业经济研究院杨雨清、刘莹执笔。

续表

| | |
|---|---|
| 270601 | 酶类生化制剂 |
| 270602 | 氨基酸及蛋白质类药 |
| 270603 | 脂肪类药制剂 |
| 270604 | 核酸类药制剂 |
| 270699 | 其他生物化学药品 |
| 2707 | 生物化学制品 |
| 270701 | 菌苗 |
| 270702 | 菌苗制剂 |
| 270703 | 人用疫苗 |
| 270704 | 类毒素 |
| 270705 | 抗毒素类 |
| 270706 | 抗血清类 |
| 270707 | 血液制品 |
| 270708 | 细胞因子 |
| 270709 | 诊断用生物制品 |
| 270710 | 生物制剂 |

资料来源：《国民经济行业分类》（GB/T 4754－2011）。

生物医药是医药行业的一个新兴产业，国家“十二五”规划确定了生物医药发展的重点，包括基因药物、蛋白药物、单抗克隆药物、治疗性疫苗、小分子化学药物等，优良的政策将积极促进我国生物医药的高速发展，生物医药产业令人期待。确切地说，生物技术药物是指利用基因工程、克隆抗体工程或细胞工程技术生产的源自生物体内的天然物质，用于体内诊断、治疗或预防的药物，主要指基因重组的蛋白质分子类药物，如激素和酶、疫苗、单克隆抗体等药物。

相对于传统医学，生物技术药物有着突出的疗效和社会效益。在临床治疗方面，对于严重威胁人类健康的重大疾病的治疗，如遗传性疾病、癌症、糖尿病等，生物技术药物的作用举足轻重，甚至不可替代。从1953年DNA双螺旋结构的发现到1982年FDA批准第一个基因重组生物制品，生物医药不断发展。20世纪90年代后，生物医药高速发展，进入21世纪以来，世界生物技术异军突起，欧美在开发研制和生产生物药品方面成绩斐然，韩国、日本在亚太国家中发展较快，同时，东南亚范围内生物仿制药企业发展势头良好。

# 第二节 全球生物医药产业区位分析

## 一、全球生物医药产业发展概况

随着生物医药技术的广泛应用，生物技术药物的市场需求越来越大，市场前景越来越好。从生物技术产品历年的销售额来看，销售额逐年递增（见表8－2），从2002年的380亿美元到2014年的1730亿美元。然而，随着生物技术药品的流行，传统技术药品的市场份额却逐年递减，虽然从市场总量来看，传统药品的份额要比生物医药品的份额高，但整体占比呈下降趋势。由于生物医药市场刚刚兴起，如果保持目前发展速度，若干年后，生物技术药品的市场份额必然会超过传统技术药品的市场份额。

**表8－2 生物技术产品及小分子药销售额** 单位：10亿美元

| 年份 | 生物技术 | 传统药 | 未分类 | 全部处方药及OTC产品 |
|---|---|---|---|---|
| 2002 | 38 | 260 | 71 | 369 |
| 2003 | 46 | 297 | 81 | 424 |
| 2004 | 56 | 329 | 86 | 471 |
| 2005 | 66 | 344 | 99 | 509 |
| 2006 | 79 | 367 | 109 | 554 |
| 2007 | 95 | 392 | 122 | 609 |
| 2008 | 109 | 413 | 134 | 655 |
| 2009 | 117 | 421 | 134 | 671 |
| 2010 | 127 | 419 | 145 | 692 |
| 2011 | 137 | 423 | 154 | 714 |
| 2012 | 150 | 415 | 166 | 731 |
| 2013 | 161 | 417 | 178 | 756 |
| 2014 | 173 | 419 | 189 | 781 |
| 2015 | 181 | 418 | 203 | 802 |

资料来源：根据新浪网资料整理得到。

美国是现代生物技术的发源地，又是应用现代生物技术研制新型药物的第一个国家。多数基因工程药物都首创于美国。自1971年第一家生物制药公司Cetus公司在美国成立并开始试生产生物药品至今，已有1300多家生物技术公司（占全世界生物技术公司的2/3），生物技术市场资本总额超过400亿美元，年研究经费达50亿美元以上；正式投放市场的生物工程药物40多个，已成功地创造出35个重要的治疗药物，并广泛应用于治疗癌症、多发性硬化症、贫血、发育不良、糖尿病、肝炎、心力衰竭、血友病、囊性纤维变性及一些罕见的遗传性疾病。另外有300多个品种进入临床实验或待批阶段。

欧洲在发展生物药品方面也进展较快，英、法、德、俄罗斯等国在开发研制和生产生物药品方面也成绩斐然，在生物技术的某些领域甚至赶上并超过了美国。如德国赫斯特集团公司把经营重点改为生命科学，俄罗斯科学院分子生物学研究所、莫斯科大学生物系、莫斯科妇产科研究所及俄罗斯医学遗传研究中心等多个科研机构近年来在研究和应用基因治疗方面都取得了重大进展。

日本在生命科学领域亦有一定建树，目前已有65%的生物技术公司从事生物医药研究，日本麒麟公司生物医药方面的实践亦列世界前列。新加坡政府最近宣布划出一块科技园区并耗巨资建设，以吸引世界几家大的生物医药公司落户其中。韩国、中国台湾在该方面也雄心勃勃。生物医药产业在最近几年快速发展的主要原因在于：

1. 国际制药集团与相关大学、科研机构建立了密切的研究开发模式，有利于新的生物技术和生物药品的研制开发和进入临床实验，有利于科学技术迅速转化为生产力。

2. 新的技术“工具箱”（Toolbox），如基因组学（Genomics）、生物信息学（Bioinformatics）、基因图像（Transcript Imaging）、信息传递（Signal Transduction）、重组化学（Combinatorial Chemistry）等的出现，给产品发现和发展带来了大跃进。

3. 国际风险资本为生物医药产业提供了巨额融资。

4. 生物技术工业对医药业的影响明显，前景看好，生物技术公司被确认。

5. FDA本身的改革使得新药的批准时间缩短，尤其是治疗癌症、艾滋病的新药批准时间加快。

## 二、全球生物医药产业生产区位分析

全球生物医药产业总产值在世界范围内逐年上升，预计2015年将达到至少1065亿美元的规模。美欧日等发达国家占据了总产值的大部分份额，控制了全球生物医药市场。近年来，以中国、巴西、印度为代表的新兴发展中国家的生物医药产业也飞速发展，虽然所占市场份额基数较小，但增长势头强劲，年增长率远远高于发达国家，新兴国家有望在未来赶超发达国家的市场份额。如表8-3所示，发达国家2005~2010年生物医药行业发展速度为4.20%，明显低于新兴市场国家的15.8%；且2010~2015年发达国家生物医药行业增速为1%~4%，也远远低于新兴市场国家的市场增速13%~16%。全球生物医药产业链的高附加值环节（研发）仍由发达国家主导，生产制造环节则不断由发达国家转向发展中国家和地区，发展中国家利用劳动力、土地等制造成本优势发展本国生物医药产业。

**表8-3　全球生物医药产业总产值及增长率**　单位：亿美元

| 产值 | 2010年 | 2005~2010年增长率（%） | 2015年 | 2010~2015年增长率（%） |
|---|---|---|---|---|
| 全球 | 856.4 | 6.20 | 1065~1099 | 3~6 |
| 发达国家 | 587.1 | 4.20 | 630~660 | 1~4 |
| 美国 | 310.6 | 4.50 | 320~350 | 0~5 |
| 日本 | 96.5 | 2.60 | 110~140 | 2~5 |
| 西欧 | 147.4 | 4.10 | 150~160 | 1~4 |
| 新兴市场国家 | 150.5 | 15.80 | 285~915 | 13~16 |
| 中国 | 41.1 | 23.90 | 115~125 | 19~22 |
| 巴西 | 22.9 | 14.10 | 31~36 | 10~13 |
| 印度 | 12.3 | 15.70 | 25~30 | 14~17 |

资料来源：中为咨询网。

美国生物医药产业与其他国家相比具有明显优势，研发实力全球第一。美国凭借着雄厚的科学技术优势和世界一流水平的大学与研究所，已形成华盛顿、旧金山、波士顿、北卡罗来纳、圣地亚哥五个生物技术产业区。设立在首府华盛顿的众多研究机构，如美国国家卫生研究院、美国食品和药物管理局等，为生物医药提供了雄厚的技术支持；硅谷的计算机技术人才使旧金山的生物医药发展拥有了医药统计方面的便利，硅谷一些大公司将利润部分投资于生物医药产业，也为该产业在旧金山的发展提供了资金支持；举世闻名的哈佛大学与麻省理工学院很好地支持了波士顿生物医药产业发展；北卡罗来纳州政府于1981年成立了全美第一个由州政府创建的生物技术研究机构——北卡罗来纳州生物技术中心，推动了生物技术的发展，也很好地拉动了当地经济发展；设立在圣地亚哥的加利福尼亚大学圣地亚哥分校，是世界上每年科研经费最多的高校之一，科研推动了生物技术的发展。科技、资本、政府三管齐下，促成了美国生物医药产业全球领先的局面。

欧洲的生物医药产业也非常发达，该地区许多国家的生物医药产业发展实力紧随美国之后，位于世界前端。英国是全球第二大生物医药研发强国，在生物技术产业，英国已获得20多个诺贝尔奖，牛津、剑桥等世界名校也为英国生物医药发展提供了强大的科学技术支持。德国政府不断出台新政策资助生物医药研究机构、科研部门，并建立生物技术示范区，一系列发展措施使德国近几年发展成为欧洲生物医药研发中心。瑞士、法国等国家的生物医药产业也发展得相当迅速。

在亚洲，日本的生物医药产业发展遥遥领先。日本政府对生物科技相当重视，在生物医药还不太发达的2003年，当年财政预算中就已有5000亿日元拨给生物技术研究。在政府积极培育、扶持和市场需求的强力引导下，日本生物医药产业起步虽比欧美发达国家晚，但发展速度令人瞩目。

一些新兴经济体如中国、印度等，生物医药技术也在稳步前进，发展速度逐年上升。例如，在中国，为全面推进生物科技与相关产业的快速发展、培育战略性新兴产业、促进经济发展方式转变和产业转型升级，政府部门以制定扶持生物医药产业发展的规划、政策，建设生物医药产业基地，加强中外生物医药企业合作，以及引进民间投资、丰富产业发展资源等具体措施为着力点，向生物医药产业灌注政府力量与市场力量，从而在长三角、环渤海、珠三角等经济圈逐渐形成了生物医药产业集聚格局。随着重磅药品专利陆续过期，印度已成为世界重要的仿制药生产中心，生物医药飞速发展。另外，印度建立了班加罗尔生物园，吸引了较多大学与科研机构集聚在此地。

新兴国家生物医药产业飞速发展主要归因于三点：一是新兴国家生物科学技术的进步；二是新兴国家加大生物科技的研发投入资金；三是发达国家的技术扶植政策，包括新兴国家向发达国家购买的专利等。除此之外，来自发达国家的跨国企业或由于成本优势，或出于市场考虑，或因政策支持等，纷纷将本国的生物医药产业向发展中国家迁移，由此带来的新兴国家生物医药产业创新能力提升也是不容忽视的一个原因。发展中国家生物产值虽然增长率高，但与发达国家之间的科学技术实力差距不是短时间内可以跨越的，在未来较长一段时间内，发达国家仍将占据全球生物医药产业的主导位置。

## 三、全球生物医药产业市场区位分析

据 GEN（基因工程和生物技术新闻）发布的 2014 年全球生物医药公司前 25 名排行榜，美国（12 家）、欧洲企业（8 家）占比 80%。从全球生物医药产品市场份额来看，2009 年全球生物医药市场份额前三位的国家和地区是北美、欧洲、日本，分别占比 38%、27%、11%，由增加趋势可知在 2009 ~ 2014 年北美、欧洲和日本各年均保持市场份额前三位（如图 8－1 所示），到 2014 年，前三位地区依然保持很高的市场占有率，但每个地区的占比稍微下降。与此相对应的是，东南亚地区的市场份额不断上升，发展势头强劲，由 2009 年的 7% 上升到了 2014 年的 12%。

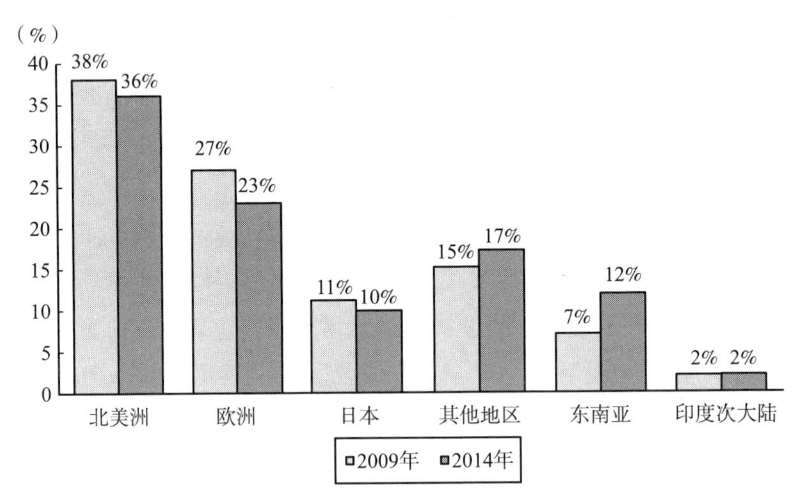


**图 8－1　2009 年与 2014 年各地区生物医药市场份额变化情况**

资料来源：GEN。

目前生物医药市场的开拓主要依靠生物技术水平较高和新产品研发实力较强的美国、欧洲与日本等国家或地区。美国、欧洲与日本作为生物医药传统强国和地区，拥有数量众多的专利，加以科技、资本与政策支持，在全球取得约60%的市场份额不足为奇。而发展中国家，例如印度、东南亚与南亚的一些国家，近年来在生物医药市场上的份额上升很快，这是由于这些国家一方面通过生产专利过期仿制药，抢占原本属于发达国家的生物医药市场，另一方面积极发展生物科技，进行技术创新，开发新药。可以预见，未来生物医药市场上的竞争，一定是科技的竞争。

图8－2为IMS公司对全球生物医药产业的市场预测，从图中可以看出，中国作为新兴发展国家的代表，增长实力不容忽视，预计到2020年，中国将赶超日本成为世界第二大生物医药国家。

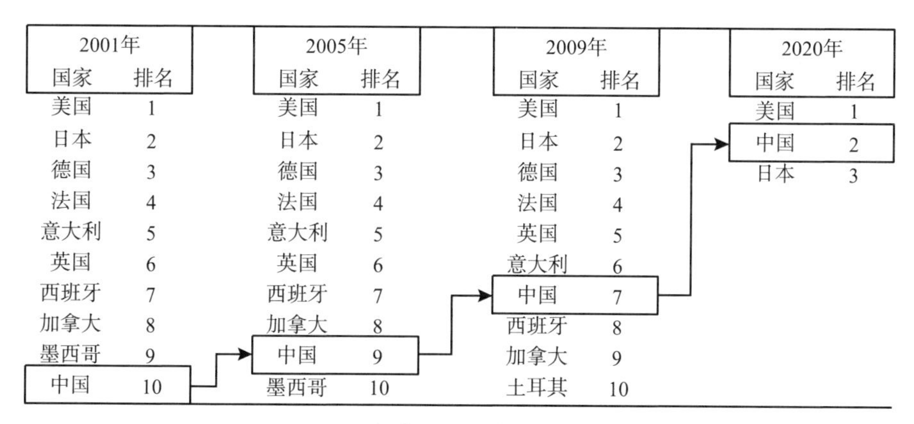


**图8－2　全球生物医药产业市场预测**

资料来源：IMS。

## 四、全球十大生物医药企业概况

表8－4根据2015年7月市场资本排列出了全球十大生物医药企业，以代表全球生物医药产业的格局。表中的10家生物医药企业多集中于美国与欧洲，有6家企业来自于美国，占比超过50%；其余4家企业均来自欧洲，其中榜首2家企业来自瑞士，另外2家来自法国与英国。

从整体上来看，表8－4印证了前文的分析，美国与欧洲的生物医药产业处于世界前列，虽然发展中国家生物医药产业发展速度正逐步加快，然而，短期内，发展中国家生物医药企业的规模、技术、整体实力等各个方面还与国际领先水平有一定的差距，美国与欧洲的强国地位并不会被动摇，先进顶尖技术依然掌握在这些国家手中。

表 8－4　　2015 年全球前十大生物医药企业营业收入及年利润　　单位：亿美元

| 企业名称 | 国家 | 总部所在地 | 市值 | 销售额 | 净利润 | 资产 |
|---|---|---|---|---|---|---|
| 诺华 | 瑞士 | 巴塞尔 | 2473.6 | 536 | 101 | 1258 |
| 罗氏公司 | 瑞士 | 巴塞尔 | 2296.5 | 518 | 102 | 761 |
| 辉瑞 | 美国 | 纽约 | 2091 | 496 | 91 | 1693 |
| 默克 | 美国 | 凯尼尔沃思 | 1657.3 | 422 | 119 | 938 |
| 赛诺菲 | 法国 | 巴黎 | 1287.8 | 448 | 58 | 1178 |
| 百时美施贵宝 | 美国 | 纽约 | 1087 | 159 | 20 | 337 |
| 艾伯维 | 美国 | 芝加哥 | 1076 | 200 | 18 | 275 |
| 礼来 | 美国 | 印第安纳波利斯 | 912 | 196 | 24 | 372 |
| 雅培 | 美国 | 芝加哥 | 720 | 213 | 23 | 413 |
| 葛兰素史克 | 英国 | 伦敦 | 669.6 | 379 | 45 | 634 |

资料来源：根据各公司年报整理得到。

## 第三节　中国生物医药产业区位分析

### 一、中国生物医药产业发展概况

我国生物医药行业面临良好的发展环境。首先，政策对行业发展形成有力支撑。医药行业本身是一个易受政策影响的行业，积极的政策环境能够加速行业的发展，我国各级政府对生物制药行业发展的扶持力度逐渐加大。其次，医疗卫生水平提高有利于生物制药行业发展。随着我国经济的发展以及医疗卫生水平的提高，越来越多的人有能力支付价格相对较高的生物药品。

在市场需求旺盛和政策大力扶持等利好因素的推动下，我国生物制药行业产销规模均保持较快增长。生物制药产业作为我国确定的战略性新兴产业，正处于蓬勃发展的时期，逐步吸引着全球的关注。其中，2006～2011 年，医药行业销售增幅为 15%，而在 2011～2015 年短短四年的时间，增幅就达到了惊人的 24%。我国生物医药产业结构如图 8－3 所示。从图中可以看出，我国生物产业重心是生物制药，占到了总量的 70%，生物制药可以分为化学药物、中药以及生物技术药物。就目前来看，化学药物与中药是医药的两部分，生物技术药物还处在不断摸索创新的阶段。

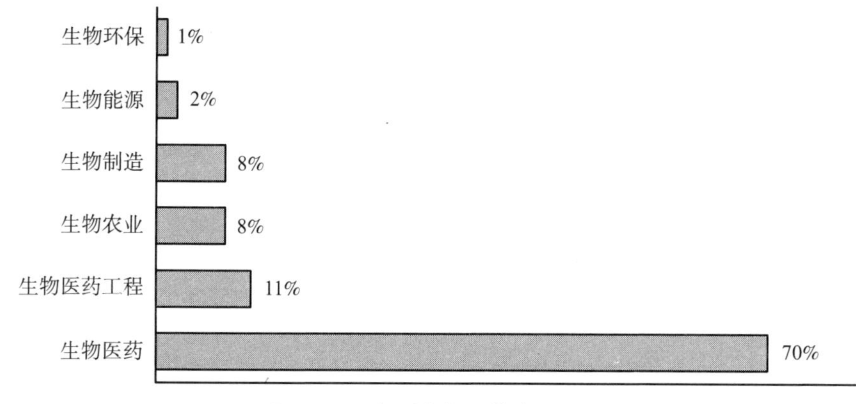


**图 8－3　中国生物医药产业结构**

资料来源：《中国统计年鉴》。

## 二、中国生物医药产业生产区位分析

表 8－5 与表 8－6 所代表的数据分别是我国各省市地区医药产业总产值以及总利润的排行。数据显示，医药总产值排名前三的省份分别是江苏、山东以及广东，并且，江苏以及山东两省的医药产业产值与后面省份产值的差距较大，并且总产值都达到了 2000 亿元以上。在医药产业利润总额排名上，也是这三个省份位列前三，总的出入不大。

**表 8－5　　全国各省市生物医药总产值排名**

| 排位 | 省（区、市） | 医药产业总产值（亿元） |
|---|---|---|
| 1 | 江苏省 | 2076.85 |
| 2 | 山东省 | 2059.93 |
| 3 | 广东省 | 1100.30 |
| 4 | 河南省 | 1073.01 |
| 5 | 浙江省 | 893.02 |
| 6 | 四川省 | 834.63 |
| 7 | 吉林省 | 820.69 |
| 8 | 江西省 | 626.99 |
| 9 | 湖北省 | 548.52 |
| 10 | 辽宁省 | 544.21 |
| 11 | 上海市 | 542.56 |
| 12 | 北京市 | 540.8 |
| 13 | 河北省 | 525.88 |

续表

| 排位 | 省（区、市） | 医药产业总产值（亿元） |
| --- | --- | --- |
| 14 | 湖南省 | 464.64 |
| 15 | 安徽省 | 377.79 |

资料来源：国家统计局。

**表8－6　　全国各省市生物医药制造利润排名**

| 排位 | 省市 | 利润总额（亿元） |
| --- | --- | --- |
| 1 | 山东省 | 227.03 |
| 2 | 江苏省 | 201.95 |
| 3 | 广东省 | 133.71 |
| 4 | 浙江省 | 113.62 |
| 5 | 河南省 | 105.29 |
| 6 | 北京市 | 93.87 |
| 7 | 四川省 | 87.24 |
| 8 | 上海市 | 66.20 |
| 9 | 吉林省 | 57.09 |
| 10 | 天津市 | 50.34 |
| 11 | 湖南省 | 46.10 |
| 12 | 湖北省 | 46.09 |
| 13 | 江西省 | 45.40 |
| 14 | 辽宁省 | 45.25 |
| 15 | 河北省 | 45.41 |

资料来源：国家统计局。

表8－7是我国制药百强企业区域企业数量分布状况。数据表明，在我国制药百强企业分布中，华东地区的企业数量最多，共有41家，其中江苏省有13家企业进入了百强。

**表8－7　　生物医药百强企业区域企业数量分布状况**

| 地区 | 省（区、市） | 数量（家） |
| --- | --- | --- |
| 华北及东北地区 | 北京市 | 8 |
| | 河北省 | 4 |
| | 辽宁省 | 2 |
| | 天津市 | 6 |
| | 黑龙江省 | 2 |
| | 吉林省 | 3 |
| | 陕西省 | 3 |

续表

| 地区 | 省（区、市） | 数量（家） |
| --- | --- | --- |
| 华东地区 | 江苏省 | 13 |
| | 山东省 | 10 |
| | 浙江省 | 10 |
| | 上海市 | 5 |
| | 江西省 | 3 |
| 中南华南地区 | 广东省 | 7 |
| | 河南省 | 3 |
| | 湖北省 | 6 |
| | 广西壮族自治区 | 1 |
| 西北西南地区 | 陕西省 | 5 |
| | 四川省 | 3 |
| | 云南省 | 2 |
| | 贵州省 | 1 |
| | 宁夏回族自治区 | 1 |
| | 重庆市 | 3 |

资料来源：国家统计局。

表8－8是我国医药产业全国性公司和区域性寡头垄断公司的分布状况。除了全国性企业以外，营业收入最高的几个企业依旧集中在华东以及华南地区。值得注意的是，重庆医药股份有限公司作为西南地区的医药公司，其营业收入也位居前列。

**表8－8　　全国生物医药代表性企业分布状况及营业收入**

| 地区 | 公司名称 | 营业收入（亿元） |
| --- | --- | --- |
| 华北及东北地区 | 天津天士力医药营销公司 | 86.52 |
| | 哈药集团医药有限公司 | 72.95 |
| | 中国医药保健品股份 | 68.88 |
| | 天津医药集团太平医药 | 38.66 |
| | 东北制药集团供销有限公司 | 37.06 |
| 华东地区 | 南京医药股份有限公司 | 201.37 |
| | 华东医药股份有限公司 | 110.96 |
| | 浙江英特药业有限责任公司 | 87.47 |
| | 上海永裕医药有限公司 | 66.66 |
| | 山东海王银河医药有限公司 | 51.89 |

续表

| 地区 | 公司名称 | 营业收入（亿元） |
|---|---|---|
| 中南华南地区 | 广州医药有限公司 | 175.11 |
| | 新龙医药集团 | 56.53 |
| | 同济堂医药有限公司 | 35.67 |
| | 广东省东莞国药集团有限公司 | 32.65 |
| | 广西柳州医药有限责任公司 | 26.75 |
| 西北西南地区 | 重庆医药（集团股份） | 129.10 |
| | 四川科伦医药毛衣 | 95.98 |
| | 云南省医药有限公司 | 69.95 |
| | 重庆桐君阁股份有限公司 | 47.53 |
| | 四川省医药集团 | 38.53 |
| 全国性公司 | 中国医药集团 | 1245.63 |
| | 上海医药（集团） | 488.00 |
| | 华润医药控股 | 412.24 |
| | 九州通医药公司 | 247.98 |

资料来源：各公司年报。

## 三、我国生物医药产业集群发展概况

由上述数据分析，华东地区的公司的优势在全国范围来看是遥遥领先于其他地区的，并且有明显的差距。因此，我国生物医药产业的集群化分布进一步呈现，并且已初步形成以环渤海、长三角为核心并以珠三角以及东北等中东部地区等为代表的快速发展的产业空间格局。此外，中部地区的湖北、河南，西部地区的四川、重庆也已经具备较好的产业发展基础。

### （一）环渤海产业集群

环渤海地区包括北京、天津、河北以及山东，该区域的优势在于生物制药人力资源储备最强，并且拥有丰富的临床资源和教育资源，如北京、天津等地高校聚集，高科技资源丰富。各省市地区在医药产业链方面具有较强的互补性，并且以北京为中心形成了创新能力较强的产业集群。

### （二）长三角产业集群

长三角地区包括上海、浙江、江苏在内的省市地区，其最大的优势在于医药产业创新能力和国际交流水平高。其中长三角地区拥有我国最多的跨国医药企业，同时在研发与产业化、国际交流、外包服务等方面具有较大优势，并已逐步形成从上海向外延伸的生物医药产业集群。

### （三）珠三角产业集群

珠三角地区市场经济体系成熟，市场潜力巨大。同时，由于毗邻港澳地区，对外辐射能力强，珠三角地区医药流通体系发达，民营资本相对活跃。围绕广州、深圳等城市已形成了商业网络较为发达的生物医药产业集群。

### （四）中西部产业集群

中西部生物制药产业集群逐步形成了各自的发展特色。以成都重庆为首的经济圈在生物医学工程领域创新活跃，是西部地区最为重要的生物医药成果转化基地；以长春市为中心的长吉图地区是亚洲规模较大的疫苗生产基地；中部地区拥有长沙高新区、浏阳生物医药园等多个生物医药产业基地，产业基础设施雄厚；湖北武汉城市群聚集了各类研发机构及知名医药企业300余家，已形成较为完善的平台和环境。表8－9是我国重点地区产业发展概况一览。

**表8－9　全国生物医药产业集群概况及区位分析**

| 区域 | 省市 | 区位特征 | 概况 |
| --- | --- | --- | --- |
| 环渤海 | 北京 | 人才教育优势突出，拥有丰富的临床资源和一大批新药筛选、质量控制、安全评价、中试等关键技术平台 | 北京是环渤海地区生物医药的研发中心，初步形成了以生命所、蛋白质组中心、芯片中心为主体的研发创新环境体系；天津作为港口城市以出口为导向，是环渤海地区重要的生物医药产业制造基地以及关键技术的研发转化基地；河北省、山东省是环渤海地区生物医药制造业的重要省份，均具有良好的传统医药产业基础。值得注意的是，山东省行业产值、利润率多年来位居全国前列 |
| | 天津 | 科技力量支撑实力突出，聚集了500多家从事生产和研发的相关产业机构，并且其中药现代化居全国领先水平 | |
| | 河北 | 产业制造基地，聚集了一批在全国具有影响力、竞争力的制药企业 | |
| | 山东 | 我国生物医药产业大省，同时具有国内领先的新药研发和产业化资源优势 | |
| 长三角 | 江苏 | 生物制药产业成长性最好、发展最为活跃的地区之一，已形成南京、苏州、连云港、泰州等一批生物制药研发制造基地 | 上海跨国生物医药企业研发中心较为密集，金融融资环境良好，并集聚了世界生物医药前十强中的大部分企业，已经形成了以中科院药物所、国家基因组南方中心为主的“一所六中心”体系，不仅是长三角地区还是中国生物医药的技术研发以及成果转化中心。江苏省是我国生物医药制造业领域的领军者 |
| | 上海 | 同时拥有完善的生物制药创新体系和产业集群，是国内医药领域研发机构最集中、创新能力最强、创制新药成果最突出的基地 | |
| | 浙江 | 将生物医药产业列入大力培育的高科技产业，部分领域在国内处于领先水平 | |

续表

| 区域 | 省市 | 区位特征 | 概况 |
| --- | --- | --- | --- |
| 珠三角 | 广州 | 较早发展生物制药的地区之一，在生物服务和生物技术应用等领域具有优势和特色，同时集聚了一批龙头企业 | 广州生物医药产业集群已形成了“两中心多区域”的产业布局，同时聚集了150多家生物医药企业以及国家级生物科研机构，并形成了由生物技术研究与开发到中试再到产业化的完整产业链。深圳生物医疗设备、生物医药企业规模在全国范围内领先，同时，以药物研发和创新产业化、药品制剂进出口和生物医药研发外包为主要核心的产业体系发展较快 |
| | 深圳 | 自主创新能力突出，国际化环境体系良好，跨国企业投资规模大，生物医药基础设备产业突出 | |

资料来源：作者根据公开资料整理得到。

综上所述，可以得出中国生物医药产业已初步形成了以长三角、环渤海为核心，珠三角、东北等东部沿海地区集聚的格局。但由于这些地区资本相对饱和，加之土地、能源、劳动力等要素的供给趋于紧缩状态，外延型产业发展方式难以维持，因此加快经济转型建设和产业结构优化升级刻不容缓。此外，中西部地区基础设施正在逐步完善，相比较而言要素成本优势更加明显，经济产业发展空间较大。同时在产业转移过程中要强调避免简单重复、保护土地资源、防止资源破坏、有利于节能降耗。生物医药对研发生产过程、医药流通管理、消费者市场都有较高要求，因此中西部地区在选择发展生物医药产业的时候，需要根据自身特点进行筛选。

## 四、中外生物医药行业对比分析

表8-10所显示的是各国医药产业的发展特点。通过对美国、英国、日本、印度等国家生物医药产业发展的经验进行分析，可以看出，自主创新体系完善、国家政策的大力支持、资金运作模式成熟、领军企业集聚效应明显、与新一代信息技术紧密结合是生物医药产业取得成功的关键因素。我国目前政策扶持力度较好，并且相关产业发展势头良好，中国目前正处于产业转型的阶段，因此生物医药产业也要把握好该时机，努力完善产业升级并不断推动我国生物医药走在国际前列。

表 8－10 全球各国医药产业发展特点

| 国家 | 特征 |
| --- | --- |
| 美国 | 生物医药产业全球范围内遥遥领先，并与其他国家的技术和产业发展商形成代际优势。已形成波士顿、北卡罗来纳、旧金山、华盛顿、圣地亚哥五大生物技术产业区，研发实力全球第一 |
| 英国 | 仅次于美国的第二大生物医药研发强国。产业的科学基础是全欧洲第一。伦敦、牛津、剑桥等已成为英国生物医药产业的聚集地区 |
| 日本 | 亚洲领先国家，仅次于欧美。尽管发展起步较晚但发展势头凶猛。如今已形成了包含高科技主题园区 18 个，其中有 11 个以生命科学或生物科学技术为重点的产业园区，主要产业分布于东京、关西、北海道等 |
| 印度 | 生物信息学处于世界领先地位。同时生物医药产业发展十分迅速，并将信息技术与生物医药融合，成为其一大特色，现已成为亚太地区生物科技领先的国家之一 |
| 中国 | 落后于日本、印度；生物医药行业仍以生产外包、服务外包为主流。同时产业发展起步晚，基础设施建设落后，科研创新实力相对较弱 |

资料来源：作者根据公开资料整理得到。

生物医药产业具有高风险、高投入、高回报以及研发周期较长的发展特点，因此产业的发展方向呈现出往三个方面集聚：向经济发达地区集聚、向产业园区集聚、向专业智力密集区集聚。从全球生物医药产业的整体布局来看，核心区域均处于各国经济发达、科研机构密集的地区。我国的生物产业也正进一步向沿海科研创新能力较强的地区以及少部分中西部城市集聚，因此区域发展不平衡的趋势将进一步凸显。

北京科研院校多、人才教育资源丰富，是我国生物医药技术开发的中心。上海生物医药技术称得上全国最高，同时也是国际金融机构以及跨国生物医药企业集聚最多的城市，是生物医药跨国企业在中国的研发、生产制造、销售以及投资中心。因而上海成为我国生物医药产业的核心城市。

我国生物医药企业起步较晚，因此基础设施配套能力落后、产业链不完整，生产装备、支撑技术相对落后，基础设施建设较差。而山东省与江苏省成为中国生物医药制造领域的重要基地。

# 后　记

写作本书的构想由来已久。在2009年入职暨南大学产业经济研究院之时，时任院长朱卫平教授指定我担任区域经济学的任课教师。他希望我对课程内容的设计进行适度的改进，以便更符合产业经济学专业研究生的培养目标。的确，我们一直希望研究生三年在读期间能够盯住一两个产业进行跟踪研究，进而能够结合特定产业更好地理解产业经济学的理论体系和方法论。产业活动的空间布局是产业经济学研究的重要领域，这一领域涉及特定的理论框架和研究方法。为此，从2011年开始，我在课程内容中增加了“中国制造业区位发展研究报告”这一部分，共计12个课时。

这一课程内容涉及两项重要的前提工作：其一，筛选代表性的行业和企业。根据中国制造业发展的实际情况，我挑选了电子信息、纺织服装、家用电器、石油化工、汽车制造和生物医药6大行业，覆盖传统优势产业、先进制造业、高技术制造业。每个行业挑选了2~3家海外的跨国公司和3~4家国内的跨国公司。这些企业均为上市公司，因此，研究所需的数据是非常充分的。其二，确定研究方法和设计研究框架。结合重点文献，我首先给学生们讲授了行业区位研究的重要理论和定量方法。在内容框架安排上，在进行行业界定的基础上，全球和国内区位研究均分别包括生产区位、市场区位、重点集群、领头企业。企业区位战略的研究是关键内容，包括公司概况介绍、区位扩张历程、区位扩张模式及影响因素、价值链区位扩张过程。若是海外的跨国公司，则要分析其在中国的区位扩张过程；若是国内的跨国公司，则要分析其海外扩张历程。

除了2013年因我去美国访学耽误之外，截至2016年6月，这项课程内容累积开展了4次。学生们组成6个研究团队，独立开展研究工作。大家均非常认真，投入了许多精力。在研究内容、数据更新、研究方法、研究深度等方面，每一级研究生都有新的突破。大家学习和研究的效果非常好！每一次课堂PPT汇报总是让我感到惊喜。也正因为如此，我一直想着要写作此书。所以，本书的出版首先要感谢这些可爱的学生们！

尽管学生们积累了很多很好的研究资料，但要写作此书仍然需要耗费大量的时间和精力，事实上，所有的研究工作基本上都要从头开始。由于时间和经费所限，我一直没有启动写作工作。

幸运的是，产业经济研究院院长顾乃华教授在2015年底正式启动了“产业转型升级丛书”的撰写工作。本书的研究工作也是胡军校长承担的国家自然科学基金重点项目“推动经济发达地区产业转型升级的机制与政策研究”的重要内容。的确，产业活动在空间层面的优化配置是产业转型升级的重要方向。另外，本书在讨论企业价值链区位扩张时，重点分析了研发和创新等价值环节的选址问题，这项工作得益于我主持的国家自然科学面上项目“知识溢出影响创新地理的理论机制与实证研究”的支持。正是由于这三方面的支持，本书的研究工作才能顺利完成。在此特别感谢！

本书的研究工作于2015年底正式启动。本书的写作由我和我指导的研究生共同完成。在此过程中，我的博士生和硕士生参与了大量的研究工作，他们负责撰写了本书主要章节的初稿，并参与了部分修改工作。他们分别是张会勤、杨雨清、李璇、许舟、王余妃、徐敏、李洪春、朱盼、田甜、赵锦瑜、刘莹。他们的贡献分别注明在本书正文每章的脚注中。另外，李洪春还协助我完成了全书的形式整理工作。在此基础上，本书由我负责最后一轮修改和定稿。

在本书研究过程中，我指导的学生做出了重要贡献。他们投入了很多时间和精力，可喜的是，这项研究工作不仅大大锻炼了大家的研究能力，而且很好地培养了他们的团队合作精神。学生们是勤奋的，是聪明的，更是可爱的！特别感谢他们！愿我这些优秀的学生们均能学有所成！

陶 锋

2017年3月6日于暨南大学惠全楼